LE PASSÉ DOIT MOURIR

DE LA MÊME AUTEURE

L'Enfant Étoile, Fleuve Éditions, 2021 ; Pocket, 2022
Le Papillon de verre, Fleuve Éditions, 2022 ; Pocket, 2023

KATRINE ENGBERG

LE PASSÉ DOIT MOURIR

Traduit du danois
par Catherine Renaud

fleuvenoir

Titre original :
Vådeskud

ISBN : 978-2-265-15503-9

Dépôt légal : août 2023

Le passé doit mourir est une œuvre de fiction.

Toute ressemblance avec des faits ou des circonstances réels est fortuite. J'ai pris la liberté propre à tout écrivain de modifier dans certains cas la réalité factuelle, les lieux et les noms des médicaments dans cette histoire fictive.

Pour Cassius.
Mon ancre, mon sablier,
mon petit soleil qui brille.

LUNDI 15 AVRIL

PROLOGUE

Après un week-end passé au lit, Michael se réveilla avec la sensation d'avoir du verre pilé plein la gorge. Il venait juste de remonter la couette sur sa tête fiévreuse et de décider de se faire porter pâle quand sa femme se posta au pied du lit, les bras croisés, en lui lançant son regard implacable. Michael se leva. Elle avait raison, après tout. Il ne travaillait pas à l'incinérateur depuis très longtemps et il ne pouvait pas se permettre de faire mauvaise impression.

Un mélange de paracétamol et de café noir dans l'estomac, il prit sa voiture pour se rendre sur Refshaleøen, l'ancien chantier naval de Copenhague désormais en pleine réhabilitation. La radio diffusait en alternance des tubes sirupeux et des publicités revigorantes, et progressivement, il se sentit mieux. Il se gara, salua de la tête les gardiens à la réception et monta en ascenseur jusqu'à la salle du personnel pour se changer. Ce n'était pas vraiment nécessaire, car la dépression générée dans le silo à déchets hermétique rendait l'installation qui l'entourait en grande partie inodore, mais Michael enfilait toujours sa combinaison. Il laça ses chaussures de sécurité, mit son casque et traversa l'usine, les genoux courbaturés par la grippe.

Les passerelles autour du silo formaient un monde d'acier, de vannes, de panneaux de contrôle, de chaudières et d'écrans.

Aucune fenêtre, l'usine d'incinération était un système fermé sans météo ni rythme quotidien. Par réflexe, Michael se baissa sous les conduites d'eau chaude, puis il salua deux collègues auprès des turbines à vapeur et déverrouilla l'accès à la salle de commande de la grue. Il mit au frigo la boîte contenant son déjeuner et fit du café avant de se laisser tomber sur sa chaise avec un profond soupir. Un spectacle violent auquel il ne s'était pas encore tout à fait habitué apparut devant lui.

Une fenêtre – la seule du silo à déchets – donnait sur le cœur de l'incinérateur : l'envers de la civilisation occidentale, un amas gigantesque de futilités immondes. Michael n'avait jamais travaillé pour une entreprise de traitement des déchets, et au cours de ses nombreux premiers quarts, il s'était senti mal à l'aise. Comme s'il assistait à l'apocalypse et aurait dû agir au lieu de se contenter de la regarder. Avec le temps, ce sentiment s'amenuisait. Il avait même commencé à manger les biscuits laissés par ses collègues tout en manœuvrant la griffe.

La griffe ! Avec ses doigts d'une amplitude de huit mètres, elle semblait tout droit sortie d'une dystopie où des araignées géantes auraient envahi une planète morte. Michael avait rapporté chez lui de nombreuses photos de la griffe pour son fils de six ans, qui trouvait que son papa avait le travail le plus cool du monde.

En réalité, le travail de papa était un peu ennuyeux. Le système qui contrôlait la griffe, depuis les fosses où étaient vidées les bennes des camions poubelles jusqu'aux fours, était automatisé. Michael n'avait qu'à surveiller le ballet sans fin des ordures allant de la gauche vers la droite. S'assurer que tout se passait bien.

— Bonjour, dit Kasper Skytte en prenant place à côté de lui.

De temps à autre, les ingénieurs de *process* venaient vérifier s'il n'y avait pas de problème avec le système de contrôle. Michael n'avait encore rien remarqué.

— Alors, des soucis jusqu'à présent ?

— Nan.

Heureusement, les ingénieurs prenaient rarement la peine de parler avec les grutiers, ou quiconque ne comprenait pas leur langage technique. Michael savait qu'il pourrait bosser en paix. Ça tombait bien, il se sentait toujours fiévreux, il aurait peut-être dû défier sa femme et rester au lit.

— Du café ? demanda Kasper.

— Nan, merci, ça ira.

L'ingénieur se leva et entrechoqua les tasses et la cafetière derrière Michael. Puis il bâilla bruyamment et revint s'affaler sur la chaise à côté de lui, si bien qu'ils contemplaient de nouveau le silo côte à côte. Michael fouilla dans son sac à la recherche de quelque chose pour soulager son mal de gorge, espérant qu'il lui restait quelques Strepsils. Il trouva une plaquette sous blister et fourra un comprimé dans sa bouche avec gratitude. La griffe approcha de la vitre avec une charge complète. C'était toujours impressionnant, quand elle venait aussi près. Les déchets dégoulinaient de ses énormes doigts, tels les tentacules d'une méduse. Une corde, une bâche, une basket.

Michael s'appuya contre la vitre et plissa les yeux. Quelque chose retenait la chaussure. Lorsque la charge arriva juste devant la vitre, un bras émergea des ordures, pendouillant mollement. À la même seconde, Kasper recracha son café sur la vitre.

Puis Michael enfonça de toutes ses forces le bouton d'arrêt d'urgence.

SAMEDI 13 AVRIL

Deux jours plus tôt

CHAPITRE 1

La mer se referma sur sa tête et il sombra vers le fond, loin de la lumière de la surface. Une algue lui caressa les bras, l'invitant à descendre encore plus. Il était tenté de lâcher prise, comme Jacques Mayol. Expirer une dernière fois et couler, laisser son corps se dissoudre en particules dansantes dans les rayons verticaux du soleil.

Mais les eaux grises de la marina de Snekkersten étaient loin d'être comparables aux abysses du *Grand Bleu*. Il prit appui sur le fond et tendit les bras vers la lumière. Quelques secondes plus tard, il brisa la surface et inspira.

— Je commençais à croire que tu ne remonterais jamais.

Jeppe Kørner secoua la tête pour chasser l'eau de ses oreilles et plissa les yeux pour voir la silhouette sur le ponton de baignade. Au-dessus de la surface, le monde était chaud et lumineux. Il nagea jusqu'à l'échelle et ses pieds cherchèrent à tâtons le barreau inférieur glissant. Il baissa les yeux une dernière fois. Les profondeurs froides de la mer éveillaient toujours un désir en lui. Une pulsion de mort, peut-être.

— Je ne comprends pas comment tu peux tenir si longtemps. Moi, je suis gelé au bout de dix secondes, dit Johannes Ledmark, frissonnant dans son peignoir, en tendant une serviette à Jeppe. Allons nous réchauffer au sauna avant que l'équipe des seniors ne débarque. Je ne supporte pas d'avoir toutes leurs varices sous le nez.

Il adoucit sa remarque acerbe d'un clin d'œil et se dirigea vers le sauna. Jeppe se sécha et enfonça ses pieds dans les tongs un peu trop petites que Johannes lui avait fournies.

Le rez-de-chaussée de la vieille maison en briques rouges sur Strandvej, à Snekkersten, n'était qu'un prêt pour l'été, le temps que Johannes trouve un nouveau logement. Malgré tous ses efforts, son mari et lui s'étaient séparés après douze ans de vie commune, et leur appartement de Vesterbro avait été mis en vente. L'acteur Johannes Ledmark, l'un des plus vieux amis de Jeppe, était venu panser ses plaies à l'abri des regards indiscrets dans cet ancien village de pêcheurs, au nord de Copenhague. La bâtisse délabrée était mal isolée et le terrain, envahi par la végétation, mais Johannes semblait se plaire dans ce chaos temporaire avec vue sur l'Øresund. Il avait même attaqué le jardin à coups de cisaille à haie et d'ébrancheur, soutenant qu'il trouvait méditatif de tondre la pelouse et de désherber la terrasse.

— Ah, je crois que nous avons de la chance. Le sauna est vide.

Johannes tint à Jeppe la porte de la petite cabane peinte en noire, sur la jetée, et ils s'installèrent sur les bancs en bois. La chaleur sèche du poêle monta à travers le bois et redonna vie à leurs corps gelés. Ce début de printemps avait été exceptionnellement ensoleillé, mais l'air avait gardé son mordant et la température de la mer n'avait pas encore dépassé les huit degrés.

— Regarde-nous. Des adultes en train de prendre un bain d'hiver suivi d'un sauna, plaisanta Johannes. Il ne nous manque plus qu'un sandwich et une visite au musée d'Art moderne de Louisiana pour nous transformer en nos parents.

— Je ne dirais pas non à un sandwich ! lança Jeppe.

Il essora ses cheveux courts entre ses doigts pour arrêter le ruissellement des gouttes froides d'eau de mer dans son dos.

— Et je crains que nous ne nous soyons depuis longtemps transformés en nos parents. Tu ne t'en es juste pas rendu compte parce que les types que tu dragues n'ont que la moitié de ton âge.

— Arrête avec ça !

Johannes frappa le bras de Jeppe avec une serviette enroulée, Jeppe répondit d'un coup de poing à l'épaule. Ils firent mine de frotter leurs bleus imaginaires.

— De plus, mes jeunes amants me gardent en forme. Regarde, je n'ai jamais été aussi sexy ! dit Johannes avec un bref sourire. Jeune, et seul uniquement le dimanche. Et toi, tu as quasiment femme et enfants, maintenant. Comment ça se passe ?

Jeppe regarda ses pieds, où perlaient l'eau de mer et la sueur. Avec Sara, il avait effectivement déniché un *package* auquel il ne se serait jamais imaginé souscrire, et il oscillait souvent entre amour et agacement.

— Nous n'avons pas encore emménagé ensemble. Ce n'est pas si facile quand des enfants sont impliqués.

Johannes pencha la tête sur le côté et s'essuya les oreilles avant de rétorquer :

— D'un autre côté, c'est une façon d'en avoir, des enfants. Tu en as toujours voulu.

Jeppe haussa les épaules. Quand il était avec son ex-femme, il avait subi trois traitements contre l'infertilité qui avaient échoué. Puis ils s'étaient séparés et elle avait eu un enfant avec un autre. Depuis, il avait plus ou moins abandonné l'idée de devenir père.

— Quand on n'a pas d'enfants soi-même, ça peut être un peu écrasant, admit-il.

Johannes le regarda avec scepticisme.

— Honnêtement, est-ce vraiment possible d'apprendre à aimer les enfants de quelqu'un d'autre ?

Jeppe pensa à Amina, onze ans, qui avait ce matin réveillé tout l'appartement – et une bonne partie de l'étage – avec de la K-pop à plein volume avant de piquer une crise d'hystérie quand Sara avait baissé le son.

— Ce sont deux filles adorables.

— Je vais prendre ça comme un non, dit Johannes en riant. J'en étais sûr ! Mais je te comprends, la plupart des enfants sont aussi insupportables que leurs parents.

— Hé, protesta Jeppe, ce n'est pas ce que j'ai dit. J'aime beaucoup les filles de Sara, mais nous devons apprendre à mieux nous connaître. Elles ont besoin de temps pour s'habituer au nouveau petit ami de maman…

Il s'interrompit. Sentit une vague de chaleur monter dans son dos et atteindre ses joues, qui devinrent rouges et brillantes.

— Dis-moi, ne devrions-nous pas plutôt discuter de ton divorce ? Comment ça se passe avec le partage de vos biens ? Vos avocats se parlent-ils enfin ?

Johannes leva les mains en signe de reddition.

OK, tu as gagné. Allons prendre le petit déjeuner. J'ai acheté des brioches.

Jeppe se leva, une goutte de sueur se détacha de son menton et tomba par terre.

— D'abord, on retourne dans l'eau. Un plongeon rapide.

— Hors de question ! Je vais mourir si je dois redescendre une fois de plus dans cette mer glacée.

— Une petite mort ne te tuera pas. Allez, mon vieil ami !

Jeppe tira Johannes hors du sauna et le poussa le long de la jetée vers le ponton de baignade. Il aspirait déjà à l'obscurité froide, sous la surface. Il accrocha son peignoir à la balustrade et se dirigeait vers l'échelle lorsqu'il entendit son téléphone sonner dans le fond de sa poche. Il revint sur ses pas vérifier l'écran, c'était CP. Sur la peau nue de ses bras, le vent lui donna la chair de poule.

*

Le sable doux cédait sous ses pieds, ses semelles laissaient un chemin d'empreintes sur la plage de Greve. Anette Werner laissa ses chiens courir devant, heureuse de sentir son corps travailler, ses poumons pomper de l'oxygène. La mer s'étendait telle une ceinture bleu-gris, envoyant avec le ressac des bouffées d'odeurs d'algues qui se mêlaient au parfum piquant des genêts. Le soleil matinal était déjà haut au-dessus de la ligne d'horizon. Anette reprit son souffle et se demanda pourquoi ce qui rendait les gens heureux et vivants impliquait aussi, en général, de la douleur. Être parent, par exemple. Devenir la mère de la petite Gudrun, un an et neuf mois plus tôt, avait été de loin la chose la plus difficile et parfois la plus ennuyeuse qu'elle avait jamais vécue. Pourtant, elle aimait sa fille si fort qu'elle lui manquait à la seconde où elle lui faisait au revoir de la main, tous les matins à la crèche.

Les chiens aboyèrent. Elle vit qu'ils étaient au bord de l'eau et franchit les cent mètres qui la séparaient d'eux avec tant de hâte qu'elle en eut un goût de sang dans la bouche en les rejoignant. Ses trois border collies impatients grondaient et se bousculaient, sautant et se couchant tour à tour à plat ventre sur le sable. Anette les écarta résolument et se pencha sur leur trouvaille.

Sur le sable mouillé gisait un oiseau mort. Elle le reconnut aux marques noires et blanches, nettes, à son cou vert et à sa poitrine d'un orange délicat. Un eider mâle. Il était sur le dos, la tête tournée sur le côté comme un nourrisson. Son plumage était en grande partie intact, il avait presque l'air de dormir. Mais entre ses pattes jaunes, à la place de son abdomen, il n'y avait qu'un trou sanglant. L'oiseau était vraiment mort. Peut-être venait-il de Saltholm, migrant vers le sud pour l'été, et avait-il été abandonné par ses congénères.

Le soleil étincelait sur ses plumes luisantes et Anette résista à l'impulsion de caresser le bel animal. Ce n'était qu'un oiseau mort, après tout, pas si différent du poulet que Svend avait préparé la veille pour le dîner.

Elle rappela ses chiens et ils la suivirent docilement, déçus de devoir quitter l'oiseau, mais trop bien dressés pour la défier. Sur le parking, elle leur sécha les pattes et ils sautèrent à l'arrière de la voiture, comme d'habitude. Ils semblaient avoir déjà tout oublié de leur trouvaille. Mais aussitôt qu'Anette démarra, ils se mirent à gémir. Ils geignirent tout au long du trajet de retour, comme s'ils avaient abandonné une partie d'eux-mêmes sur la plage.

Devant la maison de lotissement au 14 Holmeås, Svend l'accueillit, Gudrun dans les bras. Anette vit de loin sa fille lutter pour descendre explorer le monde. Toujours impatiente, uniquement calme quand elle dormait. *Comme sa mère*, pensa Anette avec fierté. Dès que la voiture s'arrêta, Svend posa la petite et la laissa s'éloigner dans les buissons en titubant, sans se retourner, la couche ballottant, ses bras courts écartés tel le balancier d'un funambule.

Anette fit descendre les chiens et embrassa son mari. Elle lui prit le cou et prolongea leur baiser plus longtemps que ce à quoi il s'attendait.

— Tu es tout en sueur, protesta-t-il. Mais sexy !

Svend se dégagea de son étreinte, lui caressa la joue puis mena les chiens vers la porte d'entrée.

Il lui fit un clin d'œil et, tandis qu'elle retirait ses vêtements de sport devant le miroir, elle pensa pour la première fois de leurs vingt-cinq ans de relation qu'il avait raison. Elle avait toujours eu les os solides, comme le disait constamment sa mère, peut-être pour épargner à Anette toute contrariété liée à sa corpulence. Elle avait été la fille la plus imposante de la classe, la plus grande, avec les épaules les plus larges et les cuisses les plus musclées. Celle qui remportait toutes les épreuves sportives et était toujours choisie la première quand on formait des équipes pour les jeux de ballon. Anette n'avait jamais perçu sa taille comme un problème et Svend ne lui avait jamais fait sentir qu'il la trouvait autre chose que parfaite, même si elle avait parfois été potelée.

À présent, c'était un nouveau corps qu'Anette voyait en se regardant dans le miroir. L'allaitement et les nombreux mois de sa vie de jeune maman avaient aspiré ses kilos superflus, si bien qu'à quarante-six ans, elle était en meilleure forme que jamais. Toujours bien en chair, mais plus ferme et plus forte. Et plus belle. Elle fut surprise de constater combien c'était agréable. Sous la douche, elle laissa pour une fois ses mains faire attention à la peau qu'elles savonnaient, et ressentit un bien-être intense au contact de son ventre ferme. Elle s'essuya, à nouveau devant le miroir en pied, et s'habilla le dos tourné à moitié pour apprécier ses fesses. Quand on a toute sa vie perçu son corps comme un outil et non un ornement, il y a quelque chose d'enivrant à se sentir attirante.

— Ton téléphone sonne !

Svend appelait de la cuisine ; Anette se dépêcha de remonter son pantalon et descendit en courant. Gudrun était assise dans sa chaise haute et lançait du yaourt aux fruits à son père, qui se laissait bombarder avec le sourire. Il avait toujours eu un tempérament calme, mais depuis qu'il était père, sa patience s'était étirée comme un chewing-gum au soleil. Anette traversa la pièce en sautillant tout en fermant son pantalon. Elle attrapa le téléphone portable qui bourdonnait sur le plan de travail, à côté des petits pains au levain de Svend tout juste sortis du four.

— Allô, Werner à l'appareil !

Elle mit le pied dans une éclaboussure de yaourt et jura intérieurement.

— Désolée de te déranger le week-end, mais nous avons un problème. Un problème potentiel, du moins. Je viens de parler à Kørner.

La voix était celle de CP, et la bonne humeur d'Anette commença à dégringoler vers ses orteils barbouillés de fruits des bois. La commissaire de police, qu'on n'appelait jamais que CP, de son vrai nom Irène Dam, était très professionnelle et n'aurait jamais appelé un samedi si le problème potentiel n'avait pas été extrêmement probable. Anette vit la sortie familiale du jour rester en suspens.

— Qu'est-il arrivé ?

— Nous avons un jeune homme disparu, ou plutôt un jeune garçon âgé de quinze ans. Oscar Dreyer-Hoff. Vu pour la dernière fois quand il est sorti du lycée, hier après-midi, à trois heures moins le quart. Ses parents croyaient qu'il dormait chez une camarade de classe, mais ce n'était pas le cas. Ils ne s'en sont rendu compte que quand il n'est pas rentré comme convenu ce matin.

— Pourquoi est-ce *nous* qui devons y aller ? demanda Anette en cherchant des yeux quelque chose pour s'essuyer le pied. Les jeunes de quinze ans disparaissent assez souvent un jour ou deux quand ils veulent se rendre à une fête malgré l'interdiction de leurs parents. Si nous sommes impliqués, c'est qu'il y a quelque chose de suspect ?

— La famille a reçu une lettre.

Anette établit un contact visuel avec Svend. Ils l'avaient fait tant de fois déjà qu'il comprit aussitôt ce que cela signifiait. La promenade en forêt se ferait sans maman. Il haussa les épaules et lui adressa un sourire encourageant, puis il se cacha derrière son journal et ressortit la tête d'un coup, faisant éclater de rire Gudrun.

— A-t-il été kidnappé ?

CP soupira.

— Nous ne le savons pas avec certitude. Mais la famille est… disons, « connue ». Ce sont les propriétaires de Nordhjem, la maison de vente aux enchères. Et ils ont déjà reçu des menaces. Ils sont sur notre radar depuis plusieurs années.

Anette entendit le rire de sa fille emplir la cuisine.

— J'arrive.

CHAPITRE 2

Derrière le flot continu des bateaux de croisière, le long des quais de Langelinie, et la célèbre sculpture de *La Petite Sirène*, le discret port de plaisance de Søndre Frihavn est niché entre des entrepôts et des immeubles où les appartements modernes sont équipés de frigos en acier inoxydable toujours vides parce que leurs propriétaires sont à Hong Kong.

Sur le quai, devant la terrasse aux parasols vert foncé d'un restaurant, Jeppe Kørner fronça les sourcils en regardant les bâtiments en béton rouge et gris au bout desquels accostait le ferry d'Oslo. Le quartier était peut-être recherché, voire à la mode, mais la vue n'était pas vraiment belle.

Dampfærgevej, avait dit CP. La famille Dreyer-Hoff habitait au 24B, dernier étage. Anette Werner devait le retrouver à 11 heures en bas, dans la rue.

Il avança au bord de l'eau sans quitter des yeux la petite collection de voiliers typiques, de dériveurs et de yachts en bois et en fibre de verre amarrés dans la marina. Leurs balancements et leurs clapotements dans la brise apportaient un écho de vie à cette zone sans âme.

Une centaine de mètres plus loin, sur le quai, devant une propriété moderne en briques rouges, il repéra Anette.

Elle se tenait près de l'appontement et inspectait un vieux bateau en bois enveloppé de bâches, qui semblait être en cours de restauration. Jeppe l'observa en souriant. Il n'aurait jamais cru penser cela un jour de sa partenaire, mais elle était canon. Toujours aussi grande qu'un hangar, mais plus fine, désormais, avec une minceur des hanches qui donnait à ses larges épaules une allure sportive. Et elle n'avait pas seulement perdu du poids. Ces derniers temps, il y avait dans les yeux d'Anette une nouvelle lumière qui donnait de la profondeur à ses traits ordinaires et la rendait… eh bien, oui, belle. Peut-être cela avait-il à voir avec le fait qu'elle était devenue mère, ou bien elle était juste de ces femmes qui embellissent avec l'âge. Jeppe était à peu près sûr qu'elle lui flanquerait une sacrée raclée s'il commentait le changement.

— T'es pas en train d'en profiter pour me mater le cul ? demanda-t-elle sans se retourner.

— Ce serait stupide de m'en priver, rétorqua Jeppe.

Il tendit le poing et le frappa contre le sien, une salutation de compromis à mi-chemin entre une étreinte et une poignée de main qui leur convenait bien à tous les deux.

— Qu'est-ce que tu as dû annuler ?

— Une balade en forêt. Ça va. Et toi ?

— J'étais chez Johannes, à Snekkersten.

— Ah, il se cache toujours de la très méchante presse à scandale ?

Elle désigna une porte de l'autre côté du bâtiment et en prit la direction.

— L'entrée est là-bas.

Jeppe ne prit pas la peine de commenter le ton sarcastique de sa partenaire. De plus, il y avait une part de vérité là-dedans. Depuis que Johannes était revenu du Chili avec un divorce dans sa valise, il était comme paralysé. Jeppe commençait à se demander s'il remonterait un jour sur scène.

L'interphone du 24B leur révéla que la famille Dreyer-Hoff possédait tout le dernier étage de l'immeuble. L'ascenseur en acier impeccable, sans graffiti, rappela à Jeppe celui de l'Institut médico-légal. Il les conduisit directement dans l'appartement. En montant, Jeppe envoya un SMS à Sara pour la prévenir qu'il rentrerait peut-être tard. Il était impossible de prédire ce que la journée apporterait.

Les portes de l'ascenseur s'ouvrirent sur une pièce impressionnante, où un plancher à larges lattes disparaissait sous de vrais tapis persans pour se prolonger vers d'immenses baies vitrées donnant sur le port. Les lignes épurées et modernes étaient ponctuées par des œuvres d'art colorées et des meubles anciens en bois vermoulu qui provenaient probablement de monastères italiens, enveloppés dans du papier de soie. L'appartement était aussi peu modeste que la femme qui les reçut. Malin Dreyer-Hoff était voluptueuse comme un ange de Botticelli, avec de grands yeux, des lèvres roses et une robe verte à fleurs qui moulait étroitement sa poitrine. Quand elle les vit, elle appela d'une voix rauque :

— Henrik, ils sont là !

Elle joignit ses mains, qu'elle tordit nerveusement. Ses doigts étaient tachés d'une sorte de peinture bleue.

Jeppe tendit la main avec hésitation.

— Bonjour, Jeppe Kørner du centre d'investigation de la police de Copenhague. Et voici ma collègue, Anette Werner.

— Désolée, je suis juste… Merci d'être venus si rapidement.

Elle répondit à sa poignée de main avec des doigts mous et un regard fuyant.

— Pouvons-nous nous asseoir quelque part ?

Jeppe observa la vaste pièce qui se prolongeait sur une cuisine ouverte, avec murs en verre et vue sur le port. Cela ressemblait à une version moderne du loft new-yorkais qu'il rêvait de posséder depuis qu'il avait vu *Flashdance* dans son enfance. On y sentait l'argent.

— Allons rejoindre mon mari au salon.

Malin les conduisit dans un long couloir avec vue sur le port d'un côté et des portes desservant différentes pièces de l'autre. Jeppe se pencha par une porte ouverte et aperçut plusieurs peintures et deux écrans d'ordinateur profilés. La famille Dreyer-Hoff avait fait fortune en gérant une maison de vente d'art et d'antiquités sur Internet. Cela se remarquait à leur intérieur.

Le couloir se terminait en un salon lumineux, presque aussi vaste que l'espace cuisine-salle à manger. Un canapé rose cinq places se trouvait sous un tableau de Kasper Eistrup, si parfaitement intégré au mur qu'il devait s'agir d'une œuvre réalisée sur commande. Près de la fenêtre, un chevalet avec une peinture bleue à moitié achevée, et à côté, un homme de grande taille aux cheveux gris, les mains dans les poches de son pantalon, le dos tourné au port. Une ride verticale entre les sourcils, il était élégant dans une chemise blanche fraîchement repassée et un pantalon de toile beige, fermé sur un léger embonpoint. Ses épaules étaient affaissées, signe distinctif d'un homme qui passe la majeure partie de ses journées derrière un bureau.

Il s'avança à leur rencontre et leur tendit la main.

— Henrik. Bonjour. Merci d'être venus.

Jeppe tiqua sur la formulation, qui aurait été plus appropriée lors d'une visite de courtoisie. Mais l'inquiétude fait dire les choses les plus étranges.

— Asseyez-vous.

Le couple s'assit sur le canapé rose, Jeppe et Anette dans les deux fauteuils assortis en face. Henrik Dreyer-Hoff entoura sa femme d'un bras protecteur.

— Vous n'avez toujours pas de nouvelles de votre fils ? demanda Jeppe.

Il tourna les pages de son carnet jusqu'à en trouver une blanche.

Les parents secouèrent tous deux la tête.

— Quand vous êtes-vous rendu compte de sa disparition ?

Malin prit une profonde inspiration.

— Ce matin. Le samedi, nous avons l'habitude de prendre le petit déjeuner tous ensemble. C'est une tradition familiale. Henrik prépare un brunch…

Elle regarda son mari, qui hocha la tête.

— J'adore cuisiner, mais dans la semaine, j'ai rarement le temps. Alors le week-end… Oscar demande toujours des pancakes. Les petites crêpes américaines avec de la mélasse dessus.

Henrik se tut. Malin regarda son mari d'un air désapprobateur, comme s'il avait dit quelque chose de mal, et se tourna de nouveau vers Jeppe.

— Je me suis levée de bonne heure et j'ai peint en attendant que les autres se réveillent, qu'Oscar rentre à la maison. Mais il n'est jamais arrivé. À 8 h 30, je l'ai appelé et je lui ai envoyé un SMS.

Jeppe nota l'heure et remarqua en même temps que la main d'Henrik serrait fermement l'épaule de sa femme. Comme s'il la soutenait. Ou la retenait.

— Où était-il cette nuit ? demanda-t-il. Où aurait-il dû être ?

— Chez son amie Iben. Pour préparer un contrôle de danois ; ils sont en seconde. Mais elle dit qu'il n'est jamais venu. Je l'ai eue au téléphone peu avant 10 heures. C'est là que nous avons compris que quelque chose n'allait pas.

Malin faisait nerveusement tourner une bague autour de son doigt.

— Et Iben ne sait pas où il est ?

— Elle croyait qu'il avait changé d'avis. Je trouve ça bizarre. Son père aurait aussi pu se montrer responsable et nous appeler, mais il n'était même pas au courant de leurs projets. Du moins, c'est ce qu'il dit.

Jeppe lui tendit son carnet.

— Nous allons avoir besoin du numéro de portable d'Oscar, d'Iben et de ses parents.

Elle regarda le carnet avec perplexité, puis le saisit lentement et se mit à écrire. Ses mains tremblaient, trahissant sa peur du pire.

— Je crois qu'il a été kidnappé, dit-elle d'une voix chevrotante. La simple pensée qu'il...

— Où habite Iben ?

— Fredericiagade, répondit Henrik avant de regarder sa femme. Au numéro 64, c'est ça ? Avec son père. Il faut dix minutes en traversant par la citadelle, c'est ce que fait Oscar d'habitude.

Jeppe fit un signe de tête à Anette, qui récupéra le carnet des mains de Malin et alla vers la fenêtre pour appeler l'amie.

— Et le reste de la famille ? Étiez-vous à la maison, hier ?

— Oui, répondit Malin après une courte pause. Enfin, Victor, notre aîné, était en ville avec des camarades de classe, mais Henrik et moi étions à la maison.

— Ils ont laissé ça pour nous.

Henrik souleva délicatement une feuille A4 qui était posée sur la table basse. Trois lignes dactylographiées en noir brillaient sur le papier blanc.

— Nous ne l'avons trouvée qu'aujourd'hui. C'est là que nous avons su que quelque chose n'allait vraiment pas, et nous avons aussitôt appelé la police.

Jeppe rabattit sa manche sur ses doigts, attrapa la feuille et lut.

« Il regarda autour de lui et vit le couteau qui avait transpercé Basil Hallward. Il l'avait nettoyé maintes fois, jusqu'à ce qu'il ne restât plus la moindre tache. Il était net et luisant. Tout comme il avait tué le peintre, il tuerait l'œuvre du peintre et tout ce qu'elle signifiait. Il tuerait le passé, et, une fois ce passé mort, il serait libre[1]. »

*

La quille fendait lestement l'eau, séparant les flots derrière le bateau en un V sans fin. Les cris des mouettes accompagnaient le bruit du moteur et le soleil jouait sur la crête des vagues, transformant ses pupilles en deux petits points noirs. CopenHill scintillait dans la lumière du matin, on aurait pu penser qu'il y avait bel et bien de la neige sur la piste de ski artificielle prévue sur le toit en pente. Il n'y en avait pas, bien sûr. La vision récréative de l'incinérateur dernier cri était loin d'être prête et les skieurs de la ville étaient encore obligés de se rendre dans de véritables montagnes enneigées.

Le port de Copenhague était calme. Si tôt dans la journée, il n'y avait que les bateaux-bus du port et les bateaux à ordures qui naviguaient. Dans quelques heures, le plan d'eau serait envahi par les excursions du samedi sur les canaux, les bateaux de location et les plaisanciers en partance pour pêcher, nager et camper sur les petites îles du détroit de l'Øresund. Les canots aux capitaines buveurs de bière, les rameurs aux yeux clairs dans leur coupe-vent, les kayaks de mer. D'ici là, il serait parti.

Il naviguait sans plan ni urgence, comme il l'aimait. Il suivait les mouvements du bateau et laissait le vent lui tirer des larmes matinales. La forteresse maritime de Trekroner se dressa devant lui, petite île rouge et vert, souriante et accueillante dans la lumière du soleil. Mads Teigen manœuvra d'un geste routinier le remorqueur du fort dans le petit port, jusqu'au ponton. Un seul canot de bois y était amarré. Il attacha solidement le bateau, coupa le moteur et sauta

1. Voir références en fin d'ouvrage. *(Toutes les notes sont de la traductrice.)*

à terre. Les remparts escarpés étaient couverts d'herbes sauvages printanières et ressemblaient à de douces ailes, vert et jaune, qui protégeaient le vieux fort.

À l'origine, la forteresse maritime avait été construite dans le cadre d'un ensemble de fortifications autour de Copenhague, un système de structures défensives qui comprenait plusieurs autres forts et avait joué un rôle clé au cours d'attaques légendaires, comme la bataille de Copenhague en 1801 ou l'attaque anglaise de 1807, durant laquelle la ville avait perdu sa flotte. Le fort de Trekroner d'origine avait été érigé en 1713 à partir de trois vieux navires coulés, remplis de roches. L'un d'eux, le *Tre Kronor* (« Trois Couronnes »), avait donné son nom à la forteresse, même si la plupart des gens croyaient qu'il datait de l'époque où l'île avait été vendue au gouvernement pour trois couronnes, plus de deux cent cinquante ans plus tard.

Mads ramassa un sac en plastique égaré, scruta la promenade en forme de fer à cheval à la recherche de signes de vie, n'en vit aucun. Comme toujours, ses yeux s'attardèrent sur le phare blanc qui dominait l'entrée principale du fort lui-même. De là, la structure s'enfonçait sous terre sur trois étages. Les casemates avaient servi de base à sept cent cinquante soldats pendant la Première Guerre mondiale, et les Allemands les avaient utilisées plus tard durant l'Occupation. Quand on se tenait entre ces murs écaillés, dans les couloirs sous le niveau de la mer, on pouvait encore sentir la poudre à canon et la sueur de l'angoisse. La panique mélangée à l'ennui s'était infiltrée dans la maçonnerie et murmurait désormais les histoires de centaines d'hommes morts.

Aujourd'hui, le fort n'abritait plus que des oiseaux, des visons et un gardien solitaire, qui vivait dans les anciens quartiers du commandant peints en rouge. Un ermite sur son île, c'était devenu son destin.

Mads traversa la plate-forme, où on amassait déjà du bois pour le feu de joie de la Saint-Jean, et remonta la pente jusqu'au côté extérieur du rempart. Il voulait jeter un œil au couple de cygnes qui nichait près du brise-lames. Du haut du rempart, la vue était imprenable sur les tours et les flèches de Copenhague d'un côté et le gratte-ciel de Malmö, surnommé le Turning Torso, de l'autre. Quand on se tenait là, on aurait aussi bien pu être sur sa propre planète, tellement tout était désert. Une enclave de nature sauvage au milieu de la capitale, uniquement séparée de la vie trépidante par une étroite bande d'eau.

Le couple de cygnes était en train de couver, la femelle assise lourdement sur le nid d'algues, le mâle tournant avec méfiance autour d'elle. Dans un bon mois, la forteresse aurait une nouvelle couvée d'oisillons duveteux qui se colleraient à leur mère pour survivre aux premières semaines critiques.

Mads sourit à cette pensée.

Il continua le long du rempart, devant l'une des anciennes balises de navigation en bois blanc et rouge, qui s'élevait sur des poteaux en haut du remblai. Le premier enterrement de vie de garçon de la saison aurait lieu vers midi, aujourd'hui. Mads avait déjà préparé les étapes de la chasse au trésor dans les couloirs souterrains, mais une impulsion lui fit vérifier le parcours.

L'air entre les épais murs de béton des casemates lui sembla frais alors qu'il descendait l'escalier en colimaçon vers les niveaux en sous-sol au plafond bas. Ses pas résonnaient en décalage, comme si quelqu'un marchait dans l'ombre derrière lui. Quand il passa devant la porte peinte d'une croix rouge, l'illusion sonore lui parut si réelle qu'il dut se retourner et regarder derrière lui. Il n'y avait personne. Juste des fantômes dans sa tête.

Mads vérifia les douze étapes et s'assura que les cordes étaient attachées et les lampes de poche chargées avant de remonter à la lumière et au vent. Il avait le temps de travailler un moment dans son atelier avant l'arrivée des visiteurs. En retournant vers le bâtiment du commandant, il passa devant le canot en bois, qui était toujours amarré au ponton. Cela ne l'inquiéta pas. Pourtant, par précaution, il verrouilla la porte principale. Il ne voulait pas risquer d'être dérangé.

Il verrouilla aussi la porte de l'atelier. Il laissa son téléphone dans la poche de son coupe-vent, qu'il accrocha à la poignée de la porte, et alluma sa chaîne hi-fi pour que la sixième symphonie de Tchaïkovski emplisse la pièce.

Mads poussa un soupir de soulagement à la perspective d'une heure de paix absolue à consacrer à son prochain projet. Il sortit un emballage plastique du réfrigérateur et le posa sur l'établi. Puis il déballa le cadavre avec précaution, remplit un bol d'eau et prépara le scalpel.

CHAPITRE 3

Anette observa les deux parents sur le canapé rose et se souvint malgré elle de ce couple britannique qui avait perdu leur petite fille lors de vacances au Portugal. En dépit de longues années de recherches, elle n'avait jamais été retrouvée. Pour finir, certains avaient commencé à spéculer sur le rôle des parents eux-mêmes dans sa disparition.

— La lettre était sur l'îlot de la cuisine, expliqua Henrik.

Il se rapprocha un peu plus de sa femme, comme s'il voulait la protéger physiquement des mots qu'il prononçait.

— Nous ne l'avons remarquée qu'après avoir compris qu'Oscar avait disparu. Nous pensions que c'était un devoir ou quelque chose comme ça.

— Et ce n'était pas le cas ?

Ils secouèrent tous deux la tête.

— Elle était pliée en deux, avec « POUR M&H » écrit dessus. Et dactylographiée. Regardez !

Jeppe tourna le papier et le montra à Anette. Elle le prit et étudia les mots avec attention.

Malin inspira profondément.

— Est-ce que ça pourrait être une demande de rançon ? Il est question de tuer.

— On dirait une sorte de citation, constata Anette.

Elle regarda Jeppe, sachant qu'il pensait la même chose qu'elle : la plupart des ravisseurs étaient assez directs dans leurs messages, sans descriptions ni lyrisme.

— Qui est Basil Hallward ?

— Aucune idée, répondit rapidement Malin. Nous n'avons jamais entendu ce nom auparavant.

Anette détecta un ton dédaigneux dans sa voix. Comme si elle trouvait qu'ils posaient les mauvaises questions.

— Nous avons déjà reçu des menaces, il y a quelque temps de ça maintenant, peut-être deux ans ? Nous avions prévenu la police. Vous devez avoir ça dans vos dossiers.

Anette hocha la tête.

— Ces lettres de menaces ressemblaient-elles à celle-ci ?

Malin hésita.

— Pour autant que je me souvienne, elles étaient toutes différentes, certaines manuscrites, d'autres dactylographiées. Mais toutes courtes.

— Vous les avez toujours ?

— Non, intervint Henrik avant que sa femme n'ait le temps de répondre. Force est de constater que quelqu'un en a après notre famille. Et maintenant, on a enlevé Oscar !

La voix d'Henrik se brisa sur la dernière phrase et il baissa la tête. Ses épaules se mirent à trembler, Malin posa une main sur sa cuisse et la tapota avec impatience. Anette ne trouva pas ce geste très affectueux.

— À l'époque, la police avait-elle découvert les auteurs de ces lettres ? demanda Jeppe.

— Non.

— Bon, nous ressortirons le rapport. Nos techniciens vont examiner cette lettre-ci afin d'y trouver d'éventuels indices, puis nous la comparerons avec les précédentes, si nous en possédons des copies dans nos dossiers.

Pendant que Jeppe donnait ces explications, Anette photographia la lettre avec son téléphone, se leva, sortit une enveloppe brune de son sac et y glissa la feuille avant de la sceller. Elle vit qu'Henrik s'était redressé et avait remis son bras autour de sa femme.

— Y a-t-il des signes d'effraction ?

Il secoua la tête.

— Nous avons une alarme, qui ne s'est pas déclenchée. Mais ce n'est pas surprenant, n'est-ce pas ? Ils ont probablement sonné et Oscar a lui-même fait entrer ses ravisseurs.

— Quand a-t-il été vu pour la dernière fois, et par qui ? demanda Jeppe en tournant une page de son carnet.

— À la fin de ses cours, à trois heures moins le quart, hier, répondit Malin. Le lycée Zahles, près de la station de métro Nørreport. Iben affirme qu'ils se sont dit au revoir devant le lycée et qu'Oscar est rentré à pied à la maison.

— À quel moment les autres membres de la famille sont-ils rentrés ici ?

— Le vendredi, Essie, notre plus jeune, va à son cours de danse. Je suis allée la chercher et nous sommes rentrées peu après 17 heures, 17 h 30, peut-être.

Malin toucha la main d'Henrik sur son épaule, comme si elle voulait qu'il la retire. Il ne le fit pas.

— Avez-vous vérifié auprès de vos proches s'ils ont eu des nouvelles d'Oscar ?

— Nous avons appelé ma mère, mon père et ma sœur, mais aucun d'eux ne sait quoi que ce soit. C'est notre famille la plus proche. Les parents d'Henrik sont morts. Mais Oscar ne serait jamais parti sans nous avoir prévenus.

Anette retourna s'asseoir sur le canapé à côté de Jeppe.

— Pouvez-vous déterminer s'il est rentré après l'école, hier ? Son sac de cours est-il ici, par exemple ? Son ordinateur ?

Malin secoua la tête.

— Son téléphone portable n'est pas là non plus.

— Et son passeport ? continua Anette. Est-il à sa place habituelle ?

— J'ai vérifié. Tous nos passeports sont à leur place dans le tiroir, répondit-elle en montrant un secrétaire laqué rouge. Qu'allez-vous faire pour le retrouver ?

— Nous allons immédiatement lancer un avis de recherche, lui assura Jeppe. S'il a son téléphone portable sur lui, nous le trouverons aussitôt. Ce que vous pouvez faire en attendant, c'est appeler tous ceux qui sont régulièrement en contact avec Oscar et leur demander s'ils ont de ses nouvelles.

Les yeux d'Henrik devinrent humides.

— Avez-vous une photo ressemblante ?

— Je vais en chercher une.

Malin se libéra de l'étreinte de son mari, se leva et s'appuya un instant sur le dossier du canapé, comme prise de vertige. Puis elle quitta la pièce.

— Cela vous dérange si nous jetons un coup d'œil à sa chambre ? demanda Anette.

Henrik ne lui répondit pas. Anette regarda Jeppe, qui haussa les épaules en un geste qu'elle choisit d'interpréter comme une approbation. Elle se leva et retourna dans le long couloir qui menait à la cuisine, ouvrant au passage les portes des différentes pièces. La première ressemblait à un bureau, avec des meubles en bois massif ; dans la deuxième, un jeune homme était assis, des écouteurs sur les oreilles. Il était brun, longiligne et beau.

— Bonjour, je m'appelle Anette, je suis de la police. Tu dois être Victor ?

Il retira ses écouteurs qu'il laissa pendre à son cou comme un collier à l'envers. Un rythme sonore emplit la pièce. Anette vit qu'il avait les yeux rouges d'avoir pleuré.

— Je cherche la chambre de ton petit frère, expliqua-t-elle par-dessus le bruit des basses.

— Vous pouvez m'appeler Vic, comme tout le monde.

Le garçon sortit son téléphone portable de sa poche et appuya sur l'écran. La musique s'arrêta.

— C'est ici, sa chambre, en fait. Je me suis juste assis là pour…

— Je suppose que tu ne sais pas où est ton frère ?

— Si je le savais, vous ne seriez pas ici, n'est-ce pas ?

Victor sourit d'un air d'excuse et essuya une larme sur sa joue.

— Désolé, je n'essaye pas de faire le malin. C'est juste que toute cette histoire est… bizarre.

Anette observa le décor spartiate de la pièce. Un bureau et une chaise en bois poli, des étagères pleines de livres, un portant couvert de vêtements et une commode. Rien de plus. C'était aussi propre et rangé que le reste de l'appartement, mais loin d'être aussi agréable.

Des cadres avec des dessins en noir et blanc étaient accrochés au mur au-dessus du bureau, proches les uns des autres. Des dessins au fusain de silhouettes humaines, de corps nus, de visages aux yeux baissés, et de sexes s'estompant dans les ombres.

— C'est Oscar qui les a faits ?

— Oui. Il est super doué, il a tout dessiné. Quand on était plus jeunes, il essayait toujours de m'apprendre. Vous savez, il posait un vase avec des fleurs devant moi et me montrait comment dessiner en perspective et faire les ombres. Quel petit con ! Je n'y arrivais jamais et il se mettait en colère en disant que je le faisais exprès, pour l'embêter.

Anette sourit.

— Quand l'as-tu vu pour la dernière fois ?

— Au petit déjeuner, hier, répondit-il avec hésitation, sa voix éraillée et sur le point de se briser à tout moment. Nous avons mangé dans la cuisine avec notre petite sœur, comme d'habitude, et nous sommes allés ensemble à l'école, Oscar et moi. On est dans le même lycée, il est en seconde et moi en terminale.

Victor tripota ses écouteurs.

— Maman dit qu'il a été kidnappé. C'est vrai ?

— Il est trop tôt pour l'affirmer.

Quelque chose se cassa dans les écouteurs et le garçon regarda avec perplexité le petit morceau de plastique dans sa main.

— On devait rentrer ensemble à pied à la maison, mais je... il fallait que je parle à quelqu'un. Peut-être que si j'avais tenu ma promesse...

Il la regarda d'un air implorant. Anette aurait aimé pouvoir le réconforter, mais elle n'en savait pas plus que lui. Et peut-être avait-il raison.

Il retira les écouteurs et les jeta par terre.

— Un de mes amis dit qu'il a vu mon petit frère parler à quelqu'un dans une voiture noire devant le Jardin botanique, après l'école.

Anette retint son souffle.

— Comment s'appelle cet ami ?

— Jokke. Enfin, Joakim. Il est en terminale aussi, expliqua-t-il en brandissant son téléphone. Tout à l'heure, j'ai prévenu sur Messenger tous ceux que je connais. Il vient de répondre.

Anette lui tendit son propre téléphone.

— Pourrais-tu, s'il te plaît, enregistrer le numéro de... euh... Jokke pour moi ?

Il s'exécuta.

— Oscar pourrait-il être mêlé à quelque chose qui lui est interdit ? Par exemple se trouver avec un ami que vos parents ne veulent pas qu'il voie ?

Elle eut un sourire bienveillant, pour signaler qu'il n'y aurait pas de représailles à la clé.

— Non ! Mon petit frère est un garçon sage.

Anette examina de nouveau les dessins, le bureau, la commode et la seule chaise de la pièce où se trouvait Victor.

— Mais dis-moi, où dort-il ?

— Dans le lit familial.

Elle le regarda d'un air interrogateur.

— Nos parents pensent que la meute doit dormir ensemble, alors quand j'étais petit, ils ont construit un immense lit pour nous tous. Cinq mètres de large. J'ai mon propre lit, maintenant, mais Oscar y dort toujours.

Anette sentit un souffle froid sur sa nuque.

Le lit familial ?

*

Sur le plan de travail de la cuisine, le porridge aux graines de chia se figeait dans les bols – un petit déjeuner préparé par un père sans appétit, pour une famille qui n'était pas à la maison. Iben aurait dû être ici, les coudes sur la table et la bouche pleine, riant à sa tentative maladroite de préparer la nourriture végétalienne qu'elle avait elle-même introduite dans la maison. Malgré la disparition de son meilleur ami, elle s'était rendue à une réunion du Conseil danois de la jeunesse. Elle était active dans leur organisation environnementale. Sa fille, idéaliste et têtue comme personne.

Kasper Skytte renversa la tête en arrière et avala ce qui restait du Fernet Branca. La sensation de brûlure dans son œsophage lui fit du bien, tout comme le reflux nauséeux qui suivit. Il n'aimait pas particulièrement le Fernet Branca, surtout pas le matin, mais aujourd'hui il avait vraiment besoin de l'alcool et de l'indifférence béate qui se propageait dans son corps. Kasper n'avait pas de problème d'alcool, sa dépendance avait un autre visage, mais il savait bien que, par périodes, il buvait trop. Que depuis son divorce, pourtant à l'amiable, sept ans auparavant, sa consommation de vin déjà conséquente s'était transformée en quelque chose de décidément malsain. Il savait que pour Iben, il n'avait pu assumer son rôle de père célibataire qu'en prenant un verre et en passant quelques heures seul devant son écran d'ordinateur à la fin de sa journée de travail.

Quand son ex-femme avait déménagé à Saint-Sébastien, en Espagne, avec son nouveau petit ami, six ans auparavant, il avait été conjointement décidé qu'Iben resterait au Danemark. Kasper avait conservé l'appartement, l'enfant et – contre son gré – le chien Cookie, un coton de tuléar qu'il avait promené à contrecœur deux fois par jour jusqu'à ce qu'il passe enfin l'arme à gauche, l'année précédente. En d'autres termes, il avait tout gardé, et elle n'était partie qu'avec sa liberté. Pourtant, elle semblait avoir emporté quelque chose de sa fille avec elle, car le vide dans le regard d'Iben grandissait d'année en année. Du moins quand elle regardait son père.

Le portail claqua dans la cour et il lança un coup d'œil dehors pour voir si c'était elle qui rentrait. C'était le voisin du dessus. Iben avait pourtant promis de revenir directement à la maison après la réunion, et maintenant, elle ne répondait pas au téléphone. Il jeta le reste de porridge et la salade de fruits à la poubelle, mais renonça à faire la vaisselle. Ce serait pour plus tard.

Oscar avait disparu, la police était en route pour venir interroger sa fille. C'était la réalité à laquelle il ne pouvait pas échapper. Kasper pria pour qu'elle rentre à la maison et qu'il n'ait pas à les affronter seul.

Il entra dans le salon et alluma la lampe d'architecte de son bureau. Il avait réussi à la placer à cet endroit malgré les protestations d'Iben. Oui, l'espace était restreint, mais où aurait-il pu la mettre ? Et s'il devait être à la maison quand elle n'avait pas cours, pour lui faire à manger et être présent pour elle, alors il devait aussi pouvoir travailler quand elle dormait. Au-dessus du bureau était accroché un dessin du nouvel incinérateur de Copenhague, sur Refshaleøen, l'ambitieux Amager Ressource Center, aussi surnommé ARC ou CopenHill, dessiné par un architecte. Son lieu de travail durant cette dernière année, et ce qui remplissait la plupart de ses heures d'éveil. En plus d'Iben.

Il étala quatre feuilles de papier sur le bureau et se pencha dessus. Elles répertoriaient les émissions de la semaine précédente des six tuyaux internes de l'installation, appelés « épurateurs », qui nettoyaient et dirigeaient la fumée des fours vers la cheminée de 123 mètres de haut afin qu'elle puisse projeter une vapeur blanche et propre sur la ville. Kasper était employé comme ingénieur de *process* pour concevoir la procédure de collecte des données, surveiller les émissions toxiques provenant des déchets brûlés, mais aussi pour optimiser l'utilisation de l'énergie produite par la combustion. Il supervisait toutes les étapes, du ramassage des ordures dans la ville à la saisie contrôlée par ordinateur directement depuis le silo à déchets.

L'ARC était unique à bien des égards. Sous la devise « Nous prenons et redistribuons », l'incinérateur avait été conçu dès l'origine comme bien plus qu'une décharge. Dessiné par le cabinet d'architectes de renommée mondiale BIG, il comportait un toit faisant office de piste de ski de quatre-vingt-cinq mètres de haut, avec un remonte-pente et un café, recouverte d'une sous-couche de plastique italienne spécialement conçue qui permettait de dévaler la piste sans le moindre flocon de neige. CopenHill, le nouveau point de repère et lieu de rencontre récréatif de la ville. Le projet du toit aurait coûté à lui seul plusieurs centaines de millions.

Mais l'ouverture de la piste avait déjà été retardée plusieurs fois et la presse semblait mettre en exergue le moindre faux pas, comme si elle n'avait aucune idée de l'ampleur ni de l'importance du projet : l'un des incinérateurs les plus propres du monde, et qui fonctionnait parfaitement. Pourtant, ce projet se heurtait encore et toujours à quelques écueils. Entre autres parce qu'ils étaient obligés d'importer des ordures d'Angleterre pour alimenter suffisamment le chauffage urbain de la ville. L'usine avait été surdimensionnée dès sa conception, alors que le volume des déchets de Copenhague diminuait. Bien sûr, les journalistes s'étaient jetés dessus. Mais construire si grand avait été une décision politique, pour ne pas se retrouver avec une installation qui serait trop petite au bout de dix ans.

Kasper posa une loupe sur le papier qui indiquait les derniers chiffres d'émission du catalyseur de NO_X. Les filtres à azote étaient très nocifs pour la santé et donc strictement réglementés dans le monde entier pour éviter le smog et les pluies acides. Lui et son équipe faisaient partie des meilleurs ingénieurs du monde dans la conception d'usines de traitement des fumées, et ils avaient déjà été approchés en tant que consultants pour des incinérateurs au Canada, en Inde et en France. L'objectif était d'aspirer rapidement le CO_2 des fumées de l'usine afin qu'il puisse être enfoui dans les couches géologiques profondes. La technologie existait, ce n'était qu'une question de temps.

Il regarda sa montre et rappela Iben. Toujours pas de réponse. Kasper jeta le téléphone, qui tomba par terre. Il le ramassa, honteux, et vérifia si le verre ne s'était pas fissuré. Ils seraient bientôt là, il fallait qu'elle rentre.

Il se pencha de nouveau sur la table et commença à tracer des lignes et des chiffres à côté. Des chemins et des valeurs illustrées par de petits symboles dentés. Ses doigts se trompèrent et il se maudit, s'adossa à sa chaise et regarda au plafond. Il tendit l'oreille, à l'affût d'un bruit de clé dans la serrure.

Il ne devait pas. Il s'était promis de ne pas le faire. Mais la pensée d'allumer son ordinateur s'insinua dans sa tête, jusqu'à ce qu'il ne puisse presque plus lire les chiffres devant lui. S'il se connectait, il pourrait s'évader un moment, ce serait plus facile ensuite. Kasper ressentit comme une sensation de brûlure dans le corps. Comme une inflammation se propageant par le sang depuis son ventre jusqu'à sa peau et lui donnant des frissons. Il alla chercher son ordinateur portable, se connecta, haletant, et sentit le monde se stabiliser.

*

Près de la station d'Østerport, où les rails passent sous terre le long du parc d'Østre Anlæg, les fleurs blanches des arbres brillaient sur fond de feuillage vert et jaune. Des branches aux boutons à peine formés pointaient vers le ciel, gonflées de sève, comme des seins de jeunes filles, et leur parfum emplissait tout le parc. Des fleurs de mirabelliers, sans doute, il était trop tôt pour les merisiers, les aubépines, le jaune des forsythias. La première floraison du printemps était sur le point de recouvrir la ville. C'était plus qu'une affirmation de vie, c'était une dose de pur bonheur.

Esther de Laurenti reniflait le printemps. Elle venait d'avoir soixante-dix ans, et l'arrivée de chaque nouveau printemps qui la rapprochait de la fin de sa vie lui donnait l'impression d'avoir gagné à la loterie. Elle tira sur la laisse de son unique carlin et ressentit un léger pincement au cœur. Épistémè, douze ans, avait attrapé au cours de l'hiver un rhume qui s'était transformé en une infection cérébrale tenace. Maintenant, il ne restait plus que Doxa. Celle-ci avait gémi durant plusieurs semaines après la disparition de sa partenaire, puis c'était passé. Elle trottinait à présent le long du chemin, en pleine forme, sans aucun signe visible de chagrin. Dire que la mort pouvait s'approcher si près sans laisser de séquelle durable !

Esther gratta le cou de sa chienne puis continua sa promenade devant le musée national des Beaux-Arts, le long du Jardin botanique et jusqu'aux Lacs. Le soleil scintillait vivement sur l'eau, la forçant à plisser les yeux. Elle sourit à un groupe de jeunes sur un banc, qui avaient des canettes de bière et le regard brillant. *Copenhague est la plus belle des villes quand elle sort de son sommeil*, pensa-t-elle, *contrairement à nous, les humains, qui devons passer par d'innombrables rituels matinaux avant de pouvoir faire quoi que ce soit.*

Gregers, son colocataire et ami de quatre-vingt-cinq ans, était un excellent exemple de démarrage lent. Parfois, il pouvait s'asseoir dans la cuisine de leur appartement de Peblinge Dosseringen et rester grincheux jusqu'à une heure avancée de la matinée. Et cela empirait avec l'âge. Au fil du temps, il bougeait moins et se plaignait davantage. Il descendait toujours à la boulangerie de Blågårdsgade et faisait son exercice quotidien, mais la chair se creusait malgré tout autour de ses os autrefois solides et son humeur glaciale dépassait rarement le dégel.

Esther éloigna Doxa du banc et laissa son esprit revenir à ce qui l'occupait le plus en ce moment. Son écriture. Ce n'était encore que la première idée d'un livre, mais elle était tellement excitante qu'elle ne pouvait pas la lâcher. Cette idée lui était venue lorsque, à l'approche de Noël, elle avait déposé des fleurs sur la tombe de Kristoffer, son ami décédé. Il y avait de la neige dans le cimetière ce jour-là et la tombe était couverte de fleurs de givre. Elle était restée un long moment debout dans le froid, essayant d'entrer en relation avec son jeune ami disparu. Elle s'était sentie enfermée et perdue.

Pourquoi sommes-nous si peu doués pour gérer la mort alors qu'elle est la seule condition inévitable ? Que faire de son chagrin quand les rituels entourant la mort ont disparu et que tout le monde est pressé de passer à autre chose ?

Les pensées avaient longtemps bourdonné dans sa tête, comme une guêpe têtue qui ne voulait ni piquer ni disparaître.

Esther avait commencé à lire des textes sur les rituels de la mort dans d'autres cultures, sur le deuil et les funérailles. Un matin de mars, elle s'était assise dès le réveil à son ordinateur, pour écrire. Au début, des pensées éparses sur la mort, qui commençaient désormais à prendre forme. Son ventre lui picotait à l'idée de l'histoire naissante.

Elle bascula la tête en arrière et regarda les jeunes feuilles de marronniers qui pendaient mollement, telles des oreilles de chiot. Pour l'instant, il était impossible d'imaginer qu'elles s'ouvriraient bientôt comme des parachutes élastiques d'un vert criard.

Rites mortuaires et verdure printanière bourgeonnante. Esther ne se souvenait pas de s'être jamais sentie aussi bien.

CHAPITRE 4

Dans le port, les vagues gris-bleu frappaient les rochers le long de Langelinie et projetaient des embruns salés sur les joues de Jeppe et Anette. À l'horizon se trouvaient la forteresse maritime de Trekroner et les bâtiments industriels de Refshaleøen et, sur la droite, plus loin, l'ancienne caserne de Holmen et l'opéra si décrié. Non loin de *La Petite Sirène*, où des hordes de touristes se prenaient en photo devant la décevante petite statue, Jeppe jeta le reste du hot-dog qui constituait son déjeuner. Pour contrer l'haleine d'oignon qu'il lui laissait, il fouilla ses poches à la recherche de ses cigarettes.

Anette le contempla d'un air réprobateur.

— Tu vas fumer maintenant ? La famille Skytte nous attend.

Jeppe lui tendit le paquet avec un sourire. Rien de plus drôle que de taquiner les anciens fumeurs. Elle secoua la tête et fourra les mains dans ses poches alors qu'il allumait une cigarette et inhalait avidement.

La première phase des opérations de recherche était en cours. Une équipe d'agents fouillait les réseaux sociaux, faisait du porte-à-porte dans le quartier et appelait les autres membres de la famille et les camarades d'école. La deuxième phase, patrouilles canines, hélicoptères et presse, constituait une machinerie plus lourde, qui aurait besoin d'un peu plus de temps pour se déployer. Dans un premier temps, ils avaient choisi de ne pas rendre publics la lettre et les soupçons d'enlèvement. Avant que les demandes des ravisseurs soient connues, impliquer le reste du monde pouvait gravement nuire à la situation. Ils espéraient encore qu'Oscar ressurgisse indemne avant que cela devienne nécessaire.

— Qu'est-ce que tu en penses ?

Anette pinça les lèvres, songeuse.

— Au premier abord, ça ne ressemble pas à une demande de rançon classique.

— Mais vu les précédentes menaces, il est probable que ça en soit une.

Jeppe cligna des yeux en regardant l'eau.

— Mouais, fit Anette en donnant un coup de pied dans un caillou qui roula sur l'asphalte. C'est juste moi ou il y avait une drôle d'ambiance entre les parents ?

— Pouvait-on s'attendre à autre chose ?

Elle haussa les épaules avant d'insister :

— Que penses-tu du concept de « lit familial », d'ailleurs ?

Il souffla une fine colonne de fumée vers l'horizon.

— C'est sûr que dormir dans le même lit que son fils de quinze ans n'est pas courant. Mais toutes les familles sont différentes, elles font ce qu'elles pensent être le mieux.

Anette plissa le nez.

— Je trouve que ça pue. Et qui dit d'ailleurs que Malin Dreyer-Hoff s'entend bien avec ses enfants ? Elle n'a pas l'air de dégager beaucoup d'empathie.

Il haussa un sourcil, impressionné.

— Arrête, mon petit Jeppe ! Tu n'as pas de diplôme en décodage d'individus juste parce que tu as lu un livre, un jour.

Jeppe lui adressa un sourire en coin et écrasa sa cigarette sur le talon de sa chaussure.

— Allez, on y va.

Le quartier du château d'Amelienborg était pétri de vieilles fortunes. Dans les rues pavées, d'épaisses plaques en laiton étaient apposées sur des façades blanchies à la chaux. Une fois dans Fredericiagade, l'ambiance mondaine s'arrêtait, et plus ils s'éloignaient du port et du château, moins les vieux immeubles étaient entretenus. Au numéro 64, à l'interphone d'une entrée relativement modeste au coin de Borgergade, Jeppe sonna chez les Skytte. Le portail s'ouvrait sur une petite arrière-cour coincée entre de hauts immeubles d'habitation. Un homme blond et barbu, de taille moyenne, les attendait sur le seuil d'un appartement en rez-de-chaussée avec accès direct à la cour. Son chewing-gum ne masquait pas tout à fait les effluves d'alcool de son haleine. Jeppe s'essuya les pieds sur un paillasson fleuri et lui tendit la main.

L'appartement était bas de plafond et sombre, mais agréablement aménagé avec des meubles en pin, des tapis en lirette et des dessins d'enfant défraîchis sur les murs de l'entrée. Le mobilier était fonctionnel et sans prétention ; le contraste avec l'appartement luxueux au design parfait de la famille Dreyer-Hoff n'aurait pas pu être plus saisissant.

— Installons-nous dans la cuisine, il y a de la place. Iben vient juste de rentrer.

Kasper Skytte poussa une porte en bois patiné où la poignée manquait, et ouvrit la voie.

Dans la cuisine, une jeune fille aux cheveux mi-longs blond foncé et au visage enfantin était assise, penchée sur une tasse de thé. Anette resta debout près de la table et jeta un coup d'œil à la vaisselle sale dans l'évier. Kasper prit une chaise à côté d'Iben, Jeppe en face. Le père tourna la tête vers sa fille, révélant une tache de naissance de la taille d'un poing sur sa tempe gauche, entre sa barbe et ses cheveux.

— Iben, redresse-toi. La police est là.

Jeppe tendit la main à la jeune fille. Elle la prit lentement, comme si cette forme de politesse ne lui était pas familière.

— Bonjour, Iben, je m'appelle Jeppe et je suis de la police. Comme tu le sais, ton ami Oscar a disparu. Il avait dit à ses parents qu'il devait dormir chez toi…

Iben baissa les yeux.

— … mais il ne l'a pas fait. Sais-tu où il est ? poursuivit Jeppe doucement.

La fille fit tourner sa tasse de thé sans lever le regard, et Kasper plaça un bras protecteur autour de ses épaules. Jeppe la vit reculer un peu pour éviter son contact.

— Si tu sais quelque chose, c'est le moment de nous le dire. La situation est très sérieuse. Oscar pourrait être en danger.

— Je ne sais pas où il est.

— OK, ce n'est pas grave, Iben, dit Jeppe en souriant d'un air rassurant. Quand l'as-tu vu pour la dernière fois ?

— Hier, devant l'école, juste après la sonnerie de la fin des cours. On était un groupe à traîner et à parler de ce qu'on allait faire ce week-end. Il y en avait plusieurs de l'autre seconde et aussi quelques terminales. Oscar attendait son grand frère, mais il n'est jamais arrivé. Au bout de dix minutes, on est partis, moi par la station de Nørreport, lui en direction du Jardin botanique.

— Vous ne deviez pas passer la soirée ensemble ?

— Si, mais il voulait rentrer poser son sac avant de me rejoindre plus tard. Pour dîner. Rien d'anormal.

La réponse avait été rapide et monocorde.

— Pourquoi n'est-il pas rentré directement avec toi ?

— Je viens de le dire, il voulait poser son sac et prendre un change de vêtements, bien sûr.

Iben fronça le nez, agacée, et Jeppe devina un tempérament bouillant derrière l'apparence innocente.

— Mais il n'est jamais venu. Tu as essayé de l'appeler ?

Elle secoua la tête d'un air désapprobateur, comme si la question était stupide.

— Évidemment ! Mais il n'a pas répondu, alors j'ai pensé qu'il avait commencé à jouer ou à dessiner. Qu'il s'était endormi, *whatever*. On se voit tout le temps, ce n'était pas un rencard du genre gravé dans le marbre…

Anette interrompit le flot de paroles de la jeune fille.

— Un des élèves de terminale, Joakim, dit qu'il a vu Oscar parler avec le conducteur d'une voiture noire. Tu l'as vu aussi ?

Iben secoua la tête.

— Et tu n'as pas du tout été surprise qu'il ne te prévienne pas ? insista Jeppe.

— Non, dit-elle en le regardant avec tout le dédain d'une adolescente pour le conformisme de l'adulte. Je pensais juste qu'il rappellerait quand il se réveillerait, samedi.

Kasper la contempla d'un air grave avant de demander, sans obtenir de réponse :

— Vous avez menti en disant que vous dormiez l'un chez l'autre ?

Une pulsation surgit sur la tempe de Skytte, bien visible au niveau de sa tache de naissance. Jeppe comprit qu'il faisait un effort, comme pour contenir la puissance qui circulait dans ses bras musclés, pour qu'elle ne casse rien dans le petit appartement.

Jeppe se retourna alors vers Iben.

— Tu n'as aucune idée de l'endroit où il a pu aller ?

— Non.

Elle continuait à fixer des yeux sa tasse de thé.

Jeppe fut pris d'une envie de crier sur la jeune fille pour lui faire comprendre la gravité de la situation. *Il a été kidnappé, aide-nous, bon sang !* Mais les témoins doivent être traités avec douceur, sans quoi ils se referment comme des huîtres. Il demanda calmement :

— Tu ne sais pas où il a pu dormir cette nuit ?

Iben resta immobile pendant dix secondes puis secoua la tête.

Le robinet coulait de manière monotone, et Jeppe commença à compter les gouttes. Un battement de cœur. Deux battements de cœur. Trois battements de cœur.

Il interrompit le rythme.

— Les parents d'Oscar ont trouvé un mot avec une citation. Imprimée sur une feuille A4. Ça te dit quelque chose ?

— Je ne sais rien.

Sa voix s'était amenuisée et transformée en murmure.

Son père remit son bras autour d'elle, et cette fois, sa réaction à ce contact physique fut sans équivoque. Elle le repoussa comme un petit enfant qui n'a pas encore de mots pour fixer ses limites. Instinctivement.

Anette sortit une carte de visite.

— Si tu penses à quoi que ce soit que tu veux nous dire, appelle aussitôt. Plus tôt nous le trouverons, mieux ce sera.

Ce fut Kasper qui prit la carte. Il l'observa, nerveux.

— Pourrait-il être en danger ?

Jeppe laissa traîner sa réponse, juste un peu.

— Dans la grande majorité des cas comme celui-ci, les gens réapparaissent complètement indemnes.

Ce n'est pas un mensonge, pensa-t-il alors qu'ils prenaient congé du père et de sa fille. Durant la première journée, la plupart des disparus réapparaissaient sains et saufs. Après vingt-quatre heures, les statistiques chutaient drastiquement.

En d'autres termes, il leur restait deux heures et demie.

*

Into my arms, O Lord. Into my arms[1]…

La voix rauque de Nick Cave remplit le petit atelier et Jenny Kaliban monta le son puis ferma les yeux. Elle fuma. Se balança un peu sur place. Chanta et laissa la mélodie calmer l'inquiétude de son corps, comme seule la musique sait le faire. Aujourd'hui, elle s'était réveillée avec des regrets dans la poitrine et avait du mal à chasser la tristesse. Les soucis se lisaient dans les nombreuses ridules autour de ses yeux et de sa bouche, dans ses cheveux gris et ses genoux usés. Comme un mantra, elle se répétait qu'elle n'avait pas grand-chose à perdre, mais bien sûr, c'était un mensonge. Tout le monde a quelque chose à perdre.

Elle ouvrit les yeux, éteignit son vieux ghetto-blaster et jeta sa cigarette dans l'évier. Aujourd'hui était une de ses rares journées entières à son atelier, elle ne devait pas la gaspiller en pensées négatives en s'apitoyant sur son sort. Ses finances étaient serrées, pour ne pas dire désastreuses. Elle devait à nouveau donner des cours du soir, prendre davantage de gardes au musée Thorvaldsen, trouver de nouvelles sources de revenus. Le travail de gardienne lui convenait assez bien, mais il ne rapportait pas grand-chose. L'avis de résiliation du propriétaire gisait sur le classeur à tiroirs, tel un feu couvant qui menaçait de détruire sa vie.

Jenny attrapa un tablier de travail pendu au crochet près de la porte et regarda son petit atelier. Il était au premier étage d'une maison de ville délabrée, abandonnée au milieu du quartier d'Østerbro quand les autres avaient été démolies au nom sacré de la modernisation. On y accédait par la cour arrière. Les fenêtres poussiéreuses ne laissaient entrer que peu de lumière, et au fil des ans, la grande pièce s'était

1. « Dans mes bras, ô Seigneur, dans mes bras… », extrait de la chanson *Into my arms*, « Dans mes bras ». *(Toutes les traductions des chansons en notes sont de la traductrice, toutes les références des chansons sont en fin d'ouvrage.)*

remplie de tableaux, de sculptures et d'outils de dessin. Le cabinet d'archives aux profonds tiroirs pour le papier prenait beaucoup de place, comme le petit four dans lequel elle cuisait la céramique. Devant les fenêtres, elle avait installé des étagères pour ses aiguilles à graver, ses pastels et ses fusains, tous dans leurs propres pots. Mais l'obscurité et l'encombrement lui convenaient parfaitement. La lumière venait du papier et de la musique, de l'intérieur, pas du soleil dans le ciel.

À l'avant de la maison se trouvait une petite boutique de vêtements dont l'entrepôt se situait dans la cour, sous l'atelier. Ils venaient juste de fermer. Elle aurait la paix et la tranquillité pour le reste de l'après-midi et de la soirée. Ici, personne ne s'immisçait dans le désordre, la musique ou l'odeur de térébenthine. L'atelier était son plus grand luxe et sa seule dépense absolument nécessaire. Elle préférerait renoncer à son appartement d'une pièce près du rond-point de Nørrebro plutôt que de se passer de cet endroit.

Jenny détacha une lourde feuille de papier à aquarelle du bloc Canson, la fixa avec des pinces sur une planche de contreplaqué qu'elle plaça sur son chevalet. Elle posa des fusains et de la poussière de charbon sur le sol, sortit des chiffons et une bombe aérosol de fixateur. Elle chantonnait. Le processus qui précédait l'art en lui-même était tellement ancré dans ses doigts qu'elle ne faisait plus qu'une avec son activité. Quand tout fut prêt, elle sortit un fusain du pot et l'appuya sans hésiter sur le papier vierge.

Ses élèves posaient souvent des questions sur l'inspiration, d'où elle venait et comment elle se traduisait dans l'art. Jenny ne savait jamais quoi répondre. Pour elle, dessiner et peindre étaient aussi intuitifs et naturels que de respirer. Elle le faisait, tout simplement. Elle laissait ses doigts être le lien entre l'esprit et le papier, et l'image prendre forme sur la toile en dehors de sa conscience. Souvent, elle était étonnée par les motifs qui jaillissaient devant elle, même si c'étaient ses propres mains qui les avaient façonnés.

Elle écouta le grattement du fusain contre la texture du papier et laissa passer le temps. Quand elle était ici, il pouvait littéralement disparaître. Le matin se transformait en soir et la nuit en matin sans qu'elle s'en rende compte.

Jenny s'écarta du chevalet, se força à sortir de sa transe et à contempler l'image. Elle vit une silhouette connue, un corps au visage détourné et aux membres nus et pâles. Elle revit les innombrables expositions de dessins de Rodin, les parallélismes élémentaires de Duchamp et les portraits de Picasso devant lesquels ses parents, galeristes, les avaient traînées, sa sœur et elle, durant toute leur enfance, et qui étaient à jamais ancrés dans sa chair. Ils l'habitaient, et la réconfortaient quand elle se sentait perdue.

*

La vieille Omega Seamaster de Jeppe indiquait 15 heures quand Anette et lui entrèrent dans leur bureau de Teglholms Allé. Les couloirs aux lignes épurées du département de la Criminelle – plus connu comme la Crim' – étaient déserts, et pas seulement parce que c'était un samedi après-midi. L'année précédente, les différentes équipes d'investigation avaient été déplacées de l'hôtel de police historique du centre-ville, conçu par Hack Kampmann, vers le nouveau centre d'investigation dernier cri de Sydhavn, au sud de la ville, non accessible au public. Le déménagement n'avait pas été simple. Les nouveaux locaux étaient sous-dimensionnés et, malgré leur modernité, n'offraient pas aux enquêteurs de très bonnes conditions pour travailler et s'épanouir. Et puis il n'y avait pas d'âme, ici. Même si les anciens bureaux étaient vétustes, leurs murs et leurs plafonds voûtés historiques étaient habités par un esprit qu'aucune construction nouvelle ne pouvait remplacer.

Le siège de bureau de Jeppe émit un sifflement discret quand il s'assit pour allumer son nouvel ordinateur avec un soupir nostalgique. Il avait travaillé douze ans entre les panneaux de bois sombre de l'hôtel de police, il lui faudrait du temps pour s'habituer aux briques et au verre ternes de Teglholms Allé.

Il posa devant lui la photographie d'Oscar Dreyer-Hoff que sa mère leur avait donnée. Un garçon fluet aux cheveux noirs, aux yeux bruns, à la peau qui ne semblait pas avoir beaucoup vu la lumière du jour. Un visage d'adolescent figé entre les courbes potelées d'un bébé et les traits d'un adulte. Un regard intelligent, si l'on pouvait déduire ce genre de choses à partir d'une photo. Elle avait été prise en plein soleil, peut-être sur l'eau, et le garçon plissait les yeux, ébloui. Il avait l'air sceptique.

Jeppe mit la photo de côté, ouvrit POLSAS, le programme informatique interne de la police danoise où se trouvent toutes les informations sur les affaires en cours et closes, et commença son rapport avec ses notes du jour sur le garçon disparu. En face de lui, Anette appelait les voisins et les camarades de classe un par un tout en rayant les noms sur une liste. Ils avaient réussi à contacter la plupart, mais personne ne savait où il était. Le camarade de classe de Victor, Joakim, qui croyait avoir aperçu Oscar parler avec le conducteur d'une voiture noire près du Jardin botanique, n'avait pas vu la plaque d'immatriculation et, à la réflexion, ne se rappelait même pas si c'était arrivé le vendredi ou la veille.

Jeppe envoya un e-mail concis à l'enquêteur Thomas Larsen pour lui demander de vérifier les antécédents de la famille Dreyer-Hoff en se concentrant sur les lettres de menaces accompagnant les dépôts de plainte ainsi que leurs affaires et leurs finances. Si quelqu'un avait enlevé Oscar, la raison pouvait très bien se trouver dans la fortune ou l'histoire de la famille.

Il alla prendre un café au distributeur automatique du couloir, choisit un double espresso et y versa un nuage de lait. Qui savait ce que le reste de la journée leur réservait ? La perspective d'une autopsie sur un adolescent mort le révulsait. Les enfants doivent survivre à leurs parents. Point.

De retour à son bureau, il imprima les photos qu'Anette avait prises de la mystérieuse lettre. L'originale était en route pour Slotsherrensvej, chez les techniciens de la Scientifique, afin d'y être examinée à la recherche d'empreintes digitales et d'autres indices qui, avec un peu de chance, pourraient indiquer quelque chose sur sa provenance. Sous forme de copie, elle était à première vue assez anonyme. Des lettres dactylographiées ordinaires sur un papier blanc ordinaire, qui auraient pu être tapées sur n'importe quel ordinateur et imprimées sur n'importe quelle imprimante.

Jeppe parcourut de nouveau les mots.

« Tout comme il avait tué le peintre, il tuerait l'œuvre du peintre et tout ce qu'elle signifiait. Il tuerait le passé, et, une fois ce passé mort, il serait libre. »

Cela lui disait quelque chose, quelque chose qu'il avait peut-être lu. Jeppe copia les lignes dans le champ de recherche de son navigateur et obtint une page entière de liens faisant référence à l'écrivain Oscar Wilde. Oscar ? Même prénom. Coïncidence ou message caché ? Il lui sembla qu'Esther de Laurenti avait cité Wilde plus d'une fois, peut-être devait-il vérifier avec elle. D'habitude, il rechignait à lui poser des questions sur des sujets liés au travail de la police. Ils étaient devenus bons amis dans le cadre d'une affaire de meurtre, trois ans plus tôt, et à l'époque, sa participation avait failli lui coûter la vie. Esther l'avait encore aidé depuis, mais il veillait toujours à ne pas l'exposer à un danger potentiel.

Il l'appela.

— Oui ?

Il entendit de la musique en fond, de l'opéra.

— C'est Jeppe, je te dérange ?

Il but une petite gorgée de café et fit la grimace.

— Oh, bonjour, Jeppe, quel plaisir de t'entendre !

Une brève pause s'ensuivit, comme si elle éloignait le téléphone de son oreille avant de reprendre la conversation, à distance.

— Je vais juste baisser un peu.

La musique se tut.

— Voilà, c'est mieux. Que puis-je faire pour toi ?

— En fait, j'appelle pour savoir si tu connais un extrait d'Oscar Wilde que j'ai trouvé. Je peux bien sûr demander à Sara d'effectuer des recherches en ligne, mais j'ai besoin de connaître le contexte et de comprendre ce que cela peut signifier. Je peux te le lire à haute voix ?

— Bien sûr !

Elle répondit avec l'enthousiasme de l'universitaire mise au défi sur son propre terrain.

Jeppe lut :

— « Il regarda autour de lui et vit le couteau qui avait transpercé Basil Hallward. Il l'avait nettoyé maintes fois... »

Il n'alla pas plus loin.

— Si je connais ça ?! J'ai écrit mon mémoire de recherche sur Oscar Wilde. C'est un extrait du *Portrait de Dorian Gray*. L'hommage de Wilde à la jeunesse, sa pique satirique sur la vanité de son époque.

Il y eut du bruit dans le fond, comme si quelque chose était tombé d'une table et s'était brisé.

— Gregers, que s'est-il passé ? Ah, eh bien, nous avons un petit accident ici, Gregers vient de faire tomber un verre, il y a des éclats de verre et du lait partout. Doxa, non ! Jeppe, on peut se parler plus tard ? Ou as-tu le temps de passer pour qu'on se voie ?

— Merci, Esther, que dis-tu de demain après-midi ? Vers 17 heures ?

— Viens quand tu veux !

Quand il raccrocha, son café était froid. Jeppe jeta sa tasse et regarda Anette, elle aussi en train de terminer un appel. Elle agita la main avec impatience.

— Bien. Oui, Søndre Frihavn, compris ! On arrive.

Elle écarta le téléphone de son oreille.

— C'était le Central. Le sac de cours d'Oscar a été retrouvé sur une jetée à une centaine de mètres de l'appartement de la famille.

— Comment sait-on que c'est bien le sien ?

— Il y a son nom dessus. Les techniciens sont en route, allons-y.

Anette tapa dans ses mains comme si elle pressait un enfant.

Jeppe se leva et attrapa sa veste avec une énergie que le café n'avait pas pu lui donner. Une piste !

CHAPITRE 5

Anette se pencha sur le siège du conducteur et regarda vers l'eau, au-delà des bâtiments modernes en pierre jaune qui bordaient le parking. Un groupe de motards faisaient pétarader leurs moteurs un peu plus loin, probablement partis de leur point de ralliement près du kiosque à glaces au bout de Langelinie pour rentrer en ville. L'air bourdonnait d'une ambiance de week-end, les gens se promenaient sans but.

Jeppe et Anette descendirent de voiture et se dirigèrent vers la petite marina de Søndre Frihavn. Anette resta légèrement en retrait, éprouvant une pointe de culpabilité à la vue des familles qui s'amusaient. Mais Svend, Gudrun et les plaisirs du week-end devraient attendre encore un peu. Quand les enfants des autres avaient été kidnappés, ne pas pouvoir profiter de son temps libre avec son propre enfant faisait partie intégrante du travail au sein de la police.

Une rampe étroite les mena du quai à la jetée, ils passèrent devant des voiliers, des péniches et des yachts avec des jouets gonflables attachés sur leurs ponts.

— Salut, les filles, alors, qu'est-ce qu'on a ? lança Anette pour saluer les techniciens de la Scientifique.

Avec ses rides attestant ses cinquante-neuf ans bien tassés, le technicien Clausen ressemblait à tout sauf à une fille, mais il partageait son sens de l'humour.

— Tiens donc, ce ne serait pas Kørner et Werner, nos jumeaux préférés ? Content de vous voir !

Il tenait un sac à dos en Nylon noir dans ses mains gantées de latex.

— Le voici. Pas de trace visible de violence, pas de déchirure, pas de sang. Nous allons l'emmener au labo pour l'examiner de plus près et vous le récupérerez après, bien sûr.

— Et il y a son nom dedans ? demanda Anette.

Clausen ouvrit le sac et désigna une étiquette, à l'intérieur, avec le nom d'Oscar et son numéro de téléphone inscrits au marqueur noir.

— Il y a aussi son nom dans les manuels scolaires, ça devrait suffire. Son ordinateur portable y est, je suppose que Saidani voudra l'examiner ?

Clausen attendit un signe de tête avant de poursuivre :

— Nous allons vérifier les empreintes maintenant, comme ça, vous pourrez l'avoir tout de suite. Sinon, il n'y a qu'une trousse et une bouteille d'eau vide.

Il ouvrit un sachet en plastique d'une main pour y déposer le sac à dos de l'autre.

— Attends, laisse-moi juste jeter un coup d'œil aux livres ! lui demanda Jeppe.

— Pourquoi ?

Clausen rouvrit le sac à dos et souleva avec précaution un livre de ses doigts gantés.

— Le kiosque n'avait plus de *Picsou* et il n'a plus rien à lire, plaisanta Anette. Où l'avez-vous trouvé, ce sac ?

Clausen fit un signe de tête en direction du quai.

— Juste sous la rampe. Entre quelques balais et seaux que l'association des plaisanciers garde là, pas très bien caché.

— Qui l'a trouvé ? poursuivit-elle.

— Un des gardiens du fort. Je lui ai demandé de vous attendre, il est là-bas.

Clausen indiqua de la tête la direction opposée, vers l'eau.

Il fallut un moment à Anette pour le repérer, dans le jeu du radieux soleil d'après-midi à la surface de la mer. Debout sur un bateau, il s'appuyait au bastingage. Elle laissa Jeppe examiner les livres et se dirigea vers le bateau. Elle plissa les yeux, mais ne distingua à contre-jour que la silhouette d'un homme de grande taille, apparemment vêtu d'une salopette. Elle mit sa main en visière. Le bateau était compact, noir et jaune, et ressemblait à un petit remorqueur ; sur le côté, son nom issu de la mythologie nordique était peint en majuscules noires : *STÆRKODDER*.

— C'est vous qui avez trouvé le sac ?

— Qui veut le savoir ?

L'homme brillait encore indistinctement dans le contre-jour.

— La police.

Il se déplaça le long du bastingage et sauta à terre.

— Il était sous la rampe. Je l'ai trouvé en allant chercher un balai. J'ai reconnu le nom mentionné dans le signalement des gardes-côtes et je vous ai appelés. Je n'ai aucune idée de la façon dont il a atterri là.

L'homme était large d'épaules et avait les cheveux fins, des bras musclés et tatoués, une apparence légèrement négligée et des yeux à la fois tristes et amicaux. Il tendit une main, forte et chaude.

— Mads Teigen. Je suis le gardien de la forteresse maritime de Trekroner.

— Anette Werner. Inspectrice à la police de Copenhague.

Il la regarda droit dans les yeux, sans ciller. Un regard couleur mer avec des éclaboussures vertes. *Pourquoi est-ce que je fais attention à ça ?* pensa-t-elle en se détournant.

— Donc, vous vivez vraiment dans le fort de Trekroner ?

— Oui, seul sur une île déserte. Le Robinson Crusoé du port, c'est moi.

Il sourit timidement, comme s'il avait dit quelque chose de désinvolte qu'il regrettait désormais.

Anette s'accroupit pour toucher une des amarres bleues qui reposaient sur la jetée près d'un emplacement vide. Elle était sèche et chaude au soleil. Elle se redressa et regarda l'eau.

— Puisque vous possédez un anneau ici, savez-vous s'il manque certains bateaux ?

Il secoua la tête avec regret.

— Comme vous pouvez le voir, il y a plusieurs emplacements vides. Certains sont sortis naviguer, d'autres n'ont pas encore été remis à l'eau après l'hiver. Il n'est pas possible de suivre ce genre de choses.

Elle se releva.

— OK. Avez-vous vu quelqu'un naviguer avec un adolescent autour du fort, ou ailleurs dans le port, durant ces dernières vingt-quatre heures ?

— Je vois beaucoup de jeunes. C'est devenu populaire de naviguer, boire et faire la fête dans le port. Sacrément dangereux, si vous voulez mon avis. Mais non, je n'ai rien vu de suspect.

Il plissa les yeux en se tournant vers le soleil puis ajouta :

— Donc, vous n'avez aucune idée d'où il peut être ? Le garçon disparu ?

— Pourquoi ? Auriez-vous des infos à partager ?

— Non. Sinon je vous l'aurais dit, bien sûr. J'étais juste… curieux.

Anette sortit une carte de visite de sa poche et la lui tendit.

— Si vous le voyez ou si vous pensez à autre chose qui pourrait aider les recherches, faites-le-nous savoir.

Il prit sa carte et l'étudia attentivement, comme si elle pouvait lui apprendre quelque chose sur elle qu'il aimerait bien savoir.

Anette observa ses doigts larges qui tenaient la carte de visite blanche et eut en même temps envie de tendre la main vers lui et de s'enfuir.

— Comme je viens de le dire : si vous voyez quelque chose, appelez !

Elle fit demi-tour et retourna vers Jeppe, tout à coup impatiente de rentrer à la maison auprès de Svend et de Gudrun pour une séance de câlins, des *fettucine*, et se blottir dans le canapé devant la télévision.

— Il a vu quelque chose ? demanda Jeppe en commençant à remonter la rampe.

— Non. Il a trouvé le sac par hasard.

Jeppe regarda par-dessus son épaule.

— Et on est sûrs qu'il ne l'a pas planqué là lui-même ?

Anette s'arrêta.

— Qu'est-ce que tu racontes ? Pourquoi aurait-il planqué le sac d'Oscar pour ensuite prévenir la police ? Ça n'a aucun sens.

— Hmm, peut-être.

Anette secoua la tête dans le dos de son partenaire.

— Je vais appeler CP pour lui parler du sac à dos, dit Jeppe en portant son téléphone à l'oreille. Nous devons mettre en place un porte-à-porte dans la zone autour de la jetée et arrêter les passants. Quelqu'un peut avoir vu Oscar et son ravisseur dans le port.

— Passe-lui le bonjour !

Anette déverrouilla la voiture et ouvrit la portière côté conducteur. Avant de s'asseoir, elle se retourna vers la jetée. Mads Teigen était toujours près de son bateau, carte de visite à la main, et la suivait du regard.

*

L'odeur du risotto à la milanaise se répandit dans l'appartement de Peblinge Dosseringen. Esther de Laurenti avait fait revenir les oignons et mélangé le riz avec du vin blanc et du bouillon. Elle était assise devant son ordinateur pendant que le plat mijotait à feu doux. Dans dix minutes, elle irait ajouter du beurre et du parmesan, mais en attendant, elle pouvait travailler un peu.

L'idée du livre s'était enfin concrétisée quand, vers le nouvel an, Esther avait lu dans le journal un article sur les funérailles qui mentionnait l'anthropologue danoise apparemment légendaire Margrethe Dybris. Dans les années 1960 et 1970, elle avait parcouru l'Asie du Sud-Est pour effectuer des recherches sur les rites funéraires, et photographié les habitants pour les exposer.

Esther avait emprunté l'un des articles scientifiques de l'anthropologue à la bibliothèque municipale et avait été enthousiasmée. Margrethe Dybris, hélas décédée en 2017, semblait avoir été une personne exceptionnelle. Elle ne s'était jamais mariée, mais avait voyagé seule dans certains des coins les plus primitifs du globe à une époque où la plupart des femmes étaient enchaînées à leurs fourneaux et à leurs enfants. Plus tard, elle en avait adopté deux et s'était installée en tant que mère célibataire à Bornholm, où elle avait poursuivi ses recherches.

Esther avait fini par emprunter tout ce qu'elle avait pu trouver sur les voyages de Margrethe dans les cimetières, sur les corps embaumés et les masques mortuaires. Elle avait lu tous les articles avec une admiration croissante, mais aussi avec indignation. Pourquoi personne n'avait-il jamais écrit la biographie de Margrethe Dybris ? Une pionnière si remarquable, qui avait vécu et respiré le féminisme bien avant que le concept ne soit divisé en courants et édulcoré.

Au bout de quelques semaines de recherches, Esther avait compris que c'était le livre qu'elle devait écrire. Le livre de Margrethe.

À présent, elle étudiait et rassemblait des informations pour rédiger une biographie de l'anthropologue et présenter l'œuvre de sa vie. Elle n'avait pas encore beaucoup écrit, mais était convaincue que cela viendrait quand elle aurait approfondi ses recherches et trouvé encore plus d'inspiration. Elle était dans une bonne phase, comme l'attestaient les pages de notes et d'idées éparpillées dans l'appartement.

Esther avait appris que Margrethe Dybris avait vécu à plusieurs reprises avec le peuple Torajan, en Indonésie. Ils embaumaient leurs morts et les gardaient auprès d'eux pendant des années avant de les enterrer. Elle fit des recherches sur les rituels funéraires de cette tribu et trouva un article à propos de reliques mortuaires exposées dans un musée de Varsovie. Esther prit note.

Il semblait y avoir aussi une exposition de tels masques mortuaires au musée Thorvaldsen, ici même à Copenhague, qu'elle devrait aller voir. Un nouveau lien l'amena à une annonce de vente en ligne pour un relief en bois sculpté représentant un cortège funèbre, beau, mais sombre, avec des enfants en pleurs et un squelette parmi les personnes en deuil. La maison de vente aux enchères *nordhjem.com* en voulait une somme faramineuse, pas vraiment dans son budget. Elle trouva ensuite des images de reliquaires, fit défiler des croix et des oiseaux, et s'arrêta sur la photo d'une poupée à la peau pâle.

— Tu as pris les ciseaux ?

Esther bondit et faillit tomber de sa chaise. Gregers se tenait derrière son bureau, la regardant d'un air accusateur.

— Ils ne sont pas à leur place dans le tiroir de la cuisine.

Elle posa une main sur son cœur galopant.

— Je ne les ai pas vus, Gregers. Tu es sûr qu'ils ne sont pas dans ta chambre ?

— Oh, je t'en prie. Je ne serais pas venu ici te les demander.

Il désigna la pile de papiers sur le bureau.

— Je n'arrive pas à comprendre comment tu supportes ce capharnaüm.

Esther se leva de l'ordinateur avec un soupir audible. La cohabitation avec Gregers était en général agréable et sans problème, mais de temps en temps, sa mauvaise humeur lui tapait sur les nerfs.

— Viens, allons regarder dans la cuisine. De toute façon, je dois remuer le risotto.

Gregers passa le premier et elle le suivit, observant sa silhouette autrefois si robuste. Il avait maigri. Son appétit avait diminué et il oubliait parfois de manger, si bien qu'Esther préparait désormais un dîner commun plusieurs fois par semaine. Et puis, c'était plus agréable de préparer à manger pour deux, même si Gregers se plaignait de ses goûts méditerranéens.

— Mais ils sont juste là ! Au milieu de la table, s'écria Esther.

Gregers fronça les sourcils en direction des ciseaux.

— Ils n'y étaient pas avant. Tu les as déplacés !

Il attrapa les ciseaux et tapa du pied, en colère, avant de remonter le couloir pour se diriger vers sa propre chambre, au fond de l'appartement.

Elle lui lança :

— On mange dans un quart d'heure !

Esther se versa une dose généreuse de shiraz et sortit le beurre. Gregers ne s'améliorait pas.

Elle mit son enregistrement préféré du *Rigoletto* de Verdi, celui avec Caruso, et laissa *Bella figlia dell'amore* accompagner l'odeur du parmesan fondu. Elle but une bonne gorgée, et vit, agacée, que la bouteille était déjà à moitié vide. Aussi triste que cela puisse paraître, elle devrait probablement bientôt s'abstenir de boire du vin en semaine pendant quelque temps. C'était si ennuyeux de ne pas boire.

Le journal du jour était ouvert sur la table, plusieurs sections étalées les unes à côté des autres. Esther reposa son verre et s'approcha. Des trous carrés béaient comme des yeux dans les pages, découpés au hasard, sans égard pour le début ou la fin de l'article. Les carrés prélevés gisaient en un tas soigné. Esther souleva le carré du haut. C'était une publicité pour des vacances ensoleillées en Égypte, découpée au milieu, si bien que la pyramide était séparée en deux et le titre, inintelligible.

Une petite créature se déploya dans son ventre. Gregers avait non seulement eu les ciseaux en main, mais il s'en était aussi servi d'une manière très étrange.

Le mot *démence* la frappa en même temps que l'odeur du risotto brûlant sur la cuisinière.

CHAPITRE 6

— Tu te gares et je passe commande pendant ce temps-là ?

Jeppe descendit de la voiture de service et laissa Anette trouver une place de parking pendant qu'il se dirigeait vers l'Oscar Bar. *Encore un Oscar*, pensa Jeppe en avançant sur les pavés. Le célèbre bar gay de Copenhague était situé sur la place de l'Hôtel de Ville, à deux pas de l'ancien hôtel de police. Il était devenu au fil des ans leur repaire habituel pour prendre un verre après le travail. Ni un déménagement à Sydhavn ni la disparition d'un garçon ne pouvaient changer cela.

C'est seulement en ouvrant la porte que Jeppe se souvint qu'on était samedi soir. La musique était à fond et la clientèle d'humeur festive, vêtue de couleurs vives et de cuir moulant. Il trouva de la place au bar et commanda deux bouteilles de bière pendant que le barman chantait *Hot Stuff* en chœur avec Donna Summer.

Oscar avait disparu depuis maintenant plus de vingt-quatre heures, ils n'avaient pas un seul témoignage pertinent et les éventuels ravisseurs n'avaient pas repris contact. L'emplacement du sac à dos sur la jetée semblait indiquer qu'il avait été emmené en mer. CP, par l'intermédiaire du surintendant principal, avait obtenu l'assistance de bateaux, d'équipes de recherches et sauvetages en mer et de plongeurs de la Sécurité civile, qui étaient en route en ce moment même. L'hélicoptère de la marine pourrait survoler le port de Copenhague pendant une heure avant la tombée de la nuit. Les services de secours avaient également contacté les gardiens des forteresses, des îles et des phares, et les pilotes le long des côtes danoises et suédoises. Même les services de secours de Malmö, en Suède, avaient offert leur aide. On ne pouvait pas avoir de moyens de recherche plus importants sur le sol danois. Malheureusement, si quelqu'un séquestrait Oscar, tout cela ne servirait à rien.

— Ah, enfin une bonne bière. Santé !

Anette apparut à côté de lui et but une longue gorgée de sa bière.

— On vient de m'appeler : le porte-à-porte n'a rien donné. Personne n'a vu Oscar depuis qu'il a quitté le lycée Zahles, hier.

Elle regarda par-dessus son épaule et haussa un sourcil en observant l'ambiance de fête du bar.

— Des empreintes sur la lettre ?

— Clausen vient de m'écrire, dit Jeppe en sortant son téléphone et ouvrant le mail du technicien. Alors… le papier est du papier blanc ordinaire de 80 grammes et le texte a été imprimé sur une imprimante à jet d'encre, pas une laser. La police, c'est du Times New Roman. Il y a une légère marque de rouleau en haut de la page, ce qui suggère qu'elle a été imprimée sur une grosse machine, pas un appareil à usage domestique. Probablement le genre d'imprimante ou de photocopieuse qu'on trouve dans n'importe quelle entreprise.

— Ou dans les écoles, ajouta Anette. Des empreintes digitales ?

— Quelques-unes. Ils ont trouvé celles d'Henrik et de Malin. Mais les autres sont malheureusement trop vagues pour être utilisées. Tu sais ce que c'est avec les empreintes sur papier.

Jeppe rangea son téléphone et sourit à un couple plus âgé qui s'était mis à danser devant le bar. Il y avait quelque chose de libérateur dans l'atmosphère débridée qui les entourait, si innocemment indifférente à leurs préoccupations.

— Esther de Laurenti confirme que la citation est tirée d'un livre d'Oscar Wilde. Je lui rendrai visite demain pour en savoir plus.

Anette secoua la tête et but une nouvelle gorgée.

— Quelle sorte de kidnappeur laisse la citation d'un livre avant de forcer sa victime à monter à bord d'un bateau ? Je ne crois pas une seconde que cette note ait quoi que ce soit à voir avec Oscar.

— À moins qu'il l'ait écrite lui-même ? Les jeunes de quinze ans peuvent être un peu… énigmatiques.

Elle lui lança un regard entendu.

— Je suis sacrément sûre que tu l'étais, toi, quand tu avais quinze ans. Énigmatique et chiant.

— Exactement. Un jeune homme sensible, rempli de mots et de rêves.

Anette lui fit un clin d'œil.

— Heureusement que je ne te connaissais pas, à l'époque. Tu es déjà assez difficile à supporter en tant qu'adulte.

— Sérieusement, le sac de cours pourrait être un indice qu'il a été emmené contre son gré. Sinon, pourquoi l'aurait-on retrouvé sur une jetée ? Il ne l'a quand même pas laissé là pour aller nager dans le port ?

Elle secoua la tête.

— Je n'y crois toujours pas. Des kidnappeurs, c'est nerveux, directs dans leurs messages. Nous aurions déjà entendu parler d'eux, avec quelque chose de concret, s'il s'agissait d'une rançon.

— Quoi, alors ?

Anette but et s'essuya les lèvres du revers de la main.

— Moi, je dis que ce sont les parents.

— Quoi, les parents ? Tu ne peux pas juste lancer une accusation pareille !

— Facile à dire, toi qui ne proposes que des théories fumeuses, répliqua-t-elle avec un rire ironique. Il y a quelque chose qui cloche avec cette famille. Est-ce que c'est le père qui l'a frappé trop fort ou la mère qui a le syndrome de Münchhausen par procuration, le temps le dira. Mais j'ai bien peur qu'Oscar ne se trouve au fond de la mer avec quelque chose de lourd accroché aux chevilles.

— S'il y a quelqu'un qui a quelque chose à voir avec Münchhausen, ici, c'est toi ! Ces pauvres gens sont morts de trouille pour leur fils disparu, donne-leur une chance ! dit-il en posant un billet sur le comptoir. Les menaces contre la famille sont bien réelles ; c'est évident qu'elles sont liées à la disparition d'Oscar.

— En tout cas, c'est ce qu'ils aimeraient nous faire croire.

Jeppe tapa du poing sur le bar.

— Bon, je dois rentrer chez Sara… Oscar peut aussi être tombé sur quelque chose sur Internet. Lors d'un chat ou d'un jeu vidéo.

Anette vida sa bière et soupira.

— Ce que tu dis, c'est qu'un psychopathe est arrivé sur sa planche de surf, a laissé une jolie lettre aux parents et a emmené le garçon au port pour ensuite disparaître dans les airs ?

Jeppe se leva.

— Oui, Werner, si ça se trouve, c'est exactement ce qui s'est passé, tu ne crois pas ?

*

Des chaussettes sales, des baskets esseulées, des *tote bags*, des casquettes, des manuels scolaires, des enveloppes non ouvertes et des magazines de *Picsou*. L'appartement ressemblait à un dépotoir. L'éparpillement de tous ces objets les privait de leur fonction originelle, comme si leur enchevêtrement leur avait fait perdre leur valeur et les avait transformés en déchets répandus sur le sol du salon.

Sara Saidani contemplait le désastre avec une irritation croissante. Elle n'était pas particulièrement ordonnée et avait toujours vécu au milieu de piles, mais ces derniers temps, le désordre s'était aggravé à un point que même elle ne pouvait plus supporter. Tenter de conserver les quatre-vingt-cinq mètres carrés qu'elle partageait à Christianshavn avec ses deux filles – et la plupart du temps avec son petit ami – dans des conditions sanitaires à peu près potables semblait aussi vain que tenter de contenir un tsunami avec un rouleau de sacs-poubelle.

Elle repéra dans un coin une pomme brunâtre à moitié mangée, et eut un haut-le-cœur. Quelle pourriture allait-elle trouver dans ce chaos une fois qu'elle aurait commencé ? Avec un soupir d'épuisement, elle se lança dans le nettoyage.

Des culottes à fleurs en coton atterrirent dans la panière à linge avec le sweat à capuche jaune qu'Amina avait quémandé pendant des semaines et qui était déjà taché et relégué à la catégorie des vêtements de détente. Un T-shirt de Jeppe, même s'il emportait en général son linge quand il partait. Sara porta le coton blanc à son nez et inhala l'odeur de son petit ami, avant de le mettre en boule et de le jeter au lavage. Après tout, il y avait des limites au ridicule autorisable quand on était mère de deux enfants. Mère célibataire, enquêtrice et amoureuse de son collègue. Pas un trio optimal.

Elle emporta la panière de linge sale dans la salle de bains, s'accroupit et se mit à nourrir la machine de vêtements colorés. Le manque d'espace et tout ce que cela impliquait commençaient à l'épuiser. Autant Jeppe était passionné à son égard, autant il semblait très peu engagé envers ses enfants. Parfois, Sara était si occupée à essayer de forcer une relation familiale qu'elle ne se rendait plus compte de ce qu'elle ressentait elle-même. Plus on vieillissait, plus l'amour avait un coût.

Jeppe serait bientôt là. Sara n'était pas de garde, mais comme il lui avait envoyé un SMS ce matin, elle avait quand même allumé sa radio de police. Le garçon avait quinze ans et avait disparu depuis hier après-midi. Cela pouvait être sérieux, mais aussi tout à fait inoffensif. Avec un peu de chance, il réapparaîtrait bientôt sain et sauf. La machine à laver bourdonna. Plongée dans ses pensées, elle contempla le tambour qui se remplissait d'eau. Elle retira le pansement Fifi Brindacier qui recouvrait une égratignure sur son genou et que la petite Meriem avait apposé avec concentration, la langue au coin de la bouche.

La porte de la salle de bains grinça et elle sentit le sourire de Jeppe avant même de se retourner pour lui faire face.

— Te voilà. Vous l'avez trouvé ?

Elle se releva.

— Non. Aucun témoin et personne ne sait où il se trouve.

— Pauvres parents. Comment le gèrent-ils ?

— Comme on peut s'y attendre.

Jeppe saisit son visage entre ses mains et l'embrassa. Sara ressentit le mélange familier de désir et d'épuisement qui la frappait chaque soir quand il venait chez elle. Toujours après le coucher des filles. L'amour n'est pas comme dans les films, quelqu'un l'avait chanté, et c'était exactement ça. L'amour ne pouvait être exactement comme dans les films, de manière fugace, que quand les enfants dormaient et que la Crim' était loin. Si seulement elle n'était pas aussi fatiguée.

— Comment s'est passée ta journée ?

Il replaça une boucle de ses cheveux derrière son oreille.

— Bien, tout à fait ordinaire. J'ai emmené les filles au ciné. Viens, allons au salon. Je vais te chercher une bière.

Elle ferma les portes vitrées du salon derrière eux.

— Tu as vu, j'ai rangé.

Jeppe regarda autour de lui dans la pièce, qui ressemblait à s'y méprendre à sa version non rangée.

— OK, OK ! Je ne suis pas allée bien loin. C'est effrayant le peu de choses que j'arrive à faire, même quand je suis de repos.

Il sourit, l'air de se refréner. Ils n'en parlaient pas ouvertement, mais leurs besoins d'ordre différents constituaient l'une des nombreuses pierres d'achoppement sur la route qui devait finir par les mener à emménager ensemble.

Jeppe se laissa tomber sur le canapé.

— J'ai apporté l'ordinateur d'Oscar. Je sais bien que tu es en congé demain, mais...

Sara réfléchit un instant, surtout par acquit de conscience. Elle savait déjà que le travail l'emporterait sur le temps passé en famille.

— Je vais y jeter un œil. Ma mère pourra sûrement s'occuper des filles une heure ou deux.

Elle s'assit à côté de lui et demanda :

— Des empreintes ?

— Les techniciens en ont trouvé plusieurs, pas uniquement celles d'Oscar. Ils sont en train de les comparer avec celles de la famille pour voir si on peut en identifier certaines.

Il ouvrit la bière et but avec un petit soupir de satisfaction, avant de poursuivre :

— Il y avait une lettre chez les parents. Pas d'expéditeur, juste une citation d'Oscar Wilde à propos d'un couteau et du passé qui doit mourir.

— Une demande de rançon ?

Jeppe haussa les épaules.

— Nous ne savons pas encore. Jusqu'à présent, il n'y a eu aucun contact ni aucune demande concrète.

Sara tendit la main et prit sa bière. Elle but une gorgée.

— Tu n'as pas envie d'en parler ?

Elle inclina la tête, évasive.

— C'est juste, tu sais, les enfants qui disparaissent… Quand on a soi-même des enfants, c'est la pire chose au monde.

Jeppe reprit sa canette de bière et la vida.

— En fait, je n'ai pas non plus le courage d'y penser davantage. Allons nous coucher.

Elle se laissa entraîner dans la chambre. Protesta sans enthousiasme tout en prenant plaisir à sentir ses mains et son regard sur son corps. Elle céda.

— Maman, j'ai fait un cauchemar.

Meriem se tenait dans l'embrasure de la porte et les regardait d'un air déconcerté. Sara se couvrit les épaules avec le dessus-de-lit, s'accroupit et serra sa fille dans ses bras. Jeppe disparut sous la couette.

— Oh, ma chérie, c'est bien que ce soit fini, maintenant. Allez, on retourne se coucher. Je vais rester un peu avec toi.

Elle porta Meriem dans la petite chambre que ses deux filles partageaient et la borda dans les draps fleuris du lit du bas. Elle s'assit au bord, la petite main de l'enfant dans la sienne, et essaya d'étouffer la boule d'agacement qu'elle éprouvait de ne pas pouvoir simplement laisser sa fille dormir dans le lit à deux places avec elle. *Est-ce que ç'aurait été différent si Jeppe avait été leur père ? Ou s'il se montrait juste un peu plus intéressé ?*

Sara resta assise à observer sa fille. Quand elle fut endormie, elle retourna dans sa chambre.

Jeppe s'était endormi.

L'obscurité enveloppe le corps du garçon comme une lourde couette. Suffocante. Il ferme les yeux et les ouvre de nouveau, mais ça ne fait aucune différence. Son cœur bat la chamade dans sa poitrine, il essaye de respirer lentement pour le calmer, mais la cécité rend la chose difficile. Il fait froid autour de lui et il resserre sa fine veste en jean. Il tente de réprimer les frissons, sachant qu'ils ne font que lui donner encore plus froid.

Le garçon se trouve dans une petite pièce basse de plafond et oppressante. Il est difficile de s'orienter dans le noir. Les murs s'effritent sous ses doigts et des gouttes tombent du plafond. Il entend la mer, mais il ne peut plus la voir. Il a faim. Et il est fatigué.

Il s'assoit sur le sol rugueux et s'appuie contre le mur. Essaye de ne pas trop penser à l'étroitesse et à l'obscurité, ça ne sert à rien. Il n'y a aucun moyen de sortir d'ici. Il est prisonnier.

Le garçon sait qu'il est ici pour mourir. Il a abandonné tout espoir et souhaite seulement que ça aille vite, maintenant, que sa souffrance ne s'éternise pas.

Il sait ce qui l'attend.

Quand son cœur cessera de battre, le sang s'arrêtera de circuler dans son corps, qui refroidira lentement jusqu'à atteindre la température ambiante. Sa peau deviendra moite et changera de couleur, passant au jaune pâle. Ses yeux seront fermés ou ouverts, le blanc rougi et aqueux. Les taches de lividité cadavérique apparaîtront d'abord là où le corps est en contact avec le sol. S'ils mettent beaucoup de temps à le retrouver, les médecins légistes pourront retirer du liquide cadavérique jaune rougeâtre de ses cavités pulmonaires à la louche.

Le garçon essaye de penser au processus comme à un fait naturel, un devoir de biologie. Une condition qui est la même pour tout être vivant. Mais il a toujours peur. Pas tant de ce qui l'attend de l'autre côté que de ce qu'il devra subir avant.

DIMANCHE 14 AVRIL

CHAPITRE 7

— Nous ne l'avons pas encore retrouvé, je suis désolé.

Jeppe laissa les mots retomber. Le rapport de situation fourni ce matin-là par les services de secours était décevant et sans équivoque.

Malin Dreyer-Hoff répondit en proférant un son inintelligible. Puis elle se racla la gorge.

— OK. Merci. Nous n'avons rien de nouveau non plus.

L'écho d'une dispute dans la cuisine entre Sara et Meriem atteignit la chambre. Jeppe espéra que ce conflit n'était pas audible à l'autre bout du fil. Au moins, là où il y a des batailles, il y a de la vie.

— Je… (Elle eut l'air de s'éloigner de quelqu'un ou de quelque chose avant de poursuivre.) J'ai quelque chose que j'aimerais vous montrer. Pourrions-nous nous voir ?

Jeppe hésita avant de regarder sa montre.

— Je peux passer dans une heure ?

Il y eut un silence à l'autre bout. Il allait répéter sa proposition lorsqu'elle répondit :

— Retrouvez-moi à mon travail, au 41 Stockholmgade. C'est aussi à Østerbro.

À son travail ?

— D'accord. J'y serai à 9 heures.

Il raccrocha et envoya un message à Anette et à Thomas Larsen, leur demandant de venir à Teglholms Allé à midi. Cela faisait quarante heures qu'Oscar Dreyer-Hoff avait été vu pour la dernière fois, ils allaient devoir travailler en parallèle avec les équipes de secours. Explorer toutes les possibilités imaginables, même un dimanche. Juste au moment où il reçut un SMS de confirmation, OK, il entendit la porte de la salle de bains s'ouvrir et s'y précipita avant qu'Amina ait le temps de changer d'avis. La fille aînée de Sara avait l'habitude d'y rester pendant des heures. De plus, le matin, c'était une grincheuse chronique. Il prit une douche rapide au milieu d'une panoplie d'articles de bain féminins et enfantins, s'habilla et s'assit à table à côté de Meriem.

— Tu as bien dormi ?

Il ne savait jamais tout à fait comment parler aux filles de Sara. Il n'était pas sûr de pouvoir caresser la joue de Meriem et était embarrassé par son manque de connaissances sur la façon de traiter une enfant de huit ans.

— Réponds-lui, ma chérie ! Jeppe t'a posé une question !

— Oui.

Meriem ne leva pas les yeux de son *Picsou magazine*. Elle tourna sa page et se fourra une cuillerée pleine de flocons d'avoine dans la bouche, si bien que le lait coula sur la table.

Jeppe rapprocha d'elle le bol, elle le repoussa, les yeux toujours rivés sur le magazine.

— Elle est juste fatiguée, dit Sara en posant une tasse de café devant lui. Ils l'ont trouvé ?

— Non.

Il but un peu de café et se brûla la langue.

— Trouvé qui ? demanda Meriem en les regardant avec curiosité, tout à coup attentive.

— Personne, chérie, mange ton petit déjeuner ! répondit Sara.

Elle caressa les cheveux de sa fille puis retourna au toaster où des tranches de pain de seigle commençaient à brûler.

— J'aurai quelques heures pour travailler cet après-midi. Ma mère va venir. Elle emmènera peut-être les filles à la piscine.

Meriem poussa un hurlement de joie.

— Ouiii, la piscine !

Elle sauta sur ses pieds et renversa son bol. Sara se dépêcha d'attraper un torchon et d'essuyer le lait par terre.

— Fais donc attention ! Comme si ce n'était pas déjà assez sale !

Jeppe essaya de lui prendre le torchon des mains, mais elle le repoussa. Meriem se mit à pleurer.

— Arrête, ça va, chérie. Je vais t'en donner une nouvelle portion. Tiens !

Avec des mouvements saccadés, Sara versa des flocons d'avoine dans le bol et sortit le lait.

Amina entra dans la cuisine et s'appuya sur la table, les bras croisés.

— J'ai bien entendu qu'on devait aller à la piscine avec grand-mère ? Je n'en ai pas du tout envie !

Jeppe se leva et posa sa tasse dans l'évier.

— Je crois que je vais y aller…

Sara lui lança un regard noir et se tourna vers sa fille aînée.

— Mais c'est important, la piscine ! Tu vas finir par oublier comment nager.

Amina pouffa dédaigneusement.

— Tu parles ! Tout ça parce que tu dois travailler.

Jeppe s'arrêta à la porte.

— Rappelez-vous qu'on mange chez ma mère, ce soir.

— *What* ! s'exclama Amina en le dévisageant, la bouche ouverte.

— Je te l'ai déjà dit, jeune fille.

Sara fit un geste rapide à Jeppe par-dessus son épaule pour lui dire au revoir.

— Mais pas du tout ! Pourquoi personne ne me demande jamais ce que *moi* j'aimerais faire ? cracha Amina.

— Bonne journée ! lança Jeppe.

Il attrapa son sac dans le couloir et descendit l'escalier pour se retrouver dans l'air frais et matinal de Christianshavn. Une fois dans la rue, il prit une profonde inspiration et souffla.

*

Jenny Kaliban ferma le bouton du haut de son uniforme et se prépara à ouvrir le musée Thorvaldsen aux premiers visiteurs du dimanche. Le bâtiment jaune ocre se dressait comme un temple à l'ombre du Parlement, Christiansborg, et les frises représentant le retour de Bertel Thorvaldsen de Rome se reflétaient dans le canal de Frederiksholm. Le célèbre sculpteur avait lui-même contribué à dessiner et concevoir le bâtiment, mais il était mort avant qu'il ne soit achevé en 1848. Maintenant, il était enterré dans la cour intérieure du musée, ce qui en faisait à la fois un lieu regroupant une vaste collection de son art et son mausolée.

Jenny rassembla ses cheveux grisonnants en une queue-de-cheval et se frotta le visage pour activer le sang dans ses joues. Sa journée de travail de la veille, dans son atelier, avait été frustrante, la soirée encore pire. À 3 heures du matin, elle avait dû fumer deux joints pour s'endormir. Maintenant, elle était fatiguée, de mauvaise humeur, et absolument pas disposée à assurer la visite guidée de dix heures et quart. Elle quitta la salle du personnel d'un pas lourd pour traverser les couloirs voûtés et passa devant des statues de plâtre qui tournaient leurs yeux vides vers la chambre funéraire, dans la cour du musée. Ses pas résonnaient sous les plafonds bleus étoilés ; chaque voûte était ornée d'un signe du zodiaque différent et elle sourit en passant devant le scorpion, le signe du sculpteur. Et le sien.

Les historiens de l'art considéraient généralement Thorvaldsen comme trop nordique, froid et chaste, mais Jenny était plus avisée. Le musée regorgeait de symboles secrets et romantiques, qui révélaient que Thorvaldsen avait été tout sauf froid et ennuyeux. Pour s'en rendre compte, il suffisait de suivre l'axe qui partait du portail orienté à l'ouest, passait devant le signe du Scorpion à travers la chambre funéraire recouverte de lierre, jusqu'à la figure du Christ près du portail est. De la naissance à la mort et à la résurrection en une seule ligne, illustrées de la façon la plus subtile et magnifique. Sans parler de tous les détails érotiques et humoristiques qui se cachaient juste sous la surface. Quand Jenny faisait visiter aux touristes, elle qualifiait toujours Thorvaldsen de philosophe de l'amour, soulignant sa vie érotique et éprise de liberté, ses nombreuses maîtresses et enfants illégitimes. Souvent, les gens ne voyaient pas au-delà des regards morts des visages de plâtre lisses et trouvaient le musée ennuyeux. S'ils savaient ! L'érotisme possède bien des visages.

Jenny ouvrit les portes et le soleil printanier se déversa dans le hall, suivi par des visiteurs impatients. Elle leur souhaita la bienvenue, les dirigea vers la billetterie et annonça que la visite débuterait dans quelques instants. Elle se tenait prête, jambes écartées et mains derrière le dos, sous la statue en plâtre du pape Pie VII dont le pendant en marbre se trouvait dans la basilique Saint-Pierre de Rome.

À dix heures et quart, un groupe de huit personnes était assemblé – dont sept avec des cheveux gris, des lunettes et des chaussures confortables – et elle commença sa visite. En guise d'introduction, elle parla de l'enfance défavorisée de Thorvaldsen dans le Copenhague de la fin du XVIIIe, de sa réputation d'enfant prodige quand il entra à l'académie des

Beaux-Arts dès l'âge de onze ans, remportant d'innombrables médailles d'argent et de bronze. Elle poursuivit sur ses amitiés de premier plan avec le poète Adam Oehlenschläger et l'écrivain H.C. Andersen, son voyage en mer à destination de Malte et les quarante ans passés à Rome. Tout en guidant le groupe, Jenny montrait des peintures et des sculptures, puis elle les emmena dans la cour. Là, elle parla de la chambre funéraire creusée profondément sous terre, censée avoir été peinte en bleu ciel et décorée de roses et de lys. Au sol, une croix, et sur le couvercle même du cercueil, deux feuilles de palmier croisées. Du moins à en croire les dessins de l'architecte. Elle fit une pause pour créer un effet dramatique puis reprit :

— Mais on ne peut pas le prouver, car la tombe n'a jamais été ouverte.

Un peu de symbolisme à la Dan Brown ici et là mettait toujours une bonne ambiance dans les visites. Les gens adoraient les mystères.

Jenny conduisit le groupe jusqu'à la petite statue de marbre blanc de Ganymède avec l'aigle de Jupiter, cachée dans l'une des petites salles d'exposition aux couleurs vives. Elle était partagée à propos de la sculpture de ce jeune homme agenouillé devant l'aigle, les bras tendus. Sa peau était si douce et belle, son regard confiant. Il ignorait que l'aigle était en réalité le dieu Jupiter qui allait l'enlever pour l'emporter jusqu'à l'Olympe, le violerait et en ferait l'échanson des dieux.

*

La porte des bureaux de Nordhjem, sur Stockholmsgade, était laquée d'une couleur qui devait être du vert Copenhague. Elle luisait comme si elle avait été polie quelques heures auparavant. Jeppe pénétra dans l'entrée majestueuse aux hauts lambris de bois précieux et gravit l'escalier jusqu'au premier étage, où Malin Dreyer-Hoff l'accueillit.

— Merci d'être venu si rapidement, dit-elle avant même qu'il la rejoigne. Je devais sortir de la maison.

— C'est compréhensible.

Jeppe serra sa main tendue et la suivit sur le parquet à chevrons. Il ne put s'empêcher d'admirer le plafond richement peint d'ornements dorés et d'un lustre en verre vénitien. Deux canapés roses, assortis à celui que les Dreyer-Hoff avaient chez eux, et de grandes toiles d'art moderne accentuaient ce cadre aux allures de manoir. Cela ne ressemblait en rien au genre de bureau auquel Jeppe était habitué.

— Le sac à dos d'Oscar a été trouvé dans le port en contrebas de votre appartement.

Elle se raidit.

— Son sac à dos... Qu'est-ce que ça veut dire ?

— Nous ne le savons pas encore. Il n'y avait aucune marque dessus, tout avait l'air normal. Il était caché sous une rampe menant à l'une des jetées.

Elle ouvrit et ferma la bouche.

— C'est là que notre bateau est amarré.

— Vous avez un bateau ?

— Plutôt un canot. C'est celui d'Henrik.

— Oscar sait-il barrer ce type d'embarcation ?

Elle hésita.

— Je ne crois pas. Peut-être.

— Pouvez-vous demander à Henrik de vérifier si le bateau est à sa place ? Immédiatement.

Elle mit si longtemps à répondre que Jeppe faillit répéter sa question.

— Bien sûr. Je l'appelle.

Malin prit son téléphone et parla d'une voix basse et hachée, sans aucun mot gentil entre tous les mots durs. Au bout de deux minutes, elle raccrocha.

— Il est parti vérifier.

Elle se dirigea vers les canapés roses, s'assit et rajusta l'ourlet de son chemisier. Cela ressemblait à une habitude ; Jeppe l'avait souvent vu faire par des femmes qui n'étaient pas à l'aise avec leur poids. Il s'installa sur le canapé opposé et sortit son carnet de sa poche.

— De quoi a-t-il l'air ?

— Le canot ? En bois, peint en blanc, baptisé *Frida*, c'est le prénom de ma mère.

Il nota sans lever les yeux.

— C'est le projet d'Henrik, poursuivit-elle. Je n'aime pas naviguer. Mais il adore les nouveaux gadgets – voitures, vélos de course et, depuis l'année dernière, les bateaux aussi.

Jeppe sourit à la description. Les hommes et leurs jouets.

Le téléphone de Malin bipa. Elle survola le message et posa l'appareil sur la table, l'écran tourné vers le bas.

— Le canot n'est pas là et les clés ne sont pas sur leur crochet. Elles sont peut-être dans une poche ou un sac, nous ne sommes pas très organisés, chez nous. Les choses se perdent souvent.

— Vous devriez vraiment vous en assurer, dit Jeppe.

Il marqua une pause, mais, comme elle ne répondait rien, il poursuivit :

— Vous vouliez me montrer quelque chose ?

— Oui.

Elle tira de nouveau sur le bord de son chemisier, se pencha pour attraper son sac à main et en sortit une pochette en plastique. Elle la tint un moment avant de la lui tendre au-dessus de la table.

— Henrik ne pense pas que nous devrions mélanger les choses, mais…

Jeppe prit la pochette et lut à travers le plastique.

Les porcs comme toi ne méritent pas de vivre. Les porcs comme toi devraient regarder par-dessus leur épaule. Ce n'est pas une menace dans le vide. Je vais te tirer dessus lundi en rentrant du boulot !

— Les fameuses lettres de menaces, je suppose ? Vous les aviez donc bien gardées.

Elle ignora sa remarque.

— Combien de temps faut-il, en général, pour recevoir une demande de rançon ?

— Il n'y a pas de règles à ce propos. Quelques jours, parfois plus longtemps. (Il tapota la pochette.) Peut-être les trouverons-nous maintenant que nous avons ces lettres. Merci. Du reste, Oscar Wilde vous dit-il quelque chose ? La citation vient d'un de ses livres.

— Non, je n'ai jamais rien lu de lui. (Ses doigts aux ongles vernis de rose faisaient tourner nerveusement ses nombreuses bagues en or.) La pensée de ne pas savoir où est mon enfant. Qu'il a peur, qu'il souffre peut-être…

Jeppe se pencha en avant et posa sa main sur son bras.

— L'ensemble de nos ressources mettent tout en œuvre pour le retrouver, je vous le promets !

Elle posa sa main sur la sienne et la serra avec reconnaissance, en le regardant dans les yeux. Il savait qu'il ne pouvait rien lui offrir qui la réconforterait vraiment, à part le retour de son fils à la maison.

— Maintenant, nous allons examiner ces lettres et rechercher le canot. Il doit bien être quelque part dans le port, j'imagine, un truc comme ça ne peut pas naviguer très loin ?

— Aucune idée.

— Pas de problème, je vais demander à Henrik.

Il retira sa main et Malin se leva en même temps que lui.

Au-dessus d'une console aux pieds incurvés, le dessin d'un visage était encadré. Les traits étaient jeunes et beaux, le regard détourné du spectateur, comme par timidité. Le dessin avait été fait avec des traits noirs assurés et des tons de gris foncé qui changeaient à la surface du papier. Jeppe s'arrêta.

— Je ne sais pas à quel point c'est évident, mais c'est Oscar. (Elle se plaça à côté de lui et admira le dessin représentant son plus jeune fils.) Il était si mignon quand il était petit. Avez-vous des enfants ?

Une question à laquelle on ne pouvait répondre que par oui ou non. Jeppe n'avait pas encore tout à fait pris sa décision.

— Non.

Il lui sourit et elle se tourna vers lui. Son regard rappela à Jeppe la panthère du zoo. Piégée par sa pire peur.

— Ça va aller, Malin.

Le baiser fut inattendu. Doux et engageant, avec un goût de café et d'anxiété. Jeppe s'écarta d'elle et elle baissa les yeux.

— Pardon, je ne sais pas pourquoi j'ai fait ça. Je suis juste… les choses sont si…

— Ça va, je comprends, dit Jeppe même s'il ne comprenait pas tout à fait pourquoi elle l'avait embrassé.

Un besoin d'être apaisée, peut-être, de ne plus penser à ce qui la tourmentait ? Mais pourquoi n'était-ce pas auprès d'Henrik qu'elle cherchait du réconfort ?

— Nous allons le retrouver !

Jeppe lança un dernier regard à Malin avant d'ouvrir la porte. Serait-il alors encore en vie ?

CHAPITRE 8

CopenHill étincelait sous la lumière éclatante du printemps. La façade métallique de l'incinérateur réfléchissait le soleil et au sommet, au-dessus du toit en pente, le haut de la cheminée rougeoyait comme un mauvais œil. Le nouveau point de repère de la ville ressemblait à un animal vivant, clignotant, tapi entre les buissons et les arbres de Refshaleøen.

Kasper Skytte but une gorgée à la bouteille et contempla son lieu de travail à travers le pare-brise de sa voiture à l'arrêt. L'Aalborg Akvavit tiède le brûla jusqu'à l'estomac. Pourtant, il continua à boire. Il n'avait rien trouvé de mieux pour se donner du courage.

Son emploi à l'incinérateur, ces dernières années, avait fait exploser sa vie en mille morceaux. Jamais il n'avait été aussi stressé, jamais il n'avait connu tant de succès ni davantage de difficultés qu'aujourd'hui. Il avait l'impression que son existence s'était accélérée, que sa vie défilait sous ses yeux à vive allure et qu'il ne pouvait rien faire d'autre que d'essayer de s'accrocher, le cœur battant. Faire la course à travers la ville pour rentrer à la maison et acheter de quoi préparer le dîner, se réveiller chaque matin avec cinquante nouveaux e-mails, analyser les chiffres des émissions et développer de nouveaux logiciels, faire de la recherche, faire le ménage, et être un père à peu près correct.

On dit que celui qui travaille beaucoup commet beaucoup d'erreurs. Était-ce une consolation ? Une excuse toute trouvée ?

Il était trop tard pour changer.

Une fois arrivé à une intersection, il avait fait un choix. Cette expression sonnait toujours si bien dans les livres, comme si on se tenait au sommet d'une montagne et qu'on pouvait choisir de se diriger vers le nord ou vers le sud, vers de nouvelles aventures. La réalité était qu'il se retrouvait dans sa voiture familiale délabrée, avec un taux d'alcool aussi haut que la cheminée de l'incinérateur. Et il ne pouvait plus faire demi-tour pour se confesser.

Quand Iben était petite, la vie était simple. Sa venue au monde avait tout relativisé et amplifié, si bien que le noir et le blanc se détachaient nettement. À l'époque, il n'avait jamais douté de ce qui était bien ou mal, des valeurs qu'il transmettrait à sa fille et du monde qu'il voulait lui laisser. Maintenant, il ne savait plus rien.

Il but une nouvelle gorgée puis ravala un rot. Son téléphone portable sonna. Encore. Il ne répondit pas. Comme s'il avait besoin qu'on lui rappelle à quel point il était foutu.

Kasper balança la bouteille par la fenêtre ouverte. Puis il démarra et se dirigea vers l'incendie de l'usine.

*

— Oh, que se passe-t-il, où sont tous les autres ?

Thomas Larsen posa un carton de pâtisserie sur la table de la cafétéria et regarda Jeppe et Anette d'un air déçu.

— Je croyais que nous serions au grand complet. J'ai acheté vingt brioches à la cannelle, pour tout le monde.

Jeppe dévissa le couvercle d'un thermos de café fraîchement préparé.

— Alors il y en a assez pour nous trois. Désolé, Larsen, mais pour l'instant nous restons une petite équipe efficace. Il n'y a que nous trois, plus Saidani qui travaille chez elle aujourd'hui. Je ne nous inflige de venir ici un dimanche que parce que Werner a… disons, une intuition.

Larsen s'assit maladroitement sans retirer sa veste en cuir.

— Une intuition ! Je viens de dépenser quatre cents couronnes à la pâtisserie Lagkagehuset.

— Mais ça en vaut la peine, je te le promets, dit Anette en s'asseyant à côté de lui. Qu'est-ce qu'on fête, exactement ? Non que je me plaigne, mais pourquoi as-tu acheté ces bonnes choses ?

Elle souleva le couvercle, en sortit une brioche à la cannelle copieusement recouverte de glaçage et la transféra dans son assiette.

Larsen soupira.

— Eh bien, oui, j'allais faire une annonce, et maintenant je suppose que je ne peux plus y couper.

Il baissa les yeux, ressemblant à un petit garçon dont le château de sable venait de s'écrouler, avant de poursuivre :

— Mette est enceinte, je vais être papa.

Jeppe croisa le regard d'Anette et réprima un rire. Il y avait quelque chose d'involontairement comique, dans la vanité de Larsen, qui déclenchait chaque fois cette réaction chez eux. Cette rare combinaison d'une belle apparence, d'une ambition clairement exprimée et d'une absence totale d'humour. Jeppe savait très bien que son envie de se moquer de Larsen était aussi teintée d'un peu de jalousie. Cet enquêteur de dix ans son cadet allait devenir père avant lui. Il se ressaisit.

— Félicitations ! C'est fantastique. Ça mérite vraiment d'être fêté.

Anette tapota l'épaule de Larsen.

— Félicitations, mon vieux !

Larsen parut apaisé.

— Oui, bon, il ne s'agit pas que de moi. Quelle est *l'intuition* de Werner ?

Il mima des guillemets avec ses doigts.

Jeppe repoussa son assiette.

— Malin et Henrik Dreyer-Hoff relient les lettres de menaces vieilles de deux ans à la disparition d'Oscar et à la note qui leur a été laissée. Ils voient ce qui se passe comme un cas classique de kidnapping, mais Werner n'est pas convaincue.

— Je crois qu'ils mentent, intervint Anette, la bouche pleine. S'il avait été enlevé pour de l'argent, nous aurions déjà eu des nouvelles des ravisseurs.

Larsen ouvrit la bouche pour parler, mais Jeppe fut plus rapide.

— Jusque-là, nous sommes d'accord. Le canot de la famille a disparu. Cela veut dire soit que quelqu'un a forcé Oscar à monter à son bord, soit qu'il l'a pris lui-même.

— À moins que, poursuivit Anette, le sac à dos sur la jetée et le canot manquant ne soient des fausses pistes, mises en place par ses parents.

Jeppe hocha la tête.

— Dans tous les cas, nous devons enquêter sur… (Il faillit dire « les squelettes dans le placard », mais se retint)… le passé de la famille.

— Le lit familial ! s'exclama Anette en roulant les yeux.

Larsen les dévisagea, l'air de se demander s'ils se moquaient de lui.

— Eh bien, Larsen, on t'écoute ! dit Jeppe en lui adressant un sourire encourageant. Qu'as-tu découvert sur ces lettres de menaces ?

— Ah bon, vous voulez le savoir, finalement ?! s'exclama-t-il.

Il ouvrit son sac orné du logo d'une marque de luxe et en sortit une pochette contenant une dizaine de feuilles qu'il étala tout en expliquant :

— Il y a un peu moins de trois ans, un client est allé voir la police pour des soupçons de malversations lors de ventes aux enchères chez Nordhjem. Les médias se sont emparés de l'affaire et d'autres clients ont fait part de leurs soupçons, une vingtaine de plaintes au total. L'histoire étant sortie au milieu des grandes vacances, elle a duré des semaines. On peut bien appeler ça un *shitstorm*.

Il prit un morceau de brioche, s'essuya avec une serviette en papier.

— Ça n'a pas dû être très drôle pour la famille – une autoentreprise partie de zéro, sans capital. Le couple a fondé sa maison de ventes aux enchères il y a à peine six ans, leur succès est donc arrivé en peu de temps. Elle venait du monde de l'art et gérait une galerie, lui avait un poste de directeur dans une compagnie d'électricité. Ils ont gardé cette répartition du travail : elle est directrice de la création, lui est administrateur, mais ils se partagent les responsabilités. Elle s'occupe principalement des acquisitions, il est responsable des ventes et du marketing en ligne ainsi que de l'ensemble des finances.

Larsen porta sa brioche à la bouche, puis se ravisa et la reposa pour pouvoir continuer à parler.

— Il y a trois ans donc, l'affaire a éclaté. Les accusations étaient basées sur ce qu'on appelle des enchères truquées qui, pour résumer, consistent à faire de fausses offres sur un article afin de gonfler son prix. Ces enchères proviennent soit du vendeur lui-même, soit d'un complice, et sont incroyablement difficiles à repérer ou à prouver.

— Mais est-ce que ça a été prouvé ?

— Le procureur chargé de la criminalité financière internationale a enquêté et confirmé les soupçons selon lesquels une vaste fraude avait eu lieu lors des ventes. À un moment donné, le parquet a été impliqué. Une ordonnance du tribunal a été obtenue et les bureaux de Nordhjem ont été perquisitionnés. Mon contact m'a dit, officieusement, qu'ils étaient sûrs que la famille était au courant de la fraude, peut-être même impliquée. Ils ont gagné beaucoup d'argent grâce aux prix artificiellement gonflés.

Larsen feuilleta un document sur papier à en-tête du procureur général de Copenhague. Le texte était recouvert de traits noirs.

— Mais ils n'ont rien trouvé de tangible et l'affaire a été classée sans suite. Je suppose qu'ils n'ont tout simplement pas pu fournir de preuves et ont donc dû abandonner. C'est après que les lettres de menaces sont arrivées. Neuf lettres en tout au cours d'une année, la dernière il y a deux ans. Elles ont été écrites sur différents papiers, à la main ou à l'ordinateur, mais affirment toutes que la famille est composée de personnes abjectes qui méritent de mourir, surtout Henrik.

— Il est donc plausible que ce soit le scandale qui ait déclenché les lettres de menaces. A-t-on trouvé l'expéditeur ?

Larsen sourit d'un air finaud.

— Non. La famille n'a jamais remis les lettres à la police et a fini par retirer sa plainte.

Les trois enquêteurs se regardèrent par-dessus leurs brioches à la cannelle. Quand les gens retiraient une plainte, cela indiquait souvent qu'ils avaient eux-mêmes quelque chose à cacher.

— La lettre que la famille a trouvée hier ressemble-t-elle aux lettres de menaces ? demanda Anette.

— Pas particulièrement. (Larsen chercha les mots justes.) Les rapports indiquent que les anciennes lettres proféraient des menaces très directes, écrites dans un langage cru.

— Mais elles restent notre meilleure piste pour trouver le kidnappeur, dit Jeppe. Larsen, enquête sur les conséquences du scandale des enchères. Perte d'argent, personnel licencié, tout ce qui pourrait amener quelqu'un à vouloir se venger de la famille.

— Je vais continuer, répliqua Larsen.

Il glissa sa pochette dans son sac, l'air déçu d'avoir récolté si peu de félicitations.

Anette cassa un morceau de glaçage d'une brioche et déclara :

— Les parents ont pu emmener Oscar en bateau quelque part et le tuer, peut-être par accident. Une bagarre qui s'est mal terminée. On peut facilement tomber des remparts de Trekroner, c'est arrivé à un jeune homme il y a quelques années et il est mort sur le coup. Ils se sont peut-être débarrassés du corps et du canot. Mads Teigen dit qu'il y a beaucoup de bateaux privés qui naviguent dans le port, c'est facile de se cacher au milieu.

— Celui qui a trouvé le sac à dos du gamin ? demanda Jeppe en haussant les sourcils. Que nous croyions ou non à l'explication des parents, nous sommes obligés de nous concentrer sur les lettres de menaces. Elles pourraient aussi provenir d'un proche de la famille.

Anette tendit la main vers la boîte de gâteaux, mais Larsen se dépêcha de refermer le couvercle.

— Ça vaut probablement la peine d'interroger la famille proche, les amis ou les employés de l'entreprise. Il peut y avoir des conflits dont nous ne sommes pas informés. Les parents d'Henrik sont morts, ceux de Malin vivent au nord de Copenhague, et elle a également une sœur. Et puis il y a le frère et la sœur d'Oscar.

Jeppe acquiesça.

— J'ai rendez-vous avec Henrik tout à l'heure…

Une sonnerie bruyante l'interrompit. Anette sortit son téléphone et regarda l'écran ; d'un haussement d'épaules, elle indiqua qu'elle ne connaissait pas le numéro.

— Werner à l'appareil !

Jeppe vit ses yeux s'illuminer. Après un bref échange, elle raccrocha et se leva.

— C'étaient les secours. Oscar a peut-être été repéré sur l'île de Hven.

— Sur Hven ?

L'île suédoise située dans le détroit entre le Danemark et la Suède avait déjà été passée au peigne fin par les équipes de secours, sans résultat.

— Un des résidents permanents prétend l'avoir vu, avec le canot, il y a à peine une heure. Et il n'était pas seul dans le bateau. J'y vais tout de suite.

Anette se dirigea vers la porte.

— Comment, à la nage ? Et je ne peux pas venir avec toi ?

Jeppe regarda en souriant sa partenaire qui trébucha, les joues rouges, impatiente.

— Non, ça va, ça ne sert à rien d'y aller à deux. Tu t'occupes d'Henrik, je prends le bateau pour Hven et on se revoit plus tard.

Elle salua de la main et disparut par la porte. Jeppe cria :

— Hé, Werner ! Tu ne prends pas ta veste ?

CHAPITRE 9

L'odeur des algues en fermentation surgit au même moment que le phare blanc de Kyrkbacken. Autour du béton du petit port et des gros rochers, des cygnes nidifiaient. Derrière eux se dressait une colline herbeuse de trente-cinq mètres de haut, surmontée par une église blanchie à la chaux. Les dimensions étaient danoises, modestes et gracieuses, pourtant l'atmosphère était typiquement suédoise. Peut-être à cause de la rangée de maisons en bois le long de la jetée, peintes en noir et rouge, aux toits bitumés, peut-être aussi à cause des panneaux, devant le kiosque du port, avec des publicités en suédois pour de la glace et des hot-dogs. Des souvenirs d'enfance de cueillette de myrtilles, lors de voyages en famille dans les fermes suédoises, revinrent à Anette, qui se rappela la sensation vertigineuse de zigzaguer dans la bruyère pour éviter les vipères.

La quille en aluminium blanc glissait à travers le port très fréquenté, où voiliers et canots étaient amarrés, serrés les uns contre les autres. Debout à la barre, le commandant manœuvra en toute sécurité vers un emplacement libre avant d'amarrer à l'avant et à l'arrière avec de solides nœuds.

— Je vais juste voir le témoin.

Anette sauta sur le quai et rejoignit la capitainerie à travers des groupes d'enfants qui mangeaient des glaces. À l'intérieur, un homme en T-shirt bleu délavé se tenait derrière le comptoir et regardait du football sur son téléphone portable.

Anette lui montra son badge.

— Police de Copenhague. Un témoin nous a appelés...

L'homme leva brièvement les yeux de l'écran.

— Le bâtiment d'à côté. Nicklas. Il est à l'arrière.

Le danois presque sans accent permettait aux visiteurs de Copenhague de se sentir chez eux sur l'île.

— Merci.

— De rien.

Elle fit le tour du bâtiment voisin, qu'une pancarte en suédois désignait comme le comptoir à poisson. À l'arrière de la maison en bois, un homme d'une quarantaine d'années au crâne dégarni, avec des boucles aux deux oreilles, enduisait la façade. Dès qu'il la vit, il posa son pinceau, s'essuya la main sur son pantalon et la lui tendit.

— Nicklas, bonjour. Bienvenue à Hven.

Elle lui serra la main.

— Vous avez vu le garçon recherché ?

— Je l'ai vu là-bas, répondit-il en faisant un signe de tête vers l'extrémité du port. Dans un canot en bois blanc, n'est-ce pas ? Il était un peu moins de 9 heures, j'arrivais en bateau de Norreborg où j'habite. Ils étaient en train d'amarrer.

— Vous êtes sûr que c'était lui ? Avec qui était-il ?

Il regarda Anette comme s'il lui manquait une case.

— Je suis passé en bateau à une centaine de mètres, donc non, je ne suis pas sûr. Mais il y avait un jeune homme aux cheveux noirs dans un canot blanc avec une autre personne, blonde. Alors j'ai appelé mon ami Mads pour lui demander si ça correspondait au garçon disparu. C'est lui qui a appelé les équipes de secours de Copenhague.

Il trempa son pinceau dans le seau de peinture rouille.

— Là-bas, vous dites ?

— Le bateau y est encore.

Il reprit sa peinture avec un regard oblique vers les touristes, sur le port, comme pour lui montrer qu'il était trop occupé à préparer la saison estivale imminente pour lui parler plus longtemps.

Anette le remercia et retourna au bateau de la Sécurité civile, où le commandant attendait avec les deux volontaires.

— Le canot est là-bas, venez !

Ils longèrent les bateaux de plaisance, le restaurant, les toilettes et le ponton de baignade, jusque de l'autre côté du port. Effectivement, un canot en bois peint en blanc était amarré au quai, dissimulé derrière un yacht prétentieux.

— On n'écrit pas le nom sur la poupe d'un bateau, habituellement ? Il devrait s'appeler *Frida*, mais je ne vois rien.

Le commandant sauta dans le canot, saisit le bastingage et examina le côté opposé à la jetée.

— Tu as raison, il n'y a pas de plaque signalétique. C'est exigé par la loi, mais les propriétaires de canots ne sont pas toujours doués pour mettre leurs plaques.

Il inspecta le canot.

— Il n'y a que des cordages, ici, le canot est vide.

Anette se redressa et regarda dans le port et le long de la côte, vers l'église. Jusqu'où pouvait-on aller à pied en quelques heures ? Où pouvait-on disparaître, d'ailleurs, sur cette île si petite ?

— Vous devriez peut-être monter jusqu'à l'église ? Pour avoir une vue d'ensemble.

La voix résonna juste derrière elle. Anette se retourna et se retrouva face à un regard vert marin. Mads Teigen.

— Que faites-vous ici ?

La surprise la rendit bourrue.

— C'est moi qui ai appelé les secours. Je connais Nicklas, du comptoir à poisson, qui a découvert le canot. J'ai pensé que vous pourriez avoir besoin d'aide.

Anette lança un coup d'œil en biais au commandant et aux deux volontaires. C'était effectivement un groupe fort modeste.

— Oui, c'est bien possible.

Elle leva les yeux vers le pignon blanc de l'église, qui brillait comme un symbole au soleil. Une flèche pointée vers Notre-Seigneur, une main tendue vers une âme perdue, peut-être ?

— Vous dites que la vue est bonne, de là-haut ?

— On voit la plus grande partie de l'île, répondit-il.

— OK, dit-elle avant de désigner le commandant. Vous trois, cherchez ici dans le port ! Demandez à tous ceux que vous croisez s'ils l'ont vu. Pendant ce temps, le gardien du fort et moi allons monter sur la colline pour avoir une vue d'ensemble.

Elle fit un signe de tête à Mads.

— On y va ?

Le chemin s'écartait du village, contournait la colline et montait abruptement devant des maisons soignées et des jardins en terrasse bien entretenus. Ils marchèrent d'un pas vif, d'une même foulée, et Anette se réjouit d'être en bonne forme physique. Elle pouvait suivre son tempo sans s'essouffler. Au bout du chemin, au sommet de la colline, ils atteignirent l'église et le cimetière qui l'entourait. Devant la grille en fer forgé, Mads s'arrêta.

— Vous saviez qu'*isola* veut dire « île », en latin ?

Anette sentit qu'elle n'était pas censée répondre.

— Les gens qui vont sur une île le font précisément pour s'isoler, être seuls.

Mads avait la main sur la poignée, si bien que ses larges épaules formaient un mur devant elle.

— C'est pour ça que vous vivez sur l'île de Trekroner… ?

Il ne répondit pas. Au bout de quelques secondes, il actionna la poignée et poussa le portail donnant sur le cimetière de l'église Sainte-Ibbs.

Anette le regarda entrer. Puis elle le suivit.

*

— Une autre tasse de thé ?

Sara secoua la tête et ignora le regard perçant de la serveuse.

Elle était assise là depuis une demi-heure avec une seule théière et comprenait bien que ce n'était pas ainsi que Paludan Bog & Cafe payait son loyer. Autour d'elle, des couples d'amis discutaient en prenant un long brunch dominical, et elle s'efforçait de faire abstraction de leurs conversations et de l'odeur de leurs crêpes. Sur sa table, à côté de sa théière, l'ordinateur d'Oscar. Sa mère était finalement restée à la maison avec les filles, parce que Amina avait refusé tout net d'aller à la piscine, et Sara avait fini par quitter l'appartement pour travailler en paix quelque part.

Devant elle, le fond d'écran représentant deux oiseaux morts aux plumes noires scintillait, parsemé d'icônes. Dans la barre des tâches en bas de l'écran se trouvaient les habituels programmes de traitement de texte, des applis de musique et de médias sociaux. Oscar jouait à *Fortnite* et à *World of Warcraft* régulièrement, des jeux que Sara connaissait bien et dont elle savait qu'ils pouvaient mettre un jeune en contact avec tout un monde de connaissances douteuses. Les pédophiles offraient des *skins* et d'autres avantages aux gamins en échange de photos d'eux nus. Mais à première vue, rien n'indiquait qu'Oscar ait pu rencontrer quelqu'un par l'intermédiaire du jeu. Pas de *chats* ni d'invitations suspects.

Elle parcourut les mails et le calendrier, mais ne trouva que des informations sporadiques.

Sur la page Facebook d'Oscar, il y avait des peintures de Francis Bacon, des *posts* avec des liens vers des expositions d'art, des clips de musique punk et des notifications politico-écologiques sur l'impact de la production de viande sur la couche d'ozone, les rhinocéros en voie de disparition, les voitures privées et leur empreinte carbone.

Dans Messenger, des fils de conversation avec ses camarades de classe sur des fêtes et des devoirs. Un des fils concernait une journée thématique au lycée, deux semaines plus tôt, où Oscar avait apparemment fait une présentation sur le plastique dans les océans du monde. Plusieurs camarades le félicitaient avec des émojis de bras musclés et de cœurs, certains mentionnaient également un débat houleux qui aurait suivi. Une certaine Karla écrivait : « C'est toi qui as raison. Les adultes sont complètement ridicules ! » et un certain Gabriel avait renchéri avec un « Tiens bon ! Si notre génération ne tire pas la sonnette d'alarme, la terre sera merdique dans dix ans ».

Sara chercha un commentaire d'Oscar à ce sujet, sans rien trouver.

Sur le bureau de l'ordinateur, un dossier contenait des documents de devoirs scolaires. Sara les parcourut. « Le Brexit et ce qu'il signifie potentiellement pour l'Irlande du Nord », tel était le titre d'une dissertation en sciences sociales. Une autre : « Ça urge ! » avec pour sous-titre « Si nous devons sauver le monde ». Elle parcourut les devoirs ; ils étaient bien écrits et révélaient l'intelligence et l'engagement de l'élève. Un titre dans le dossier de danois l'arrêta : « À son image – Oscar Wilde ».

Sara ouvrit le document, une dissertation en danois. Elle parcourut le texte, mais ne trouva aucune citation ressemblant à celle que Jeppe avait mentionnée. Pourtant, il devait y avoir un lien. Au bas du document, des commentaires du professeur assortis de la note maximale. Sa signature : Malthe Sæther, lycée Zahles.

Une recherche rapide sur Internet lui fournit un numéro de téléphone. Elle appela, mais personne ne décrocha, pas de répondeur non plus, juste une sonnerie. Sara retourna à sa recherche et vit qu'il habitait au 19 Vendersgade, quatrième étage.

Elle jeta un coup d'œil à sa montre. Il était presque 14 heures. Elle pouvait encore tenir une demi-heure sans mettre sa mère en colère. Sara lui envoya un SMS disant qu'elle était en route, remit l'ordinateur dans sa sacoche et se dirigea vers son vélo.

Vendersgade n'était qu'à quelques minutes, et pratiquement sur le chemin du retour.

Copenhague, merveilleuse capitale aux dimensions d'un village !

Elle s'engagea dans la circulation et descendit Nørregade en direction de Nørreport. Six minutes plus tard, elle se tenait, essoufflée, devant le 19 Vendersgade. La façade récemment ravalée, d'une délicate teinte jaune clair, ne durerait probablement pas très longtemps dans la circulation dense du quartier de Nørreport. *Sæther* était inscrit au stylo bleu sur la sonnette. Elle appuya et attendit. Pas de réponse. Elle leva les yeux et vit une fenêtre ouverte dans ce qui devait être l'appartement du professeur. Elle appuya de nouveau sur la sonnette.

— Qui cherchez-vous ?

Sara se retourna et aperçut une femme d'un âge indéterminé, assise sur les marches d'une boutique en sous-sol située à côté de l'entrée. Ses cheveux brun souris étaient relevés en une queue-de-cheval désordonnée et elle était vêtue d'une combinaison ample à imprimé africain.

— Malthe Sæther, au quatrième.

— Il n'est pas chez lui.

— Vous savez où je pourrais le trouver ?

La femme sembla évaluer Sara et conclure qu'elle était inoffensive.

— Probablement chez sa petite amie, qui habite à Odense. Il y passe la plupart des week-ends.

— Ah, OK, dit Sara.

Elle hocha machinalement la tête avant de sortir de sa poche une liste de courses pliée.

— J'ai juste une lettre pour lui, je voulais la glisser dans sa boîte.

— Je peux vous laisser entrer, dit la femme qui se leva, une clé à la main. C'est tellement agaçant de venir pour rien.

La femme ouvrit et Sara se faufila à l'intérieur avec un sourire, ébahie par la crédulité des gens.

Elle monta l'escalier en courant. Au quatrième, elle atteignit une porte blanche avec un carton laminé collé dessus. Un enfant y avait écrit *Malthe Sæther* en lettres majuscules et minuscules qui semblaient danser sous un arc-en-ciel. Sara frappa et attendit. Toujours rien. Elle retrouva son numéro de téléphone, appela une nouvelle fois et colla son oreille contre la porte. Aucune sonnerie ne retentit dans l'appartement. Elle s'accroupit, poussa le volet de la boîte aux lettres et renifla. L'appartement dégageait une légère odeur de parquet savonné, rien d'autre.

Sara se leva et vérifia l'heure. La frontière magique entre tard et trop tard s'approchait à une vitesse vertigineuse. Avec un soupir agacé, elle redescendit les quatre étages en courant vers son vélo, la circulation et ses filles qui attendaient à la maison, à Christianshavn.

*

De l'autre côté du portail du cimetière se tenait un comité d'accueil de pierres tombales. Anette s'approcha. Sur la première, elle lut : *Les sœurs sourdes et muettes Bengtsson*, avec deux prénoms et des dates de naissance et de décès. *On prend si peu de place quand on est mort*, pensa-t-elle. Elle aurait bien voulu connaître leur histoire.

En levant les yeux, elle vit Mads Teigen debout au point culminant de l'île, devant l'église, qui regardait en contrebas. Dans la lumière du soleil, sa silhouette aux larges épaules se découpait contre le ciel, celle d'un héros mythique aux bras musclés. Les bras d'Anette se couvrirent de chair de poule. Ici, près de l'église, tout était désert et calme comparé à l'agitation du port ; ils étaient seuls. À cette pensée, elle ressentit une sensation étrange, comme si elle se voyait de l'extérieur, cette femme avec un homme et aucun spectateur.

— Ça suffit, maintenant ! pesta-t-elle à voix haute contre elle-même.

Elle donna un coup de pied dans un buis et poursuivit sur le chemin derrière l'église sans attendre son compagnon. Une de ses forces avait toujours été sa capacité à avoir une vue d'ensemble claire et froide, mais en cet instant, il lui semblait que ses pensées se bousculaient, l'empêchant de se concentrer. Peut-être qu'une partie vitale de ses cellules cérébrales avait disparu à cause du manque de sommeil causé par l'allaitement.

Derrière l'église, le cimetière s'étendait vers une étendue sauvage d'arbres et de buissons qui se prolongeait le long de la crête de la colline. Les sentiers dans les hautes herbes étaient piétinés et l'air bourdonnait d'insectes. Anette avançait à grands pas à travers l'idylle, toujours en colère contre ses pensées importunes et si absorbée par son agacement qu'elle ne le vit qu'après lui avoir pratiquement marché sur le pied.

Un jeune homme gisait dans une petite clairière entre les buissons. Il était nu et sa peau luisait d'une blancheur anormale au milieu de tout l'or vert qui l'entourait. À côté de lui, un sac à dos et des vêtements éparpillés comme des épaves sur une mer agitée.

Anette fit instinctivement un pas en arrière, choquée, essayant de contrôler sa respiration. Elle entendit Mads Teigen se rapprocher derrière elle et leva une main pour le ralentir à temps.

— Il est allongé ici.

Elle chuchota sans savoir pourquoi. Une étrange forme de respect, peut-être.

Il la rejoignit et ils se penchèrent simultanément sur le corps dans l'herbe. Le jeune homme n'était rien qu'un grand garçon avec quelques poils de barbe et des traces d'herbe sur ses genoux maigres. Ses cheveux étaient noirs et son visage couvert de taches de rousseur. Un ronflement profond brisa le silence recueilli de la clairière.

— Bon. Au moins, il n'est pas mort, constata sèchement Mads.

Anette ne put retenir un sourire de soulagement.

— Qu'est-ce que vous faites ici ? s'exclama une jeune fille en surgissant des buissons, juste vêtue d'une culotte. Gösta, réveille-toi !

Le garçon ouvrit les yeux et les regarda, effrayé. Anette sortit son badge et le montra aux jeunes.

— Rhabillez-vous, nous avons quelques questions à vous poser.

— Quel est le problème ? demanda la fille en enfilant une robe.

— Est-ce votre canot en bois blanc qui est amarré tout au bout du port ?

Le garçon répondit avec l'accent chantant du dialecte suédois de Scanie.

— C'est celui de mon père. Nous sommes arrivés ici de Bäckviken ce matin.

— Bäckviken ?

— Oui, sur la côte est. C'est là qu'on habite.

Il jeta un regard gêné à sa copine.

Anette hésita. Le garçon était suédois, habitait Hven, et ne ressemblait pas du tout à Oscar Dreyer-Hoff. Elle tendit pourtant le doigt vers lui.

— Et tu es sûr que ce canot ne vient pas de Copenhague ? De Søndre Frihavn, par exemple ?

Le garçon secoua la tête avec effroi.

— C'est mon père qui l'a construit lui-même ! Vous n'avez qu'à lui demander.

Mads tapota le bras d'Anette.

— Ça va, excusez-nous pour le dérangement. Bonne journée !

Il se détourna pour partir. Anette resta un moment à contempler les jeunes puis elle céda.

— Oui, désolée, c'était un malentendu. Au revoir.

Ils redescendirent en silence vers le port. Anette était amèrement déçue. Maintenant qu'elle était mère elle-même, elle portait à sa manière sur ses épaules la responsabilité de la sécurité de tous les enfants. Mais elle ne pouvait pas aider, elle ne pouvait absolument rien faire.

Au pied de la colline, elle sortit son téléphone et appela Jeppe.

— Kørner à l'appareil.

— C'était un coup d'épée dans l'eau. Le garçon est un Suédois en escapade avec sa petite copine.

— Merde !

Elle l'entendit tirer une bouffée de cigarette.

— Je suis sur la jetée, j'attends Henrik. Tu es toujours à Hven ?

— Oui, je rentre tout de suite. J'ai juste besoin de retrouver l'équipe des secours… J'ignore où ils sont passés. On se retrouve où ?

Jeppe hésita.

— Rentre chez toi, Anette ! Il sera 16 heures quand tu arriveras au port. Passe du temps avec ta famille, on se voit demain matin.

— OK.

Elle raccrocha et observa le port à la recherche de l'équipe de la Sécurité civile.

Mads se racla la gorge.

— Je peux vous ramener à Copenhague en bateau, si vous voulez ?

— Merci, ce serait super.

Il ouvrit la voie vers le remorqueur du fort et largua les amarres. Une fois qu'ils eurent quitté le port, Anette resta debout sur le pont et laissa l'air marin chasser ses pensées. Mads se tenait à la barre, dans la timonerie, une cigarette allumée entre les lèvres.

Il exhala la fumée et la regarda.

— Je vous dépose sur la jetée de Søndre Frihavn ?

— Oui, merci, dit-elle en s'appuyant au bastingage. Et on peut peut-être se tutoyer d'ailleurs. C'est quoi, cette île ?

— À tribord ? C'est Middelgrund, l'un des plus anciens forts maritimes du port de Copenhague. Il a été construit au tournant du siècle – le précédent, je veux dire – pour protéger la ville contre les attaques par la mer. Il est immense, trois ou quatre étages, je crois. À l'époque de sa construction, c'était le plus grand du monde.

Elle le rejoignit à la timonerie pour ne plus avoir à crier dans le vent.

— À quoi sert-il, de nos jours ?

— Il est resté vide pendant de nombreuses années, mais un fonds d'investissement l'a acheté récemment ; ils vont le rénover pour le transformer en île pour les jeunes.

— Une *île pour les jeunes* ? C'est quoi, ce truc ?

— Elle servira pour des camps scouts et des colonies de vacances. Mais la rénovation est au point mort, il n'y a plus d'argent.

Il déplaça son poids d'une jambe sur l'autre, si bien que leurs épaules se touchèrent. Anette s'écarta un peu.

— J'imagine que les secours ont cherché là-bas ?

— Certainement. Et il y a des caméras de surveillance dans le port du fort, comme chez moi sur Trekroner. Si Oscar était là, ils l'auraient vu sur les enregistrements. Et le canot serait à quai.

— Oui, bien sûr.

Anette resta silencieuse. Elle avait tellement espéré que le garçon de Hven serait Oscar. Il aurait dû se tenir à côté d'elle maintenant, une couverture autour des épaules et un air soulagé dans les yeux. Le port de Copenhague s'ouvrait droit devant. Elle contempla les tours et les coupoles de la ville avec une épine dans le cœur. Et les mains vides.

CHAPITRE 10

Ce fut un Henrik Dreyer-Hoff visiblement accablé qui débarqua sur la jetée à 15 heures. Voûté, il se contenta d'un vague hochement de tête en guise de salut.

— Malin est partie conduire Vic et Essie chez sa mère. Nous ne pouvons pas les avoir à la maison dans les conditions actuelles. C'est mieux pour eux ainsi.

Le père avait l'air tourmenté. *Il y a quelque chose de plus profond que le choc et l'anxiété derrière son inquiétude*, pensa Jeppe. La culpabilité a une odeur toute particulière, et elle pesait lourdement sur Henrik Dreyer-Hoff.

— Les clés du canot sont-elles réapparues ?

— Non, dit Henrik.

Il enfonça les mains dans les poches de sa veste tout en frissonnant dans le vent, pourtant doux.

— Je suis assez certain qu'elles étaient dans le bol dans l'entrée, mais elles ont disparu. Comme le bateau.

Il fit un signe de tête vers l'emplacement vide.

Et Oscar, pensa Jeppe.

— C'est ici qu'il se trouve d'habitude ?

— Oui, B13, c'est notre emplacement. J'avais l'habitude de plaisanter en disant que ça portait malheur. Que nous coulerions un jour.

— Quand l'avez-vous sorti pour la dernière fois ?

— Jeudi après-midi, juste un petit tour, tout seul. Il faisait frais, personne d'autre n'a eu envie de venir. (Il leva les mains vers Langelinie.) C'est par là qu'on sort du quai. Sous le pont et dans le port en lui-même. À droite, on arrive derrière *La Petite Sirène* et dans le canal de Christianshavn, si on tourne à gauche, on navigue vers Trekroner et la pleine mer. Mais le canot n'est pas destiné à faire la traversée. Il n'avance qu'à cinq nœuds, alors on reste surtout dans le port.

Jeppe suivit son doigt qui indiquait les directions de navigation.

— À quelle fréquence sortez-vous le bateau ?

— En saison, j'essaye de sortir deux ou trois fois par semaine. Même un petit tour rapide d'une heure l'après-midi me donne de l'énergie pour toute la semaine. Mais je n'arrive pas toujours à faire venir les enfants. Ils ont tant d'autres choses à faire…

— Et quel tour faites-vous, en général ?

— Ça dépend du vent et de la météo, et si on veut pêcher ou se baigner. Parfois, on va sur Flakfortet ou sur Trekroner…

Henrik baissa la tête et retint son souffle un moment avant de continuer.

— Oscar adore explorer cet endroit. Il emporte son bloc de dessin et fait des croquis. On a rencontré le gardien du fort, et il prend souvent le temps de faire visiter Oscar.

Une sonnerie retentit à l'arrière de la tête de Jeppe.

— Le gardien du fort ? Comment s'appelle-t-il ?

Henrik fronça les sourcils.

— Je ne m'en souviens pas, nous ne l'avons vu qu'une poignée de fois. Mais il est sympa et connaît très bien l'histoire de la forteresse. Et la vie des oiseaux.

L'acouphène grandit en intensité et se mit à tinter aux oreilles de Jeppe.

— Comment manœuvre-t-on le bateau ? Est-ce difficile ? Désolé, je pose des questions bêtes, mais je n'ai jamais navigué moi-même.

— On allume le moteur avec la clé, comme dans une voiture, et on passe une vitesse, expliqua Henrik. On largue les amarres et on pousse pour s'éloigner du quai. Le plus compliqué, c'est d'accoster sans abîmer le bateau ; piloter est assez facile. On dirige simplement avec la barre à l'arrière du canot.

— Oscar sait-il le faire ?

— Je l'ignore. Victor est un bon marin, mais Oscar n'a jamais semblé très intéressé. Pourquoi ? Vous croyez qu'il est parti lui-même en bateau ?

— Pour l'instant, nous envisageons toutes les hypothèses.

Jeppe résista à l'impulsion de rassurer le père à tout prix ; inutile de lui donner de faux espoirs.

— Pouvez-vous imaginer que quelqu'un de votre entourage puisse vouloir du mal à Oscar ? Ou à vous ?

Henrik le regarda avec curiosité.

— Pour de l'argent, vous voulez dire ? Une rançon ?

— Oui, pour de l'argent, ou par vengeance ?

Henrik secoua la tête.

— Je ne vois rien d'autre que de la jalousie. Quelqu'un qui veut obtenir quelque chose de notre part. Notre argent.

— Il n'y a pas de vieilles querelles familiales dont nous devrions être informés ? Des problèmes avec l'entreprise ?

À Langelinie, un bateau de croisière fit résonner sa sirène en s'écartant du quai tel un iceberg se détachant d'un glacier.

Henrik cligna des yeux. Un vaisseau sanguin avait éclaté dans l'un d'eux, colorant le blanc de rose.

— Vous avez manifestement entendu parler de nos… difficultés dans l'entreprise. Les accusations sont venues de nulle part, la police n'a trouvé aucune raison de porter l'affaire devant les tribunaux, mais les gens croient ce qu'ils veulent bien croire. Malin et moi avons donné interview sur interview pour nous expliquer et clarifier la situation, mais ça n'a servi à rien. Au lieu de cela, les gens ont critiqué notre mode de vie. Notre décoration d'intérieur, notre façon d'être parents.

Jeppe hocha la tête. Il savait tout de l'anatomie d'un *shitstorm* grâce à son amitié avec Johannes Ledmark. Mais entre un *shitstorm* et un kidnapping, la route est longue.

Henrik avait parlé avec émoi et colère.

— Un soi-disant conseiller familial éminent a même déclaré à la télévision à une heure de grande écoute que nous n'étions pas de bons parents parce que nous pratiquions le cododo avec nos enfants.

— Votre fils aîné a mentionné que vous dormiez ensemble dans un grand lit. Je crois qu'il a appelé ça un *lit familial* ?

Henrik haussa les épaules d'un air neutre.

— Et alors ? Pourquoi les enfants iraient-ils mieux en dormant seuls dans leurs propres chambres ? Pouvez-vous me l'expliquer ?

— C'est juste inhabituel que de grands enfants, des adolescents, dorment avec leurs parents.

— Qu'essayez-vous d'insinuer ? demanda Henrik en lui lançant un regard enragé. Les enfants ont besoin de sécurité, la nuit. Doit-on les laisser seuls dans le noir ? Est-ce de la bienveillance ?

Jeppe croisa son regard injecté de sang et baissa les yeux. Il avait raison. Qu'est-ce que Jeppe savait vraiment sur le fait d'avoir des adolescents, ou même des enfants ? Que dalle.

*

Esther sortit la bouteille de porto de la vitrine, versa du café dans la cafetière à piston et plaça des biscuits *cantucci* sur une assiette en porcelaine Royal Copenhagen bleue. Jeppe avait annoncé son arrivée pour 17 heures, et même si c'était un peu stupide de prendre du café et des gâteaux juste avant le dîner, c'était en quelque sorte devenu une tradition quand il lui rendait visite.

— Je ne me sens pas très bien.

Esther s'arrêta, la bouilloire fumante à la main.

— Que veux-tu dire, Gregers ?

Il ouvrit et ferma la bouche.

— Je ne sais pas vraiment. C'est comme si tout changeait de place. Comme si tout était à l'envers. Est-ce que la table de la cuisine a toujours été là, ou l'as-tu déplacée ?

— Qu'est-ce que tu racontes ? On ne peut pas déplacer la table de la cuisine, elle est fixée au mur...

Esther se rendit compte à quel point la respiration de Gregers était rapide et superficielle. Comme celle d'un oisillon.

— Écoute-moi, demain matin, j'appellerai ta médecin et j'insisterai pour que tu aies un rendez-vous immédiat. Il faut que nous examinions ça, d'accord ?

Il hocha lentement la tête.

— Je vais me reposer.

— D'accord. Viens me chercher s'il y a quoi que ce soit.

Il traîna ses pantoufles dans le couloir, jusqu'à sa chambre, et ferma la porte derrière lui.

Esther finit de préparer le café et se versa un verre de porto. Elle le méritait. Elle en avait besoin, en tout cas.

Juste au moment où elle portait le verre à sa bouche, la sonnette retentit. Une minute plus tard, Jeppe arrivait dans l'entrée, tout essoufflé. Il l'embrassa sur la joue et contourna soigneusement Doxa qui aboyait. Quand Esther apporta le café, il était au salon, près d'une des fenêtres donnant sur le lac.

— On ne se lasse jamais de cette vue, hein ?

— Pas de mon vivant, en tout cas. Assieds-toi, tu prendras bien un café ?

Il s'assit docilement et lui tendit une tasse.

— Je dirai toujours oui à ton café, merci.

Elle les servit et s'assit en face de lui dans son fauteuil à oreilles couleur pêche. Elle le sentit agité. Il était très occupé, bien sûr. Elle but une gorgée et s'éclaircit la gorge.

— Alors, qu'est-ce que c'est que cette histoire de Dorian Gray ?

Jeppe posa sa tasse avec un sourire.

— Droit au but, comme toujours, j'aime ça. Nous recherchons un adolescent qui a disparu depuis vendredi après-midi. La famille a retrouvé cette lettre. (Il lui tendit un papier.) Les techniciens de la Scientifique ont fini avec, tu peux y aller sans problème.

Elle saisit la feuille avec précaution, lut, reconnut les mots et apprécia la perfection de leur forme. Elle les relut.

— Est-ce une lettre d'adieu ?

— Nous pensons qu'il a été kidnappé et que le ravisseur a laissé cette lettre.

Esther se leva et se dirigea vers la bibliothèque qui couvrait tout le mur du fond du salon. Elle chercha un court instant puis sortit un livre à la couverture ornée du portrait d'un jeune homme.

— Le voici. *Le Portrait de Dorian Gray*, un des meilleurs livres de l'histoire du monde, si tu veux mon avis. Comme je te l'ai dit, j'ai écrit mon mémoire de recherche sur Wilde quand j'ai fait mes études, au siècle dernier.

Elle tendit le livre à Jeppe qui le retourna et parcourut le texte de quatrième de couverture.

— Merci, professeur. Mais pourquoi crois-tu que la citation pourrait être une lettre d'adieu ?

Elle lui sourit par-dessus le rebord de sa tasse de café.

— Va à la page 177 !

Jeppe ouvrit et trouva le passage qu'il lut à voix haute.

— « Tout comme il avait tué le peintre, il tuerait l'œuvre du peintre et tout ce qu'elle signifiait. Il tuerait le passé, et, une fois ce passé mort, il serait libre. »

— La citation vient de la fin du livre, juste avant que Dorian Gray ne se tue. Ça pourrait être approprié, comme lettre d'adieu. Il y a aussi une étrange coïncidence entre le nom Oscar Wilde et Oscar Dreyer-Hoff.

Jeppe but un peu de porto et regarda le jeune homme de la couverture, pensif.

— Rappelle-moi un peu l'histoire. Il s'agit d'une peinture, n'est-ce pas ?

— Exactement. Le jeune et beau Dorian Gray fait peindre son portrait et est tellement épris de sa beauté qu'il échange sa place avec la peinture, si bien qu'il reste jeune et que la peinture vieillit. Tous ses méfaits et l'âge qui le rattrape sont visibles sur le tableau, mais le visage de Dorian ne change pas. Pour finir, il ne supporte plus de regarder la vérité du tableau et le détruit. Mais alors qu'il transperce la toile avec un couteau, il se tue lui-même. Une subtile forme de suicide, si tu veux.

Elle ouvrit les mains et se sentit un instant de nouveau comme une universitaire apportant la preuve de sa théorie.

— Mais un jeune de quinze ans penserait-il ainsi ? demanda Jeppe avec une moue sceptique.

— Comment étais-tu, toi-même, adolescent ?

Cela le fit sourire.

— Tu es une femme futée, Esther de Laurenti.

— Tu crois ça ?

Elle remplit encore les verres et sentit la chaleur lui monter aux joues.

— Sérieusement, si j'étais toi, j'enquêterais pour savoir si ce garçon a des raisons de vouloir disparaître.

— Suicide ?

La moue sceptique réapparut.

Esther reposa doucement son verre sur la table basse.

— As-tu une meilleure explication ?

CHAPITRE 11

Au 14 Holmeås, on préparait le repas du soir de plus en plus tôt au fil des semaines. Anette avait parfois l'impression que Svend et elle avançaient inconsciemment le dîner afin de pouvoir se coucher plus tôt. En tant qu'oiseau de nuit confirmé, elle hésitait à écourter la soirée et leur temps entre adultes, mais elle avait vraiment besoin de davantage de sommeil. *Les soldats des forces spéciales qui se vantent de ne pas dormir pendant plusieurs jours d'affilée devraient essayer d'avoir des enfants.*

Gudrun avait obtenu depuis longtemps une place dans le grand lit à force de pleurer et dormait maintenant profondément dans l'espace si confortable entre ses parents. Tous trois avaient donc un sommeil agité, et la vie sexuelle d'Anette et Svend s'en retrouvait très menacée. Ils convenaient qu'elle devrait bientôt apprendre à dormir seule, mais avoir son petit corps de bébé tout contre soi était agréable, et cela en était resté au stade des discussions.

Anette contempla son mari qui débarrassait la table tout en jouant à cache-cache avec Gudrun dans sa chaise haute. Au moins, leur enfant était à la maison et en vie.

— Eh bien, ma petite puce, peut-être devrions-nous laisser papa ranger la cuisine et aller prendre un bain ?

Sa fille poussa un hurlement, amplifié par les surfaces lisses de la cuisine. Anette la souleva de sa chaise haute tout en essayant de réprimer ses protestations par des paroles apaisantes.

Svend les arrêta.

— En fait, je lui ai promis que ce serait *moi* qui lui donnerais son bain, aujourd'hui.

— Apa !

Gudrun se jeta sur son père, qui l'attrapa d'un air coupable. Leur fille se calma aussitôt et posa sa tête contre son épaule. Il lança à Anette un regard à la fois suppliant et vaguement réprobateur, comme si c'était sa faute à elle si leur fille préférait prendre son bain avec lui.

— Est-ce que je ne devrais pas… ?

— Tu lui donneras son bain la prochaine fois. Va faire un tour avec les chiens, à la place, et prends un peu l'air !

Il regarda Gudrun avec amour.

— Dis au revoir à maman, princesse, et allons chercher les animaux du bain.

Anette eut le droit de planter un baiser sur les cheveux de sa fille avant qu'ils ne disparaissent vers la salle de bains. La déception la rongeait, mais elle refusa de la laisser prendre le dessus, même si la fatigue lui mettait les nerfs à fleur de peau. Il était naturel que sa fille préfère le parent le plus présent. Le principal était qu'elle se sente en sécurité et heureuse. Anette alla chercher les laisses et appela les trois border collies, qui se jetèrent sur elle. Aucun doute possible sur qui ils préféraient, *eux*.

Dans le quartier résidentiel, l'air de la fin d'après-midi était chargé de pollen, on sentait même l'écorce et les graines du printemps. Le ciel était haut, lumineux et presque étourdissant. Les chiens tiraient sur leur laisse, impatients. Quand ils atteignirent le marais, elle les lâcha pour qu'ils puissent renifler et courir à leur aise pendant qu'elle se reposait sur un banc. Dans la poche poitrine de son blouson, elle sentit un paquet de cigarettes datant de l'époque où elle fumait encore. Elle le secoua pour en faire sortir une clope et la porta à ses lèvres avec hésitation. C'était comme si elle enfilait son vieux jean préféré, et elle se sentit à la fois déçue et soulagée de ne rien avoir pour l'allumer.

L'image de Mads Teigen à la barre, fumant et souriant, surgit de nulle part. En fait, elle avait eu de tels flashs plusieurs fois au cours de l'après-midi, mais ne s'autorisait à y penser que maintenant. Il y avait quelque chose d'inhabituel chez cet homme, une retenue qu'elle n'arrivait pas à décoder. Il était réservé, aucun doute là-dessus, mais dans ses yeux verts brûlait aussi une obscurité qui semblait attirante. Anette devait admettre qu'elle le trouvait excitant, et elle ignorait que faire de ce sentiment. Même le fait qu'il fume le rendait intéressant, alors qu'Anette était dans une phase moralisatrice de parent de jeune enfant. Elle secoua la tête en riant de sa bêtise. C'était sans doute juste le printemps qui lui montait à la tête. Le printemps et la fatigue.

Son téléphone sonna. Kørner.

— Qu'est-ce que tu veux, *maintenant* ?!

Anette rit pour souligner qu'elle plaisantait. Son partenaire pouvait être un peu premier degré, parfois.

— Il y a du nouveau ? ajouta-t-elle.

— Non. Mais j'ai quelques détails que j'aimerais passer en revue avec toi, si tu as le temps. Tu n'es pas en plein dîner, j'espère ?

Anette l'entendit allumer une cigarette et ressentit une nostalgie profonde du temps jadis.

— Non, c'est bon. Vas-y !

— Je viens de passer chez Esther de Laurenti ; elle pense que la lettre à la famille d'Oscar doit être lue comme une lettre d'adieu.

Un groupe d'adolescents rieurs passa devant le banc. Anette déplaça son téléphone vers son autre oreille.

— Tu dis qu'il se serait suicidé ?

— Le père ne peut pas affirmer avec certitude qu'Oscar ne savait pas piloter tout seul le bateau de la famille.

— Mon petit Jeppe, putain, ça n'a aucun sens. S'il s'était suicidé, nous les aurions trouvés, lui et le canot, à l'heure qu'il est. Ou au moins une épave.

Anette parlait avec plus de conviction qu'elle n'en éprouvait. Aucune des théories ne semblait plausible.

— Il y a autre chose. Ce gardien du fort qui a trouvé le sac à dos. Celui qui était aussi sur Hven...

— Mads Teigen. Qu'est-ce qu'il a ?

— Sais-tu depuis combien de temps il travaille à Trekroner ?

Anette se raidit.

— Non. Pourquoi ?

— Quelque chose indique qu'il connaissait Oscar. La famille Dreyer-Hoff venait souvent à Trekroner et Henrik a mentionné le gardien, mais il ne se souvenait pas de son nom.

— Je vais le lui demander. Autre chose ?

— C'est tout, répondit Jeppe. Passe le bonjour chez toi !

Anette raccrocha et remit le téléphone dans sa poche. Elle jeta la cigarette non allumée dans un buisson et appela les chiens.

*

La table était dressée avec la vieille argenterie de sa grand-mère, dont Jeppe savait qu'elle était en général conservée dans un coffre-fort, à la banque. Un chandelier brillait, des portions individuelles de desserts se trouvaient sur les assiettes, certainement achetées toutes prêtes et disposées à la dernière minute. Sa mère avait fait des efforts. Jeppe aurait juste souhaité qu'elle n'ait pas oublié que cinquante pour cent des invités étaient des enfants, au lieu d'essayer d'impressionner les adultes.

Elle s'était enquise avec intérêt de l'enfance de Sara dans son pays d'origine, la Tunisie, avant d'accaparer la conversation avec un monologue sur Carthage, les Phéniciens et la minorité berbère. Puis elle avait poursuivi sur son sujet de prédilection, la culture, et cherché à savoir si Sara était plutôt théâtre ou opéra, arts visuels ou livres. Sara avoua sans sourciller qu'elle n'avait de temps pour rien de tout cela, un aveu dont Jeppe savait qu'il atterrirait automatiquement dans l'angle mort de sa mère.

— Tu dois absolument lire à haute voix à tes filles ! Sinon elles deviendront des analphabètes culturelles. Prends un classique, *Alice au pays des merveilles*, par exemple. Ou la suite, *De l'autre côté du miroir*, c'est génial pour leur âge. J'en ai un exemplaire que tu peux m'emprunter. Je crois d'ailleurs que c'est celui de Jeppe quand il était petit.

Sara sourit poliment et but une gorgée d'eau sans se donner la peine de répondre. Jeppe sentit une goutte de sueur couler le long de sa colonne vertébrale. Il y eut un grand bruit quand Meriem renversa un verre avec sa figurine Transformer.

— Peut-être devrions-nous laisser les filles quitter la table pendant que nous prenons le dessert ? suggéra sa mère.

Jeppe lui lança un regard d'avertissement.

— C'est juste de l'eau.

— De toute façon, on n'aime pas le gâteau, décréta Amina.

Assise les bras croisés, elle avait l'air d'avoir été soumise au supplice de la goutte d'eau durant toute l'heure passée.

— OK, dit Jeppe, qui se leva en ignorant le sourcil froncé de sa mère. Venez, les filles, on va au salon. Meriem, prends tes jouets !

— Je peux regarder YouTube ? demanda Amina à sa mère.

Sara hocha la tête et Amina se leva d'un bond pour aller chercher son téléphone dans la poche de sa veste, dans l'entrée. Elle entra dans le salon le nez collé à l'écran et se laissa tomber sur le canapé, plongée dans un des clips coréens de K-pop qu'elle adorait en ce moment.

Jeppe aida Meriem à aligner ses figurines sur le tapis et retourna à table, où la conversation s'était arrêtée. Un bref agacement envers les femmes de sa vie le saisit ; toutes deux ne parvenaient à être accommodantes qu'avec celles qui leur ressemblaient.

Elles pourraient au moins essayer ! Mais nous, les humains, nous ne sommes pas comme ça. Et plus nous vieillissons, plus nous nous octroyons le droit d'avoir nos bizarreries et nos préférences en matière de paix.

Il contempla sa mère. Elle l'avait élevé seule, avec discipline et peu d'argent, soigneusement, mais sans être vraiment présente après ses longues journées de travail à l'université.

D'une certaine façon, il sentait d'instinct qu'il comprenait Oscar. Même s'il ne l'avait jamais rencontré, Jeppe percevait la sensibilité de ce garçon. Le Jeppe Kørner de quinze ans passait souvent des journées entières dans son lit, les rideaux tirés et un livre épais dans les mains. Pendant que ses copains jouaient au football et se retrouvaient pour boire une bière en secret et parler de filles, Jeppe se retirait et recherchait une solitude volontaire. Il se souvenait de ses années d'adolescence comme étant les pires de sa vie, criblées de doutes et de dégoût de soi, reflet d'une insécurité et d'une hypersensibilité chroniques. C'était un miracle qu'il ait survécu à cette période.

Jeppe regarda sa montre, il était 20 heures. Les services de secours interrompraient leurs recherches pour aujourd'hui à la tombée de la nuit, et tout le monde savait que les deux jours écoulés sans signe de vie d'Oscar signifiaient très probablement qu'il était mort.

Où es-tu, Oscar ? pensa-t-il en plantant sa fourchette dans son tiramisu. *Où es-tu, putain ?*

La faim s'est installée pour de bon. Le garçon n'a jamais essayé de jeûner auparavant, l'intensité de la douleur dans son estomac, qui remplit tout son être, l'effraye. Plus que le froid et la peur des bruits qu'il entend. Des bruissements, comme des pas, à longueur de journée, mais personne ne vient. Il est seul.

Il est allongé, maintenant. Il n'a plus la force de s'asseoir ou de se tenir debout, il ne sait plus s'il fait nuit ou jour. Ici, il fait noir constamment. Pas le genre d'obscurité qu'il connaît, le ciel nocturne avec la lumière des étoiles et de la lune se reflétant sur la surface de la mer, mais un noir absolu.

Il essaye de ne pas penser à sa famille, mais c'est difficile. Ses pensées tournent toujours autour de son frère et de sa sœur ; ils lui parlent dans les ténèbres et lui demandent de rentrer à la maison. Il a encore plus mal au ventre quand il entend la voix de sa petite sœur, et serre les dents pour la forcer à s'en aller.

Respirer. Tant qu'il se concentre sur sa respiration, il ne pense à rien. Même pas à la mort.

Mais il sait qu'elle pense à lui.

LUNDI 15 AVRIL

CHAPITRE 12

Kasper Skytte se rendit au travail de bonne heure le lundi matin, l'inquiétude chevillée au corps. Attisée par sa mauvaise conscience, son anxiété prenait le dessus et il dut serrer les dents pour se concentrer sur sa tâche. Aujourd'hui, il allait devoir s'asseoir avec le grutier pour superviser le système de tri contrôlé par ordinateur dans le silo à déchets. Tout ce qui pouvait bloquer la combustion devait être étouffé dans l'œuf. En l'état actuel des choses, ce serait désastreux à plus d'un titre.

À huit heures moins le quart, il traversa la réception lumineuse de l'incinérateur ARC, monta en ascenseur à son bureau pour y prendre son ordinateur portable professionnel, puis continua jusqu'au silo. Ses pas résonnèrent sur la passerelle en acier et dans les escaliers jusqu'à ce qu'il arrive devant la porte orange de la salle de commande de la grue. Il hésita un instant avant d'entrer, salua le grutier, Michael, et s'assit à côté de lui, son ordinateur sur les genoux, avec une vue imprenable sur les ordures.

La contemplation des ordures n'enthousiasmait jamais Kasper, et chaque fois qu'il était obligé de s'asseoir là, il pensait surtout au moment où il ressortirait.

— Alors, des soucis jusqu'à présent ?

Kasper afficha les statistiques de la matinée sur son écran.

— Nan.

Michael n'était pas du genre bavard. Aujourd'hui, cela lui convenait parfaitement. Il pouvait ainsi mieux se concentrer pour surveiller à la fois les chiffres et la griffe. Celle-ci déplaçait les ordures des écluses où les bennes des camions poubelles étaient vidées vers les fours, de gauche à droite, dans un mouvement sans fin. Au bout d'un moment, à force de fixer ce spectacle des yeux, on commençait à voir apparaître des images. Un porte-parapluies se transformait en branches hivernales, un sac en plastique filandreux en cheveux épars et des sacs-poubelle noirs en membres déchiquetés. Il se leva.

— Du café ? demanda-t-il à Michael.

— Nan, merci, ça ira.

Kasper se versa une tasse de café. Il vérifia son téléphone, se souvint avec gratitude qu'il n'y avait aucune couverture à cet endroit, puis se tourna à nouveau vers la vitre. La griffe passa juste devant eux avec une charge complète, monstrueuse, sinistre et fascinante. Des objets étranges autrefois colorés, et maintenant gris. C'est alors qu'il le vit.

Kasper sentit son café remonter vers sa trachée à une vitesse dangereuse. Il toussa et tendit le doigt.

L'instant d'après, Michael enfonça le bouton d'arrêt d'urgence.

*

— Enfilez ces combinaisons, chaussures de sécurité et masques avant d'entrer dans le silo. L'air est irrespirable, alors faites vite. En entrant, vous verrez un long espace de chaque côté du plateau. Ils mènent aux fours. Ils sont éteints, maintenant, mais encore très chauds, alors gardez vos distances ! Quand vous sortirez, nous serons prêts à vous désinfecter.

Anette prit deux paquets blancs et en tendit un à Jeppe. Habituellement, ils enfilaient des combinaisons pour ne pas contaminer la scène de découverte du corps, mais aujourd'hui c'était l'inverse : ils se protégeaient ainsi de la contamination émanant de la scène. Elle s'habilla en se demandant si elle était déjà venue dans un endroit aussi horrible. Devant elle, un ensemble de doubles portes massives qui allait les laisser pénétrer dans le silo à déchets, dans une zone située entre les deux fours dont la température montait normalement à mille degrés. À l'extérieur déjà, la chaleur était insoutenable. L'idée d'entrer dans une pièce encore plus chaude, sombre et polluée, pour examiner un cadavre, n'avait rien de tentant. Heureusement qu'elle n'était pas délicate.

Elle mit son masque en place, vérifia que Jeppe était prêt puis ouvrit la porte et franchit le sas avant de pénétrer dans le silo. Anette entendit Jeppe retenir son souffle quand la vague de putréfaction brûlante les frappa, et elle-même dut déglutir plusieurs fois pour garder son sang-froid. Loin en dessous d'eux se trouvait un monde d'ordures, encapsulé entre les solides parois métalliques du silo, avec pour tout œil la fenêtre du grutier. Ici, tout était étonnamment calme, mais c'était le calme d'un cantonnier qui essuie la sueur de son front avant de continuer à fracasser les cailloux.

La griffe flottait au-dessus du plateau, enserrant des ordures dans son immense étreinte et formant une planète ronde dans un univers sinistre. Une puissante lampe de travail était dirigée vers elle et une grande et mince silhouette se tenait à côté. Anette reconnut le médecin légiste Nyboe. Une deuxième silhouette prenait des photos. Tous deux portaient la même combinaison qu'elle et se déplaçaient avec parcimonie, en économisant leurs efforts.

Jeppe et elle entrèrent dans la lumière. La sueur coulait déjà le long de sa colonne vertébrale et formait une petite flaque au-dessus de ses fesses. Elle résista à l'envie d'arracher son masque pour pouvoir respirer profondément, et observa les ordures devant elle. Une mince jambe humaine à la peau blanche, coincée entre des canettes et du carton. Des portions de détritus avaient été excavées autour de la jambe, si bien qu'on devinait un corps, un cou et une tête.

— On ne pourrait pas ouvrir la griffe pour faire sortir le corps ?

Nyboe se retourna.

— Ah, vous voilà ! Terrible endroit, terrible. La griffe contient cinq tonnes et demie de déchets, alors nous sommes obligés de creuser avec précaution pour récupérer le corps. Sinon, il disparaîtra dans les ordures.

— C'est un homme ou une femme ?

La voix de Jeppe semblait lointaine, même s'il se tenait juste à côté d'elle.

— Nous ne savons absolument rien pour l'instant, répondit Nyboe en retirant un morceau de plastique avec une pince à long manche, sauf qu'il s'agit bien d'un être humain.

Une joue du cadavre apparut. Elle était couverte de poussière et ressemblait à une statue, lisse, insouciante et très, très morte.

— Avons-nous une cause de décès ?

— Je te le préciserai lorsque nous aurons extirpé le corps d'ici et que nous pourrons l'examiner correctement. Cet endroit n'est pas fait pour les êtres vivants !

Il jura dans sa barbe et extirpa un autre morceau de détritus des doigts de la griffe.

Jeppe tapota l'épaule d'Anette et lui montra la porte.

— Sortons !

De l'autre côté des doubles portes, ils retirèrent leurs masques et respirèrent goulûment. Anette sentit ses yeux lui piquer et s'apprêtait à les frotter lorsqu'un employé vêtu d'une combinaison l'arrêta.

— Il faut d'abord vous désinfecter. Suivez-moi !

Il les conduisit au bas d'un escalier, jusqu'à une salle du personnel où ils purent retirer leurs combinaisons de protection, se laver superficiellement dans un petit lavabo et enfin se désinfecter avec de l'alcool. Se débarrasser des vêtements nauséabonds réduisit leur inconfort, mais ils ne parvinrent pas à se débarrasser aussi facilement de la puanteur dans leur nez.

— C'est dingue ! On est restés combien de temps, là-dedans ? Deux minutes, cinq ? Putain, comment ça se fait qu'on pue déjà autant ?

Anette cracha dans le lavabo et se promit de passer une heure sous la douche si elle parvenait à rentrer chez elle ce soir.

— Tu as réussi à voir si c'était Oscar ?

Jeppe était assis sur un banc et se lavait les mains à l'alcool pour la troisième fois de suite. Son partenaire, cet incorrigible mysophobe !

Il répondit sans relever la tête.

— J'avais vraiment espéré que ça ne finirait pas comme ça. Qu'on parviendrait à le retrouver vivant.

— Pareil, fit Anette en se frottant les yeux. *Si* c'est bien lui…

Jeppe se leva.

— Je sais ce que tu vas dire. *Si* c'est bien Oscar, comment a-t-il atterri dans une décharge de Refshaleøen ?

Elle cracha encore. Elle avait l'impression qu'elle ne serait plus jamais vraiment propre.

— Exactement. Et où est passé le putain de bateau ?

*

Lorsque Jeppe et Anette entrèrent dans la salle du personnel de l'équipe technique, un petit groupe d'hommes aux larges épaules et en tenue de travail entourait le grutier

Michael. Il y avait du café sur la table et un liquide clair dans des gobelets en carton que Jeppe supposa être un alcool quelconque, probablement interdit sur ce lieu de travail. Le visage du grutier s'empourpra ; il parla à voix basse à ses collègues avant de vider le contenu d'un des gobelets, puis il sortit un Kleenex et se moucha.

Jeppe faillit lui serrer la main puis se contenta de lui tapoter l'épaule.

— Jeppe Kørner. Comment allez-vous ?

— Eh bien, je suppose que ça va. Mais je dois admettre que j'ai déjà eu de meilleurs lundis matin.

Ses collègues marmonnèrent leur assentiment.

— Mais je crois que Kasper l'a encore plus mal pris, poursuivit-il. Il a eu besoin d'aller s'allonger sur un des bancs de la cafétéria.

— Kasper était avec vous dans la salle de commande de la grue ?

Michael hocha la tête.

— Nous allons lui laisser le temps de se remettre, alors. Êtes-vous assez en forme pour nous faire visiter, à ma collègue et à moi ? Nous montrer les installations pendant que nous vous poserons quelques questions ?

Michael se leva de bonne grâce, l'air presque un peu soulagé d'avoir quelque chose à faire.

— Que voulez-vous voir ?

Jeppe hésita.

— Nous ne le savons pas vraiment. Mais ce que nous avons besoin de comprendre, c'est comment le cadavre a pu atterrir dans votre griffe. D'où il a pu provenir.

— Alors nous devons aller dans le hall de déchargement. Venez avec moi !

Il les guida vers un ascenseur en acier puis dans des couloirs et des escaliers à l'intérieur de l'incinérateur. En le suivant, Jeppe et Anette durent se contorsionner pour éviter des tuyaux et des fils. Dans peu de temps, le corps serait retiré de la griffe et transporté à l'Institut médico-légal. L'autopsie serait exceptionnellement pratiquée sur-le-champ.

Michael les mena sur une plate-forme qui surplombait le grand hall clair de déchargement. À l'autre extrémité, le mur était ouvert, et Jeppe aperçut la rampe qu'empruntaient les camions poubelles depuis Kraftværksvej pour entrer dans le hall. Un homme en gilet jaune fluo discutait avec animation avec une poignée de chauffeurs dont les véhicules stationnaient dans le hall.

— Ils sont probablement en colère parce qu'ils ne sont pas autorisés à décharger leurs ordures, expliqua Michael. Vous voyez la fosse qui longe ce mur ? C'est là que les camions vident les déchets. De l'autre côté, on a le silo, que vous avez vu de l'intérieur.

Jeppe sortit son carnet de notes.

— Comment ça se passe ?

— Le responsable du hall dirige le chauffeur vers une baie et celui-ci recule dans cette baie jusqu'à ce que la benne se trouve au-dessus de la fosse. Le conducteur ouvre l'arrière avec un bouton, depuis sa cabine, et les déchets tombent dans la fosse.

Anette se pencha par-dessus la balustrade et désigna un camion poubelle garé dans la baie juste en dessous d'eux.

— Est-ce que ça signifie que l'éboueur ne voit pas du tout les ordures ?

— Nous les appelons « travailleurs de l'assainissement », plus « éboueurs », maintenant. (Michael s'éclaircit la gorge avec embarras.) Mais oui, à ce moment du processus, il ne voit pas ce qu'il décharge. Ça tombe dans la fosse puis dans le silo, de l'autre côté du mur.

— À ce moment du processus ? Que voulez-vous dire ?

— C'est-à-dire que, lorsqu'il collecte les poubelles sur son parcours, il ouvre le couvercle de chacune pour vérifier si elle a besoin d'être vidée. S'il y avait un cadavre dans l'une d'elles, ça devait être dans un conteneur d'assez bonne taille, peut-être un de 600 litres. Et puis le corps devait avoir été enveloppé dans une sorte de couverture. Le conducteur s'est peut-être demandé pourquoi le conteneur était si lourd, mais comme il est soulevé mécaniquement par le chariot élévateur de la benne, il n'y a sûrement pas fait vraiment attention. Ensuite, les ordures sont compressées par le compacteur et conduites ici pour être incinérées.

Jeppe prenait des notes que lui seul pourrait relire, des mots clés écrits à la hâte, en majuscules.

— Est-il possible de déterminer l'endroit où le cadavre a été jeté à la poubelle ? Ces conteneurs de 600 litres, sont-ils courants ou ne se trouvent-ils que dans des lieux précis ?

Le grutier eut un sourire en coin.

— Ils sont utilisés dans toute la ville pour l'assainissement quotidien ordinaire. Je ne pourrais pas dire combien il y en a, mais je parierais sur plus d'un millier.

— OK. Où les poubelles sont-elles ramassées, le lundi matin ?

Il réfléchit.

— Vous devrez demander aux différentes sociétés de ramassage pour le savoir précisément, mais le lundi matin, c'est le grand jour des poubelles pour tout le centre-ville et tous les quartiers proches du centre, d'Østerbro à Islands Brygge.

Jeppe leva la tête de son carnet.

— Donc, vous dites que ce sera difficile de découvrir d'où provient le cadavre ?

— Non. Je dis que c'est *impossible* de relier un objet à une poubelle spécifique. La griffe ramasse les couches supérieures de déchets ; puisque le corps a été ramassé ce lundi matin, il est probable qu'il ait été jeté dans le silo ce même matin, mais on ne peut pas en avoir la certitude.

Il hocha la tête vers la fosse avant de poursuivre :

— Si on veut se débarrasser de quelque chose pour que ça ne soit jamais retrouvé, c'est ici. Tout disparaît.

De retour à la cantine, Michael désigna une silhouette allongée sur un banc, le visage tourné vers le mur. Deux collègues, un homme et une femme, étaient penchés vers lui, l'air inquiet.

— C'est Kasper, chuchota Michael. Il n'a pas l'air d'aller mieux.

La collègue se tourna vers eux.

— Il est complètement dans les vapes. Je crois que nous devons l'emmener aux urgences.

Jeppe s'approcha. L'homme avait une grande tache de naissance sur la tempe, et il ne lui fallut qu'un instant pour se rappeler où il l'avait déjà vue. Il croisa le regard d'Anette.

— Kasper, c'est la police. Nous aimerions vous poser quelques questions.

L'homme remua, ouvrit les yeux et les referma rapidement.

— Je dois… Donnez-moi juste une seconde.

Jeppe et Anette s'éloignèrent du banc. Aidé par ses collègues, Kasper se redressa lentement pour s'asseoir.

— C'est quoi, ce bordel ? siffla Anette.

— Contrôle-toi !

— Le père d'Iben travaille *ici* ? Là où le corps d'Oscar a été balancé ? On ne peut pas convenir que c'est…

— Kasper, ça va ?

Jeppe s'accroupit devant le banc. Kasper Skytte le regarda avec hésitation. Son visage avait la couleur de blancs d'œufs battus.

— C'est juste le choc.

— Puis-je vous poser quelques questions ?

Il hocha la tête et sembla ravaler un rot aigre.

— Nous sommes un peu surpris de vous voir ici. Depuis combien de temps travaillez-vous à l'incinérateur ?

Kasper Skytte ferma les yeux.

— Il a commencé l'été dernier.

C'était sa collègue qui avait répondu.

— Alors presque un an.

La collègue s'assit à côté de Kasper Skytte et passa un bras autour de lui.

— Kasper, respire un bon coup !

Kasper ouvrit les yeux et se tourna vers Jeppe, le regard fuyant.

— Est-ce Oscar ?

Jeppe hésita.

— Nous ne le savons pas encore.

Sa tête retomba. Sa collègue poussa avec inquiétude une poubelle devant lui.

Le téléphone de Jeppe se mit à sonner, il se leva et recula de trois pas pour décrocher.

— Kørner à l'appareil.

— C'est Nyboe. Nous sommes arrivés à l'Institut et sommes en train de laver la poussière de notre ami mort afin de voir ce que nous faisons. Je n'ai pas encore commencé les examens, mais j'ai pensé que vous devriez le savoir tout de suite…

Il fit une pause théâtrale, juste assez longue pour que l'estomac de Jeppe se soulève.

— Je crois que nous avons ce qu'on pourrait appeler un jackpot. Le corps dans la griffe est un individu de sexe masculin. La peau claire, les cheveux foncés, et très jeune.

CHAPITRE 13

Un, deux, trois pas lents puis une petite pause, camouflée par un regard vers l'horizon ou un tâtonnement dans sa poche à la recherche d'une pastille. Esther était choquée de voir le mal que Gregers avait à marcher. Il avait l'habitude de sortir plusieurs fois par jour, pouvait-il vraiment être en si mauvaise forme ? Ou son rythme d'escargot s'expliquait-il par sa réticence à se confronter à la consultation imminente ?

— Es-tu nerveux d'aller la voir ?

Elle leva les yeux vers le banal centre médical d'Østerbrogade tout en attendant qu'il remette son mouchoir dans sa poche. Esther avait dû se montrer très persuasive pour obtenir un rendez-vous en urgence avec la médecin traitante qui les attendait au troisième étage, et voilà qu'ils étaient sur le point d'arriver en retard.

— C'est peut-être juste une grippe, répondit-il d'une voix pleine d'espoir. En fait, je me sens un peu fébrile.

— Espérons-le, mon ami, dit Esther, passant son bras sous le sien et le serrant fort. Allez, c'est par ici.

Ils entrèrent et se dirigèrent vers l'ascenseur. Plus ils approchaient, plus les pauses de Gregers étaient longues. Esther remarqua qu'il portait la chemise à carreaux bleus qu'il ne mettait que pour les grandes occasions et qu'il avait peigné ses cheveux gris clairsemés.

Il n'y avait pas assez de sièges pour tout le monde dans la salle d'attente, qui bourdonnait d'une énergie impatiente. Esther signala leur arrivée à la secrétaire puis poussa Gregers dans un coin pour qu'ils ne bouchent pas le passage.

— Ça valait bien la peine de nous dépêcher, si c'est pour nous faire attendre !

Esther constata qu'il semblait moins confus, plus conforme à son caractère grincheux. Une chaise se libéra et elle était sur le point de la prendre pour lui quand la porte de la salle de consultation s'ouvrit.

— Gregers Hermanssen.

La médecin portait un jean décontracté et un pull fin. Son apparence fraîche l'identifiait mieux que ne l'aurait fait n'importe quelle blouse blanche.

Esther poussa vite son colocataire dans la salle de consultation. La médecin leur serra la main et les invita à s'asseoir dans la pièce jaune soleil, aux murs ornés d'affiches artistiques bleu cobalt.

— Eh bien, Gregers, ça faisait longtemps, commença-t-elle. Comment allez-vous ?

— Ça va bien.

Il se redressa.

— Je suis ravie de l'entendre. En quoi puis-je vous aider, aujourd'hui ?

Elle s'approcha de lui en faisant rouler sa chaise, prête à passer à l'action.

— C'est une bonne question !

Esther lui tapota le bras.

— Tu as du mal à respirer. Tu ne t'en souviens pas ?

Il laissa échapper un rire moqueur.

— Je suis en pleine forme.

La médecin sortit son stéthoscope.

— Puisque vous êtes là, que diriez-vous que je vous écoute un peu quand même ?

— Ne vous gênez pas !

Gregers s'avança pour qu'elle puisse accéder à sa poitrine. Elle appliqua son stéthoscope et lui expliqua comment respirer.

— Maintenant, Gregers, j'aimerais faire quelques tests sanguins. Il y a des murmures dans vos poumons, et nous devons découvrir ce qui les cause. Est-ce que vous fumez ?

— Non, je n'ai jamais fumé.

Esther savait que c'était un mensonge.

— Tu fumais quand tu as emménagé dans mon ancien immeuble de Klosterstræde. Un paquet par jour ; nous nous sommes même disputés à ce propos parce que la fumée montait jusqu'à mon appartement.

Gregers secoua la tête.

— Je n'ai jamais fumé.

Esther échangea un coup d'œil avec la médecin, qui haussa les sourcils, se leva et alla chercher des flacons et une aiguille stérile.

— Remontez votre manche, Gregers, on va faire une prise de sang.

Elle désinfecta la peau, trouva une veine, inséra l'aiguille. Les flacons étiquetés se remplirent de sang rouge foncé. Gregers attendait, les yeux détournés.

— Vous êtes-vous senti confus, ces derniers temps ? Des difficultés à vous souvenir de choses ? Des rêves étranges, peut-être ?

Il haussa les épaules.

— Peut-être un peu.

La médecin termina la prise de sang et colla un pansement sur son bras.

— Appelez-moi demain après-midi pour avoir le résultat des analyses. Je vois dans votre dossier médical que vous prenez un anticoagulant. Ce serait bien si quelqu'un pouvait vous rappeler de prendre vos médicaments durant les prochains jours.

Elle regarda Esther.

— Est-ce possible ?

Esther hocha la tête. Elle savait qu'elle devrait lutter pour qu'il la laisse l'aider avec ses comprimés, mais elle était prête à insister.

— Merci d'être venus aujourd'hui.

Gregers se leva et serra la main de la médecin avant de retourner péniblement vers la porte, suivi d'Esther.

— Vieille chouette, chuchota-t-il en sortant.

— Gregers ! protesta Esther.

Il la regarda d'un air enragé.

— Dis-moi, c'est quoi, cette perte de temps ? Tu peux me le dire ? Qu'est-ce que je fous ici ?

*

Dans la petite cafétéria de la Crim', les collègues serraient la main de Thomas Larsen pour le féliciter de sa future paternité. Malgré la gravité de la situation, les congratulations étaient de mise. CP avait demandé à Jeppe de diriger une équipe d'investigation composée d'Anette, Sara et Thomas Larsen, complétée dans un premier temps par huit agents qui devaient aider aux auditions des témoins et à la collecte d'indices. Jusqu'à ce que l'identité de la victime soit établie, cette affaire était traitée comme une nouvelle affaire d'homicide, indépendante des recherches d'Oscar.

Jeppe se versa une tasse de café puis se faufila jusqu'à son ordinateur et son carnet de notes. Il regarda ses collègues en buvant l'amer espresso de la machine et croisa les yeux bruns de CP, à l'autre bout de la pièce. Il posa son téléphone devant lui et frappa légèrement la table.

— Comme vous le savez, ce matin à 8 h 10, deux employés de l'incinérateur ARC, ou CopenHill, ont trouvé un cadavre dans le silo à déchets. Son identité n'a pas encore été confirmée. Nous ne connaissons pas non plus la cause du décès, mais il s'agit d'un jeune homme. Nyboe est en train de préparer le défunt pour l'autopsie, alors j'espère que nous en saurons bientôt plus.

Il fit un signe de tête à Anette, appuyée contre le mur. Elle prit la parole.

— Malheureusement, il est difficile de déterminer comment le défunt s'est retrouvé dans le silo. Le cadavre a été emballé dans du plastique et peut avoir été jeté dans un des cent premiers camions poubelles vidés lundi matin avant 7 heures. S'il n'y a pas déjà passé tout le week-end. Reste à savoir ce que Nyboe pourra nous dire.

Larsen suggéra :

— Le défunt peut-il avoir atterri dans le silo autrement que par un camion poubelle ? Est-ce que n'importe qui ne peut pas tout simplement y être venu pour jeter des ordures dans l'incinérateur ?

— Non, il n'y a pas d'accès pour les particuliers, répondit Jeppe en regardant ses collègues. Quelqu'un est en train d'éplucher les images de surveillance du hall de déchargement, où les camions sont vidés. Pour l'instant, elles confirment que seuls les camions poubelles autorisés ont circulé depuis vendredi après-midi. Si le corps a été déposé d'une autre manière, ça n'a pu être que dans l'usine elle-même, quelqu'un qui aurait jeté le cadavre dans le silo de l'intérieur. En tout cas, le lieu de découverte du corps indique qu'il s'agit d'un meurtre. J'ai du mal à voir comment on pourrait se retrouver dans cette griffe par accident.

Il regarda les huit agents.

— Nous devons localiser et interroger les éventuels témoins, dans un premier temps parmi le personnel de l'usine.

L'endroit est vaste, avec de nombreux employés qui vont et viennent entre les bureaux, les salles des machines et le toit. Nous allons former deux groupes ; quatre hommes commenceront par une extrémité. Les autres contacteront le centre de gestion des déchets et enquêteront sur la meilleure façon d'entrer en contact avec les témoins potentiels. La collecte quotidienne des déchets dans la commune de Copenhague est faite par plusieurs prestataires privés. Trouvez-les et renseignez-vous sur leurs itinéraires et leurs heures de déchargement. Nous nous intéressons spécifiquement à ce matin, mais tout ce qui sort de l'ordinaire est intéressant. L'un de leurs employés a très probablement roulé avec le cadavre, qui venait d'une grande poubelle ou d'une benne à ordures de Copenhague. Même s'il ne s'en est pas aperçu, il est possible qu'il se souvienne de quelque chose de suspect s'il est interrogé.

Les agents hochèrent la tête, prirent des notes et commencèrent à se répartir les tâches à voix basse.

— Werner et moi assisterons à l'autopsie après le déjeuner. Vous autres, soyez prêts à passer à la suite – parents, lieux de résidence, collègues – dès que nous aurons la confirmation de l'identité du corps.

— Vous n'avez pas encore entendu le meilleur ! intervint Anette. Devinez qui a découvert le cadavre avec le grutier ? Kasper Skytte ! Le père de la meilleure amie d'Oscar est ingénieur à l'incinérateur.

— Sans blague ! s'exclama Larsen, ébahi.

— Je ne plaisante pas le moins du monde.

— Est-ce qu'il ne peut pas avoir jeté le corps directement dans le silo ? demanda Larsen en écartant ses cheveux de ses yeux. De l'intérieur de l'usine ?

— En tout cas, c'est une sacrée coïncidence, qu'il travaille à l'endroit où nous avons peut-être trouvé le cadavre d'Oscar.

Jeppe calma l'agitation croissante.

— Je sais ce que vous pensez tous, mais vous savez aussi bien que moi que nous sommes obligés de prendre les choses dans l'ordre. Aucune fuite à la presse, c'est compris ? Nous ne pouvons pas risquer que la famille soit avertie prématurément. (Il se leva.) Alors, allons-y.

Les membres de l'équipe échangèrent les contacts pertinents. Le téléphone de Jeppe sonna. Il reconnut le numéro de l'Institut médico-légal.

— Kørner à l'appareil.

— C'est Nyboe.

Cette introduction fut suivie d'un soupir et d'une pause très inhabituelle pour Nyboe.

— J'ai de mauvaises nouvelles. Ou bonnes. Tout dépend de la façon dont on le regarde.

— Bon, alors, parle !

Jeppe entendit les conversations refluer autour de lui, comme si le ton sérieux à l'autre bout du fil se diffusait jusque dans la pièce.

— Nous l'avons un peu examiné. Tu vois, Kørner, on a sur notre table le corps d'un homme dysgénique ou intersexué, c'est-à-dire peu développé… Tu sais, un jeune homme qui ne produit pas beaucoup d'hormones sexuelles. Autrefois, on appelait ça péjorativement un « hermaphrodite »…

— Nyboe, qu'est-ce que tu essayes de me dire ?

Jeppe sentait les regards de ses collègues rivés à lui.

— Ce que j'essaye de te dire, c'est que le défunt n'est *pas* Oscar Dreyer-Hoff.

— Quoi ?

— Il ne s'agit en fait pas du tout d'un garçon, mais d'un homme adulte d'une vingtaine d'années, de constitution mince, et sous-développé en matière de…

— Mais… (Jeppe entendit sa voix comme un écho)… si ce n'est pas Oscar, qui est-ce ?

L'équipe s'agita. Jeppe leur tourna le dos.

Nyboe froissa du papier.

— Mon technicien a retrouvé ses empreintes digitales dans le système. Cet homme a rempli un de ces certificats que les personnes qui travaillent avec des enfants doivent signer. Tu sais, pour s'assurer qu'ils ne sont pas pédophiles. Le défunt est professeur de lycée, il s'appelle Malthe Sæther.

CHAPITRE 14

L'homme sur la table en acier avait effectivement l'air très jeune. Fluet, les joues lisses, d'épais cheveux noirs. Sa tête formait un angle improbable avec ses épaules, ses jambes étaient repliées en position fœtale. À part une basket sale à un pied, il était nu. Égratignures et ecchymoses rivalisaient avec les lividités cadavériques violettes sur tout son corps, sa peau avait une légère teinte verdâtre.

Anette se pencha sur le professeur de danois d'Oscar Dreyer-Hoff.

— Tu dis qu'il a quel âge ?

— Vingt-sept ans. Mais son physique est presque celui d'un adolescent. Regardez le menton étroit et la pomme d'Adam sous-développée ! Des signes clairs de faible taux de testostérone.

Le professeur Nyboe semblait sur la défensive. Elle savait qu'il ne supportait pas de se tromper.

— Ne le touche pas, la peau pourrait se détacher !

Elle recula, effrayée. Elle crut distinguer un petit sourire dans les yeux de Nyboe, mais il disparut avant qu'elle en soit tout à fait sûre.

— Elle était sur le point de se détacher quand nous avons découpé les restes de plastique, expliqua-t-il. Lorsque le système immunitaire cesse de fonctionner, les bactéries de l'estomac et des intestins se propagent dans tout le corps et se mettent à le dévorer. Elles ont été bien aidées par les nombreuses bactéries des ordures environnantes. Tu peux voir les pustules remplies de liquide sous l'épiderme, ici. Et là, ajouta-t-il en pointant un doigt ganté vers le cadavre, ce sont les cellules qui commencent à suinter.

— Qu'est-ce que ça nous dit sur l'heure de la mort ? demanda Jeppe.

Il s'avança vers Anette, près de la table, tout en tapotant son stylo à bille contre son carnet.

Elle sentait la cigarette qu'il avait fumée juste avant qu'ils entrent dans le bâtiment Teilum pour assister à l'autopsie de Malthe Sæther. Même maintenant, dans cet environnement, près du corps d'un jeune homme mort, l'odeur de la cigarette lui donnait envie d'en allumer une.

Nyboe vérifia que le dictaphone dans sa main était éteint. Il s'adressait officieusement à eux, n'enregistrait pas son rapport.

— C'est difficile à dire avec précision, il y a beaucoup de facteurs à prendre en compte. Le ventre et le visage ne sont encore que peu gonflés par le méthane. La rigidité cadavérique est sur le point de diminuer et le processus de décomposition commence lentement. Ce qui signifie qu'il s'est écoulé plus de vingt-quatre heures et moins de trente-six heures depuis le décès. Cependant, le corps était emballé dans du plastique et, si j'ai bien compris, il a séjourné dans une grande poubelle avant de se retrouver dans le silo ?

— Il y a des indices en ce sens, confirma Anette.

— Il fait encore froid, la nuit, pas loin de zéro. S'il était dans une poubelle à l'extérieur, enveloppé dans du plastique, ça peut avoir retardé sa décomposition. Savons-nous quand il a été vu vivant pour la dernière fois ?

Elle acquiesça.

— J'ai contacté sa petite amie, Josephine, pour l'informer du décès. Leur adresse est enregistrée ici, à Copenhague, mais elle habite en partie à Odense. Elle dit lui avoir parlé au téléphone vendredi après-midi vers 17 heures. Après leur conversation, nous n'avons aucun autre signe de vie confirmé. Pas encore, en tout cas.

Nyboe désigna le cou tordu et les jambes repliées.

— Regardez la position du corps : on peut supposer que la rigidité cadavérique est survenue pendant qu'il était dans la poubelle. Mais encore une fois, c'est un peu difficile à déterminer à cause des nombreux coups que la griffe a donnés au cadavre.

— S'il a été transporté par un camion poubelle pour être incinéré – et c'est ce qui paraît le plus probable, car il est difficile d'accéder au silo à déchets autrement que par les fosses à ordures –, alors le cadavre a aussi été écrasé par le compacteur du camion poubelle, ajouta Jeppe.

— Oui, il est bien abîmé, dit Nyboe en appuyant pensivement son dictaphone contre son menton. Ma déclaration provisoire est qu'il est décédé vendredi soir ou dans la nuit de vendredi à samedi, mais je ne pourrai le préciser que lorsque nous l'aurons ouvert pour examiner le contenu de son estomac, etc.

Anette croisa le regard de Jeppe. Vendredi soir. Le moment où Oscar avait disparu sans laisser de traces.

— Je parierais qu'il a été enveloppé dans du plastique et placé à l'extérieur, probablement dans une poubelle, durant la soirée ou la nuit de vendredi à samedi. Il a dû y rester jusqu'à ce qu'elle soit vidée lundi matin. S'il était resté dans le silo tout le week-end, la décomposition aurait été bien plus avancée.

Le visage d'Anette se tordit dans un spasme de dégoût.

— Un cadavre serait resté dans une poubelle en plein Copenhague tout le week-end ? Sans que personne ne s'en aperçoive ?

— Pourquoi pas ? Un grand sac en plastique au fond d'un conteneur n'attire pas l'attention, et la puanteur est déjà là, dit Nyboe avant d'allumer son dictaphone. Heureusement, la cause du décès semble plus facile à déterminer. Cause présumée du décès : asphyxie. Traumatique, très visible. Des phénomènes de stases prononcés et de marques de lividité sur le cou. À l'examen interne, chercher un emphysème aigu et une fracture de l'os de l'hyoïde, de la corne thyroïdienne et une lésion du cartilage cricoïde.

Il relâcha le bouton enregistreur et fit un signe de tête au technicien qui positionnait des bols en acier prêts à recevoir les organes.

— Pouvons-nous avoir un gros plan du cou ? Les deux côtés, si tu y parviens.

Le technicien attrapa son appareil photo ; pendant qu'il prenait les clichés, Nyboe expliqua :

— *Strangulatio manualis*. Selon toute vraisemblance, il a été étranglé. De face, à deux mains. L'une des méthodes d'homicide les plus courantes, caractéristique des crimes passionnels et autres meurtres impulsifs. D'ailleurs, à part la basket, il était nu sous le plastique. Aucun signe apparent d'activité sexuelle ou d'agression avant ou après le décès.

Anette essaya de visualiser le frêle Oscar en train d'étrangler son professeur à mains nues. Ça n'allait pas de soi. Et en même temps, c'était évident. Elle se pencha vers Jeppe et dit à voix basse :

— Tu ne crois pas que ce serait une bonne idée d'informer la famille d'Oscar de la mort de Malthe ? Voir leurs réactions…

Il acquiesça.

— Bien pensé, Werner. J'envoie immédiatement Larsen et Saidani chez les grands-parents à Charlottenlund ; c'est là que se trouvent le frère et la sœur d'Oscar. Nous informerons nous-mêmes Malin et Henrik dès qu'on aura terminé ici.

— Fini !

Le technicien reposa l'appareil photo et retourna à ses bols en acier, près du mur. Nyboe s'approcha de la table et se pencha sur le visage de feu Malthe Sæther.

— Il y a aussi une dernière chose… étrange.

Au ton de sa voix, Anette dressa l'oreille.

— Peut-être que c'est juste moi qui suis vieux jeu, mais je ne vois pas ça si souvent ici, à l'Institut, poursuivit-il. Le visage du défunt est recouvert d'une sorte de poudre légère. Il est maquillé.

*

Plus on se dirige vers le nord de Copenhague, plus les arbres sont grands. Autour d'Hellerup, les cimes des hêtres commencent à vraiment s'imposer contre le ciel. Même dans les jardins privés, les troncs d'arbres se dressent telles des colonnes grecques et apportent ombre et charme au quartier. *Un signe de bien-être social*, pensa Sara en regardant le scintillement vert clair par la fenêtre passager. *Comme l'obésité, jusqu'à ce que la révolution industrielle ait bouleversé l'idéal corporel.* Dans le logement social d'Helsingør où elle avait habité avec Mido et les filles jusqu'au divorce, les arbres n'atteignaient que la hauteur des palissades. Suffisamment grands pour y grimper, mais trop petits pour arrêter la lumière. Là, dans la banlieue riche, les arbres ne pousseraient jamais assez haut.

— Je posséderai une maison dans les environs, d'ici à trois ans. Hellerup ou Charlottenlund, voire Ordrup, à la rigueur. Un bon gros cube avec terrasse, carport et trampoline dans le jardin.

Thomas Larsen ralentit et roula le long de Bernstorffsvej en direction de Jægersborg Allé, le nez contre le pare-brise, comme s'il était réellement en train de chercher une habitation. Dans sa veste de costume à carreaux sur une discrète chemise blanche, son collègue ressemblait presque à la caricature d'un habitant de la distinguée Sjælland du Nord.

Sara loucha sur ses boutons de manchette.

— Je croyais que vous étiez contents d'habiter dans le vieux quartier chic et central de Frederiksberg ?

— Mais maintenant, on va devenir parents, et les enfants doivent avoir un jardin pour y jouer. Un environnement sûr.

— Et on ne peut pas avoir ça en ville ? À Christianshavn, comme moi, par exemple ?

Il eut un sourire neutre.

— Chacun sa manière de faire, n'est-ce pas ?

— La tienne étant meilleure que la mienne ?

— Laisse tomber, Saidani ! C'est toi qui interprètes ma position comme méprisante envers toi. Je veux juste donner à ma famille de la verdure et un environnement sécurisé.

Sara baissa la vitre et laissa la bruine adoucir la tension autour de ses yeux. Pas une semaine ne s'écoulait sans qu'elle se demande s'il était vraiment raisonnable et sans danger d'habiter au centre-ville. À deux pas de Christiania, la célèbre commune anarchiste hippie de Copenhague, avec deux filles qui grandissaient à vue d'œil. Amina était déjà quasi adolescente et s'intéressait plus à ses copines et à la musique pop coréenne qu'au temps passé à la maison. Serait-elle davantage en sécurité ici, sous les grands arbres ? Ce n'était même pas envisageable financièrement parlant, mais *si* ça l'avait été ?

— C'était Johannevej, non ?

Larsen ralentit et tourna à gauche. Il gara la voiture devant le numéro 9. Une maison moderne en briques jaunes, des fenêtres sans croisillons qui les fixaient de chaque côté de la bouche que formait la porte d'entrée blanche. Deux arbres bas flanquaient l'allée, symétriques, mais sans faste. La maison aurait pu se trouver à Amager, Rødovre ou n'importe où dans le Grand Copenhague. En tout cas, on était loin du fantasme de l'acheteur potentiel qu'esquissait son collègue un instant plus tôt – juste une banale maison bourgeoise de classe moyenne avec un code postal huppé.

En revanche, la femme qui ouvrit la porte avait des goûts dispendieux. Elle était bien habillée, sa bouche formait un trait sévère, ses ongles étaient courts et propres, sa coupe de cheveux impeccable. La peau autour de ses yeux était transparente, comme celle de quelqu'un qui a pleuré, mais qui essaye de le cacher. *Digne* fut le mot qui vint à l'esprit de Sara quand elle lui tendit la main.

— Sara Saidani et Thomas Larsen, police de Copenhague. Merci de nous avoir permis de venir dans un délai aussi court.

— Je m'appelle Frida Meyer, mais vous le savez déjà. Entrez. Mon mari est en Suède, à Lund, aujourd'hui, mais mes petits-enfants sont dans la véranda.

Elle les conduisit à travers la maison moderne, à l'aménagement éclectique composé à la fois de meubles rustiques et d'autres au design épuré. Sara se baissa sous un lustre en cuivre, dans l'entrée, qui aurait été magnifique dans un hall à plafond haut, mais qui semblait ici encombrant et déplacé. Dans la véranda, Victor et Esmeralda Dreyer-Hoff étaient assis chacun à un bout d'un canapé fleuri, un plaid sur les jambes. Entre eux, des piles de magazines, et sur la table basse en bambou, une boîte à pizza vide dont l'huile avait assombri les coins.

— Mes poussins, la police est là.

— Ils l'ont retrouvé ? demanda Victor, la voix pleine d'espoir.

— Malheureusement non.

Il baissa la tête. Il avait des cheveux noirs ébouriffés, des yeux sombres aux longs cils et des lèvres charnues. *C'est un garçon d'une rare beauté*, pensa Sara avant de désigner une chaise en bambou :

— Pouvons-nous nous asseoir ?

Frida leva les mains.

— Désolée, bien sûr. Prenez place. Pose ton journal, Essie, la police doit nous parler.

La petite fille posa vite son magazine sur ses genoux et dévisagea Sara. Celle-ci essaya d'adresser un sourire rassurant à la fillette, mais cela ne sembla pas avoir le moindre effet. Frida alla s'asseoir sur le bras du canapé à côté d'Essie pour pouvoir prendre la main de sa petite-fille. Son autre main tâtonnait nerveusement un coussin.

Sara et Thomas s'installèrent. Les chaises en bambou craquèrent dans le silence tendu de la véranda.

Larsen prit la parole.

— Tôt ce matin, le corps de Malthe Sæther a été trouvé dans l'incinérateur d'Amager.

Frida eut l'air confuse.

— Qui est-ce ?

— Malthe est professeur au lycée Zahles, poursuivit-il. Il enseigne le danois à Oscar. La classe de Victor l'a eu aussi.

La vieille dame eut l'air encore plus perplexe.

— Tu le connais, Vic ?

Victor sembla un instant pétrifié puis, dans un mouvement de colère, il repoussa le plaid et posa les pieds par terre, comme si le sujet était trop sérieux pour l'aborder dans une position si détendue.

— Putain !

— Ça va, mon chéri ?

Il secoua la tête.

— Oui, oui, grand-mère, c'est juste... Putain, il se passe quoi ? Vous savez qui l'a tué ?

Frida regarda Sara avec méfiance.

— Est-ce que ça a quelque chose à voir avec Oscar ?

— Nous ne le savons pas encore, répondit Sara. Nous aimerions être autorisés à vous poser quelques questions. Certaines auxquelles vous avez sûrement déjà répondu au téléphone. Êtes-vous d'accord ?

Ils hochèrent la tête, l'un après l'autre.

Sara ouvrit l'application de prise de notes sur son téléphone.

— Tout d'abord, nous aimerions savoir où vous étiez tous, vendredi soir.

Frida se dépêcha de répondre.

— Mon mari et moi étions à la maison. Nous avons regardé un film, je crois, à moins que ça n'ait été samedi soir. Mais nous sommes restés à la maison tout le week-end. Et toi, ma chérie, tu étais bien à la maison avec papa et maman ?

Elle lâcha le coussin pour caresser les cheveux d'Essie.

La petite acquiesça.

— Étiez-vous à la maison tous les quatre ? demanda Sara. Toute la soirée ?

La fillette regarda son frère avec hésitation.

— Maman et moi, oui. Papa est allé travailler.

— Il le fait souvent, expliqua Victor.

Sara prit note.

— Et toi, où étais-tu vendredi soir ?

— Probablement sorti, dit Victor en réfléchissant. Vendredi soir, on a joué au air-hockey à *Det Elektriske Hjørne*. C'est un bar.

— Avec qui étais-tu ?

— Des potes de ma classe et de l'autre classe, la bande habituelle. On a fait la fermeture. (Il enfonça ses mains dans ses poches.) J'ai fait la dernière partie un peu avant 5 heures.

Larsen eut un sourire d'approbation, comme s'il était lui-même assez jeune pour rester en ville aussi tard dans la nuit.

— Savez-vous si Oscar était en contact avec Malthe en dehors de l'école ?

— Dites-moi, de quoi est-il question ici ?

Frida avait l'air alarmée.

Victor se leva si brusquement que la boîte à pizza tomba par terre.

— J'ai besoin d'un peu d'air. Vous pouvez venir avec moi dans le jardin, si vous voulez…

— Tu es sûr que c'est une bonne idée ? lui demanda Frida avant de se tourner vers Sara. Il n'a que dix-sept ans.

— Ça va, grand-mère.

Victor ouvrit la porte en verre donnant sur le jardin de derrière.

Sara fit un signe de tête rassurant et le suivit. Peut-être y avait-il des choses que la grand-mère ne devait pas savoir.

Ils traversèrent la pelouse mouillée et entrèrent dans un petit pavillon où Victor se laissa tomber sur un banc encastré. Il sortit un paquet de cigarettes et en alluma une, avant de remettre le paquet dans la poche de son pantalon de survêtement gris.

Sara s'assit à côté de lui et Thomas Larsen se posta dans l'embrasure de la porte. Victor fumait avec concentration et la cendre resta suspendue au bout de la cigarette, défiant la gravité.

— S'il a fait quoi que ce soit à mon frère…

Sara regarda le profil de l'adolescent, les longs cils et les muscles de la mâchoire qui se raidissaient chaque fois qu'il inhalait.

— Que veux-tu dire, Victor ?

Il tira une autre bouffée, et cette fois la cendre tomba sur le sol carrelé du pavillon.

— Il y a deux semaines, j'ai cherché mon petit frère dans le lycée. J'avais oublié d'apporter de l'argent pour le déjeuner. Ils étaient à la bibliothèque.

— Qui ? Oscar et Malthe ?

— Oui. (Le regard sombre de Victor croisa le sien.) Ils étaient debout, enlacés.

CHAPITRE 15

Les briques rouges du musée géologique défilèrent devant le pare-brise de la voiture. Anette prit un virage à droite en troisième et Jeppe dut s'agripper à la poignée de la portière pour ne pas lui tomber dessus.

— La petite amie de Malthe, Josephine, est en route pour Copenhague, dit-elle pendant que Jeppe se redressait péniblement. On peut la voir dans une heure.

— Ses autres proches ont-ils été prévenus ?

— Ses parents vivent à Hjørring, tout au nord du Jutland. Ils sont divorcés, mais habitent à deux rues l'un de l'autre dans le même lotissement. Larsen a parlé avec la mère, une gentille dame, dit-il. Complètement dévastée, ce qui est compréhensible. Le meurtre est un choc, Malthe était un jeune homme heureux et en bonne santé, sportif et idéaliste. Il n'a jamais été impliqué dans la drogue ou la criminalité.

— Est-ce qu'ils vont venir jusqu'ici ?

— Tout dépendra du moment où ils pourront récupérer le corps. La police locale s'occupe d'eux et nous tient informés s'ils apprennent quelque chose de pertinent.

Anette conduisait trop vite et presque dangereusement, comme d'habitude. Elle soutenait toujours qu'un feu orange n'était qu'une invitation. Avec le temps, Jeppe avait fini par s'y habituer.

— Kasper Skytte sait-il que nous arrivons ?

Jeppe posa une main sur le tableau de bord pour éviter d'être projeté contre le pare-brise et répondit :

— Il n'a pas répondu quand j'ai appelé, mais les urgences disent qu'il est rentré chez lui.

— Alors nous n'avons qu'à le surprendre, déclara Anette en accélérant.

Jeppe s'agrippa ostensiblement à son siège.

— Larsen et Saidani contactent les collègues de Sæther. Comme nous n'avons pas trouvé son téléphone, nous devons commencer par là ; nous demanderons à sa petite amie les noms de ses autres amis en ville.

— Selon le lycée Zahles, où il travaille depuis deux ans, il a emménagé à Copenhague lors de son embauche.

Anette passa la main devant lui et se mit à fouiller dans la boîte à gants.

— Qu'est-ce que tu cherches ?

Elle referma le clapet avec agacement.

— Je ne sais pas. Du chewing-gum, de la réglisse, de la coke. N'importe quoi pour arrêter cette putain d'envie de fumée.

Jeppe secoua la tête vers sa partenaire.

— Pourquoi crois-tu qu'il portait du maquillage ?

Anette, agitée, tourna à gauche en passant à l'orange et ignora le concert de klaxons qui s'ensuivit.

— Peut-être qu'il aime juste se maquiller ?

— Tu penses vraiment qu'un jeune prof se maquillerait ? Peu d'hommes le font. Qu'est-ce que diraient ses élèves ?

— Peut-être porte-t-il uniquement du maquillage quand il n'a pas cours, qui sait ? Il faut qu'on le découvre.

Un piéton se matérialisa au carrefour, devant la voiture, et Anette pila avant de klaxonner agressivement.

— C'était vert pour elle.

— Raison de plus pour qu'elle regarde autour d'elle !

Ils attendirent le changement de feu en silence. Les signaux sonores des feux pour piétons cliquetaient comme un métronome. Un compte à rebours. Jeppe s'aperçut qu'il tambourinait en rythme sur le tableau de bord.

— Que s'est-il passé, Werner ? Dans notre petit forum privé, tu peux lancer des idées sans aucune justification. Ça n'ira pas plus loin.

Anette démarra avant de répondre :

— Je ne suis pas très douée pour ce genre de suppositions, mon petit Jeppe, tu le sais bien. Lorsque mon estomac se noue, c'est généralement parce que j'ai faim.

Jeppe ne put s'empêcher de rire.

— Cela dit, poursuivit-elle, je crois qu'Oscar a tué son prof et s'est enfui. Je ne sais pas pourquoi il l'a fait, mais ça me semble l'explication la plus évidente. Les parents le savent et le protègent, c'est pour ça qu'ils se comportent ainsi. Logique, en d'autres termes, pas d'hallucinations sensorielles ici.

— Un jeune de quinze ans sans problème, issu d'une famille aisée, tue son prof, écrit une mystérieuse lettre d'adieu et prend la mer ? C'est ça que tu appelles logique ?

Anette donna un autre coup de frein impitoyable qui projeta Jeppe en avant ; sa ceinture de sécurité le retint.

— Tu supposes qu'il est heureux et sans problème parce qu'ils ont de l'argent et parce que c'est ce qu'ils te disent eux-mêmes ? Où est passé ton sens critique, mon petit Jeppe ?

— N'est-ce pas toi qui ressens les choses, maintenant ? demanda-t-il en réajustant sa ceinture.

— Je ne fais que relier les points les moins distants.

Jeppe sourit à sa partenaire.

— Logique et directe. La vie n'est pas comme ça. Tout ce qui est organique pousse et se tord dans des directions improbables, y compris les crimes. Il pourrait aussi y avoir une troisième personne impliquée, qui a tué Malthe et peut-être Oscar. Ceci dit, tu as probablement raison de dire que la vie de la famille Dreyer-Hoff n'est pas aussi harmonieuse qu'ils aimeraient nous le faire croire.

— Le « lit familial », gronda encore Anette en arrêtant la voiture sur Fredericiagade devant le numéro 64. Putain, c'est trop bizarre.

Jeppe détacha sa ceinture.

— Celui que je trouve sérieusement bizarre, c'est Kasper Skytte. Est-ce vraiment une coïncidence que ce soit lui qui ait découvert le corps du prof d'Oscar ?

— Allons le lui demander.

Anette descendit de voiture, ils traversèrent la rue et sonnèrent à l'interphone. Aucune réponse. Elle appuya avec insistance sur la sonnette. Toujours pas de réaction. Ils attendirent deux minutes pour lui laisser une chance de se lever. Anette sonna une fois de plus, ils attendirent encore. Jeppe regarda sa montre : 14 heures.

— Pas au travail, pas aux urgences et pas chez lui. Il est passé où, putain ?

*

Le musée Thorvaldsen était désert. Les rayons du soleil de l'après-midi tombaient sur les statues et le marbre blanc brillait comme de la neige. Esther traversa les salles d'exposition. Les plafonds voûtés absorbaient le bruit de ses pas prudents. Elle traversa les salles rouge, vert et jaune et s'arrêta devant la statue d'un garçon et d'un aigle.

— Vous avez l'endroit pour vous toute seule, aujourd'hui.

Esther se retourna vers la voix et repéra une gardienne, juste derrière elle. Vêtue d'un uniforme bleu foncé, elle avait les mains croisées dans le dos.

— Nous sommes généralement fermés le lundi ; aujourd'hui, c'est un essai, si bien que la plupart des gens ne savent pas que nous sommes ouverts. L'aimez-vous ?

Elle s'était avancée juste à côté d'Esther.

Celle-ci regarda de nouveau la statue.

— Euh, je n'ai pas vraiment eu le temps d'y penser. En fait, je suis ici pour consulter la collection de masques mortuaires, mais je ne la trouve pas...

— Pourquoi voulez-vous la voir ?

Esther hésita.

— Par intérêt professionnel. Pour un livre que je suis en train d'écrire.

La gardienne hocha lentement la tête, comme si elle appréciait, avant de reprendre la parole :

— Le musée ne les considère pas comme de l'art. Qui sait ? Je travaille moi-même avec des images et je n'ai aucune idée de ce qui est de l'art et de ce qui n'en est pas.

Son visage était ridé et enflé, mais il était clair qu'elle avait un jour été très belle, avant que les soucis et la morsure du temps ne fassent des ravages.

— Les masques mortuaires ne sont pas exposés. Nous les conservons au grenier, ils ne sont pas accessibles au public.

Elle se dirigea vers la sortie de la salle. Esther la suivit.

— N'est-il pas possible de demander une autorisation ? Je veux juste les regarder, ça ne prendra pas très longtemps.

La gardienne continua à avancer, impassible. Esther réessaya.

— Je suis prête à payer, si cela nécessite des frais de personnel supplémentaires.

La gardienne s'arrêta et se retourna. Elle toisa Esther tout en se mordant la lèvre inférieure.

— Combien ?

— Pardon ?

— Combien seriez-vous prête à payer ?

Esther trouva sa question grossière et déplacée. Dans un marché de rue à Bangkok, peut-être, mais ici ?

— Pour cinq cents couronnes, vous pouvez bénéficier d'une visite privée immédiate. Il n'y a presque pas de visiteurs, alors je peux me permettre de m'éclipser un moment.

Par la suite, Esther eut du mal à se rappeler pourquoi elle avait dit oui. Une combinaison de stupéfaction et d'embarras, peut-être.

— D'accord, il faudra juste que je sorte tirer du liquide quand nous aurons terminé, dit-elle.

La gardienne hocha la tête avec satisfaction et tendit la main comme pour sceller leur accord.

— Jenny Kaliban. Enchantée.

— Esther de Laurenti.

— Nous devons monter.

Elle s'éloigna d'un pas pressé, ce qui lui donna d'autant plus l'air d'être en train de tramer quelque chose de louche.

Esther se retourna et regarda derrière elle avant de la suivre.

Au premier étage, Jenny ouvrit un panneau caché dans l'encadrement d'une porte et tapa un code. Une trappe métallique rouge s'ouvrit au milieu du mur ocre avec un petit déclic et une échelle à commande mécanique se déplia lentement.

— Après vous, *madame* !

Esther se força à sourire et monta l'échelle branlante. Dix barreaux plus haut, elle aboutissait à des marches de briques qui menaient sous la charpente du musée Thorvaldsen.

— Attention à votre tête ! prévint Jenny. C'est l'étagère, là-bas. Vous la voyez ?

Esther aperçut des décombres, des boîtes à tableaux et de la laine de roche à nu. Elle se baissa sous une poutre où étaient peints des casques.

— Ça date de la guerre, expliqua Jenny derrière elle. Le mouvement de Résistance. Les masques sont juste là, sur la droite.

Sur les étagères d'une vieille bibliothèque se trouvaient des boîtes en bois et en carton, avec des numéros ou des cartes manuscrites collées sur le devant. Une quarantaine de caisses en tout, pour autant qu'Esther puisse en juger. Sur une boîte juste devant elle brillait le numéro 27 et, au-dessus des chiffres rouges, un nom était écrit avec soin au crayon. A. GOETHE, lut-elle avant de poursuivre jusqu'à une autre caisse. KARL XII.

— Est-ce que… ces masques sont-ils vraiment ceux des personnes dont les noms sont inscrits sur les boîtes ?

— Oui. C'est fou, n'est-ce pas ? (L'excitation se glissa dans la voix de Jenny.) Regardez qui est là !

Esther suivit la direction de son index et lut NAPOLÉON BONAPARTE.

— Le masque mortuaire de *Napoléon* se trouve ici ?

— Tout à fait. Ce n'est que ce qu'on appelle une copie originale, et ce n'est pas Thorvaldsen qui l'a faite, mais elle est quand même là. Cachée dans une boîte au grenier.

— C'est presque dommage.

— Je suis bien d'accord ! À mon avis, l'art n'est pas seulement esthétique, mais une forme de cognition qui révèle quelque chose de fondamental sur l'être humain. Mais qui prend la peine de m'écouter ? (Elle descendit soigneusement une des caisses en bois et enfila une paire de gants en coton.) Je vais vous montrer un des plus beaux. Georg Zoëga, le mentor de Thorvaldsen. Il date de 1809.

Jenny souleva le couvercle de la boîte et retira les petites boules de mousse de protection poignée par poignée avant de soulever un objet enveloppé dans du papier de soie. Avec précaution, elle déballa le masque et le présenta à Esther comme s'il s'agissait d'un oisillon fraîchement éclos.

Le masque était gris et fissuré ici et là, mais par ailleurs bien conservé. Il ressemblait à un visage masculin aux joues creuses et aux yeux fermés, au nez crochu et à la bouche entrouverte. Il aurait pu dormir, et pourtant Esther, sans savoir pourquoi, ne doutait pas que ce fût la face d'un mort.

— Et c'est fait presque au moment de la mort ?

— Oui, en appliquant du plâtre sur le visage du défunt. Ensuite, on l'utilise comme moule. Au XIXe siècle, de nombreux artistes ont fait des moulages en plâtre de personnalités décédées afin de pouvoir plus tard sculpter une statue ressemblante. Un masque mortuaire. (Jenny le retourna avec précaution et montra la poignée, à l'arrière.) Autrefois, on les accrochait au mur, mais on est bien trop prudes pour le faire de nos jours. Nous sommes si terrifiés par la mort que nous préférons l'ignorer.

Esther se pencha en avant, si bien que le masque n'était plus qu'à une largeur de main de ses yeux.

— Croyez-vous que quelque chose du défunt demeure dans le masque ? Qu'il est possible, pour ainsi dire, de construire un pont entre le royaume des morts et celui des vivants ?

Jenny la regarda comme si elle était folle.

— Je vais devoir retourner au rez-de-chaussée avant que mon chef ne s'aperçoive de mon absence.

Elle replaça le masque dans la boîte, la remplit soigneusement des boules en mousse, remit le couvercle et la reposa sur l'étagère.

— D'accord, bien sûr.

Esther se releva.

— Il ne nous reste plus qu'à organiser le paiement.

— Je vais trouver un distributeur automatique et je reviens tout de suite.

Esther suivit Jenny sous les poutres, le long de la maçonnerie grossière jusqu'à l'échelle, puis jusqu'au hall d'entrée du musée. Elle sortit à la hâte par la porte principale et prit la direction d'Højbro Plads, où elle devrait pouvoir retirer de l'argent. Ce qu'elle venait de vivre tourbillonnait dans ses pensées. Les masques mortuaires eux-mêmes, mais aussi celle qui les lui avait montrés. *Cette Jenny Kaliban, quelle étrange personne !*

*

Un ours polaire vêtu d'un smoking, d'un nœud papillon et de gants blancs était appuyé contre un mur de visages humains dorés, en relief. Il se tenait la tête entre ses pattes, comme surpris ou peut-être indigné par les visages dorés derrière lui. Jeppe tourna le dos à l'ours, agacé, préférant regarder Anette. Elle semblait beaucoup s'amuser. C'était la petite amie de Malthe, Josephine, qui avait suggéré de les voir au Café Bankeråt, tout proche de l'appartement de Malthe. Elle devait aller y récupérer ses affaires, mais tant qu'il était occupé par les techniciens rassemblant des indices, ils ne pouvaient pas l'interroger là-bas. Ils l'attendaient donc à une table en marbre, entre les animaux empaillés et les lampes à tête de poupées du café. Jeppe était opposé à l'idée d'interroger un témoin au café, et surtout de devoir se retrouver ici avec Anette, dans une scénographie rock et cool artistique, qui lui donnait l'impression d'être pétri de normalité.

— Vous êtes de la police ?

Une jeune femme les regardait, debout près de la table. Mince et pas très grande, elle avait les cheveux noir de jais, des anneaux dans les sourcils et les yeux lourdement maquillés. Sa voix grave et rauque s'accordait mal à sa frêle stature. Elle les salua de la tête.

— Je suis Josephine.

— Bonjour, Josephine. Merci de nous voir si vite. Puis-je vous commander quelque chose ?

Elle secoua la tête et s'assit sur la chaise à côté d'Anette. Sous son épaisse couche de maquillage, la peau autour de ses yeux et de son nez était rougeâtre.

— Je dois vous avertir que je ne vais vraiment pas bien. Je viens de regarder un cadavre qui était censé être mon Malthe. (Elle ferma les yeux.) En fait, je ne sais même pas comment je fais pour tenir encore debout.

— Nous allons faire court. Pouvez-vous rester avec quelqu'un ? Ne pas être seule ?

Elle hocha la tête.

Jeppe ouvrit son carnet à une page blanche.

— Vous avez dit que vous aviez eu Malthe au téléphone pour la dernière fois vendredi à 17 heures. De quoi avez-vous parlé ?

Elle prit une profonde inspiration et commença avec hésitation :

— Il appelait pour reporter notre rendez-vous. Malthe et moi avons l'habitude de nous rendre visite à tour de rôle chaque week-end. Tant que j'habite à Odense, je suis en formation dans une librairie de la rue piétonne, nous sommes obligés de faire comme ça. Il devait venir vendredi soir, mais il a annulé.

— A-t-il dit pourquoi ?

— Il devait rester à Copenhague parce qu'un de ses élèves avait des problèmes et avait besoin de son aide.

— Oscar ?

Jeppe entendit la dureté dans sa voix et vit le regard effrayé de la jeune femme.

— Malthe n'a pas expliqué de qui ou de quoi il s'agissait, mais j'ai pu entendre à sa voix que c'était sérieux. Sinon, il n'aurait pas passé son vendredi soir dessus. Il est très dévoué, mais...

Josephine cligna des yeux et les baissa.

— Était-il avec quelqu'un quand vous avez parlé ?

Elle secoua la tête.

— Qui côtoyait-il, ici, à Copenhague ? demanda Anette. Amis, collègues ?

— Malthe n'avait pas encore un gros réseau social à Copenhague, nous passions nos week-ends à faire des allers-retours. Quand on est loin l'un de l'autre toute la semaine, on est un peu avares du temps qu'on a ensemble. (Josephine s'essuya les yeux avec une serviette en papier qu'elle sortit de sa poche.) Mais il disait du bien d'une collègue qui s'appelle Lis, je ne connais pas son nom de famille, et il prenait souvent un café avec plusieurs personnes de son immeuble. Il allait à la chorale une fois par semaine. Un chœur d'hommes qui répète dans une église de Vesterbro. Il en était content.

Jeppe nota.

— Savez-vous comment s'appelle ce chœur ?

— Allegro, peut-être ? Axis ? Quelque chose comme ça. Je n'ai jamais eu l'occasion de les entendre chanter.

— Que faisait-il d'autre, sinon, quand il avait du temps libre ?

Un coin de sa bouche se releva légèrement.

— Il était avec moi, comme je l'ai dit. Les week-ends, en tout cas. Malthe vient d'obtenir son diplôme et passe la plupart de ses soirées de la semaine à travailler, à part la chorale le mardi soir et de longues balades à vélo. Il a toujours fait beaucoup de vélo, mais ici, en ville, il n'a pas beaucoup de temps pour garder le rythme. Il y a toujours des préparations de cours et des dissert' à corriger.

— Des conflits ? Malthe était-il fâché avec quelqu'un ?

Josephine se mit à rire nerveusement.

— Non.

Jeppe attendit, mais elle n'en dit pas plus.

— Il n'était en mauvais termes avec personne ?

Elle secoua la tête.

— Voyait-il certains de ses élèves en privé ?

— Bien sûr que non !

Elle avait l'air outrée. Jeppe croisa le regard d'Anette et demanda alors :

— Il ne vous a pas parlé d'un élève qui s'appelle Oscar ?

Josephine réfléchit et secoua la tête.

— Il n'a jamais mentionné un Oscar Dreyer-Hoff ?

Son visage s'illumina.

— Dreyer-Hoff ? Si vous voulez dire Victor, alors si.

Jeppe la regarda avec confusion.

— Vous êtes sûre que c'est Victor Dreyer-Hoff dont Malthe vous a parlé ? Pas Oscar, son petit frère ?

Elle hocha la tête, faisant tinter les anneaux de ses sourcils.

Jeppe s'adossa à la chaise inconfortable du café.

— Que vous a-t-il donc raconté à propos de Victor ?

— Il était en seconde quand Malthe a commencé à Zahles, il y a deux ans. Les garçons de sa classe admiraient Victor. Des groupes se sont créés tout au long de l'année, avec une attitude négative envers les élèves faibles. (Elle mima des guillemets avec les doigts pour préciser que le terme « faible » était sujet à interprétation.) Malthe a essayé d'intervenir.

— Est-ce que ça a aidé ?

— Au contraire. Malthe s'est fait reprendre par le directeur, qui lui a dit de s'en tenir à son enseignement. C'était tellement injuste ! Qui sait, peut-être que les parents de Victor étaient meilleurs amis que lui avec la direction de l'école. Malthe a fini par enseigner dans une autre classe. (Ses joues avaient pris quelques couleurs.) Il en a énormément parlé avec Lis, ça, je le sais. À part elle, il n'a pas reçu beaucoup de soutien de la part de ses collègues ; c'était ce qui l'avait le plus déçu. Quand on est nouveau, on espère que le groupe des enseignants sera soudé. Mais ça ne le préoccupe plus. Il est content du lycée… (Elle se corrigea :)… était.

Jeppe prit une note et observa la jeune femme.

Josephine croisa son regard.

— Après la plainte, il a même trouvé un oiseau mort dans son sac, dans la salle des professeurs !

— Un oiseau mort ?

— Un pigeon. N'est-ce pas dégoûtant ? Il était persuadé que c'était Victor qui avait manigancé tout ça, mais il n'a pas pu le prouver.

Elle remonta le col de sa chemise à carreaux puis le relâcha.

Jeppe écrivit VICTOR OISEAU MORT ? dans son carnet.

— Vous êtes sûre que Malthe n'était fâché avec personne ? insista Anette.

— Certaine !

— Personne qui lui en voulait pour une quelconque raison ? Des dettes ? Un vieux compte à régler ?

Josephine secoua fermement la tête.

— Non ! Vraiment pas. Malthe est la personne la plus honnête et la plus gentille que je connaisse.

Elle regarda ses genoux et expira bruyamment. Ses frêles épaules lui donnaient l'air d'un oisillon.

— Josephine, nous allons vous laisser vous reposer, dit Jeppe avec douceur. Vous deviez aller chercher quelque chose dans l'appartement ?

Elle hocha la tête sans la relever.

— Nous allons vous accompagner.

— OK. Je dois juste passer aux toilettes d'abord.

Elle se leva en emportant son *tote bag*. Anette la suivit du regard.

— C'est quoi, ces peintures de guerre ?

Jeppe sourit, sortit son téléphone et vérifia la boîte de réception de ses e-mails.

— Nyboe écrit que la mort de Malthe Sæther a eu lieu vendredi soir vers minuit, avec une marge de deux heures avant ou après. C'est-à-dire entre vendredi 22 heures et samedi 2 heures du matin.

— Donc, cinq à neuf heures après le dernier signe de vie confirmé. Nous devons découvrir ce qu'il a fait après sa conversation avec Josephine. (Anette regarda sa montre.) Ça te dérange si je ne monte pas à l'appartement avec vous ? J'aimerais faire un tour chez Mads Teigen, à Trekroner. Voir s'il connaissait vraiment Oscar.

— Maintenant ? Toute seule ?

— Ne t'inquiète pas, mon petit Jeppe, je peux le gérer avec un bras dans le dos si nécessaire.

Jeppe soupira.

— Alors je dois annoncer tout seul la mort de Malthe aux Dreyer-Hoff ?

— Je vais essayer de rentrer à temps. Sinon, tu t'en sortiras très bien sans moi.

Elle se leva.

— Ne fais rien de stupide, Werner !

— Jamais !

Anette lui adressa un clin d'œil et se dirigea vers la porte. Jeppe la vit sourire sous le soleil de l'après-midi et disparaître au coin de la rue. Quand il tourna la tête, Josephine était de nouveau debout près de la table, son *tote bag* sur l'épaule. Elle avait retouché le maquillage sombre de ses yeux et remis de la poudre sur son nez.

Il se leva.

— Ma collègue a malheureusement dû partir. Vous êtes prête ?

Ils sortirent dans la rue. Pour une personne de si petite taille, elle marchait extrêmement vite, il dut accélérer pour la suivre. À l'entrée de l'immeuble de Malthe, Jeppe s'arrêta devant un râtelier à vélos.

— Est-ce que vous voyez le sien ?

Josephine scruta les rangées et secoua la tête.

— C'est un vélo de course vert menthe. Mais il n'est pas là.

— D'accord, merci.

Jeppe salua l'agent posté à l'entrée et ils gravirent les marches jusqu'au quatrième étage. À la porte de l'appartement, l'affable technicien Clausen leur remit des surchaussures en plastique bleu et des gants en latex. Josephine s'agrippa au cadre de la porte, l'air de ne plus pouvoir le lâcher. Clausen détacha doucement sa main et entra avec elle dans l'appartement. Ils en ressortirent peu après.

— Je ne peux pas. Je dois demander à ma famille de venir chercher mes affaires. Je ne veux plus jamais revenir ici !

Josephine tenait dans une main une photo d'elle-même et de Malthe, l'air de vouloir se pincer le bras pour se réveiller de ce cauchemar.

— Avez-vous trouvé ce que vous cherchiez, Josephine ?

Elle acquiesça.

— Y a-t-il quelque chose dans l'appartement qui a l'air inhabituel ? Quelque chose qui n'est pas à sa place ? poursuivit Jeppe.

— Tout semble comme d'habitude.

Elle le regarda, les yeux pleins de larmes.

— Est-ce que je peux partir ? Ma mère habite à Rødovre, j'aimerais aller chez elle, maintenant.

— Bien sûr. Je vais demander à un agent de vous y conduire. Assurez-vous simplement que nous puissions entrer en contact avec vous, si besoin.

Il prit ses surchaussures en plastique.

— J'aurais une dernière question, si ça vous va ?

Elle hocha la tête.

— Est-ce que Malthe se maquillait ?

Elle le regarda, perplexe.

— S'il se maquillait ! Vous voulez dire comme moi ? *Goth* ?

Jeppe haussa les épaules.

— Se maquiller ! (Elle secoua la tête.) Il n'aurait jamais eu une idée pareille. Il vient de Hjørring, quand même.

*

— Pauvre fille !

Clausen rejoignit Jeppe dans l'embrasure de la porte et retira ses gants en latex.

— Oui, c'est triste.

— Nous en avons plus ou moins terminé, Kørner, tu pourras travailler tranquillement dans un instant. Rien d'inhabituel ne semble s'être produit ici – aucun signe de violence, aucun objet cassé, pas de désordre ni de sang nulle part. C'est propre et bien rangé, les plantes en pot ont été arrosées récemment et il y a de la nourriture dans le frigo. Nous avons prélevé les empreintes digitales des verres et de la télécommande et emballé la brosse à cheveux et la brosse à dents pour le profilage d'ADN. Nous emportons aussi l'ordinateur pour l'analyser. Je suppose qu'on l'envoie à Saidani quand on aura fini, n'est-ce pas ?

— Très bien, Clausen. Avez-vous trouvé son téléphone ?

— Non, pas de téléphone. Mais son portefeuille était ici, avec son permis de conduire et sa carte de crédit, alors où qu'il soit parti, il ne s'attendait probablement pas à conduire une voiture ou à dépenser de l'argent. Sauf s'il avait du liquide sur lui.

— OK. Des cochonneries ?

Jeppe faisait allusion aux magazines, films et jouets sexuels que la police trouvait dans neuf résidences sur dix – le plus souvent cachés entre les sous-vêtements d'un tiroir ou dans une boîte à chaussures de l'armoire.

— Pas de cochonneries.

— Parfait, merci.

Jeppe fit un signe de tête à Clausen et entra dans l'appartement. Deux autres techniciens vêtus de blanc passèrent devant lui, les bras chargés de sacs en papier brun contenant les effets personnels, en route vers le laboratoire. Il ferma la porte derrière eux.

L'appartement était meublé exactement comme on pouvait l'attendre d'un jeune professeur qui venait d'emménager assez récemment. Des murs blancs et des meubles du genre temporaire et économique. Il y avait des chaises pliantes IKEA derrière la porte de la cuisine et une rangée de paires de baskets sur le sol, dans le couloir. Sur un mur, une affiche encadrée représentait un cycliste dessiné en jaune. Des étagères blanches contenaient des livres sur la pédagogie, des dictionnaires étymologiques, et une belle collection de littérature danoise et européenne de ce siècle et du précédent, par ordre alphabétique.

Sur le mur au-dessus de la table de la cuisine était accroché un collage de photos de voyage, Malthe et Josephine devant des temples, des falaises et des couchers de soleil.

Jeppe s'approcha. Ils formaient un couple atypique. Malthe avait des coups de soleil et les joues rouges sur la plupart des photos et Josephine, son épais maquillage. Il ressemblait à un jeune homme frêle, mais en bonne santé, elle à une autonomiste antifa du quartier Nordvest de Copenhague. Mais ils avaient l'air heureux.

Josephine avait mentionné une chorale. Les gens sont pleins de surprises : ce jeune passionné de cyclisme originaire du Jutland du Nord aimait donc chanter. Allegra – peut-être pourrait-il trouver une brochure quelque part. Jeppe feuilleta un classeur contenant des factures et de la correspondance avec son employeur et le syndicat, regarda dans le tiroir de la table de nuit et dans le tas de magazines près de la télévision. Sans succès.

Il eut plus de chance à la cuisine. Au milieu d'une pile de journaux locaux, il y avait une feuille de format A5 verte appelant à participer au voyage en chalet de la chorale, fin mai. *A-choir*, c'était le nom du chœur, et Jeppe lut au dos de la brochure qu'il était exclusivement masculin. Tous les âges étaient les bienvenus, mais il fallait passer une audition pour devenir membre et consacrer tous ses mardis soir aux répétitions, dans l'église Absalon.

Jeppe rangea la brochure dans une pochette qu'il glissa dans son sac à bandoulière. Alors qu'il sortait de la cuisine, son regard tomba sur un dessin fixé au frigo. Il représentait deux hommes dans une sorte de combat de lutte, tracé au fusain et crayon sur papier blanc. Les deux hommes étaient nus. Il reconnut aussitôt le style.

Le dessin ressemblait à ceux qui étaient accrochés dans la chambre d'Oscar Dreyer-Hoff.

CHAPITRE 16

— Quelle agréable surprise ! Et si tard dans la journée. Il est presque 19 heures, tu n'arrêtes donc jamais de travailler ?

Mads Teigen tendit sa main pour aider Anette à descendre du remorqueur. Elle fit semblant de ne pas l'avoir vue et sauta à terre, tout en se rappelant avec un secret plaisir qu'ils étaient passés au tutoiement.

— Avec une enquête comme celle-ci, on n'a pas le temps de se reposer.

— Bien sûr.

Il sortit un paquet de cigarettes souple et en alluma une.

Le court trajet en bateau s'était passé en silence. Anette devait prendre son élan pour arriver à poser la question pour laquelle elle était venue, et cela l'agaçait.

— Que puis-je donc faire pour toi ?

De nouveau ce regard intense, ces yeux vert d'eau, cette décharge électrique. Anette se détourna.

— Depuis combien de temps travailles-tu ici au fort ?

— À peine un an.

— Connais-tu Oscar ? Le garçon qui a disparu ?

Les mots restèrent coincés dans sa gorge.

— Que veux-tu dire ?

Il se figea, la cigarette au coin de la bouche.

— Henrik Dreyer-Hoff dit que tu leur as fait visiter la forteresse à plusieurs reprises. Que tu as discuté avec Oscar et que tu lui as parlé des oiseaux.

Mads la regarda. Il était impossible de dire ce qui lui traversait l'esprit. Il fronça ses sourcils noirs.

— Je m'en souviendrais, si je l'avais rencontré plusieurs fois. Il est possible qu'ils soient venus ici sans que je le remarque, mais je ne les connais pas.

Il continua à fumer et lui sourit.

— Ce devait être l'ancien gardien.

Son sourire était désarmant, et l'explication si évidente qu'Anette sentit le soulagement se répandre en elle. Mads n'était même pas en poste depuis un an et la famille n'avait certainement pas navigué de tout l'hiver. Il était plus que probable qu'Henrik parlait du prédécesseur de Mads.

— Quand est-ce que les équipes de la Sécurité civile sont venues ici pour rechercher Oscar ?

— Samedi et dimanche. Et je fais des rondes le matin et le soir, chaque jour. Il n'est pas ici.

Anette observa le port vide de Trekroner, les remblais herbeux et la forteresse dont les contours s'estompaient déjà avec le crépuscule.

— Mais peut-être est-il vraiment venu et a laissé une trace que tu n'as pas remarquée. Comment contrôles-tu l'endroit, d'habitude ?

— Je commence à une extrémité avec une lampe de poche. Ça peut prendre entre vingt minutes si je suis fatigué et une heure et demie si je fais un effort. C'est ce que j'appelle ma ronde.

— On n'a qu'à en faire une ensemble. Fouillons tous les recoins, même les endroits que tu ne vérifies pas normalement. Nous savons par son père qu'Oscar aimait explorer les casemates.

Elle fouilla dans sa poche et sortit une gomme à la nicotine de son blister, la fourra dans sa bouche et mâcha timidement. Cette nouvelle acquisition ne l'inspirait guère. Elle n'avait jamais utilisé ce genre de substituts auparavant.

Mads lui montra sa cigarette allumée.

— Tu es sûre que tu n'en préférerais pas une comme ça ?

— Ne me tente pas ! J'essaye de me contrôler. (Elle frappa dans ses mains.) Alors, on commence par où ?

— D'abord, on a besoin de lampes de poche. Viens !

Il marcha le long de la jetée en direction de la résidence rouge et isolée du commandant. Anette avala la pastille, qui avait un goût désagréable de nicotine et de menthe poivrée, et le suivit.

L'habitation était haute de plafond et meublée à l'ancienne, bois massif et coffres de navire. Dans le crépuscule, les pièces semblaient étrangement abandonnées, comme si le temps s'était arrêté et que personne n'habitait vraiment ici. Mads disparut dans un débarras tandis qu'Anette restait dans l'entrée.

— Je dois juste trouver deux lampes qui fonctionnent. Ça ne prendra qu'un instant.

— OK.

Sur le mur au-dessus d'une commode, Anette aperçut une collection de photos en noir et blanc jaunies. Elle s'approcha. Des groupes de soldats rieurs attablés, tous morts et enterrés depuis longtemps. À côté de la commode, une porte ouverte donnait sur une pièce qui ressemblait à une sorte d'atelier, avec un établi et des étagères le long des murs. Elle y passa la tête.

Sur les étagères, les uns à côté des autres, des oiseaux empaillés, la plupart avec les ailes déployées comme s'ils étaient en plein vol. Des mouettes, des cygnes, des eiders et des corbeaux, aux plumes brillantes et aux yeux morts.

— Tu es prête ?

Mads vint fermer la porte, si bien qu'elle dut reculer d'un pas. Ils étaient si proches qu'elle pouvait sentir son souffle. Il lui mit une lourde lampe de poche dans la main, se dirigea vers la porte d'entrée et l'ouvrit.

— Je n'ai trouvé qu'une seule lampe avec une pile, nous allons donc devoir partager. Et nous ferions mieux de nous y mettre.

Anette sortit et entendit la porte claquer derrière eux. L'air était vif et rafraîchissant.

— Commençons par le terrier du lapin.

Mads se dirigea d'un pas calme vers un petit monticule herbeux, juste à côté de la maison, et ouvrit une porte. Elle éclaira l'intérieur de ce qui servait manifestement de débarras au café de l'île, l'été : des chaises, des tables et des balais.

— Ce qu'on recherche, ce sont des emballages alimentaires, un sac de couchage ou tout autre objet abandonné. Peut-être qu'il a écrit quelque chose sur les murs. Tu connais cet endroit par cœur : garde un œil sur tout ce qui est inhabituel.

Ils continuèrent à travers l'île, ouvrirent chaque porte et éclairèrent chaque recoin, inspectèrent le phare et les amers, mais ne trouvèrent rien qui pût témoigner du passage d'Oscar. Ils se déplacèrent dans l'obscurité de la casemate et descendirent au sous-sol. Leurs pas crissaient sur le béton poreux, le faisceau de leur lampe de poche faisait sortir de l'ombre des instantanés oniriques. Mads se baissa pour franchir une porte voûtée.

— Ne devrions-nous pas jeter l'éponge ? Comme je l'ai dit, j'ai passé l'île au peigne fin à plusieurs reprises, avec et sans les équipes de recherches. S'il y avait une quelconque trace, je l'aurais trouvée.

La lampe d'Anette éclaira plusieurs dessins colorés sur les murs incurvés. Des nuances de bleu et de rouge formaient un oiseau grignotant une crêpe dans les airs, un gros chat près d'un tas d'arêtes de poissons et un panneau indiquant la direction de la Cellule de la Mort.

— Qu'est-ce que c'est que *ça* ?

Mads rit dans l'obscurité.

— Dans les années 1930, l'île a été temporairement transformée en parc d'attractions pour les habitants de Copenhague. Les peintures murales datent de cette époque. Passe-moi la lampe ! Là-bas, on pouvait lancer des balles à travers un ancien conduit de ventilation. Trois balles pour vingt-cinq øre.

Il éclaira les restes presque centenaires d'amusements innocents, et Anette ressentit un pincement de ce même désespoir qu'elle ressentait parfois quand elle tenait sa fille endormie dans ses bras. À quoi sert tout cela puisqu'on va tous mourir, de toute façon ?

— N'y a-t-il pas un endroit que nous n'aurions pas vérifié ? Il y a un trillion de passages et de pièces secrètes ici : es-tu vraiment allé partout ?

— Oui. Sans jamais rien voir.

Mads ouvrit une porte et éclaira le sol pour qu'elle trouve son chemin dans un couloir plus grand, au plafond plus haut. Elle enjamba un tas d'os fragiles, probablement ceux d'un oiseau mort. Un bateau passa à l'extérieur. Ses lumières brillaient à travers les fenêtres, si bien que les barreaux dessinaient des lignes noires au plafond.

Mads éteignit la lampe torche et observa les lumières.

— Magnifique, n'est-ce pas ? Parfois, je viens ici le soir juste pour regarder ça, là-bas.

Ils contemplèrent en silence les pans de lumière glisser sur le plafond voûté. Quand le bateau fut passé, tout redevint complètement noir.

— Est-ce vrai que vous avez trouvé un cadavre dans l'incinérateur ? demanda-t-il. Ou est-ce juste une rumeur ?

— Je ne peux pas parler des enquêtes en cours. À moins que tu saches quelque chose que j'ignore ?

Il ne répondit pas.

D'un coup, Anette se sentit lasse de tout cela.

— Allez, c'est bon, rallume la lumière !

Mads s'exécuta.

— Ne devrions-nous pas dire que c'est tout pour aujourd'hui ?

Elle se tourna vers la fenêtre désormais noire, avec la mer derrière. Quoi qu'il se fût passé entre Oscar et Malthe Sæther, les gens laissent toujours des traces. Des déchets, des débris, des cadavres.

— Et les autres forteresses du port ? Celle de Middelgrund, qui est en rénovation ? Tu as dit qu'elle est à peu près déserte...

— Mais comme je l'ai aussi mentionné, elle est sous vidéosurveillance, et de plus elle a été fouillée de long en large par les secours. Oscar n'est pas là-bas.

La lampe de poche clignota et Mads la secoua avec un soupir.

— Je crois que nous devons commencer à accepter l'idée qu'il pourrait ne jamais être retrouvé.

*

Malin Dreyer-Hoff attira Jeppe dans ses bras et posa la tête contre son cou. Cette intimité était inattendue, mais si triste que Jeppe, après une courte hésitation, passa ses bras autour d'elle. Il se tenait là maladroitement, encore dans son manteau, en sueur, craignant de s'approcher trop près, mais aussi de la repousser. L'appartement était sombre et tranquille, la respiration de Malin se calma peu à peu.

Il lui tapota le dos, s'éloigna doucement et observa son visage. Ses pupilles avaient rétréci, comme celles d'un renard traqué.

— Henrik n'est pas à la maison ?

— Il avait un truc à faire. Comme d'habitude…

Jeppe hocha la tête. Était-ce parce que le couple ne supportait pas d'être ensemble en ce moment ?

— Si on s'asseyait ? demanda-t-il. Comme je l'ai dit, nous n'avons toujours pas de nouvelles concrètes à propos d'Oscar, mais il s'est passé quelque chose dont nous devons parler.

Elle essuya ses yeux non maquillés du dos de ses mains, bien au-delà de toute vanité, et acquiesça.

— J'ai essayé de peindre un peu, juste pour penser à autre chose, mais je n'arrive pas à me concentrer. Je crois que nous avons un bon rhum dans le bar. Vous en buvez un avec moi ?

Jeppe n'avait pas encore eu le temps de dîner et sentit son estomac gronder de frustration. Y verser de l'alcool n'était probablement pas la meilleure idée du monde.

— Merci, pourquoi pas ?

Malin sortit une bouteille d'un des placards de la cuisine et alluma les lampes au-dessus de la table avec une expression stupéfaite, comme si elle se rendait compte seulement que la nuit était tombée. Jeppe s'assit au comptoir et accepta un verre à facettes contenant une généreuse dose de rhum.

— Je suis ici parce qu'on a trouvé un cadavre, ce matin. Malthe Sæther, professeur au lycée Zahles, est mort.

Elle hocha la tête, but une gorgée et ferma les yeux, sans donner l'impression de vouloir faire le moindre commentaire.

— Ça ne vous surprend pas ?

Elle sourit très faiblement.

— Plus rien ne me surprend. Mon fils a disparu. En ce qui me concerne, vous pouvez bien me dire que le soleil ne se lèvera pas demain. (Elle secoua la tête.) Pardon, je ne sais pas ce que je raconte. C'est terrible. Comment est-ce arrivé ?

Jeppe la regarda. Comprenait-elle l'implication de la coïncidence entre la mort de Malthe et la disparition d'Oscar ?

— Il a été étranglé et jeté dans une poubelle.

Malin se leva, son verre à la main.

— Non ! C'est vrai ? C'est affreux.

— Vous le connaissiez ? Malthe ?

Jeppe avala une gorgée de rhum en ignorant les protestations de son estomac.

— Je l'ai rencontré une fois lors d'une réunion parents-profs, mais pas plus que ça. Il était gentil, jeune, il venait du Jutland.

Elle haussa les épaules pour indiquer qu'elle était déjà à court d'informations.

— Que pensait Oscar de lui ?

— Je ne l'ai pas entendu se plaindre de lui, mais il faut dire que le danois est sa matière préférée. (Elle inspira et retint son souffle, puis secoua tristement la tête.) Ça alors ! Que se passe-t-il avec ce monde ?

— Vous n'avez pas l'impression qu'ils étaient amis au-delà de leur relation élève-professeur ?

Elle le contempla d'un air bizarre.

— Oscar n'a jamais parlé de Malthe à la maison.

Jeppe sortit sa pochette de sa sacoche et posa entre eux sur la table le dessin trouvé sur le frigo du prof.

— Reconnaissez-vous ceci ?

Elle regarda la feuille sans se pencher en avant.

— Non, pas exactement. Ça ressemble à un dessin d'Oscar.

— Nous l'avons trouvé sur le frigo de Malthe Sæther.

Elle but de nouveau, ne dit rien.

— Avez-vous la moindre idée de la manière dont il a pu se retrouver là ?

— Oscar offre souvent ses dessins. Il a tellement de talent.

Jeppe eut un bref sourire.

— Oui, c'est très beau. Mais n'est-ce pas un dessin un peu inhabituel à donner à son prof ? Si on considère le sujet.

Les yeux bleus prirent une lueur hostile.

— N'est-ce pas simplement un signe d'imagination ? Il dessine aussi des dragons et des monstres.

— Et Oscar ne voyait pas son prof en privé ?

— Non !

Maintenant, l'hostilité était indubitable.

Jeppe replaça le dessin dans sa sacoche. Il la laissa récupérer un moment avant de feuilleter son carnet pour retrouver l'interrogatoire de la petite amie de Malthe, Josephine.

— Se pourrait-il qu'il y ait eu des conflits dans la classe de Victor quand il avait Malthe Sæther comme professeur ?

Malin hésita.

— Conflit est un mot un peu fort. Il y avait des élèves qui n'allaient pas bien. Malthe a essayé d'en faire le problème de toute la classe.

Jeppe l'observa et tenta de déterminer si elle minimisait ou simplement refusait de reconnaître les problèmes de ses enfants.

— Il y avait quelque chose à propos d'un pigeon mort dans le sac de Malthe ?

Malin secoua la tête avec lassitude.

— Victor n'avait rien à voir avec ça. C'était quelqu'un de l'autre classe. De toute façon, ça a été monté en épingle.

— Vous dites que le professeur a réagi de manière excessive ?

Elle haussa les épaules, vida son verre.

— Disons que Malthe était jeune et impatient…

— Rappelez-moi, Henrik et vous étiez à la maison toute la soirée de vendredi, n'est-ce pas ?

L'œsophage de Jeppe lui brûlait à cause de l'alcool.

Malin reposa son verre avec un petit tintement.

— Nous en avons déjà parlé ! Nous avons regardé la télévision et sommes allés nous coucher de bonne heure. Pourquoi ?

— Henrik n'est allé nulle part ?

— Non.

Jeppe se leva.

— Merci pour le verre. J'appelle dès qu'il y a du nouveau.

Elle le regarda avec étonnement, comme si elle s'était attendue à ce qu'il reste, puis se leva à son tour avec hésitation. Une légère oscillation indiqua que le rhum avait commencé à troubler son équilibre. À moins que ce ne soient les émotions qui la fassent dévier de sa trajectoire.

— Vous vous en allez comme ça ?

— Ça vaut probablement mieux.

Jeppe appuya sur le bouton de l'ascenseur et espéra qu'il arriverait avant qu'elle le rejoigne. Le *ding* retentit aussitôt et, soulagé, il monta en lançant un « au revoir » à la silhouette de Malin, dans la cuisine. Son travail consistait à retrouver son fils, pas à être son doudou.

L'éclairage de l'ascenseur transformait son reflet en un fantôme jaunâtre. Visage étroit, cheveux courts et foncés – dans une adaptation cinématographique, il aurait pu facilement jouer une version adulte d'Oscar Dreyer-Hoff.

Si tant est qu'il y *eût* un jour un Oscar Dreyer-Hoff adulte.

CHAPITRE 17

Les longs poils tombaient dans le lavabo, recouvrant lentement la porcelaine blanche d'une couche laineuse. Dans le miroir, la tondeuse à barbe bourdonnait en faisant apparaître la mâchoire de Kasper Skytte. Il gonfla une joue et passa la machine dessus, de bas en haut et en diagonale, jusqu'à ce que la barbe ne fasse plus qu'un millimètre. Il se força à croiser son regard, même si chaque fois c'était une lutte. Soigner son apparence améliorait un peu son estime de soi, même si les kilos en trop et les poches sous les yeux n'arrangeaient rien. Il n'était pas laid. Même sa tache de naissance, qu'il avait tant détestée quand il était jeune, lui donnait en fait du caractère aux yeux du sexe opposé.

— Papa ! Tu n'as pas bientôt fini ? Je dois faire pipi.

Iben frappait violemment à la porte.

— Si, ma chérie, j'en ai juste pour une minute !

Elle *savait* forcément quelque chose. Oscar avait parlé, bien sûr. Restait à découvrir ce qu'elle savait exactement, et jusqu'où irait sa loyauté maintenant qu'on en était là.

Son téléphone avait sonné toute la journée, il avait fini par l'éteindre. Ils étaient passés, aussi, et avaient sonné à la porte. La police, probablement. Il sentait la pression de toutes parts. Kasper but une gorgée de la petite bouteille posée sur le rebord du lavabo. Du snaps, aujourd'hui, rapporté du minibar d'un hôtel. Il était tiède et avait déjà le goût de regret du lendemain. Comme tant d'autres choses. Il avait bu depuis son retour des urgences et sentait qu'il allait bientôt devoir s'arrêter s'il voulait conserver un minimum de sobriété pour le reste de la soirée.

Kasper essuya le lavabo, ouvrit le robinet et rinça les derniers poils. Il enveloppa la bouteille de snaps vide dans du papier toilette et la posa au fond de la poubelle. Il aurait dû se sentir soulagé, mais il en était loin. Si seulement il pouvait se dire que la mauvaise conscience le rongeait de l'intérieur... pourtant, ce serait un autre mensonge. Dieu l'en préserve, il luttait contre la culpabilité, mais surtout, il craignait d'être démasqué.

La police. Il allait devoir leur parler tôt ou tard, même si cette pensée était inconcevable. Peut-être pourrait-il les appeler demain matin et leur expliquer qu'il avait été si choqué par le cadavre dans la griffe qu'il avait pris un somnifère et était allé directement au lit. Que pourraient-ils répondre à cela ?

— C'est libre, ma puce ! cria-t-il.

Iben sortit de sa chambre et se dirigea droit vers la salle de bains, sans le regarder. Il tendit la main vers elle, mais elle l'esquiva et claqua la porte derrière elle. Il entendit la clé tourner dans la serrure et contempla la porte fermée. Il envisagea de frapper et d'essayer de faire parler sa fille, puis abandonna. Cela ne ferait qu'aggraver le dégoût qu'il lui inspirait.

Quand avait-elle commencé à le traiter comme un pestiféré ? Était-ce quand ses addictions s'étaient intensifiées ou quand elle était devenue adolescente ? Il avait l'impression que la veille encore elle grimpait sur ses genoux pour qu'il lui lise une histoire le soir, qu'elle l'embrassait dix fois sur la bouche avant de l'autoriser à éteindre la lumière.

Il enfila un T-shirt propre et se dirigea vers son bureau, dans le salon. En chemin, il heurta le lampadaire bleu qui s'écroula au sol, brisant l'ampoule. Il ferait mieux de boire un peu d'eau.

Dans la cuisine, alors qu'il se penchait vers le robinet, il comprit à quel point il était ivre. Les coins de la pièce étaient flous et mouvants – sans la nausée qui lui montait dans la gorge, ce serait amusant. Il retourna à son bureau et à son ordinateur et se félicita de sa ténacité, ainsi qu'il le faisait chaque fois qu'il parvenait à résister. Il vérifia son compte, comme tous les jours depuis le virement bancaire, deux semaines auparavant, et sourit en voyant le montant qui s'afficha sur l'écran.

Il était *vraiment* soulagé, il devait juste traverser la première période d'agitation, puis tout s'arrangerait.

Un *ding* annonça l'arrivée d'un e-mail. Il ouvrit sa boîte de réception et le parcourut attentivement. C'était un communiqué de presse du bureau, il vit à l'en-tête que c'était une nouvelle pour laquelle il avait lui-même fourni les informations.

L'ARC préserve l'environnement en évitant les émissions de NO_X de l'équivalent de 50 000 voitures. Dans le catalyseur, le NO_X toxique est converti en azote ordinaire. Cela signifie qu'aujourd'hui, nous n'émettons qu'un dixième de NO_X par rapport à l'ancienne usine d'incinération. C'est sensationnel.

Kasper parcourut le texte le cœur battant. Tout allait bien, il aurait dû se sentir fier et heureux, inviter ses collègues à dîner et porter un toast au champagne, discuter de projets et de futurs voyages. Et pourtant il était là, seul, ivre mort et terrifié. Il savait que communiquer par écrit était dangereux, mais il avait pris des risques et refusait d'être seul en cas de problème. Il ouvrit Messenger et écrivit :

Qu'est-ce que je fais s'ils trouvent quelque chose ?

Puis il cliqua sur *Envoyer*.

*

Jeppe monta en courant jusqu'au cinquième étage. Il n'y avait pas d'ascenseur dans ce vieil immeuble situé du côté ombragé de Nyhavn. La porte s'ouvrit en claquant et percuta le carton de déménagement rempli de vinyles et de livres de poche qui aurait dû aller au grenier. Le carton était dans l'entrée depuis six mois, peut-être ferait-il mieux de le jeter.

Il entra chez lui et inspira l'air stagnant des logements où personne ne vit. Il ne prit pas la peine d'allumer, il n'était là que pour prendre des vêtements de rechange pour les prochains jours. L'appartement de location était tout en haut, sous les toits, avec vue sur l'ancien palais de Charlottenborg. C'était le sien depuis près d'un an et demi, mais il n'y avait jamais vraiment emménagé. Au début, Sara et lui avaient essayé d'aller alternativement chez l'un et chez l'autre, mais avec les enfants, c'était trop compliqué.

Maintenant, il faisait la navette entre son travail et l'appartement de Sara, et sa vie tenait dans son sac de sport. Il passait à Nyhavn une ou deux fois par semaine pour lancer une machine et vider la boîte aux lettres, mais ne remplissait que le frigo de Burgmeistersgade, jamais celui-ci. Jeppe attrapa les vêtements sur le séchoir, les plia, en mit la moitié dans le placard et l'autre moitié dans son sac. Libre comme un routard trop âgé, un peu minable, aussi.

Le canapé-lit était déplié ; Johannes avait dû venir récemment. Il lui avait donné une clé pour qu'il ait un endroit où passer la nuit quand il était en ville et n'avait pas le courage de rentrer à Snekkersten. Sara avait raison : c'était stupide de ne pas utiliser cet appartement à la fois grand et cher. Peut-être devraient-ils se lancer, après tout, et chercher un appartement commun ? Être le beau-père de deux filles ne devait quand même pas être si compliqué, merde, et cela devenait un peu fatigant d'avoir sa vie dans son sac de sport.

Il jeta son sac sur son dos et dévala l'escalier. La soirée était claire et douce, il décida de passer par le pont cyclable menant à Christianshavn. Se promener le long de l'eau lui faisait toujours du bien, même maintenant, alors qu'il ne pouvait s'empêcher de chercher un canot peint en blanc dans le port.

Au milieu du pont, il s'arrêta, posa son sac et regarda au-delà de l'opéra et de Langelinie, vers la forteresse maritime de Trekroner et la mer. Il réfléchit à la théorie d'Anette. Oscar avait-il un problème avec Malthe Sæther, peut-être une relation malsaine ? Ils s'étaient retrouvés le vendredi soir, s'étaient disputés, et Oscar avait étranglé son prof et l'avait jeté dans une poubelle pour partir ensuite en bateau dans le détroit de l'Øresund et disparaître.

À moins que quelqu'un ne les ait tués tous les deux, lui et Malthe ? Peut-être que le cadavre d'Oscar se trouvait dans le silo et pourrissait sous des tas d'ordures. Dans ce cas, ils ne le retrouveraient jamais.

Jeppe ramassa son sac et reprit son chemin. Une fois sur l'autre rive, il tourna à droite et continua le long du canal, vers Overfaden Oven Vandet. Il aimait ce tronçon de quai pavé, avec ses péniches et ses canots en bois sous les vieux tilleuls. Dans la douceur du soir, la rue brillait, tel un conte de l'époque où Copenhague était dorée et non grise comme maintenant. À Bodenhoffs Plads, il prit la direction de Burmeistersgade et de Christiania. En quelques mètres, l'idylle bourgeoise bobo se transformait en bohème débraillée à l'odeur de pétards.

Près du kiosque au coin de la rue, des rires et de la musique sourde provenant d'un téléphone résonnaient dans l'obscurité. Jeppe sourit en traversant le groupe d'adolescents. *Rien n'indique davantage l'arrivée du printemps que des jeunes dans la rue.*

Il s'arrêta. Amina se cachait dans le groupe, assise entre les sweats à capuche et les canettes de bière. Il était 21 h 30, elle aurait dû être au lit.

— Qu'est-ce que tu fais là ?

Jeppe essaya de chasser la peur de sa voix, en vain.

Une fille coiffée d'une casquette, qui semblait avoir quinze, seize ou peut-être dix-sept ans, le regarda d'un air désapprobateur.

— C'est qui, celui-là ?

— Le petit ami de ma mère, murmura Amina en direction du sol, refusant de croiser son regard.

La fille à la casquette rit.

— *Chill*, mec ! Elle dort avec ma petite sœur cette nuit et elles sont ici toutes les deux, avec moi. On est presque à la maison.

Elle se leva et entraîna Amina et une autre fille du même âge.

— Allez, les gamines, on rentre, maintenant.

Jeppe les arrêta.

— Ta mère sait que vous êtes ici ?

— Tout est cool, on habite juste là-bas. On y va, maintenant.

La fille à la casquette fit signe à sa petite sœur et à Amina puis traversa la rue.

— Je vous accompagne jusque chez vous.

Jeppe suivit les trois filles en ignorant les ricanements étouffés du groupe d'adolescents, derrière lui. Il était perdu. Devait-il ramener Amina à la maison, quelles que soient les conséquences pour elle ? Et pour eux ?

Cinquante mètres plus loin, la fille à la casquette ouvrit une porte d'immeuble. Jeppe les suivit de près.

— Je monte saluer votre mère.

Elle haussa les épaules, mais il vit que son indifférence était feinte. Au premier étage, une femme souriante et blonde les accueillit, un chat dans les bras. Elle ne parla qu'aux filles.

— Vous voilà, c'est bien. C'est l'heure d'aller vous coucher.

Jeppe la regarda sévèrement.

— Si j'ai bien compris, Amina dort ici, cette nuit ?

Elle confirma d'un hochement de tête.

— Je suis un ami de sa mère. Je ne sais pas quelles règles vous avez pour vos enfants, mais Amina n'a pas le droit d'être dans la rue si tard le soir, surtout pas avec des ados buveurs de bière.

La femme gratta nerveusement le cou du chat.

— Je n'avais pas vu qu'il était si tard. Mais elles sont à la maison, maintenant, et c'est ce qui compte, n'est-ce pas ?

Elle rentra et referma la porte avec un sourire indulgent à Jeppe. Il resta planté dans la cage d'escalier, indécis, avant de redescendre enfin et de ressortir dans la rue.

Le chatouillis du printemps s'était évaporé.

Le garçon est allongé sur un sol en béton, dans l'espace étroit entre deux murs. Ce n'est pas beaucoup plus grand qu'une fissure, juste assez large pour qu'une personne puisse s'y tenir debout. Ou couchée.

La lumière du jour n'entre jamais, aucune plante ne pousse ici, et personne ne passe. Et pourtant. Un grattement dans les fondations grandit dans l'obscurité, au-dessus du bruit des vagues et du vent. Un corbeau a trouvé son chemin vers les profondeurs. Il sautille doucement pour s'approcher et inspecter sa proie.

Le corbeau est un oiseau intelligent. C'est une des seules espèces d'oiseaux capables d'utiliser des outils, comme un bâton pour déterrer de la nourriture. Normalement, il vit de céréales et d'œufs d'autres oiseaux, mais il n'est pas contre une bonne charogne. On pourrait l'appeler opportuniste. Il nettoie bien après nous autres, s'assure qu'aucun cadavre ne traîne. L'éboueur de la nature.

Le corbeau s'approche en sautillant prudemment. Il attend. Il a l'habitude d'être prudent, mais le garçon ne bouge plus. L'oiseau s'approche de son visage et le regarde. Réfléchit à l'endroit où il doit enfoncer son bec dans la chair pour prendre un morceau.

MARDI 16 AVRIL

CHAPITRE 18

L'ambiance de ce mardi matin était particulièrement bonne à Burmeistersgade. Pas de file d'attente pour la salle de bains, Meriem prenait son petit déjeuner en bavardant joyeusement. Jeppe essaya de ne pas trop se demander si la paix était due à l'absence d'Amina. Sara lui sourit et il sentit le calme se propager du creux de son estomac jusqu'à la pointe de ses oreilles.

— Bien dormi ?

— Comme un bébé !

Le sourire de Sara illumina la pièce. Elle lui versa du café.

— Et toi ?

— Bien. Je suis un peu courbaturé, le matelas est trop mou pour moi, mais je suis de très bonne humeur.

Il sortit le lait du frigo, lui donna un baiser rapide, qu'elle voulut prolonger en se penchant. Il retourna s'asseoir.

— Tu pourras jeter un coup d'œil à l'ordinateur de Malthe Sæther, aujourd'hui ? Clausen va l'envoyer ce matin.

Son sourire se figea. Ils avaient pour règle de ne pas parler du travail devant les enfants.

— Bien sûr.

— Merci.

Il essaya de la faire sourire de nouveau, mais elle ne mordit pas à l'hameçon. Jeppe but son café et décida de se concentrer sur les tâches de la journée plutôt que sur sa relation.

Quand on cherche un agresseur, on doit d'abord apprendre à connaître la victime. L'explication de la mort de Malthe était cachée quelque part dans sa vie, au lycée, dans sa chorale, chez un ami, ils devaient juste la trouver. Il allait donc commencer par interroger sa collègue de Zahles, Lis Christensen, puis le chef de chœur et, avec un peu de chance, Kasper Skytte. Mais avant cela, il avait une affaire personnelle à régler.

À huit heures moins dix, il attendait à la clôture en grillage de l'école de Christianshavn. Des garçons sur des scooters et des filles en sweat à capuche, sacs à dos portés très bas, le dépassaient en un flot continu, sans lever les yeux du bout de leurs chaussures et de leurs téléphones. Les parents en jeans noirs serrés déchargeaient leur progéniture de vélos cargos avec des baisers et des gestes de la main avant de se précipiter au travail.

Amina arriva en marchant derrière son amie, comme si elle se cachait, ce qui était probablement le cas. Jeppe se fraya un chemin à travers la foule et l'entraîna à l'écart avant qu'elle n'atteigne la cour de l'école.

— Bonjour, Amina, est-ce qu'on pourrait parler deux minutes ?

Elle évita son regard.

— Je veux juste savoir ce que tu faisais dans la rue aussi tard hier.

— Tu l'as dit à maman ?

— Non.

Sa décision de garder le secret d'Amina au détriment de la confiance de Sara avait été instinctive. Il la regrettait déjà.

— Amina, je suis juste inquiet pour toi. Tu traînais à neuf heures et demie du soir au coin d'une rue avec des jeunes qui buvaient de la bière. Tu sais très bien que tu n'as pas le droit de faire ça.

— Je n'ai rien bu.

— Si tu avais bu, je t'aurais ramenée à la maison *manu militari*, tu peux me croire ! s'exclama Jeppe. Tu as onze ans ! Onze ! Il y a cinq minutes, tu jouais au cirque avec ta petite sœur.

Elle leva la tête et le regarda en grimaçant.

— Pour qui tu te prends ? Tu viens en secret chaque soir, après qu'on est couchées, pour baiser notre mère. Tu crois que ça te donne le droit de nous dire ce qu'on doit faire ? De jouer à la famille ?

— Amina, tu n'es pas sérieuse ?

— Oublie ! Oublie ça, putain !

Elle se dégagea et poursuivit vers l'école.

Jeppe la regarda disparaître, puis se retourna et se mit à avancer. Un grand vide venait de prendre la place du nœud de malaise, au fond de lui.

À Christianshavns Torv, il descendit dans le métro. La bousculade matinale et l'agressivité des gens lui convenaient très bien, pour une fois. Dans la rame, le fardeau de son insuffisance grandit station après station. De tous les morveux ingrats du monde, pourquoi Sara avait-elle justement une fille qui refusait de lui donner une chance ?

Il descendit à Nørreport et se débarrassa peu à peu de sa frustration en montant les marches menant à la rue.

Sur une façade discrète donnant sur Nørre Voldgade, d'élégantes lettres dorées révélaient l'emplacement de Zahles, l'un des meilleurs et plus anciens lycées de Copenhague. La collègue de Malthe, Lis Christensen, avait promis de retrouver Jeppe devant l'entrée principale à huit heures et quart. Au moment où il arrivait, une dame âgée franchit les portes en verre et vint à sa rencontre. Elle avait des cheveux brun foncé coupés court et une expression troublée.

— C'est bien vous ?

Question existentielle à laquelle il faut toujours répondre par l'affirmative. Jeppe sourit et tendit la main.

— Jeppe Kørner, du centre d'investigation de la police.

— Je suis Lis. Ça vous dérange si on reste dehors, à l'air frais ? Il y a des bancs dans le parc.

Elle désigna du doigt l'entrée d'Ørstedsparken et se mit en marche avec difficulté, souffrant visiblement d'arthrite ou d'une mauvaise hanche.

Le ciel s'était couvert et il soufflait un vent annonciateur de pluie. En l'absence du soleil, les températures chutaient drastiquement, et les gens avaient ressorti manteaux de laine et écharpes. Jeppe soupçonna que son désir de lui parler dans le parc relevait davantage d'une question de discrétion que d'un besoin d'air frais. Lis marchait lentement le long du chemin de gravier, la tête rentrée dans ses épaules pour affronter le froid matinal. Jeppe avança au même rythme, jusqu'à ce qu'ils atteignent un banc avec vue sur le lac, sous un toit creux de branches vert pâle.

Ils s'assirent. Lis redressa le dos et plissa les yeux. Même par temps gris, la lumière est forte, à Copenhague.

— Est-il vrai que Malthe a été assassiné ?

La question surgit comme si Lis n'avait pensé à rien d'autre depuis l'annonce de la mort de son collègue, la veille.

— Oui, malheureusement.

Elle eut un hochement de tête bref, presque poli, une réaction comme un rempart contre toute la laideur du monde.

— Je suis désolé. Vous le connaissiez bien ? demanda Jeppe.

— Nous n'étions pas amis, mais, dans le contexte professionnel, j'ai beaucoup discuté avec Malthe dès son embauche, il y a deux ans. C'était un gentil jeune homme.

Lis ne semblait pas remarquer la température basse, même si son souffle formait de la vapeur quand elle parlait.

— Il n'a pas eu un début facile au lycée, même si j'ai fait de mon mieux pour l'aider. Malthe et moi avons eu de nombreuses conversations sur l'enseignement et sur la manière de résoudre les problèmes dans la classe.

— Quelle sorte de problèmes ?

Elle le regarda d'un air sceptique, comme si sa question était malvenue, et Jeppe mit un moment à comprendre que c'était juste son expression neutre. Une longue vie d'enseignement face à des enfants turbulents avait laissé des traces.

— Malthe était un idéaliste. On l'est souvent, quand on sort tout droit de l'université. On a des ambitions et des idées. C'est bien beau, mais… la réalité dans une salle de classe est différente. (Elle soupira et lissa le tissu de son pantalon.) Les jeunes ne sont pas là à attendre, impatients d'apprendre quelque chose. L'école les ennuie. Et, contrairement à jadis, ils ne sont pas tellement réceptifs à la discipline. Désolée.

— Vous n'avez pas besoin de vous excuser pour ça ! dit Jeppe avec conviction. Malthe était-il apprécié par ses collègues ?

— Oui, absolument. Il était facile à vivre et avait de bonnes idées pour les journées thématiques, et pour varier l'enseignement. Certains collègues pensaient peut-être qu'il avait un peu trop d'énergie, mais il n'y avait personne qui ne l'appréciait *pas*.

Elle regarda le lac. Un héron cendré survola la surface de l'eau et se posa sur la berge.

— Est-ce que ce que je vous raconte peut rester entre nous ?

Jeppe secoua la tête.

— Pas si cela contribue à notre enquête. Mais nous ferons de notre mieux pour que votre nom ne soit pas mentionné.

Elle lui lança un coup d'œil méfiant avant de vite se ressaisir. Manifestement, elle avait déjà décidé avant leur rencontre de lui faire part de ses pensées.

— Nous avons eu un épisode au lycée, il y a six mois, dans lequel Malthe était impliqué. Un épisode avec un élève...

— Victor Dreyer-Hoff ? devina Jeppe.

Elle hocha la tête.

— Malthe a failli être viré à cause de cela.

Elle prit une inspiration, détourna les yeux et soupira, visiblement touchée par le sujet.

— Quel genre d'« épisode » était-ce ?

— La rumeur courait que Victor, qui est en terminale, aurait agressé une fille de seconde durant la fête du lycée, à l'automne. Je n'y étais pas moi-même, et Malthe non plus, mais l'histoire a gagné les couloirs, la salle des professeurs et même le bureau du directeur. La fille n'a jamais rien dit. Elle a refusé de dénoncer ou de commenter quoi que ce soit, et aucun des élèves n'a rien vu, donc ça en est resté là.

— Agressé ?

Les mains de Lis volèrent de ses cuisses à ses joues rouges, se posant là, protectrices.

— Oui, vous comprenez, sexuellement. Je ne sais pas si c'était vrai, mais Malthe a insisté pour aller au fond des choses. Il a parlé à la fois à Victor et à la fille pour faire éclater la vérité.

Elle se tut.

Jeppe la laissa tranquille jusqu'à ce qu'elle semble prête à poursuivre.

— Qu'a fait l'école à ce sujet ?

Elle rit d'un air méprisant.

— C'est bien ça, le problème ! Absolument rien. Oh, il y a eu des remontrances et diverses mesures lâches de façade, mais aucune volonté de la direction d'enquêter sur l'affaire. Au contraire, Malthe a reçu l'ordre de laisser les élèves tranquilles. Victor est très apprécié, président du comité des élèves, actif au sein de l'équipe de basket-ball et du comité des fêtes. Issu d'une bonne famille. De plus, ce genre d'histoires est une mauvaise publicité.

Jeppe s'adossa au banc et essaya de mettre les informations en ordre. Les rumeurs d'agression sexuelle, la disparition d'Oscar, la mort de Malthe.

— N'avez-vous jamais parlé avec Malthe d'Oscar, le petit frère de Victor ?

Elle hocha la tête, l'air triste, soudain.

— Il tenait beaucoup à lui. Ça dit vraiment quelque chose sur la façon d'opérer de Malthe : il n'a pas laissé son conflit avec Victor se transférer sur le petit frère. Oscar est un bon garçon, mais Malthe aurait facilement pu choisir de le repousser. Surtout quand on pense à Iben.

— Iben ?

Ses yeux papillonnèrent.

— Iben Skytte. C'est la meilleure amie d'Oscar, c'était un peu se fourrer dans un guêpier. Mais Malthe n'avait pas peur.

Jeppe secoua la tête, sans comprendre.

— Je ne vous suis pas. Que vient faire Iben là-dedans ?

Elle hésita.

— Eh bien… c'était elle. À la fête du lycée. La fille que Victor aurait agressée était Iben Skytte.

*

Un vieil adage dit à juste titre que nous ne savons pas vraiment apprécier ce que nous avons avant que cela ne disparaisse. Anette avait tellement l'habitude de se réveiller avec le parfum du café et du pain fraîchement sorti du four que l'absence de cette odeur ce mardi matin lui sembla aussi déplacée que de la rémoulade sur du pâté de foie. La chambre était déserte. Svend avait dû se lever avec Gudrun, mais n'avait manifestement pas préparé le petit déjeuner. Elle descendit du lit, un peu désorientée, et ouvrit la porte.

Pas un bruit. Où que Svend soit allé, il avait emmené à la fois enfant et chiens.

Elle tituba jusqu'à la douche et baissa la température du jet pour se réveiller. La nuit n'avait été qu'une longue série de rêves de peau nue et d'eau, et elle s'était éveillée plusieurs fois, le corps frémissant de sensualité. Venait-elle d'avoir un orgasme en rêve ? En réalité ? Elle se força à mettre la tête sous l'eau froide. Le retour à la réalité était cotonneux et lourd, mais le froid sur son cuir chevelu l'aida un peu. Haletante, elle ferma le robinet et se frotta jusqu'à être chaude et propre, libérée des rêves sales et autres fantasmes embrumés. Elle s'habilla en tendant l'oreille pour vérifier si elle entendait des voix. Elle espérait à moitié être déjà partie au travail quand la famille rentrerait à la maison.

Pendant qu'elle se servait une portion de flocons d'avoine, debout devant la table de la cuisine, la porte d'entrée s'ouvrit et les chiens surgirent avec leurs pattes mouillées et leur affection affamée. Elle les caressa, sortit des serviettes et leur essuya le museau et les pattes, remplit leurs bols de nourriture et leur donna de l'eau fraîche. Juste au moment où elle versait du lait sur ses céréales, Svend apparut sur le seuil.

— On a été surpris par une averse. Tu veux bien la prendre un peu ?

Anette attrapa sa fille et posa des bisous claquants sur ses joues trempées de pluie avant de l'emmener à la salle de bains pour la sécher, la chatouiller et lui enfiler des vêtements secs.

Ensuite, elle trouva Svend dans la cuisine avec une tasse de café soluble et le journal ouvert devant lui. Elle posa Gudrun dans sa chaise haute et lui beurra du pain croustillant, coupa une pomme en quartiers et lui versa du lait.

— Bonjour, au fait. Vous étiez où ?

Svend répondit, la tête plongée dans l'encre d'imprimerie :

— On a fait un tour. Pour aller chercher le journal. Elle est super fatiguée, alors je ne vais pas la mettre à la crèche, je la garde à la maison, aujourd'hui.

Anette alluma la bouilloire et se versa du Nescafé dans une tasse.

— Tu n'as pas du tout fait de pain, ce matin ?

Il se contenta de hausser les épaules comme si c'était sans importance. Ce qui l'était sûrement pour n'importe qui d'autre. Mais pas pour Svend. Il ne l'avait même pas embrassée pour lui dire bonjour !

Anette s'assit avec son bol.

— Quelque chose ne va pas ?

Il leva lentement la tête, les yeux vides et distants.

— Je suis juste un peu fatigué. Gudrun s'est encore réveillée à 5 heures.

Svend se remit à lire et Anette prit une cuillerée de flocons d'avoine. Ils gonflèrent dans sa bouche et se changèrent en une masse collante, difficile à avaler. Peut-être était-il *vraiment* fatigué ? Elle ne pouvait pas lui en vouloir. Demain, ce serait à son tour de se lever avec Gudrun.

— Si on allait passer ce week-end à Paris dont on parle depuis si longtemps ? Quand j'en aurai terminé avec cette enquête ? Juste toi et moi et une bouteille de vin dans un lit d'hôtel ? Tes parents s'occuperont volontiers de Gudrun.

Svend émit un bourdonnement souriant sans lever le regard.

Anette contemplait avec une inquiétude grandissante son mari qui lisait. Elle reposa sa cuillère.

— On ne l'a toujours pas retrouvé, le garçon disparu.

Il baissa enfin son journal.

— C'est terrible ! Les pauvres parents. Depuis combien de temps a-t-il disparu, maintenant ?

— Depuis vendredi après-midi, donc trois jours pleins plus une nuit. Je suis moi-même allée à sa recherche hier, à Trekroner. Avec le gardien du fort.

Anette eut envie de se mordre la langue. Quel besoin maladif la poussait à parler à Svend de l'homme qui hantait ses fantasmes nocturnes ?

— La forteresse maritime de Trekroner ? Ce serait un endroit idiot pour se cacher. Il y passe bien trop de monde. Si tu veux vraiment te cacher dans le port de Copenhague, tu choisirais plutôt Middelgrund ou Prøvestenen, par exemple.

Svend enfouit de nouveau son nez dans le journal.

— Prøvestenen ? Qu'est-ce que c'est ?

— Oh, c'est une autre de ces anciennes forteresses maritimes, mais pas aussi connue. Elle est entourée d'industries lourdes sur l'île au Pétrole, l'île artificielle. Tu sais, juste derrière CopenHill, l'incinérateur d'Amager. On ne peut y accéder que par bateau.

Il bâilla et retourna à sa lecture.

Anette abandonna ses flocons d'avoine et alla sortir la caisse de Duplo pour Gudrun.

— Je dois aller travailler, maintenant. Tu seras gentille avec papa ?

Elle embrassa les joues de pêche de sa fille et repassa par la cuisine pour dire au revoir à Svend. Toujours plongé dans son article, il se laissa embrasser sans trop de réactions.

— Je pars au boulot, mon chéri. Gudrun est au salon. Je dois retrouver Kørner à Vesterbro dans une demi-heure. Je t'envoie un SMS si je ne rentre pas pour dîner. Passez une bonne journée, tous les deux !

Le baiser du bout des doigts qu'Anette souffla depuis la porte était toujours suspendu dans l'air quand elle monta en voiture. Svend était fatigué, elle ne devait pas interpréter ça autrement. La mauvaise conscience de ses pensées indésirables lui jouait sans doute des tours.

Quand avaient-ils fait l'amour pour la dernière fois ? Ça remontait à un bout de temps. Elle devait réfléchir sérieusement à ce voyage à Paris afin qu'ils puissent passer un peu de temps en amoureux.

Elle démarra et regarda l'heure à son téléphone. Ils devaient interroger le chef de chœur de Malthe à 10 heures, peut-être pourrait-elle persuader Mads Teigen de la retrouver après pour aller à Prøvestenen ? Son bas-ventre vibra à cette pensée, et elle donna un violent coup de poing sur le tableau de bord. Putain, qu'est-ce que c'était que cette fascination pour un homme aux yeux tristes et aux mains fortes ? Elle n'était quand même plus une adolescente ! Sans plus réfléchir, elle envoya un petit message froid à Mads en lui demandant s'il avait la possibilité de l'assister dans ses recherches ce midi.

Svend, pensa-t-elle, *mon bon et cher mari*, *sur qui je peux toujours compter*, *qui me fait rire et n'a jamais mauvaise haleine. Je l'aime*, *pourtant !*

Mais cette pensée lui avait été inoculée comme un virus hostile : leur amour était-il sur le déclin ?

CHAPITRE 19

Le bourdonnement de l'*Ark Futura* réveillait souvent Mads Teigen au petit matin. L'énorme hélice du cargo avait un bruit caractéristique, plus grave que celui des autres navires qui passaient dans le port. D'habitude, il se rendormait, mais aujourd'hui son sommeil était agité et tourmenté par les cauchemars, et il finit par rester allongé, à se retourner dans son lit, jusque tard dans la matinée. Les bruits autour de Trekroner lui étaient depuis longtemps familiers : les cris rauques des mouettes, les hélices des hydravions et la corne de brume du ferry d'Oslo. Autant d'éléments qui constituaient désormais la toile de fond de sa vie.

Un quotidien sans surprise. Non qu'il aspirât à autre chose. Mads avait depuis longtemps cessé d'en attendre davantage de la vie. L'herbe qui poussait sur les remparts devait être tondue, la population de visons contrôlée et le fort entretenu. La routine, pas de fluctuations.

Et pourtant.

Une variation avait eu lieu la veille. Pendant un instant, il avait ouvert la porte de son cœur et laissé la lumière briller sur le marais qui s'y trouvait. Cela avait été une erreur. Cela ne devait pas se reproduire. Il en avait été puni toute la nuit, et maintenant il ne lui restait qu'une seule chose à faire.

La même que celle qu'il avait toujours faite : refermer la porte et passer à autre chose.

Il sortit de son lit et, tout en se douchant et s'habillant, fit défiler dans sa tête la liste de ses tâches de la journée. Aujourd'hui, on était mardi, il n'y aurait pas beaucoup de visiteurs sur l'île. En dehors des habituels clubs d'aviron, il pourrait probablement travailler en paix. Le café coula en grondant à travers le filtre, il s'en versa une tasse et l'emporta dehors dans la lumière matinale. Il but sous le grand hêtre de la cour, le regard sur l'horizon.

Aujourd'hui était le deux cent soixante-sixième jour de son propre calendrier.

Mads fit sa ronde du matin. Il commença par l'emplacement du canon, où une oie nichait au-dessus de l'ancien dépôt de munitions. Il savait que les œufs allaient bientôt éclore, les oies couvaient toujours vingt-cinq jours. Si l'un des oisillons était en retard, il risquait d'être livré au bec affamé des corbeaux. Pas plus tard que la veille, il avait essayé de sauver un oison d'un autre nid, étalé sur le dos et incapable de se retourner. Il n'avait pas réussi. Il reposait maintenant dans son frigo, attendant qu'il s'en occupe.

De l'autre côté de l'île, il vérifia la barge coulée au large de la côte où une petite colonie de phoques avait séjourné ces dernières semaines. Hier, ils étaient partis, probablement parce qu'ils avaient pêché tout ce qu'il y avait à pêcher dans les eaux environnantes et étaient passés à autre chose. Il regrettait leurs petites têtes de chien aux grands yeux à la surface de l'eau. Six ou sept ans plus tôt, un kayakiste avait cru voir un phoque allongé sur le brise-lames près de la barge coulée, mais en s'approchant, il avait compris qu'il s'agissait d'un cadavre. Un serveur de la forteresse maritime de Middelgrund qui s'était embrouillé avec des motards, se souvint Mads.

Des phoques et des cadavres, de rares oiseaux et des rameurs – si l'on attendait assez longtemps, le monde entier venait à Trekroner.

Mads traversa le niveau supérieur du fort, passa devant le phare et retourna vers le flanc sud. Il avait trouvé un endroit, contre la casemate, où il pouvait se tenir à l'abri du vent et du bruit de la ville et tout voir : Middelgrund sur la gauche, le parc éolien en mer, jusqu'à Refshaleøen et CopenHill sur la droite. Une énergie très particulière se dégageait de là, qui appelait au calme et à la contemplation. Mads était charpentier de formation et avait toujours pensé qu'il avait les pieds sur terre, comme le Jutlandais du Nord pragmatique qu'il était. Amoureux de la nature, pêcheur, chasseur, un homme pratique sans trop de fioritures. Jusqu'à ce que son existence s'effondre et que, avec l'aide d'un de ses anciens amis chasseurs, il se retrouve là.

Durant l'année écoulée, il avait développé une sorte de sixième sens. Il ne savait pas comment appeler ça autrement. Une connexion avec l'au-delà, peut-être. Quand il se tenait debout à cet endroit, face à la mer, cette connexion devenait évidente, comme une alarme de voiture qu'on ne peut ignorer. L'enfant mort lui parlait d'une voix claire. Sans reproche, sans peur.

Il ferma les yeux et inspira les embruns. Les algues, le sel, le vent, la pluie. Le sable volant qui piquait les joues et l'élyme des sables qui chuchotait sur la nature périssable de toute chose.

Ce n'était pas ma faute, se disait-il, mais au plus profond de lui, il savait que c'était un mensonge.

*

Une classe d'école avait pris possession de l'un des terrains de basket du terre-plein central du Sønder Boulevard pour effectuer son heure de sport, quand Jeppe et Anette se retrouvèrent devant l'église d'Absalon. Les cris joyeux des élèves coulaient avec la pluie matinale comme un amalgame de jeunesse et d'espoir.

— Ohé ! cria Anette alors qu'ils étaient à cinq mètres l'un de l'autre. C'est ici ? Il chantait dans un chœur d'église ou quoi ?

— L'église est fermée. Elle sert aujourd'hui de centre communautaire et abrite toutes sortes d'activités : bridge, repas, cours de tango. Et aussi un chœur, apparemment.

— Très moderne, constata-t-elle en regardant les nuages, les yeux plissés. Tu veux fumer avant d'entrer ?

Jeppe éclata de rire.

— Pour que tu puisses renifler la fumée ? Laisse tomber, Werner, il pleut !

— Au fait, tu as réussi à mettre la main sur Kasper Skytte ?

Jeppe secoua la tête.

— Non. Il ne répond toujours pas au téléphone. Viens, on entre par ici.

Il monta l'escalier de pierre menant au grand portail et l'ouvrit. À l'intérieur, l'ancienne église haute de plafond aux pans de murs rose pastel, bleu et vert était lumineuse. De longues tables modernes remplissaient l'espace à la place des bancs d'église.

— Le chef de chœur a expliqué qu'on le trouverait au bar, dit Jeppe en se frayant un chemin entre les tables.

Anette le suivit.

— Un bar dans une église. On n'a pas ça à Greve Strand.

— Et comment le saurais-tu ? Quand es-tu allée à l'église pour la dernière fois ?

— Ça fait un petit bout de temps. Et maintenant que tu le dis, je crois qu'on a bu un petit snaps près de l'autel.

Jeppe éclata de rire.

— C'est le sang du Christ que tu appelles un petit snaps ?

— C'était imbuvable. Je n'y suis d'ailleurs pas retournée depuis.

Dans la pièce à côté de l'ancien autel, ils découvrirent un bar moderne avec comptoir, étagères à liqueurs et lave-vaisselle industriel. Un tableau annonçait les snacks du jour et la tireuse à bière ronronnait. Ils auraient pu se trouver dans n'importe quel bar d'hôtel ou de boîte de nuit en ville. En plein milieu du passage, une pile de caisses contenant des produits alimentaires indiquait que le bar était fermé.

— Comment s'appelle-t-il, le chef de chœur ?

Jeppe vérifia ses notes.

— Sigurd Vejlø.

— Sigurd ? fit Anette, incrédule, répétant ce prénom inhabituel. Sigurd le chef de chœur.

Au même instant, une porte s'ouvrit derrière le bar et un jeune homme entra, une caisse vide dans les bras.

— Ah, vous voilà. Vous attendez depuis longtemps ?

Il posa la caisse et s'essuya les mains sur un torchon.

— Vous êtes Sigurd ?

— Oui.

— Jeppe Kørner et Anette Werner, du centre d'investigation de la police. Nous nous sommes parlé au téléphone.

Sigurd tendit la main.

— Nous pouvons nous installer près des longues tables. Un cours d'espagnol doit commencer à 11 heures, mais d'ici là nous avons l'église pour nous.

Il retira son tablier et se dirigea vers la salle principale. Jeppe et Anette le suivirent. Le chef de chœur était grand, près de deux mètres, et très mince, avec des cheveux courts blond platine et des anneaux dorés aux deux oreilles. Un tatouage entremêlant anges et démons sortait de sous sa chemisette et s'étendait du milieu de son cou jusqu'à son poignet.

Ils s'assirent.

— Vous êtes à la fois chef de chœur et barman ?

Sigurd sourit à Anette.

— En fait, au début, j'avais juste été embauché comme barman. Mais Absalon sait utiliser toutes les capacités de ses employés, c'est une vraie maison du peuple. Maintenant, j'anime aussi une soirée quiz musical une fois par mois.

Jeppe sortit son carnet.

— Alors, A-Choir. Comment le chœur a-t-il débuté et combien de membres avez-vous ?

— Eh bien, je l'ai fondé au printemps dernier et nous sommes vingt-deux. Que des hommes.

Jeppe écrivit tout en poursuivant.

— Parlez-nous un peu du chœur.

Sigurd hésita.

— Eh bien, je n'ai rien contre, mais pourquoi vous intéressez-vous à nous ? Si je peux poser la question ?

— Bien sûr. Nous sommes ici parce qu'un de vos membres a été mortellement blessé. Malthe Sæther.

— Non !

Sigurd porta une main à sa bouche et resta pétrifié. Ses yeux s'emplirent de larmes.

— Vous le connaissiez bien ? demanda Jeppe aussi doucement qu'il le put.

Le jeune homme réagissait plus violemment qu'il ne s'y était attendu.

— Non, marmonna-t-il. Désolé, je suis juste… sous le choc, je l'aimais vraiment beaucoup.

Sigurd se frotta le visage et prit une profonde inspiration. Jeppe et Anette échangèrent un regard.

— Depuis combien de temps vous connaissiez-vous ?

— Malthe a rejoint le chœur il y a environ un an, presque au début. Que lui est-il arrivé ?

Jeppe soupira. Il n'y a pas de manière facile de dire cela.

— Malthe a été assassiné. Nous ne connaissons pas les circonstances exactes, mais il est mort dans la nuit de vendredi à samedi.

Sigurd détourna le visage.

— Quand l'avez-vous vu pour la dernière fois ?

— Mardi soir, pour la chorale. Oh mon Dieu, quelle horreur ! s'exclama Sigurd en secouant la tête. Malthe est tout simplement le type le plus gentil du monde. Il est ténor, a de beaux yeux bleus. Tout le monde l'aime.

Jeppe sortit un paquet de mouchoirs de sa poche.

— Le voyiez-vous en dehors de la chorale ?

Sigurd prit un mouchoir et s'essuya le nez.

— Non. Il restait souvent après, pour boire une bière, mais pas plus que ça. Parfois, on rentrait ensemble à vélo – il habite à Vendersgade, c'est sur mon chemin puisque moi, j'habite à Østerbro.

— Et où étiez-vous vendredi soir ?

— Chez moi. (La réponse tomba sans hésitation.) Je suis dans une phase où je prends soin de moi. Je mange sainement et je me couche tôt.

— Vous vivez avec quelqu'un ?

Jeppe vit que Sigurd comprenait pourquoi il posait la question.

— Non, seul. Malheureusement, je n'ai personne qui puisse le confirmer.

— C'est juste la procédure.

Il hocha la tête.

— Je comprends.

— Et vous ne lui avez pas parlé depuis mardi soir ? Au téléphone… par SMS ?

Sigurd sembla réfléchir.

— Non, il n'y a rien eu.

— Et les autres membres du chœur ? Vous savez s'il a pu voir l'un d'eux au cours de la semaine ?

Il secoua la tête.

— Je ne pense pas. Malthe venait pour chanter et passer un bon moment, c'était tout. Comme la plupart. Vous savez, ce n'est pas un centre de rencontre.

Jeppe sourit.

— Avez-vous déjà discuté de choses privées ?

— Non, pas vraiment. Un soir, il y a quelques semaines, il avait l'air déprimé. (Sigurd roula son mouchoir en une petite boule.) Nous avons parlé des défis auxquels les jeunes générations sont confrontées aujourd'hui et de la façon dont les réseaux sociaux facilitent le harcèlement. Malthe semblait affecté.

— A-t-il raconté pourquoi ?

Sigurd secoua la tête.

— Il a un certain devoir de confidentialité, en tant que prof. Mais j'ai vraiment eu l'impression qu'un de ses élèves en avait été victime.

*

Esther ne parvenait pas à se concentrer. Elle avait terminé sa routine matinale – une longue douche, une bouillie de flocons d'avoine aux raisins secs et une promenade autour du lac avec Doxa – et s'était installée à son bureau avec la ferme intention d'écrire la biographie. Pourtant, elle n'arrêtait pas de se lever pour aller rechercher un peu de café, puis elle rêvassait au-dessus de son clavier. Elle alla à la fenêtre regarder le lac dont les averses tachaient la surface, puis retourna s'asseoir.

Les notes rédigées la veille sur les masques mortuaires de Thorvaldsen qui traînaient sur son bureau lui rappelèrent sa rencontre avec Jenny Kaliban. Esther essaya de mettre le doigt sur ce qui, chez cette femme, suscitait son malaise. Sa brusquerie si franche, presque impolie, mais il y avait quelque chose de plus que cela. Son langage corporel, peut-être, son éclat ? Il y avait en Jenny Kaliban une tension qu'Esther considérait instinctivement comme égocentrique.

Esther se donna cinq minutes pour satisfaire sa curiosité. *Cinq minutes et au boulot !* Elle tapa le nom de Jenny dans le champ de recherche de son navigateur et obtint une série de liens vers des galeries, des musées, des écoles du soir et un article de Wikipédia qu'elle ouvrit et lut. L'article était concis.

Née Jenny Dreyer à Frederiksværk, le 6 novembre 1969. Ses parents étaient tous les deux galeristes et professeurs d'art. Jenny porte le nom de la chanteuse d'opéra suédoise Jenny Lind. Dès son plus jeune âge, elle a été active dans l'association d'art locale, basée dans une galerie appartenant à la famille Dreyer.

En 1990, elle a formé avec sa sœur le collectif d'artistes Kaliban, à l'origine d'expositions et de happenings dans la région. Un lien vers un article du journal local *Halnæs* conduisit Esther vers l'inauguration d'une œuvre commune pour la bibliothèque. Une photo montrait Jenny près d'un chevalet, devant un mur de briques blanches. Elle avait l'air jeune, peut-être la vingtaine, et était d'une beauté saisissante dans un tailleur blanc, les yeux fixés avec confiance sur l'appareil. De l'autre côté du chevalet se tenait une jeune femme souriante, sa sœur, dans une robe d'été fleurie.

Esther zooma sur la légende, mal à l'aise, remua sur sa chaise et poussa par mégarde Doxa qui dormait à ses pieds.

Le nom de la sœur était Malin Dreyer. N'était-ce pas la mère d'Oscar Dreyer-Hoff, le disparu ?

Elle ferma la photo et continua à lire. Admise en 1995 à l'académie royale des Beaux-Arts du Danemark, à Copenhague. Exposition collective au centre d'art du collectif d'artistes Den Frie en 1999, lien vers une interview-portrait dans le magazine d'art international *Apollo*, invitée à participer à la Biennale de Venise en 2005. Cofondatrice du Mouvement de Protestation de l'Art qui a fait un happening devant Christiansborg en 2008, une œuvre commandée pour la place Torvet de Frederiksværk en 2009. Après cela, les références s'éclaircissaient un peu.

Esther trouva un lien au bas de la page qui conduisait à un article vieux de presque trois ans du journal *Weekendavisen*. Le titre disait « Arken annule à la onzième heure », l'article parlait du musée d'art moderne Arken qui avait choisi d'annuler l'exposition solo de Jenny Kaliban avec un préavis de quelques mois à peine. Le directeur du musée refusait de commenter la situation et Jenny Kaliban était tout aussi muette. Mais le journaliste émettait l'hypothèse que cela pourrait être lié au scandale de la maison de vente aux enchères Nordhjem, qui appartenait à la sœur de Kaliban.

C'était donc bien la tante d'Oscar Dreyer-Hoff !

Esther continua de faire défiler les pages, mais ne trouva plus rien d'intéressant sur Jenny Kaliban. Tout indiquait une carrière artistique qui avait chaviré avant même de décoller.

Comme la mienne, pensa Esther en fermant le navigateur avec un soupir coupable.

*

— Ça ne te dérange pas si je te dépose ici ?

Anette actionna son clignotant pour se garer le long du trottoir devant le 1 Teglholms Allé et mit la voiture au point mort.

Jeppe regarda sa partenaire avec surprise.

— Ben, tu vas faire quoi ?

— Retrouver Mads Teigen, le gardien de Trekroner.

— Encore !

Anette eut un instant l'air d'hésiter. On aurait pu croire qu'elle n'était pas sûre d'elle.

— Il a promis de m'aider à chercher Oscar à la forteresse de Prøvestenen. Et avant que tu dises quoi que ce soit… je SAIS que ce sera probablement un coup d'épée dans l'eau, mais je pense que les services de la Sécurité civile l'ont peut-être oubliée. Je les ai vus en action à Hven et, honnêtement, je n'ai pas été impressionnée. Il n'y avait que trois hommes, dont deux volontaires.

Jeppe leva les yeux au ciel.

— Pouvons-nous convenir que tu as un besoin hors norme de tout contrôler ? Tu vérifies aussi si Svend plie correctement ses vêtements dans les tiroirs, chez vous ?

Elle ne rit pas.

— J'ai juste une… intuition. Toi, plus que n'importe qui, tu sais ce que c'est.

Jeppe sortit de la voiture, s'apprêtant à courir sous la pluie.

— Prends soin de toi, Anette ! N'oublie pas ton gilet de sauvetage.

Elle lui fit un clin d'œil, attendit qu'il referme la portière et disparut en trombe au tournant.

La vue de l'immeuble de bureaux moderne sous la pluie atténua automatiquement le niveau de sérotonine de Jeppe et lui donna l'envie de voyager dans des pays chauds et d'y rester. En approchant de l'entrée, il jeta un coup d'œil à la façade du centre d'investigation et sentit le poids des briques trempées au plus profond de son âme. Ceci était sa nouvelle réalité, il n'avait pas d'autre choix que de vivre avec s'il voulait garder son emploi. Et il l'aimait, ce boulot. En d'autres termes, il était obligé de trouver un moyen, sinon d'apprécier, du moins d'accepter ce nouveau centre d'investigation de Sydhavn. Au moins, Anette et lui disposaient de leur propre pièce et n'avaient pas à travailler dans l'environnement de bureaux ouverts que beaucoup de leurs collègues devaient supporter.

Il mit sa veste à sécher sur le dossier de sa chaise, alla se chercher une tasse de café à la machine et retrouva Thomas Larsen et Sara Saidani à leurs places, à l'autre bout du couloir.

— Larsen, Saidani, tout va bien ?

— Oui, merci, je suis plongée dans l'ordi de Malthe, répondit Sara en lui souriant d'une manière pas tout à fait professionnelle qui le réchauffa. Les techniciens du CNCC nous l'ont renvoyé ce matin. Aucune empreinte à part les siennes. Et pour l'instant, il n'y a rien à se mettre sous la dent. Tout a l'air normal.

Jeppe but son café. Il avait un vague goût de liquide vaisselle.

— J'ai vu une collègue de Malthe, ce matin. Lis Christensen. Elle prétend qu'il y aurait eu des problèmes entre lui et certains élèves, dont Victor Dreyer-Hoff.

Sara fronça les sourcils.

— Et Victor prétend par contre avoir vu Malthe et Oscar s'enlacer dans la bibliothèque du lycée il y a deux semaines.

— Peut-il avoir une dent contre son prof ? demanda Jeppe en posant son gobelet sur la table de Sara. Lis m'a aussi raconté qu'il y avait des rumeurs à propos d'un épisode lors d'une fête du lycée, à l'automne. Victor aurait agressé sexuellement Iben Skytte. Lis n'en savait pas plus, ce n'est qu'une rumeur. Mais il serait utile d'interroger Iben à ce sujet.

Sara acquiesça.

— Je vais m'occuper d'elle.

— Avant que vous ne partiez, intervint Larsen, j'ai vérifié l'alibi de Victor et il semble tenir la route. Ses amis confirment qu'ils étaient ensemble en ville tout le vendredi soir, jusqu'au petit matin. Est-ce que cette Lis est un témoin fiable, d'ailleurs ?

— Qui sait ? fit Jeppe en s'asseyant sur une des tables voisines et en mettant ses mains sur sa nuque endolorie. D'après le chef de chœur, Malthe était justement préoccupé par un problème avec ses élèves, en lien avec des intimidations ou du harcèlement sexuel. Ce qui correspond à ce que Lis raconte.

— Alors qu'en dis-tu, Kørner ? Malthe a essayé de résoudre une situation enflammée dans le groupe d'élèves, il s'est, d'une manière ou d'une autre, interposé entre les deux frères, et a été tué ? (Larsen semblait sceptique.) En tout cas, c'est Oscar qui l'aurait fait, pas Victor, parce qu'il a bu de la bière au *Det Elektriske Hjørne* toute la nuit de vendredi.

— Et après, Oscar a pris le canot de la famille et s'est enfui, compléta Sara.

— C'est plausible.

Jeppe savait que c'était l'explication la plus probable qu'ils avaient pour le moment. Pourtant, elle lui inspirait une aversion instinctive. Était-ce parce qu'il ne voulait pas que le garçon sensible dans lequel il se reflétait lui-même soit coupable de meurtre ?

Il se leva.

— Est-ce que l'un de vous a réussi à entrer en contact avec Kasper Skytte ? Il s'est envolé depuis que Werner et moi l'avons vu à l'incinérateur, hier. Nous étions pourtant convenus qu'il nous rappelle.

Sara et Thomas Larsen secouèrent la tête.

Jeppe retourna à son bureau et composa de nouveau le numéro de Kasper. Cette fois, il répondit.

— Allô.

La voix était lointaine et ensommeillée.

— Bonjour, Kasper, c'est Jeppe Kørner, de la police. Nous essayons de vous joindre depuis hier.

Kasper se racla la gorge.

— Je suis désolé. J'allais si mal quand je suis rentré des urgences que j'ai pris un somnifère. J'ai dormi jusqu'à maintenant. Ce doit être le choc.

— Aha, fit Jeppe. (Il marqua une pause et entendit Kasper Skytte déglutir.) Nous avons besoin de vous interroger le plus rapidement possible à propos de la découverte de ce cadavre. Est-ce que je peux passer ?

Ce fut au tour de Kasper de se taire un instant. Puis il marmonna :

— Bien sûr. Je peux juste prendre une douche d'abord ?

Jeppe regarda sa montre. Il était un peu plus d'une heure. Il pouvait bien donner à cet homme une chance de se réveiller correctement.

— Je serai là à 15 heures. À tout à l'heure.

Il raccrocha.

Jeppe avait oublié son café sur le bureau de Sara, mais n'eut pas le courage d'aller en chercher un nouveau. Il envisagea de s'acheter un sandwich, jusqu'à ce qu'il se souvienne qu'il n'y avait pas d'autre endroit que le mauvais grill chinois du coin pour manger dans le quartier.

Il alla à la fenêtre et regarda la fumée s'échapper d'une cheminée d'usine, à l'horizon. Il laissa ses pensées s'élever avec la fumée, jusqu'à ce que la sonnerie de son téléphone portable retentisse dans le bureau.

— Kørner à l'appareil.

— Bonjour, Jeppe, c'est Esther. J'espère que je ne te dérange pas ?

— Ça va, répondit-il.

Il s'assit sur sa chaise de bureau souple et se pencha en arrière.

— Je voulais savoir si vous aviez parlé avec la tante d'Oscar Dreyer-Hoff, Jenny Kaliban.

Jeppe soupira. Qu'est-ce qu'Esther tramait, cette fois-ci ?

— Pas encore. Pourquoi ?

— Eh bien, je l'ai rencontrée par hasard au musée Thorvaldsen, hier, et elle m'a fait une drôle d'impression, alors j'ai un peu lu sur elle. Tu connais le scandale de la maison de vente aux enchères Nordhjem ?

— Oui, Esther, je connais. (Jeppe entendit une petite irritation se glisser dans sa voix et prit une profonde inspiration.) Nous sommes en train d'enquêter sur tous les aspects de la vie du garçon disparu.

Et de son prof mort, pensa-t-il, mais sans le dire à voix haute.

— C'est juste que… la tante a eu une grosse exposition annulée à la suite de la mauvaise presse et des accusations contre l'entreprise. Ça pourrait avoir provoqué une rupture dans la famille, non, que les affaires d'une sœur ruinent la carrière de l'autre ?

— Hmm, répondit Jeppe sans s'engager.

— Elle a un atelier à Østerbro…

Esther hésita, et il sut qu'elle se demandait à quel point elle pouvait le pousser.

Il regarda sa montre. En fait, ils devraient aussi parler à la tante et lui demander si elle savait quelque chose sur Malthe Sæther. Autant la caser juste avant l'interrogatoire de Kasper Skytte.

— Tu as son adresse ?

Elle lui donna le nom de la rue et le numéro d'un ton désolé.

— Elle n'a pas de numéro de téléphone portable, pour autant que je puisse voir. Ce n'est pas pour me mêler de ton travail. Je suis simplement curieuse.

Jeppe sourit.

— Je devais lui parler, de toute façon. D'ailleurs, Esther, puisque je t'ai au téléphone, j'aimerais te demander quelque chose de… personnel.

Les mots sortirent de sa bouche avant qu'il ait le temps d'y réfléchir. Qu'allait-il lui demander, justement à elle, comme conseil ? Même s'ils étaient amis, ils parlaient rarement d'affaires privées.

— Voilà… Si on sait quelque chose à propos d'un enfant – une fille de onze ans – et que sa mère serait furieuse de l'apprendre et la gronderait, doit-on le dire à la mère ou non ?

Esther resta silencieuse. Il était sur le point de faire machine arrière quand elle s'éclaircit la voix et répondit :

— Est-ce que la confiance de l'enfant est importante pour toi ?

Jeppe réfléchit et fut surpris par la clarté de la réponse.

— Oui. C'est important pour moi qu'elle me fasse confiance.

— Alors la réponse est évidente. À moins que…

— À moins que quoi ?

— À moins que ce secret ne la mette en danger.

CHAPITRE 20

Les nuages étaient bas et menaçants sur la mer quand Mads Teigen amarra le *Stærkodder* devant la forteresse maritime de Prøvestenen. Anette, sans l'aider dans ces gestes routiniers, sauta sur le quai en béton coulé. À part eux, le port était désert, pas un bateau, pas une âme en vue. Derrière le fort allongé et bas s'élevaient les cheminées et les silos gris et désolés de l'île au Pétrole. Des rochers qui s'effritaient, une antenne, une poubelle renversée. Une sorte de croisement entre une île de l'Atlantique Nord et un film de science-fiction. *Un bon endroit pour disparaître*, pensa-t-elle.

Mads la rejoignit.

— Est-ce que ça va ?

Il posa sa large main sur son épaule et l'y laissa. Ce contact envoya une décharge électrique à travers tout le corps d'Anette, et elle n'osa pas répondre de peur de révéler l'effet qu'il lui faisait. Elle s'écarta et regarda l'horizon.

— Nickel chrome. Juste un peu fatiguée. Et toi ?

Il sourit.

— Je me sens bien. Mieux que depuis longtemps, en fait.

Anette eut un large sourire et le regretta aussitôt. Pourquoi ne pouvait-elle pas simplement se détendre ?

— On y va ou tu veux une tasse de café avant de commencer ? (Il désigna du pouce le pont du bateau, où se trouvait une Thermos.) As-tu déjeuné ? Si tu as faim, j'ai apporté ce qu'il faut.

— C'est gentil de ta part, mais j'ai déjà mangé. On peut y aller ?

Il ouvrit le bras comme pour dire « Les dames d'abord ». Anette sentit ses yeux dans son dos, son cœur battait la chamade. La façade du fort était abîmée et patinée par les intempéries. Anette toucha un cadre de fenêtre délabré et son doigt passa à travers. L'endroit semblait complètement abandonné.

— C'est sans doute plus facile d'entrer par l'arrière.

Mads désigna l'autre bout du bâtiment et ils contournèrent la forteresse jusqu'à un grand espace couvert de sable. Un petit excavateur avait été oublié là et un énorme silo blanc s'appuyait contre la maçonnerie, comme une espèce invasive devenue trop grande pour son hôte.

— Waouh, on dirait qu'on a atterri sur la Lune !

Mads plissa le nez.

— Je ne crois pas qu'on puisse entrer dans le fort. Toutes les portes sont barricadées.

— Peut-être que c'est plus facile de là-haut ?

Anette alla jusqu'à l'extrémité du bâtiment, où un escalier menait au toit de la forteresse. Elle monta les marches deux par deux et arriva sur un plateau en béton coulé, avec des bunkers et des coussins d'herbe douce. Mads la suivit.

— Tu as les lampes de poche, n'est-ce pas ? Je crois que nous pouvons entrer par ici.

Elle désigna une porte métallique ouverte donnant sur un escalier dont les marches descendaient à l'intérieur du fort. Mads tendit une lampe à Anette et alluma la sienne.

— Tu es prêt ?

Il acquiesça.

— Alors, allons-y !

Anette jeta un coup d'œil par la porte. La partie supérieure de l'escalier était éclairée par la lumière du jour, mais trois ou quatre marches en contrebas, les contours s'estompaient déjà en un trou noir. Son cœur battit la chamade et elle secoua la tête. Qu'y avait-il à craindre ?

Elle leva une dernière fois les yeux vers le ciel gris, alluma sa lampe de poche et s'enfonça dans l'obscurité, Mads sur les talons.

*

La fumée du joint planait juste sous le plafond bas de l'atelier, obscurcissant les toiles empilées et les pots de pinceaux. Jenny Kaliban inspira calmement et se pencha en arrière jusqu'à ce que son crâne touche le mur. Le vacarme du restaurant voisin s'estompa peu à peu, elle ferma les yeux et savoura le bruit lointain de la vie qui n'avait rien à voir avec elle. Elle était une observatrice, un rôle pour lequel elle avait toujours été douée.

Un coup à la porte troubla cette sérénité. Jenny éteignit le joint et se remit difficilement sur ses pieds. Ses jambes étaient raides et lourdes, elle avait dû rester assise plus longtemps qu'elle ne le pensait.

Dans l'embrasure de la porte se tenait un homme qu'elle n'avait encore jamais vu. Il était grand et mince, avec des cheveux blond foncé et un regard qui semblait toujours triste. Il lui tendit une plaque d'identité plastifiée.

— Bonjour, je ne sais pas si je suis au bon endroit. Je cherche Jenny Kaliban.

Il la regarda d'un air interrogateur et elle hocha la tête cérémonieusement.

— Jeppe Kørner, du centre d'investigation de la police de Copenhague. Je peux vous déranger une minute ?

Jenny hésita. Elle voyait le brouillard de hasch se répandre dans le couloir. La dernière chose dont elle avait envie, c'était d'inviter un policier dans son saint des saints. Elle dut hésiter un peu trop longtemps, car il commença à s'expliquer.

— Il s'agit d'Oscar Dreyer-Hoff, votre neveu. Comme vous le savez probablement, il a disparu depuis vendredi dernier.

— Vous l'avez retrouvé ?

Elle entendit combien sa voix était stridente, sans pouvoir la contrôler.

— Hélas non, il n'y a rien de nouveau.

Jenny se reprit, recula et ouvrit la porte.

— Entrez !

Le policier pénétra dans l'atelier, s'arrêta après quelques pas et regarda autour de lui. Jenny vit à travers ses yeux le désordre et la poussière, les fenêtres obscurcies et l'état général déplorable.

— Je vais aérer un peu.

Elle passa devant lui et ouvrit la fenêtre sur la cour pour faire entrer la lumière et sortir la fumée. Elle sourit en s'excusant :

— C'est bon pour la créativité.

Il hocha la tête poliment et s'abstint de tout commentaire. Il désigna son vieux fauteuil.

— Je peux m'asseoir ?

— Bien sûr. Je peux vous proposer quelque chose à boire ? Du café soluble ?

— Non merci.

Il sortit un carnet de sa poche, croisa négligemment une cheville sur son genou et se servit de son mollet comme support pour le feuilleter. Cela lui donnait un air élégant, presque comme un intellectuel français. D'une certaine manière, il était plutôt beau, il y avait quelque chose de sensuel dans la façon dont il tournait les pages. Peut-être était-elle un peu défoncée.

— Si j'ai bien compris Malin, vous ne savez pas non plus où peut se trouver Oscar. Je suppose que ça n'a pas changé ?

Jenny secoua la tête.

— Toute la famille est désemparée. C'est tellement horrible.

— Bien sûr. Nous continuons de le chercher partout.

Il fit cliquer son stylo.

— La raison pour laquelle je suis venu, c'est que le professeur d'Oscar, Malthe, a été retrouvé mort hier matin.

— Mort ?

Elle sentit le sol se dérober sous elle.

— Assassiné, je le crains. Vous le connaissiez ?

Elle relâcha le souffle qu'elle avait retenu pendant quelques secondes.

— Non, je ne connais aucun des profs d'Oscar.

— Vous a-t-il raconté quelque chose sur son prof de danois, Malthe Sæther, ils étaient assez proches ?

Jenny baissa les yeux sur ses mains.

— Je ne me souviens pas avoir jamais entendu ce nom.

Le policier tourna la page, même s'il n'avait encore rien écrit.

— Vous êtes proches, dans la famille ?

Elle essaya de se concentrer sur la question, mais sa bouche était si sèche qu'elle avait du mal à parler.

— Proches, proches… Nous ne sommes peut-être pas comme cul et chemise, mais nous sommes une famille quand même. Ma sœur et son mari sont très occupés, vous savez, alors il peut se passer un peu de temps sans qu'on se voie. Mais j'ai toujours beaucoup aimé les enfants. Oscar s'intéresse au dessin. Vic n'a aucune capacité artistique, mais Essie et Oscar ont du potentiel et l'envie d'apprendre.

Le policier sourit gentiment.

— L'entreprise de votre sœur a rencontré quelques difficultés il y a deux, trois ans...

Jenny resta silencieuse. Où voulait-il en venir ?

— Je pense aux accusations d'enchères truquées et à la couverture médiatique qui les a accompagnées. Est-ce que ça a affecté la famille ?

— Bien sûr. C'était comme de se faire renverser par un bus. Ma sœur et mon beau-frère sont toujours aux prises avec les retombées de cette affaire.

Il regarda le chevalet et le croquis sur lequel elle travaillait.

— Est-ce que ça a eu des conséquences pour vous aussi ?

Jenny sentit le sang refluer de sa tête vers un point inconnu de son corps. Elle se rappela la façon dont elle avait crié sur Malin, frappé du poing sur la poitrine d'Henrik, les suppliant de faire quelque chose. Tenir Arken pour responsable, faire taire les journalistes en les menaçant, n'importe quoi pour ralentir les forces qui essayaient d'étouffer sa carrière.

Elle croisa son regard.

— Non, ça n'en a pas eu.

Le policier l'observa avec curiosité. Il tourna à nouveau une page vierge de son carnet.

— Quand avez-vous vu votre neveu pour la dernière fois ?

Jenny réfléchit.

— Ça doit faire un bon bout de temps. Il a grandi et a d'autres centres d'intérêt, maintenant. C'était il y a quelques mois, peut-être six, je ne m'en souviens pas précisément.

— Où vous étiez-vous retrouvés ?

— Euh... ça devait être ici. Oscar avait l'habitude de venir dessiner, de temps en temps. Surtout quand il était plus petit. Il dormait parfois ici, aussi.

— Ici ?

Le policier pointait la pièce de son stylo, l'air de préférer mourir plutôt que de laisser son enfant dans un tel endroit.

— Qu'est-ce qui ne va pas avec mon atelier ? Il n'est pas assez présentable ?

Il eut l'air surpris de sa réaction.

Elle inspira profondément. Il fallait qu'elle se maîtrise un peu.

— Là, c'est en désordre, normalement je range quand j'ai de la visite. Mais le chaos est source de création et d'inspiration.

Le policier la dévisagea.

Jenny déglutit.

— Comme je l'ai dit, cela fait plusieurs mois que je n'ai pas vu mon neveu, mais à l'époque, je n'ai pas trouvé qu'il avait l'air particulièrement heureux. Mais bien sûr, un ado n'a pas envie de parler de ce genre de choses avec sa vieille tante.

— A-t-il évoqué des problèmes à l'école ?

— Non.

— Pourtant, vous avez remarqué que ça n'allait pas, poursuivit le policier. Aviez-vous des soupçons sur quelque chose de précis ?

Jenny lui tourna le dos et se dirigea vers le lavabo. Elle se versa un verre d'eau et but. Que se passerait-il si elle lui parlait d'Henrik ?

Elle se retourna.

— Non, je n'ai rien suspecté en particulier. Si ça avait été le cas, j'en aurais bien sûr averti ma sœur.

CHAPITRE 21

À trois heures moins le quart, alors que les élèves de terminale du lycée Zahles se levaient de leurs sièges, Sara Saidani se tenait devant le club des jeunes Thomas P. Hejle, à cinq cents mètres de là. Des bus jaune sale grondaient en passant, aggravant la mauvaise conscience que Larsen avait réussi à lui donner. Bien sûr qu'il valait mieux que les enfants grandissent entourés de verdure, dans la paix et avec des parents présents, un potager et des voisins qui disaient bonjour. Sa décision de déménager d'Helsingør à Copenhague avait à l'époque été liée à sa carrière, elle n'avait pas vraiment pris en compte le bien-être de ses filles. Amina, en particulier, avait été touchée par ce bouleversement, qui s'était produit peu de temps après le retour de Mido en Tunisie. Sans père et dans un environnement complètement nouveau, ça n'avait pas été facile pour elle.

Sara repoussa ces réflexions. Être mère célibataire, c'était vivre avec l'épée du doute solidement plantée dans le cœur. Si l'on commençait à penser à tout ce qu'on n'avait pas fait assez bien, on ne faisait plus rien du tout.

— C'est toi, Sara ?

Sara se retourna et se trouva nez à nez avec un jeune visage sans maquillage, deux yeux gris et un petit nez en trompette qu'elle reconnut grâce à sa page Facebook : Iben Skytte. Elle ressemblait à l'ado de quinze ans qu'elle était : une jeune femme en quête de sens, portant des badges écolos, le visage recouvert d'acné.

— Salut, Iben. Merci d'être venue. Comment ça va ?

Iben haussa les sourcils d'un air sarcastique, comme si l'heure était trop grave pour poser ce genre de questions si légères et superficielles.

— C'est la merde. Et toi ?

Il y avait de la colère dans sa voix, contrôlée, mais claire. Sara lisait de l'agressivité dans chaque cellule de son corps.

— Si je te pose la question, c'est parce que j'aimerais le savoir, Iben. Et j'ai tout le temps pour écouter ta réponse.

Sara comprit qu'elle avait dit ce qu'il ne fallait pas, ou peut-être sur le mauvais ton, en la rabaissant sans le vouloir.

— Si tu tiens vraiment à le savoir, c'est la merde pour moi aussi. Ma fille aînée ne me parle pour ainsi dire plus et ne s'entend pas avec mon petit copain.

Iben eut un sourire en coin, comme si elle appréciait les efforts de Sara même si elle voyait clair dans son jeu. Il fallait penser vite, avec cette fille. Elle était futée.

— Tu joues au tennis de table ?

Sara se mit à rire à cette question inattendue.

— Euh, un peu, en dilettante.

— OK, alors viens !

Iben guida Sara sous l'enseigne au néon rose du club des jeunes, le long de couloirs et d'escaliers, jusqu'à ce qu'elles arrivent dans une salle de sport au sol antidérapant, avec quatre tables de ping-pong. Elles étaient seules.

— C'est la salle de tennis de table. J'y joue plusieurs fois par semaine. (Iben attrapa une raquette sur une étagère et la tendit à Sara.) Pose ta veste, on va jouer une manche ! C'est toi qui sers !

Sara fut saisie du même sentiment que lorsqu'elle discutait avec Amina : ce n'était plus elle qui menait la barque. L'adolescente en face d'elle, qui faisait déjà rebondir une balle de ping-pong en l'air, la manipulait et la rendait plus nerveuse qu'aucun homme adulte endurci n'aurait pu le faire. *C'est peut-être ce qu'on devient quand on grandit avec un seul parent*, pensa Sara en retirant sa veste avant de se diriger vers la table.

— Du moment qu'on parle pendant qu'on joue, c'est bon. Je suis ici pour te poser une question importante.

Iben lança une balle au-dessus du filet.

— Tant qu'on joue, on parle.

D'un hochement de tête, elle invita Sara à servir.

Celle-ci sentit ses paumes devenir moites de sueur et serra les dents. Elle leva sa raquette et frappa la balle si fort qu'elle rebondit dans un coin de la salle.

Iben lui renvoya aussitôt une nouvelle balle, et cette fois, Sara réussit à la garder en jeu.

— On dit que le tennis de table est le sport de balle qui active les deux hémisphères du cerveau. Il fait appel en même temps à la stratégie, à la motricité fine et à la mémoire à long terme. (La jeune fille fit un smash dans le coin juste à côté de Sara.) Et tu ne sais pas jusqu'à la dernière seconde où ton adversaire va tirer.

Elle éclata d'un rire triomphant. Sara ramassa la balle et la posa sur la table. Elle regarda Iben d'un air grave.

— Une rumeur circule dans ton lycée selon laquelle il s'est passé quelque chose à la fête de l'automne dernier. Avec le frère aîné d'Oscar. Est-ce vrai ?

L'expression de la jeune fille ne changea pas.

— Joue !

Iben attendait, la raquette levée. Sara se mordit la lèvre pour réprimer un juron et envoya la balle. Elles jouèrent plusieurs échanges en silence, puis Iben attrapa la balle.

— Tu n'es pas si mauvaise. Tu devrais t'entraîner un peu plus.

— Iben, est-ce qu'il s'est passé quelque chose ?

La fille inspecta sa raquette d'un air mécontent. Elle la reposa avec un petit soupir.

— Je n'ai pas envie d'en parler. Ce qui s'est passé à cette fête reste entre Vic et moi. Ça ne concerne personne d'autre.

— J'aimerais que tu aies raison. Mais Malthe a été assassiné et Oscar n'a toujours pas été retrouvé. (Sara croisa le regard de la jeune fille.) Que s'est-il passé entre vous ?

Les yeux d'Iben papillonnèrent.

— Ça n'a rien à voir avec l'affaire.

— Est-ce qu'Oscar vous a remarqués, Victor et toi, ensemble, à cette fête ? Est-ce qu'il est peut-être un peu amoureux de toi ?

— Oscar et moi sommes juste amis. Dans tous les cas, ça n'a rien à voir avec la mort de Malthe.

Sara avait l'intuition que ce visage inexpressif cachait quelque chose.

— Oscar a fait un exposé sur le plastique dans les océans lors d'une journée thématique au lycée, il y a deux semaines. Tu t'en souviens ?

Iben cligna des yeux.

— Bien sûr. Il a pris la parole à l'inauguration du vernissage qui clôturait la journée thématique. J'ai moi-même peint une affiche. Oscar est assez timide, donc c'était un énorme effort pour lui de parler devant tout le monde. Les parents étaient là aussi.

— Est-il possible qu'il y ait eu un débat après sa présentation ? Quelqu'un a-t-il critiqué Oscar ?

Iben tritura la raquette.

— C'est possible.

— Te souviens-tu de qui il s'agissait ? De quoi il s'agissait ?

Elle secoua la tête.

Sara résista à l'impulsion de la secouer.

— Oscar va-t-il aussi à des réunions de cette association environnementale dont tu es membre ?

— Il est peut-être venu avec moi une fois.

Iben fit la moue, la méfiance au coin des yeux.

Sara essaya avec un sourire.

— Et toi, comment est né ton propre intérêt pour la lutte contre le changement climatique ?

Iben haussa les épaules et jeta la raquette sur la table, retranchée une fois de plus derrière une armure d'inaccessibilité.

— Je n'ai plus envie de jouer. Tu trouveras la sortie toute seule ?

*

— Quel est l'avis de la police sur ce qui est arrivé à Oscar ?

Kasper Skytte semblait essayer de détendre l'atmosphère. Debout à côté du plan de travail, il versait du thé dans deux tasses. L'une d'elles était dangereusement proche du bord, mais il ne parut pas s'en apercevoir. De la vapeur montait de lui, mêlant l'odeur de l'alcool à des notes de jasmin et de camomille.

Jeppe regarda sa montre : un peu plus de 15 heures. Il pensait avoir réveillé Kasper à peine deux heures plus tôt, pourtant celui-ci avait déjà des difficultés à articuler et balbutiait. Il devait avoir beaucoup bu pour être saoul si vite.

Ils se tenaient dans la petite cuisine de la famille Skytte, où la lumière du jour ne pénétrait jamais vraiment. La lampe était allumée, mais il faisait aussi sombre qu'un soir d'hiver.

— Je veux dire, pensez-vous qu'il a assassiné son professeur ?

Kasper posa les tasses de thé sur la petite table et ils s'assirent.

— Nous continuons d'envisager toutes les possibilités.

Jeppe rapprocha sa tasse et la fit tourner pour mettre l'ébréchure de l'autre côté. Le rebord était souligné par une vieille ligne de ce qui ressemblait à de l'acide tannique et il dut surmonter son malaise pour boire. Être sensible n'est pas toujours pratique.

Il feuilleta son carnet pour arriver à une page vierge et cliqua sur son stylo.

— Hier matin à 8 h 10, Michael a activé le bouton d'arrêt d'urgence dans le silo à déchet de l'ARC. Racontez-moi ce qu'il s'est passé avant cela.

— Le bouton « Homme au silo », c'est comme ça qu'on l'a surnommé, en fait. Nous n'avions jamais appuyé dessus avant, pas même à l'entraînement. (Kasper but son thé avec un sourire d'excuse.) Je suis arrivé au travail à 7 h 30, je me suis changé et je suis allé rejoindre Michael dans la salle de commande de la grue. Il y avait des codes d'erreur à vérifier dans le programme de tri. Mais j'y étais juste depuis quelques minutes quand j'ai vu… (Il déglutit et s'éclaircit la gorge)… vu la jambe dans la griffe… et alors, Michael a appuyé sur le bouton.

— Avez-vous été surpris ?

Kasper le regarda avec incrédulité.

— Que voulez-vous dire, putain ? Si je m'étais attendu à trouver un cadavre humain sur mon lieu de travail ou quoi ? Ah ça, oui, j'ai été surpris. Choqué, même !

Jeppe hocha la tête et prit une note.

— Oui, bien sûr. Vous avez dû vous rendre aux urgences.

— Pourquoi laissez-vous entendre qu'il y a quelque chose qui cloche avec moi ? J'étais en état de choc ! Je suis rentré chez moi, j'ai avalé un somnifère et j'ai dormi pendant vingt-quatre heures tellement j'ai été bouleversé.

Kasper se leva, prit un sachet de sucre sur la table et en mit deux cuillerées dans son thé.

— Saviez-vous à ce moment-là qui c'était ?

— Non.

Jeppe tourna une page. Le papier bruissa dans le silence qui s'était installé entre eux.

— Comme nous l'avons découvert par la suite, il s'agit de Malthe Sæther, le professeur de danois de votre fille. Le connaissiez-vous bien ?

— Pas du tout. J'ai peut-être échangé trois phrases avec lui à une réunion de parents. Iben est une grande fille, je ne me mêle pas de sa scolarité.

Jeppe prit une nouvelle note. Il remarqua que Kasper essayait de lire ce qu'il écrivait, comme si cela l'inquiétait.

— Écoutez, je vois bien de quoi ça a l'air : le corps du professeur de ma fille est découvert dans le silo…

— Et c'est vous qui l'avez trouvé, précisa Jeppe.

— Mais c'est une coïncidence ! Tout ce qui est jeté dans une poubelle à Copenhague se retrouve à l'incinération. Ça n'a rien à voir avec moi.

— En quoi consiste votre travail, exactement ?

Surpris, Kasper haussa les sourcils.

— Je suis ingénieur de *process*. Nous sommes une équipe de trois ingénieurs, nous recherchons et travaillons ensemble. Je ne savais pas que la police s'intéressait à ce genre de choses.

Jeppe sourit.

— Vous êtes souvent dans la salle de commande de la grue ?

— Non, seulement quand il y a un problème avec le système de contrôle de la griffe. En général, je suis avec mes collègues dans un bureau au cinquième étage.

— Et vous y faites quoi ? Juste dans les grandes lignes.

— Eh bien, nous travaillons à réduire les émissions de gaz de combustion de l'incinérateur, plus précisément de

CO_2 et de NO_X. L'ARC a une valeur limite de seuil de cinquante pour cent par rapport à tous les autres incinérateurs du pays, et nous ne rejetons que quinze pour cent de la valeur autorisée. C'est une économie qui équivaut aux émissions de cinquante mille voitures – des gaz d'échappement qui, on le sait, peuvent provoquer des cancers et des pluies acides. (Il hocha fièrement la tête.) Nous sommes l'une des usines d'incinération les plus propres du monde.

— Impressionnant.

— Merci.

Jeppe l'observa calmement. Les joues rouges, une accumulation de salive au coin de la bouche et l'odeur d'alcool. Il ressemblait à un homme sous pression.

— Est-ce qu'Iben parlait avec Malthe Sæther ?

Visiblement, le brusque changement de sujet troubla Kasper. Il s'essuya le front avec sa manche.

— En privé ? Pas que je sache. Iben ne me raconte plus grand-chose, il faut lui tirer les vers du nez. Les ados, hein.

— Savez-vous ce qu'il s'est passé entre elle et Victor Dreyer-Hoff à la fête de l'école ?

— Maintenant, je ne vous suis plus.

Kasper se leva et s'appuya lourdement sur la table, les yeux chavirés et le front perlé de sueur.

— Tout va bien ?

Jeppe tendit un bras pour le soutenir, mais avant qu'il y parvienne, Kasper sortit en trombe de la pièce. Une porte claqua, suivie d'un hoquet caractéristique. Kasper Skytte vomissait.

*

L'escalier se terminait par un couloir long et étroit. La lampe de poche révéla des murs gris, un plafond voûté. Un peu plus loin, le couloir se divisait en deux. Anette prit à droite et continua sur le béton où ses pas résonnaient, jusqu'à un nouvel embranchement. Elle se retourna, il faisait noir derrière elle. Où était passé Mads ?

Agacée, elle fit demi-tour, revint au premier embranchement et emprunta le couloir de gauche. Au bout de vingt pas rapides, un flash de lumière lui révéla qu'il se trouvait dans une pièce du côté droit du couloir. Anette le vit qui braquait sa lampe vers le mur. Il avait l'air absorbé, la lumière qui se reflétait sur son visage formait des ombres profondes sous ses yeux.

Elle reprit le contrôle de sa respiration et s'avança vers lui. La pièce avait une forme elliptique, comme un sous-marin, et les murs crépis s'écaillaient sur des centaines de chaises en plastique disposées en rangées ordonnées.

— C'est quoi, ça ? On dirait des dessins de bâtiments, des plans de quelque chose…

Anette éclaira une série d'affiches collées au mur. Elle s'approcha, sentit la chaleur du corps de Mads.

— Qui sait ? répondit-il.

Il se tourna vers elle, la moitié de son visage restant dans l'ombre.

— Tu en as vu assez ?

Anette vérifia son téléphone et vit qu'elle n'avait pas de réseau. Quelque chose dans cet endroit lui donnait la chair de poule. Elle se redressa.

— Non, on continue !

Ils poursuivirent dans le couloir bas de plafond et descendirent plusieurs marches, s'enfonçant plus profondément dans l'univers labyrinthique du fort. Au niveau inférieur, les murs voûtés étaient d'un blanc de craie et des lustres électriques étaient suspendus au plafond, allumés.

— Comment la lumière peut-elle être allumée ? demanda Anette en désignant le plafond, confuse.

— Il doit y avoir un générateur qui tourne quelque part.

— Mais… des lustres ? Dans un fort ?

Le sentiment d'avoir franchi la frontière entre la réalité et le rêve devenait de plus en plus fort.

Le long du mur se trouvait une rangée de lavabos, assez pour qu'un camp entier de scouts se brosse les dents en même temps. Anette tourna un des robinets et un mince filet d'eau en coula.

— Il y a l'eau courante.

— Nous sommes allés partout, maintenant.

Un crépitement et une lueur. Mads Teigen s'allumait une cigarette.

— Attends, il doit y avoir des couloirs de décompression, ici, comme à Middelgrund. Mon mari dit qu'on a construit ces couloirs pour empêcher les forteresses de s'effondrer lors d'une attaque aérienne.

— Il n'est pas ici, Anette, et j'en ai marre. Viens, on rentre.

Mads repartit sans l'attendre.

Elle resta plantée là un moment. *Merde, être allée si loin pour abandonner à la dernière minute, pas question !*

Elle continua à travers l'obscurité, le long des murs humides, toujours plus profondément dans le fort. À chaque pas qu'elle faisait, l'air devenait plus froid et humide, plus dense et poussiéreux. Au niveau le plus bas, elle repéra une ouverture dans le mur devant laquelle elle était déjà passée. Cette fois, elle s'arrêta et l'éclaira. Le trou, presque à hauteur d'homme, était protégé par une trappe grillagée. La lumière de la lampe n'atteignait pas le fond et disparaissait dans l'obscurité.

Elle ouvrit la trappe, se baissa et entra. Le corridor était si étroit que ses épaules touchaient les parois. À mesure qu'elle avançait, les murs se refermaient sur elle, aiguillonnant sa claustrophobie. Au bout de vingt-cinq pas, elle toucha le mur du fond. Le couloir était vide. Elle se tourna avec difficulté et regagna la voie principale. Quand elle s'y retrouva enfin, elle reprit sa respiration comme un apnéiste brisant la surface de l'eau.

Au bout d'un instant, elle continua dans le couloir principal jusqu'à ce qu'un autre passage latéral apparaisse, dix mètres plus loin. La porte grillagée était ouverte. Elle entendit un crissement sous ses pas et résista à l'envie d'éclairer le sol pour voir ce sur quoi elle venait de marcher. Si c'était quelque chose de dégoûtant, elle ne pourrait plus poursuivre seule, et il était hors de question qu'elle avoue sa nervosité à Mads.

Allez, Anette, tu peux le faire !

Elle prit une profonde inspiration tandis que le faisceau de lumière glissait sur le crépi écaillé et que les murs se rétrécissaient de plus en plus autour d'elle. Elle reconnut les symptômes de la panique et essaya de les maîtriser. *On ne meurt pas de mains moites et d'un petit essoufflement.*

Peut-être était-ce à cause de ce dialogue intérieur qu'elle ne le vit qu'au dernier moment. Le choc la frappa comme un coup de poing à l'estomac, et elle dut se pencher et se retenir au mur pour ne pas tomber. Elle lutta pour reprendre son souffle.

Sur le béton froid d'un passage étroit du fond de la forteresse de Prøvestenen gisait Oscar Dreyer-Hoff, fixant le plafond.

CHAPITRE 22

L'hélicoptère de la défense Merlin EH10 survola Copenhague à basse altitude et atterrit sur le toit de l'hôpital national. Une épaisse couche de nuages recouvrait toujours la ville, et la pluie tombait dru sur l'obscurité du soir amenée précocement par le mauvais temps. L'hélicoptère des secours était une salle des urgences volante, avec deux infirmières et un médecin qui tentèrent de réanimer le patient tout le long du vol depuis la forteresse maritime de Prøvestenen. Assise à côté d'eux, l'inspectrice Anette Werner les regardait faire, une couverture sur les épaules.

Après l'atterrissage, la civière d'Oscar Dreyer-Hoff arriva en quelques minutes à peine au service de réanimation de l'hôpital, où seize médecins, chirurgiens et infirmiers se tenaient prêts. Le cardiologue constata que le patient était plus mort que vif. Sa température corporelle de 24,7 °C indiquait une hypothermie au troisième degré. Il n'y avait que très peu de mouvements respiratoires et ses pupilles ne réagissaient pas.

L'équipe commença aussitôt la réanimation cardiopulmonaire tout en réchauffant lentement le corps refroidi d'Oscar en lui administrant une solution saline isotonique par intraveineuse. En cas d'hypothermie sévère, il ne faut pas réchauffer le patient trop vite de l'extérieur, sans quoi le sang refroidi afflue vers le cœur, qui s'arrête. Oscar fut donc connecté par perfusion à une machine cœur-poumons qui prit en charge sa circulation afin que le sang puisse retrouver peu à peu la température appropriée.

Une secrétaire médicale accompagna Anette jusqu'à la salle d'attente des proches et lui offrit une tasse de chocolat chaud. C'est là que Jeppe la retrouva lorsque, huit minutes plus tard, il franchit en courant les portes rouges du service de réanimation. Elle avait l'air si fragile que, sans même y réfléchir, il la serra dans ses bras. Anette posa le front contre son épaule et se laissa réconforter ainsi pour la première fois en dix ans de partenariat. Au bout de quelques minutes, elle s'écarta et s'essuya les joues.

— Typique de ta part, ça, profiter de la situation pour me peloter !

Jeppe éclata de rire et s'assit près d'elle sur la banquette en laine.

— Tu vas bien ?

— Oui, oui. Je ne sais pas ce qui m'arrive. J'ai eu un vrai choc en le voyant tout à coup allongé là. La vie n'est pas toujours un long fleuve tranquille.

— Bois ton chocolat, ça te fera du bien.

Elle obéit, docile.

— Il est vivant, mais à peine. Les médecins n'en disent pas plus pour l'instant. (Anette secoua la tête.) Qu'est-ce qu'il fabriquait là-bas ? J'espère vraiment qu'il va s'en tirer.

— Ont-ils trouvé le canot ?

— Il y a cinq minutes. Au fond du port, près de l'île au Pétrole. Avec un trou dans la coque, probablement fait avec un marteau de charpentier qui se trouvait dans l'épave.

Anette sourit d'un air infiniment triste. Jeppe lui donna un gentil coup de coude dans les côtes.

— Hé, haut les cœurs ! Tu as réussi là où les secours ont échoué. Tu l'as retrouvé ! Et encore en vie, en plus. Tu peux t'applaudir !

Elle s'applaudit, paraissant encore plus découragée.

La porte s'ouvrit sur Henrik et Malin Dreyer-Hoff, guidés par la secrétaire. Malin évita le regard de Jeppe, ce qui, vu l'ambiance de leur dernière rencontre, n'était peut-être pas si surprenant.

Henrik se dirigea vers Anette et se planta devant elle. Les larges épaules de son costume, tels deux piliers, remplissaient la salle d'attente d'une énergie toute masculine.

— C'est vous qui l'avez trouvé ? demanda-t-il, ému.

— Oui.

Il se pencha vers la chaise et, dans une étreinte, souleva Anette dont les pieds quittèrent presque le sol. Elle protesta vaguement, hérissée par cette proximité inattendue avec le père d'Oscar.

— Merci !

— J'ai juste fait mon boulot.

Écrasée par son accolade, Anette, qui avait été assez étreinte pour aujourd'hui, lui tapota maladroitement le bras.

Jeppe baissa la tête pour dissimuler un sourire. Était-ce à cause de la découverte d'Oscar ou de la sensibilité inhabituelle témoignée par sa collègue ? Il fut pris d'une bouffée irrationnelle de bonheur, là, à l'hôpital, où le garçon oscillait encore entre la vie et la mort et Anette entre le sol et le plafond. Il y avait de l'espoir.

*

Quand la porte s'ouvrit enfin au 64 Fredericiagade, Kasper Skytte attendait, assis dans l'obscurité du salon. Le cuir du fauteuil avait pris la température de son corps et le whisky celle de la pièce. Dans la cuisine, son repas, un mélange de restes végétaliens, était intact sur la table. Il entendit Iben retirer ses chaussures et son manteau, puis elle entra et le regarda avec méfiance.

— Pourquoi tu es dans le noir ?

— Il ne faisait pas noir quand je me suis assis. Pourquoi tu rentres si tard ? (Sa bouche s'était asséchée et il se passa la langue sur les lèvres pour continuer.) Depuis quand sommes-nous une famille qui ne mange plus ensemble et ne parle plus ?

Iben baissa les yeux.

— Je vais dans ma chambre faire mes devoirs.

— TU RESTES ICI !

Kasper entendit le halètement apeuré de sa fille et se ressaisit.

— Viens t'asseoir, s'il te plaît. Nous devons parler.

Un moment s'écoula, puis Iben alluma la lumière. Elle s'assit sur le canapé, le plus loin possible de lui.

— Tu es complètement bourré !

Elle était pâle, ses yeux étaient enfoncés dans son jeune visage.

— Et qu'est-ce que ça peut te faire ?

— Putain, ce que tu es pathétique ! J'ai honte de toi.

Sa voix était calme et neutre. Le mépris résonnait dans ses mots.

Durant l'heure où il l'avait attendue, il avait formulé les questions encore et encore, mais maintenant qu'elle était assise devant lui, avec sa moue et son front lisse, les phrases lui échappaient et se transformaient en brouillard.

— Que s'est-il passé entre le frère aîné d'Oscar et toi ?

— Pourquoi tu me demandes ça ?

— Pourquoi je te le demande ! Réponds-moi, nom de... Réponds simplement !

Iben repoussa ses cheveux de ses deux mains derrière ses oreilles. C'était une habitude qu'elle avait depuis qu'elle était petite, et cette vision serra le cœur de Kasper.

— Je ne comprends pas pourquoi je dois rendre des comptes, juste parce que tout à coup tu décides de t'intéresser à ma vie.

— Que veux-tu dire par « tout à coup » ? Quand est-ce que je ne me suis pas intéressé à toi ?

Les yeux d'Iben s'étrécirent.

— Chaque putain de soir, quand tu es assis devant l'ordinateur pour *travailler*, par exemple. Ne crois pas que je ne sais pas ce que tu fais.

— De quoi tu parles ? (Kasper entendit la panique dans sa voix et essaya de baisser d'un ton.) Iben, raconte-moi ce qui s'est passé avec Vic ! Je peux t'aider.

L'expression dans les yeux de sa fille lui coupa littéralement le souffle. Il se versa un verre d'une main tremblante.

— C'est ça, papa, bois encore un coup et tout s'arrangera.

Elle se leva.

— Reste assise, chérie. Parlons-en. Tu es tout pour moi.

À sa dernière phrase, Kasper ne put retenir ses larmes. Il savait combien il devait paraître ridicule, mais il n'y pouvait rien.

— C'est si facile à dire, n'est-ce pas ? *Tu es tout pour moi.* (Elle ressembla soudain à la petite fille qu'elle n'était plus.) Mais c'est un mensonge, papa. Tu te fous de qui je suis et de comment je vais du moment que je n'interfère pas avec ta putain de carrière et que je ferme les yeux sur la façon dont tu dépenses tout notre argent.

— Ce n'est pas vrai ! (Il se frotta le visage des deux mains puis s'éclaircit la gorge.) Assieds-toi, maintenant, chérie, ce n'est pas trop tard.

— C'*est* trop tard. J'ai quinze ans, il n'y a plus rien à dire. Que veux-tu que je te dise ? (Sa voix était pleine d'éclats de verre et de lames tranchantes.) Que c'est ta faute si je n'ai pas de mère ?

— C'était une décision commune que tu restes…

— COMMUNE ? cria-t-elle. Personne ne m'a demandé ce que je voulais. Tu crois que j'ai envie d'habiter avec…

Elle s'arrêta net. Le regarda, la lèvre inférieure tremblante de rage. Kasper ressentit une pointe d'anxiété.

— Tu crois que je ne sais pas ce que tu as fait ?

La pointe se transforma en une vague de terreur qui engloutit tout et le submergea.

— Je l'ai fait pour toi. Pour nous !

Le visage d'Iben se tordit en une grimace de chagrin aussi violente qu'inattendue. Elle secoua la tête, les larmes aux yeux.

— Comment as-tu pu faire ça, papa ?! Tu ne comprends pas ? Tu as tout gâché !

CHAPITRE 23

So lock all the gates and bolt the chamber door, because nobody leaves or enters anymore[1]...

Esther baissa le son de l'hymne vieux de plus de quarante ans d'Al Jarreau, qu'elle écoutait toujours quand son père lui manquait, et tendit l'oreille. Elle se leva et ouvrit la porte du couloir. Gregers était là, une boîte à la main et une expression penaude sur le visage.

— Excuse-moi de frapper si tard, mais j'ai entendu que tu ne dormais pas encore.

— Il n'est pas si tard que ça. La musique était trop forte ?

Il fit un geste vague.

— Je voulais juste... te remercier pour ton aide chez la médecin. (Gregers lui tendit la boîte en carton.) Ce sont des chocolats. Même si on pourrait croire que c'est de l'or, au prix qu'ils coûtent.

Esther ouvrit la porte en grand et prit la boîte.

— Merci. Tu n'étais pas obligé, Gregers. On en mange un tout de suite ?

— Ils sont sûrement meilleurs aujourd'hui.

1. « Alors verrouillez toutes les portes et verrouillez la porte de la chambre, parce que personne ne sort ni n'entre plus... », extrait de la chanson *Lock All The Gates*, « Verrouillez toutes les portes ».

Elle sourit.

— Tu veux qu'on s'installe dans la cuisine ?

— C'est sympa chez toi aussi...

— Entre, j'ai ouvert une bouteille de vin rouge, tu en veux un verre avec moi ?

Gregers marmonna son accord et alla s'asseoir dans le fauteuil à oreillettes avec un soupir de contentement. Esther emporta la boîte de chocolats à la cuisine, alluma la lumière et attrapa un second verre. Certes, son colocataire était parfois un peu grossier, mais elle appréciait son geste. L'horloge du four indiquait presque 21 heures. Gregers n'avait pas l'habitude de venir la voir à cette heure de la soirée, il devait y avoir quelque chose qui le tracassait.

Elle apporta un plateau avec le vin et les chocolats au salon et constata qu'il s'était levé et se tenait devant la fenêtre, tourné vers l'obscurité.

— On va s'asseoir confortablement, d'accord ? (Elle posa le plateau sur la table basse et s'approcha de lui.) Tout va bien, Gregers ?

Il lui sourit, surpris, comme s'il ne la découvrait que maintenant.

— Te voilà. Je pensais juste à la vie. Et à la mort.

— Comme nous le faisons tous de temps en temps. (Ces jours-ci, les propres pensées d'Esther tournaient constamment autour de la mort et de ses rituels, mais ce n'était pas un sujet dont elle discutait habituellement avec Gregers.) Tu veux me dire quelque chose en particulier ?

— Je pense que je suis en route.

Elle ne comprit d'abord pas ce qu'il voulait dire, mais à son regard, elle eut le déclic.

— Gregers, arrête ! Tu n'es pas en train de mourir.

— Ma petite Esther, j'ai quatre-vingt-cinq ans, ce n'est probablement plus bien loin. Mais il s'agit d'autre chose que de mon âge. Je peux en quelque sorte *sentir* que ça vient.

Esther s'assit et leur versa du vin. Il lui faisait peur. La mort n'était fascinante que lorsqu'elle frappait loin, pas quand elle se glissait par votre porte d'entrée. Mais s'il avait besoin d'en parler, elle ne voulait pas le laisser tomber.

— Viens t'asseoir, mon ami. Raconte-moi ce que tu as sur le cœur.

Il s'assit, prit un verre qu'il contempla comme s'il ne comprenait pas très bien ce que c'était, puis il le reposa sur la table basse.

— Je ne sais plus où se trouve la frontière entre mes pensées et la réalité. J'ai des rêves qui semblent si réels qu'ils me font peur. Par exemple, nous sommes assis là, dans ton salon, c'est bien réel, non ?

Elle hocha la tête.

— Y a-t-il quelqu'un ici à part nous ?

— Non, Gregers.

— Inger n'est pas là ?

Esther dut bien réfléchir avant de se rappeler qu'Inger était l'ex-femme de Gregers, avec qui il n'avait pas eu de contact depuis plus de vingt ans.

— Non, Inger n'est pas ici.

— Elle disait que ce serait l'après-midi dans la maison d'été. Nous avions une jolie petite maison d'été près de Nykøbing Sjælland, quand les enfants étaient petits. Rien d'extraordinaire, mais nous adorions y aller. L'un des pires aspects du divorce a été de devoir la vendre. Enfin, en tout cas, Inger a dit que c'est l'après-midi et que le soleil brille. Nous avons bu de la bière et du snaps au repas et je m'allonge dans le hamac.

Esther l'interrompit doucement.

— S'agit-il de quelque chose qui s'est passé ?

Il écarta la question avec agacement.

— C'est comme ça que *ça va* se passer. En tout cas, je suis allongé dans le hamac, un peu pompette. Les enfants jouent dans le jardin et le chien est de nouveau en vie et a rapporté plein de sable dans la maison. Le soleil me frappe le visage, quelqu'un rit quelque part, c'est peut-être moi.

Il fit une pause et attrapa son verre de vin. Sa voix était lourde d'émotion.

— Elle s'approche du hamac et prend ma main. M'embrasse. Je ferme les yeux. (Gregers but et ferma les yeux.) Et alors je m'abandonne.

*

Jeppe rentra à pied de l'hôpital national, longeant les lacs jusqu'à la station de Nørreport. *Les soirées d'avril sont fraîches et bleu clair*, pensa-t-il. Il se secoua bruyamment, si bien qu'un couple de canards allongés sur la berge sauta à l'eau, apeuré. Dans un mois, il y aurait des canetons sur le lac et de la lumière sur les châtaigniers.

Oscar était retrouvé, le printemps arrivait.

Toute la gare était fermée parce qu'un train de banlieue avait heurté quelqu'un sur une voie en direction de l'ouest, et le métro ne fonctionnait que par intermittence, alors Jeppe finit par marcher jusqu'à Christianshavn. Quand il atteignit Burmeistersgade, il était glacé jusqu'aux os.

La façon dont Sara ouvrit la porte indiqua à Jeppe qu'il était dans le froid à plus d'un titre. Peut-être l'avait-il su toute la journée.

— Amina est rentrée à la maison en puant la bière.

Elle resta dans l'embrasure de la porte à l'observer. Le sac de sport de Jeppe était à côté d'elle.

— Elle va bien ?

— Elle dort, maintenant. Mais quand j'ai voulu savoir qui lui avait donné de l'alcool, elle m'a demandé si tu avais cafté.

Jeppe prit une inspiration, mais n'eut pas le temps de dire quoi que ce soit avant que Sara poursuive.

— Est-ce vrai que quand tu es rentré, hier, tu l'as découverte tard dans la rue ?

Jeppe acquiesça.

— Mais tu ne l'as pas ramenée à la maison et tu ne m'en as pas parlé ! Ma fille de onze ans était dans la rue en train de boire et tu n'as pas pensé que ça valait la peine de me le dire ?

— Elle n'avait pas bu hier…

— Elle était dans la rue à 21 h 30 et tu ne l'as pas ramenée à la maison ! Mais qu'est-ce que tu avais en tête ?

Le regard de Sara était plein de colère, mais aussi d'intransigeance. Jeppe baissa les yeux, sachant instinctivement qu'il ne servirait à rien d'essayer d'expliquer son besoin d'établir un lien de confiance et sa tentative de combler le fossé entre Amina et lui.

Sara déposa le sac de sport sur le palier et referma la porte. Jeppe le souleva, fit demi-tour et partit. Toute relation a une fin. Parfois, le temps s'écoule avant l'amour. C'est à ce moment-là que ça fait vraiment mal.

MERCREDI 17 AVRIL

CHAPITRE 24

Quand on reste allongé trop longtemps sur un bras, celui-ci s'engourdit. Les sensations ne reviennent qu'avec lenteur et douleur, picotements et pulsations. Le sang se bat contre l'engourdissement pour reprendre le dessus. La vie fait mal lorsqu'elle s'écoule de nouveau.

Le garçon demeura immobile un long moment, à écouter sa respiration. Qu'est-ce qu'un souffle ? Un sifflement, un signe de vie. Il sentit du tissu entre ses doigts. Du *tissu*. Il devait être allongé dans un lit. Ou dans un cercueil.

Il ouvrit les yeux et les referma aussitôt, ayant eu le temps d'apercevoir un tuyau en plastique transparent dans son bras. Respiration, tissu, tuyau, il devait être à l'hôpital. Il était en vie. C'était une déception et en même temps un soulagement, sans qu'il comprenne comment tout était lié. Il essaya de bouger, en vain. Son corps bourdonnait. Peut-être que ses os et ses muscles s'étaient dissous en un liquide chaud qui se déverserait si quelqu'un perçait un trou en lui.

La lumière était écrasante. Il s'était tellement habitué à l'obscurité de la forteresse qu'il avait oublié à quel point la luminosité pouvait être exigeante. Des couleurs fortes émergèrent, des contours de métal et de plastique. Propres et effrayants.

Quelque chose dans son nez le gênait. Il essaya de lever la main pour le retirer, mais quelqu'un l'arrêta.

— Il est réveillé !

Le cri lui perça les oreilles. Ne pouvait-il pas être autorisé à mourir en paix ?

*

Mercredi matin à Teglholms Allé, Jeppe passa sa main sur le plateau en stratifié de son bureau puis l'examina. Pas un grain de poussière. D'une manière étrangement passéiste, il en regretta encore plus l'hôtel de police. En fait, il ne voulait pas tant retourner à son ancien lieu de travail que fuir cet immeuble de bureaux standardisés de Sydhavn. Seulement partir ! Il avait passé la nuit dans son appartement de Nyhavn pour la première fois depuis des mois, mais n'avait pas beaucoup dormi. *C'est ce qu'on appelle un cœur brisé, mais ça donne plutôt l'impression de ne plus avoir de cœur du tout*, pensa-t-il en buvant son café provenant de la machine, le regard ensommeillé.

Anette était assise de l'autre côté de leur double bureau, le regardant d'un air impatient, et Thomas Larsen était adossé au chambranle de la porte. Aujourd'hui, un mouchoir à motifs dépassait de la poche poitrine de son blazer couleur chocolat. Ces fioritures vertes contribuaient curieusement au malaise de Jeppe.

— Alors. Le dernier contact connu avec Malthe Sæther est toujours sa conversation téléphonique avec sa petite amie, Josephine, le vendredi à 17 heures, commença-t-il. À ce moment-là, pour autant qu'elle le sache, il était chez lui. Il lui a expliqué qu'un de ses élèves avait des problèmes et besoin de son aide. Il pourrait s'agir de l'élève dont le chef de chœur parlait, impliqué dans une sorte de harcèlement sur Internet. Entre parenthèses, ce même chef de chœur n'a aucun alibi pour l'heure du meurtre.

— Mais il n'a pas non plus l'ombre d'un mobile, intervint Anette avant de prendre le relais. Bien. On ignore où s'est rendu Malthe après sa conversation avec sa petite amie. Cependant, nous savons qu'il a été tué dans la plage horaire se situant entre 22 heures vendredi soir et deux heures du matin, samedi, et qu'il est probablement resté dans une poubelle jusqu'à ce qu'il réapparaisse dans le silo à déchets, lundi matin. Son téléphone a disparu, mais les relevés que nous avons obtenus de son opérateur ne montrent ni appels ni SMS après la conversation avec sa petite amie. La dernière localisation de son portable a eu lieu à 19 h 08 et a été captée par un mât LTE sur Bartholinsgade. Ce qui indique qu'il se dirigeait vers le nord-est. Il nous reste donc juste à identifier tous ses élèves habitant au nord-est de Vendersgade.

— Nous savons qu'il devait rencontrer quelqu'un en lien avec un de ses élèves, dit Jeppe. Ça ne veut pas dire qu'il devait retrouver l'élève en question, ça pouvait aussi être un proche.

Larsen leva l'index, prenant involontairement des airs de prédicateur baptiste.

— N'est-il pas encore très probable que Malthe Sæther ait rencontré Oscar qui, pour une raison ou une autre, l'a étranglé et l'a jeté dans une poubelle avant de s'enfuir au fort de Prøvestenen ? Sa disparition simultanée peut difficilement être une coïncidence.

— Amen ! lança Anette.

— Mais pourquoi ? protesta Jeppe. Et épargnez-moi l'argument « Il doit être fou ». Nous savons tous qu'il faut un mobile pour tuer.

Anette secoua la main avec dédain.

— Ils ont peut-être été amants, ou ont eu une relation qui n'a pas duré. Il y a de nombreuses possibilités. Nous devons nous armer de patience et interroger Oscar dès qu'il ira mieux.

De la patience ! Jeppe n'en avait plus, que ce soit pour les suspects dans le coma, les collègues en tenue de guignol ou les adolescentes inaccessibles.

Il se leva et se posta à la fenêtre.

— Allons, merde ! L'un d'entre vous doit bien avoir quelque chose d'utilisable ?

La chaise d'Anette grinça.

— Excuse-moi, c'est quoi, le problème ? Je viens à moi seule de trouver un suspect dans un putain de fort ! Quels résultats as-tu obtenus, toi, au cours de ces dernières vingt-quatre heures ?

— Ce n'est pas un concours de celui qui pissera le plus loin, Werner. Relaxe !

— Relaxe toi-même !

Larsen s'éclaircit la gorge.

— En fait, moi, j'ai découvert une chose un peu étrange. Je ne sais pas si c'est lié à la mort de Malthe, mais il y a une curieuse coïncidence entre la découverte de son corps et Henrik Dreyer-Hoff.

— Parle !

Larsen fit une grimace exprimant clairement le plaisir que lui inspirait le ton employé par Jeppe.

— Henrik est un homme d'affaires entreprenant, qui siège dans des conseils d'administration, des lobbies, ce genre de choses. Vous vous souvenez que j'ai dit qu'il venait d'un tout autre secteur quand Malin et lui ont ouvert leur maison de vente aux enchères en ligne, il y a à peine six ans ?

Larsen marqua une pause théâtrale. Jeppe soupira, agacé.

— On est censés deviner ?

— Ça va, on se calme. Je croyais que c'était pour une compagnie d'électricité, mais Henrik a travaillé en tant que directeur des ventes de la société allemande Mirnhof & Schalcke. C'est un fournisseur mondial d'instruments de mesure pour l'ingénierie des procédés industriels, qui alimentent entre autres les centrales électriques. À ce titre, il est intervenu à la fois dans le cadre d'un forum d'échange et comme conseiller personnel de la directrice du Syndicat danois de la valorisation des déchets, qui s'appelle Margit Smith.

Jeppe se frotta le menton et se souvint que son matériel de rasage était resté chez Sara.

— Larsen, va droit au but. En quoi ça peut nous servir ?

— Margit Smith n'est plus directrice de ce syndicat. Il y a six mois, elle a pris le poste de P.-D.G. de l'incinérateur d'Amager, mieux connu sous l'acronyme ARC.

— Qu'est-ce que ça signifie ?

— Ça signifie que Henrik est un proche, peut-être même un ami de la P.-D.G. de l'incinérateur où le corps de Malthe Sæther a été retrouvé.

Jeppe se redressa.

— Selon Malin, Henrik et elle étaient à la maison avec leur fille durant la soirée et la nuit de vendredi. Il a un alibi pour le moment du crime.

Larsen se détacha du cadre de la porte.

— Quand Saidani et moi avons rendu visite aux grands-parents, Essie a dit que son père était au travail, vendredi soir.

— Vraiment ? fit Jeppe. Werner, on va faire un tour en voiture ? Nous ferions mieux de demander à Henrik en personne où il se trouvait ce soir-là.

On frappa à la porte et CP passa la tête, une main levée poliment pour qu'on l'excuse de les interrompre. Les rides de son cou la faisaient ressembler à une dinde de dessin animé.

— Je transmets de la part de Saidani qu'elle ne viendra pas aujourd'hui. Enfant malade. Elle promet de noter toute découverte qu'elle ferait sur l'ordinateur de Malthe Sæther dans le rapport en ligne au cours de la journée.

— Merci, CP, répondit Jeppe en sentant son cœur se serrer. Pouvons-nous demander à Mosbæk d'être prêt à nous accompagner à l'hôpital quand Oscar Dreyer-Hoff se réveillera ? Il s'agit visiblement d'un cas d'enlèvement ou de tentative de suicide, nous devons mettre en place une assistance psychologique.

— Je m'en occupe.

— Merci, CP.

Jeppe s'attendit à ce qu'elle parte, mais CP ne bougea pas.

— Kørner, il y a eu une collision avec une personne à Nørreport, hier après-midi à 16 h 30…

— Oui, je sais. La station était encore fermée à 21 heures quand je suis rentré chez moi. Mais qu'est-ce que ça a à voir avec nous ?

— Il semble que tu aies parlé à la victime. Hier matin. Une femme d'un certain âge qui enseignait au lycée de Zahles. Elle s'appelle Lis Christensen.

*

De tous les endroits du monde, c'était dans son atelier que Mads Teigen se sentait le mieux. Il s'était encore réveillé de bonne heure, mais cette fois-ci il s'était levé et assis à son établi, au milieu de ses oiseaux. Une mouette aux ailes largement déployées, un couple d'eiders, leurs becs l'un contre l'autre et, plus rare, une chouette effraie avec une tête blanche aux yeux perçants. Ils étaient si beaux que ça lui fendait le cœur.

Contrairement à l'embaumement, la taxidermie a un objectif esthétique qui consiste à créer la représentation la plus vivante possible des morts. Une combinaison unique d'art et de science. Des célébrités ont mis la taxidermie en lumière, comme Carl Akeley avec son troupeau d'éléphants mâles d'Afrique exposé au musée d'Histoire naturelle de

New York. La beauté des animaux peut être appréciée de près et, si l'on se permet de s'y attarder, on peut presque entendre leurs pas et voir leurs oreilles chasser les mouches.

Malheureusement, les relations inévitables de cette forme d'art avec le sang et les tripes rebutent la plupart des gens. Mads avait depuis longtemps renoncé à parler de sa passion, il ne supportait pas de passer par les étapes obligées du dégoût poli, des questions stupides et de la distanciation. S'il le pouvait, il expliquerait aux gens que les oiseaux étaient ce qui le maintenait en vie. Il leur ferait comprendre que sa capacité à leur donner une nouvelle vie était ce qui rendait la mort supportable.

Il retroussa ses manches. Ils avaient retrouvé le garçon plus mort que vif, on ne savait pas s'il allait s'en sortir. *Pendant combien de temps peut-on encore ressusciter ? En tout cas, pas quand le corps est mort depuis longtemps, pourri et transformé en terreau.*

Mads força ses pensées à revenir sur la policière. Anette. Une chaleur se propagea de son diaphragme au reste de son corps, ses genoux tremblèrent et sa tête devint légère. Il n'avait pas eu ce genre de pensées depuis longtemps, ne s'était pas autorisé à penser avec son corps dans son célibat imposé. Cela faisait partie de sa punition. Maintenant, pourtant, il laissa le désir l'envahir tout en travaillant.

Sur la table se trouvait une magnifique corneille mantelée qu'il était en train de ramener à la vie. Pas *empailler*, Mads haïssait ce mot. Son but était au contraire de créer une illusion de vie, un oiseau qui vole.

Il tourna la corneille sur le dos et incisa son abdomen avec le scalpel. Il desserra le plumage jusqu'à ce qu'il ne colle plus au corps qu'au niveau du bec et retourna l'oiseau. Il le contempla avec tendresse puis se mit à gratter les os pour les débarrasser de la chair. Quand il l'eut lavé et séché, l'animal était clair et luisant entre ses mains. Il trouva un mannequin en mousse de taille appropriée pour le corps et caressa les plumes brillantes.

Anette. Il pouvait presque sentir sa peau sous ses doigts alors qu'il retournait l'oiseau et coupait un morceau de fil d'acier fin. Cette pensée lui donnait le vertige. Il voulait lui attraper les bras et embrasser son cou, son ventre, ses seins, jusqu'à ce qu'elle lui cède. La tenir par le cou lorsqu'il la pénétrerait et la regarder dans les yeux quand ils approcheraient de l'orgasme.

Mads fit passer le fil à travers l'os d'une aile, puis de l'autre. Il enroula du coton autour d'un nouveau morceau de fil jusqu'à ce qu'il prenne la forme du cou d'un oiseau. Avec son poinçon à glace, il perça un trou dans la tête du mannequin, l'attacha au cou et le mit en place sous le plumage. Quand il fut rempli et redevenu un corps, il dut lâcher l'oiseau et se toucher. Anette haletait sous lui, belle et en sueur, et bientôt il la suivit, éjaculant et s'effondrant sur elle, à bout de souffle. Ses pensées vacillèrent pendant que ses sécrétions séchaient et devenaient honteusement collantes sur ses doigts.

Il se leva de son établi, enleva de sa joue une plume qui s'était détachée et se dirigea vers le lavabo où il ouvrit le robinet. Son corps était vide, mais sa tête vibrait de reproches contre lui-même. Tout désir de travailler sur l'oiseau l'avait quitté.

*

Anette appuya sur le bouton le plus haut de l'ascenseur et jeta un coup d'œil à son partenaire. Il avait l'air fatigué, mais c'était peut-être à cause des lampes fluorescentes. Bon sang, qu'il pouvait être agaçant, parfois ! Même si, pour être honnête, une partie de son irritation était probablement liée aux fluctuations de sa propre vie au cours de ces derniers jours.

— Pourquoi la collègue de Malthe Sæther se serait-elle suicidée ? s'interrogea Jeppe, qui paraissait choqué. Tu peux me l'expliquer ? Une gentille dame d'un certain âge quitte son travail, descend dans la station et saute sans prévenir devant un train. J'ai discuté avec elle hier matin, elle ne semblait pas du tout suicidaire. Dis-moi, est-ce que ça a un sens ?

Anette secoua la tête.

— Ça a dû être un accident.

— Elle marchait mal, peut-être qu'elle a trébuché. Huit heures après que je lui ai parlé de Malthe, elle meurt. Encore une maudite coïncidence de circonstances malheureuses.

Les portes de l'ascenseur s'ouvrirent et la lumière de l'appartement de la famille Dreyer-Hoff les inonda. Henrik les attendait juste devant, les bras tendus. Anette essaya de lui serrer la main, mais dut se laisser étreindre une fois de plus par le père reconnaissant. Il posa son menton sur son épaule et ferma les yeux, de façon bien trop proche et intime. Au bout de quelques secondes, il lui donna une forte tape dans le dos, relâcha sa prise et la tint à bout de bras, les mains sur ses épaules.

— J'espère que votre employeur vous apprécie à votre juste valeur. À mes yeux, vous devriez recevoir la médaille du mérite.

Anette hocha la tête avec embarras.

— Merci. Je faisais juste mon travail. Nous sommes tous heureux qu'Oscar soit en sécurité.

Il la tint bon encore un instant embarrassant de plus puis la lâcha enfin.

— Puis-je vous offrir une tasse de café ? Nous avons ramené les enfants à la maison et leur avons accordé un dernier jour sans école, ils sont en train de prendre leur petit déjeuner.

Dans la cuisine, Victor et Essie étaient assis au comptoir, chacun devant une assiette d'œufs brouillés et de toasts.

Le soleil était sorti et se reflétait sur l'eau en contrebas, faisant danser des taches de lumière sur les murs et sur leurs visages.

Anette leur sourit.

— Bonjour, ça fait du bien d'être à la maison ?

— Ça va, dit Victor en haussant les épaules pendant qu'Essie hochait la tête d'un air timide.

Henrik attrapa tendrement le cou de son fils.

— Vic, si vous emportiez votre repas au salon et mettiez un film ? Je parlerai avec la police pendant ce temps.

— D'accord, papa.

Les enfants se levèrent et emportèrent leurs assiettes vers le canapé rose, à l'autre bout de l'appartement. Henrik s'appuya contre le comptoir de la cuisine.

— Dites-moi, Oscar est-il soupçonné d'être impliqué dans le meurtre de son professeur ? demanda Henrik avec désinvolture, comme si le sujet était tout à fait anodin.

Il avait apparemment oublié le café.

Jeppe s'assit sur un des tabourets de bar et plaça ses mains ouvertes sur le comptoir, comme un joueur de poker qui n'a rien à cacher.

Pourquoi posez-vous cette question ?

— Vous l'avez vous-même trouvé à moitié mort de faim et de soif sur une île déserte. Oscar est la victime, ici, pas le coupable.

— Que voulez-vous dire ?

Henrik croisa les bras.

— Vous savez très bien ce que je veux dire. Que la mort de ce pauvre professeur n'a rien à voir avec mon fils.

Anette remarqua qu'il s'efforçait de ne pas s'énerver. Une note tendue s'était glissée dans sa voix.

— Oscar est un garçon timide de quinze ans pour qui tout est un peu difficile. L'école, grandir, le monde en général. Je crois qu'il a pris le bateau dans le port pour s'éloigner de tout ça. C'était stupide et dramatique, et sans votre collègue ici présente, ça aurait pu avoir des conséquences fatales.

Il fit un signe de tête appréciateur en direction d'Anette.

— Est-ce Oscar lui-même qui vous a expliqué ce qui s'était passé ? A-t-il repris connaissance ?

— Il est réveillé et en assez bonne santé, d'après ma femme. Mais il n'a rien raconté, nous l'avons déduit nous-mêmes.

Jeppe le regarda d'un air interrogateur.

— Alors Oscar n'a pas dit qu'il n'avait pas été kidnappé ?

— Non.

— Ce sera intéressant d'entendre sa propre explication. Nous irons lui parler.

Jeppe s'accouda au comptoir. Anette connaissait assez bien son langage corporel pour savoir qu'il était sur le point de changer de vitesse.

— Où étiez-vous vendredi soir ?

— À la maison. N'en avons-nous pas déjà parlé ?

Jeppe hocha la tête.

— Vous ne vous êtes pas éclipsé pour vous rendre au travail au cours de la soirée ?

— Non.

La réponse tomba rapidement, mais Anette eut le temps de voir son regard vaciller.

— D'accord, dit Jeppe en reculant. Si j'ai bien compris, vous travailliez dans un autre secteur d'activité avant de fonder Nordhjem. Chez un fournisseur de matériel pour l'industrie, c'est ça ?

Henrik eut l'air vraiment étonné.

— C'était il y a longtemps, peut-être six ans, mais c'est exact.

— Quelle était votre fonction ?

— J'étais directeur des ventes.

Anette vit Jeppe hocher la tête comme il le faisait quand il s'approchait latéralement de sa victime. La tête un peu inclinée, les yeux fixés vers un point sur le sol.

— Est-il vrai, poursuivit-il, qu'à la même période, vous étiez conseiller personnel de Margit Smith… qui est depuis six mois P.-D.G. de l'ARC ?

Henrik hocha la tête avec méfiance.

— J'ai un bon réseau. Dans le monde des affaires, parmi les politiques, et je connais aussi Margit, mais… j'avoue que je ne comprends vraiment pas où vous voulez en venir.

Les épaules de Jeppe se relevèrent un peu. Anette savait qu'il cherchait un angle d'attaque. Elle pensa que c'était le moment idéal pour leur fausser compagnie.

— Excusez-moi, je dois aller aux toilettes…

Elle partit dans le long couloir, prenant soin de marcher légèrement. Essie était assise seule sur le canapé, son assiette sur les genoux et les yeux rivés sur l'écran plat.

Anette se racla la gorge. La frêle fillette sursauta et plaqua ses deux mains sur sa poitrine.

— Désolée de t'avoir fait peur. Je cherche juste les toilettes. Où est Victor ?

Essie posa son assiette sur la table basse et regarda avec désespoir une goutte de beurre renversée sur la soie rose du canapé.

— Dans sa chambre. Il ne voulait pas regarder la télévision.

— Ne t'inquiète pas, ça partira avec de l'eau. Tiens.

Anette trempa son doigt dans un verre d'eau posé sur la table basse et frotta la tache tout en priant pour ne pas être en train d'abîmer un canapé à cent mille couronnes.

— Tu regardes quoi ?

— *Riverdale*, marmonna-t-elle.

Tout en elle évoquait sa réticence à côtoyer un adulte étranger. Anette hésita. La police ne devait pas interroger seule une enfant de dix ans.

— Essie, tu as dit à nos collègues que ton papa était peut-être au travail vendredi soir. Tu t'en souviens ?

— Papa était à la maison.

— C'est juste parce que tu as dit à nos collègues qu'il était au travail…

— Je me suis trompée.

Elle baissa les yeux sur son assiette. Anette sourit.

— D'accord.

— Que se passe-t-il ici ?

L'assiette d'Essie tomba par terre et se cassa. Henrik passa précipitamment devant Anette avec un grognement agacé et se mit à ramasser les œufs brouillés.

— Je cherchais les toilettes.

Henrik se releva, des éclats dans les mains et les yeux brûlants.

— Je pense qu'il y a eu assez de questions pour aujourd'hui.

CHAPITRE 25

— Voilà, Jenny. J'espère que tu ne prends pas de sucre, parce que nous n'en avons plus. Je ne comprends pas où il disparaît tout le temps.

Le regard de Jenny Kaliban passa de l'assistante sociale en train de s'asseoir de l'autre côté du bureau au café qu'elle venait de poser devant elle. À côté de la tasse et de la cuillère en plastique, un sachet de crème en poudre. La femme était de son âge, avec des boucles molles et grises encadrant un visage fatigué. Seuls ses ongles brillaient de rouge, fraîchement peints, comme des îlots d'espoir isolés dans une mer mourante. *On pourrait presque croire qu'elle est née pour travailler au bureau d'aide sociale*, pensa Jenny avec méchanceté. *À moins que ce ne soit l'environnement qui, au fil des ans, l'ait façonnée en ce qu'elle sembe être aujourd'hui.*

Qu'est-ce que je fabrique ici ? se demanda-t-elle. Comment elle, qui vivait et respirait pour l'esthétique, avait-elle fini par être obligée, année après année, de hanter ces lieux sans âme, la main tendue et la mine humble ?

Elle sentit la rage monter en elle, consciente que c'était contre elle-même qu'elle était furieuse. Elle n'avait qu'à s'en prendre à elle-même. Sans le vouloir, elle s'était brouillée avec sa famille. Maintenant, elle n'était plus la bienvenue au chevet de son neveu. Mais ce n'était pas seulement sa faute – ils l'avaient abandonnée les premiers. Et la société ! Les artistes avaient toujours été dépendants des dons des mécènes, de la noblesse et de la classe supérieure, mais sa génération à elle était carrément humiliée. Forcée de lécher des bottes pour joindre les deux bouts et d'endurer le manque de respect à peine dissimulé de la société.

— Tu fais encore des gardes au musée, à ce que je vois ? Mais ça ne rapporte pas grand-chose.

L'assistante sociale tapota sur son ordinateur et la regarda par-dessus ses lunettes en plastique.

— Non. J'arrive aussi peu à vivre de ça que des allocations chômage complémentaires que vous me versez.

— Ce n'est pas moi qui détermine ni qui verse tes allocations chômage.

Elle cliqua.

— Mais c'est toi qui évalues si je peux continuer à recevoir une subvention pour mon mode de vie. N'est-ce pas pour ça que tu me convoques à ces rendez-vous ? Pour inspecter mon pantalon usé et mes joues creuses ?

L'assistante sociale pianotait toujours, les lèvres pincées. Jenny savait qu'elle n'arriverait jamais à lui faire comprendre, mais elle ne pouvait s'en empêcher. Impossible de laisser l'ignorance sans commentaires.

— Le XXIe siècle annonce la mort de l'esthétique. *Fuck* la religion, la science et la spiritualité ! L'esprit humain s'est toujours retrouvé dans la beauté. Dans l'art, les mots, la musique. Quand on la perd, on perd la raison de vivre. On se noie dans les vêtements discount et les nichons en plastique. Les gens préfèrent regarder des émissions de téléréalité plutôt que d'écouter le quatuor à cordes de Prokofiev. *La beauté sauvera le monde !* Si seulement...

— Ce que je vois, Jenny, c'est que tu as épuisé ton droit aux allocations chômage complémentaires. On ne peut les obtenir que pendant trente semaines sur cent quatre, après quoi, elles expirent.

— Qu'est-ce que tu dis ? Je ne peux pas avoir d'argent ?

L'assistante sociale pencha la tête en arrière et plissa les yeux derrière ses verres de lunettes graisseux.

— Tu peux avoir de nouveau droit aux allocations chômage complémentaires en travaillant plus de cent quarante-six heures chaque mois dans les six prochains mois.

Jenny sentit son pouls battre à son cou.

— Mais de quoi je vais vivre ?

— De ton travail.

— Je ne peux pas vivre de l'aumône que je reçois de Thorvaldsen. Je ne peux même pas payer mon loyer et acheter à manger avec cet argent !

L'assistante sociale posa ses coudes sur la table comme si elle s'apprêtait à lui dire un secret.

— Alors tu dois soit travailler un peu plus, soit réduire tes dépenses. Ce n'est pas la faute de l'État, après tout, si tu ne sais pas vivre selon tes moyens.

Jenny regarda ses mains rugueuses. Ses ongles étaient courts et sales à cause de l'usure quotidienne des toiles et des peintures.

— Je ne peux pas avoir une aide d'urgence ?

— Pas tant que tu es en état de travailler.

La femme retira ses lunettes.

— Peut-être est-il temps de trouver un vrai travail, Jenny !

Jenny sentit les portes claquer partout autour d'elle. Elle perçut la panique désormais chronique s'emparer de son estomac et serrer au point qu'elle en eut un goût de bile au fond de la gorge.

— Tu aimes ça, hein ? Forcer une artiste paresseuse à accepter un travail de femme de ménage. Mais tu oublies une chose : que fait l'art pour la société ? Quel genre d'endroit sera le monde s'il n'y a plus personne comme moi ?

— Ce sera donc tout pour aujourd'hui !

L'assistante sociale se tourna vers son écran et se remit à taper sur son clavier.

Jenny se leva si brusquement que sa chaise tomba. Elle se redressa et parla avec autant de dignité qu'elle le put.

— Tu as du sang sur les mains !

*

À l'entrée de l'unité de soins continus de l'hôpital national, Jeppe et Anette furent accueillis par une infirmière qui les conduisit d'un pas vif jusqu'au bureau de la médecin référente d'Oscar. Celle-ci était penchée sur un sandwich triangulaire, les yeux rivés sur son ordinateur.

Jeppe hésita sur le pas de la porte.

— Excusez-nous d'interrompre votre déjeuner, nous sommes du centre d'investigation de la police. Pouvons-nous vous poser quelques questions rapides ?

— Un instant, je suis à vous.

Elle prit une autre bouchée, jeta le reste à la poubelle et leur fit signe d'entrer alors qu'elle finissait de mâcher.

— Quand Oscar a-t-il été transféré du service de réanimation ?

Elle regarda son écran.

— Il y a une heure. Il est resté stable toute la nuit et respire tout seul, alors maintenant, nous prenons le relais. Nous avons une surveillance vingt-quatre heures sur vingt-quatre dans le service, il est entre de bonnes mains.

— Est-il conscient ?

— Il oscille entre sommeil et éveil, en ce moment, mais il est tout à fait normal de ressentir de la somnolence avec tous les analgésiques qu'on lui donne.

— Mais il va s'en sortir ? demanda Anette.

La médecin pencha la tête d'un côté à l'autre, sans s'engager.

— Son âge et sa forme physique offrent de bonnes conditions de survie, mais quand on a atteint un tel degré de froid et de déshydratation, il reste un risque de défaillance multiviscérale pendant plusieurs jours. Son foie semble également avoir été endommagé.

Jeppe hocha la tête.

— Je suppose que l'Institut médico-légal a pris contact avec vous afin d'examiner le patient…

— Ils viennent cet après-midi.

— Bien. Avez-vous trouvé des traces de violence ou de coercition sur lui ? Des marques sur la peau, des os cassés, quoi que ce soit de suspect ?

— Non. Quelques petites égratignures sur les bras, des ecchymoses, rien d'inattendu après quatre jours sur une île déserte. Mais…

— Oui ?

— Nous avons effectué une aspiration gastrique. On suspecte un surdosage de paracétamol, mais il faut un certain temps pour le déterminer après tant de jours. Le laboratoire doit analyser le contenu de l'estomac avant que nous en soyons sûrs, mais ça y ressemble.

Jeppe fronça les sourcils.

— Trop de cachets contre le mal de tête ?

— Ça peut être un signe de tentative de suicide. (La médecin leva les mains.) Mais les comprimés ont aussi pu avoir été administrés de force, Oscar devra lui-même faire la lumière là-dessus.

— Pouvons-nous le voir ? Un de nos psychologues vient nous assister pour l'entretien.

— Il est encore très faible, mais allons-y, et nous aviserons à partir de là. Sa mère est auprès de lui.

Elle les conduisit vers une pièce au bout du couloir, frappa légèrement à la porte, ouvrit et entra. Ils lui laissèrent un instant pour préparer Malin à la visite avant de la suivre.

La médecin ressortit en leur lançant un regard sévère :

— Allez-y doucement !

Un garçon maigre était allongé dans le lit, une perfusion en intraveineuse dans le bras, la tête tournée vers le mur. La mère d'Oscar, les yeux fixés sur son fils, était assise sur une chaise sous une affiche mal placée représentant un morse.

— Bonjour, Malin. Est-ce qu'il dort ?

Elle secoua légèrement la tête.

Jeppe lui sourit.

— Et vous, avez-vous dormi ici, à l'hôpital ?

— Sur un canapé dans le salon des familles.

La confiance est une chose étrange, un des éléments constitutifs des relations humaines que nous connaissons le moins. Elle exige de l'honnêteté, de la fiabilité et de l'ouverture, voilà ce que nous savons. Mais fondamentalement, soit elle est là, soit elle n'y est pas. La confiance de Malin Dreyer-Hoff en Jeppe avait disparu. Quelque part dans leurs échanges, il avait fait un faux pas et elle s'était éloignée. Son regard méfiant lui rappela la fragilité des relations humaines. Même le morse sur l'affiche le regardait d'un air renfrogné.

La porte s'ouvrit et Mosbæk apparut près du lit. Comme toujours, le psychologue de la police portait une sacoche en cuir qui débordait et dont la bandoulière s'enfonçait dans le tissu de sa chemise à carreaux, au niveau de son ventre. Sa grande barbe rousse brillait dans la lumière vive de la chambre d'hôpital, il sentait la forêt d'automne et le jardin potager.

— Bonjour, Mosbæk, content de te voir. Voici Oscar et sa mère, Malin.

— Bonjour, dit Mosbæk.

Il posa son sac et salua chaleureusement Malin avant d'approcher une chaise du lit et d'écarter Jeppe et Anette avec douceur, mais fermeté.

— Ce serait bien que vous vous teniez dans le coin, tous les deux, pour qu'Oscar et moi ayons un peu de paix et de tranquillité.

Jeppe fit un signe de tête à sa partenaire et ils reculèrent vers le mur, laissant le psychologue seul près du lit.

— Voilà qui est mieux. On ne peut pas penser ni parler, avec cette foule ! (Il concentra son attention sur le garçon.) Je m'appelle Mosbæk et je suis le psychologue de la police. Autrefois, j'avais aussi un prénom, mais même ma femme a arrêté de l'utiliser, alors tu peux m'appeler simplement Mosbæk.

Oscar ne réagit pas, toujours tourné vers le mur.

— Je suis ici pour m'assurer que tu te rétablisses bien, poursuivit Mosbæk, et pour découvrir ce qui t'est arrivé.

Le garçon pivota doucement la tête.

Jeppe sourit à Anette. Une des qualités qui rendaient Mosbæk si utile était sa capacité à créer la confiance et à mettre les gens à l'aise.

— Te sens-tu suffisamment en forme pour me parler ?

Les yeux d'Oscar vacillèrent.

— Je ne me rappelle pas grand-chose des derniers jours. C'est comme si mon cerveau avait arrêté de fonctionner correctement.

Mosbæk sortit un petit bloc-notes de son sac en cuir et sourit d'un air d'excuse.

— C'est pour mes notes, car ma mémoire n'est pas très bonne non plus. Commençons par ce dont tu *peux* te souvenir.

Le garçon se redressa maladroitement sur ses coudes et attrapa un verre de jus de fruits sur sa table de chevet. Mosbæk l'aida.

— Eh bien, je me rappelle ma famille et où nous habitons, le lycée et tout ça. Ce n'est pas comme si tout était parti. J'ai juste du mal à me rappeler ces derniers temps. Comme si les jours… s'étaient emmêlés. Je me souviens avoir pris le canot pour aller jusqu'à la forteresse.

— Tu l'as fait seul ? intervint Anette.

— Je crois.

— Que faisais-tu juste avant de partir ? Étais-tu avec quelqu'un ? poursuivit-elle.

— Ça va, Oscar, on va y aller doucement. (Mosbæk lança un regard d'avertissement à Anette.) Comment te sens-tu, vraiment ?

Malin, assise au bord de sa chaise, regardait son fils avec de grands yeux. Peut-être ne lui avait-elle pas posé cette simple question. Il était fort probable que personne ne l'ait fait.

— Je ne sais pas, répondit Oscar en déglutissant comme s'il retenait quelque chose.

Jeppe entendit Mosbæk souffler par le nez et devina que le psychologue souriait au garçon.

— Ce n'est pas un problème. Les médecins ont trouvé des restes de comprimés contre le mal de tête dans ton estomac. Te souviens-tu si tu les as pris toi-même ?

— Non, chuchota Oscar.

— Pourquoi es-tu parti avec le canot ?

— J'étais peut-être un peu abattu…

— Étais-tu fâché avec quelqu'un ? Malthe Sæther, peut-être ? demanda Mosbæk d'une voix douce.

— Malthe ? Mon prof de danois… ?

Oscar passa son doigt sous son nez, l'air perdu.

Mosbæk se tourna vers Jeppe et Anette avec un regard interrogateur. Oscar était-il prêt à entendre ce qui était arrivé ?

Malin prit la décision pour eux.

— Chéri, Malthe a été retrouvé mort. Assassiné. C'est pour ça que la police pose autant de questions.

Elle avait parlé de sa chaise, sans faire mine de se lever.

Oscar retint son souffle.

Mosbæk lui prit la main.

— Ça en fait beaucoup d'un coup, je peux le comprendre. Est-ce que ça va ?

Oscar avait l'air de tout sauf d'aller bien. Il ressemblait à un cerf, une seconde avant d'être fauché par un pare-chocs.

— On va faire une pause, proposa Mosbæk en lui tapotant la main.

— Et la note, c'est toi qui l'as écrite ? Comme une lettre d'adieu ? (Jeppe reçut un nouveau regard sévère de la part de Mosbæk, mais poursuivit quand même.) Malthe devait aider un de ses élèves, vendredi soir. C'était toi ? Ou Iben ?

Oscar se mit à pleurer.

— Est-ce qu'Iben va bien ? Je peux la voir ?

Malin se mit debout.

— Seulement quand tu seras stable et en forme, mon chéri.

Oscar mit les mains sur son visage.

— Je vous raccompagne, ordonna Malin.

Jeppe s'arrêta sur le pas de la porte.

— J'ai parlé avec Jenny, votre sœur, hier. Elle trouvait qu'Oscar avait des difficultés, depuis un certain temps…

L'expression de Malin se durcit.

— Comment le saurait-elle ? Elle ne le voit jamais.

— Pourquoi ça ?

Elle s'agrippait à la poignée, prête à refermer la porte derrière eux.

— Ma sœur est… intense. Jenny a un don pour créer des drames autour d'elle et en rejeter la faute sur les autres. Elle emprunte de l'argent qu'elle ne rend pas et elle ne s'entend pas non plus avec Henrik, j'en ai peur. J'aime ma sœur, mais... nous sommes très différentes.

— J'ai pourtant compris qu'elle se considérait comme proche de vous. Et des enfants.

— Peut-être.

Elle regarda par-dessus son épaule, en direction de son fils.

— Malin, que s'est-il passé dans la vie d'Oscar qui ait pu lui donner une raison de partir en bateau pour tenter de se suicider ?

Les couleurs montèrent sur ses joues, révélatrices.

— Vous pensez que je suis une mauvaise mère, n'est-ce pas ?

La question était si inattendue que Jeppe ne trouva pas de réponse.

— Vous arrivez ici avec vos principes et vos théories et vous méprisez ma famille. Vous condamnez notre manière d'être parents, n'est-ce pas ?

Il leva les mains pour l'arrêter, mais elle n'en tint pas compte.

— Vous croyez savoir exactement comment un garçon comme Oscar doit être géré, ce dont il a réellement besoin. (Elle commença à fermer la porte, si bien qu'il dut reculer.) Mais vous vous trompez. Vous ne connaissez rien au rôle de parent !

CHAPITRE 26

L'économiseur d'écran se déclencha sans prévenir et Esther de Laurenti dut recliquer sur le formulaire vert pour saisir ses données de connexion. Consulter un ordinateur public dans la bibliothèque centrale de Copenhague, à Krystalgade, n'était pas son passe-temps favori, mais les articles scientifiques de Margrethe Dybris étaient stockés dans la base de données de la bibliothèque. Celle-ci n'étant pas disponible en ligne, elle était obligée de venir ici en personne pour les imprimer.

L'immense salle commune était aussi bruyante qu'un hall de gare. Elle grouillait d'étudiants et de retraités qui entraient et sortaient par la porte à tambour, montaient et descendaient les escalators dans le hall lumineux et haut de plafond qui formait le cœur de la bibliothèque.

Esther secoua avec agacement la souris collante, qui ne réagissait qu'une fois sur deux. Une partie d'elle-même était soulagée de s'être éloignée de la maison, de Gregers. Il était difficile à vivre en ce moment, parce qu'il était inhabituellement exigeant, mais aussi, elle devait bien se l'avouer, parce que sa peur de la mort rendait sa compagnie désagréable. Elle avait honte de réagir ainsi, et encore plus honte de sa propre angoisse grandissante : qui prendrait soin de Gregers s'il devenait invalide ?

Elle ouvrit et ferma des onglets et trouva les trois articles que Margrethe avait écrits sur les funérailles et les traditions entourant la mort du peuple Torajan. Elle les parcourut rapidement et lança l'impression. Soixante-douze pages en tout, ce serait cher, mais elle en avait besoin.

Pendant qu'elle attendait que l'imprimante fasse son travail, elle tapa « rituels funéraires » dans le champ de recherche du navigateur et cliqua sur *images*. Autant commencer à penser à la couverture – la partie facile de l'écriture d'un livre.

Esther fit défiler des photos de processions funéraires et d'églises, toutes ennuyeuses et trop imprécises pour une couverture, et remplaça son mot-clé par « artefacts funéraires ». Voilà qui était bien mieux ! Elle passa de photos de tombes égyptiennes et de carnavals à des images de masques mortuaires de l'époque romaine, utilisés dans des cortèges funéraires lors d'occasions festives pour honorer les ancêtres. En voyant la photo d'un masque gris craie qui ressemblait à s'y méprendre à celui que Jenny lui avait montré au musée, elle cliqua sur le lien associé. Il la conduisit à un autre site de photos de reliques mortuaires. L'une d'elles représentait une poupée pâle à la peau claire, les yeux fermés. La photo était très petite et donc difficile à voir clairement, mais le visage était féminin, l'expression rêveuse, et elle reposait sur un velours rouge foncé qui créait de la profondeur et du contraste. Ça pourrait donner quelque chose !

Esther essaya d'agrandir l'image, mais un message lui intima de se connecter. Le site web s'appelait *ninthcircle.com*. Pourrait-elle acheter les droits d'utilisation de la photo si elle trouvait un moyen de les contacter ? La question était de savoir comment. Où qu'elle clique, elle obtenait toujours la même demande de connexion.

L'ordinateur bipa pour lui indiquer que sa sortie papier était prête. Elle se déconnecta, rangea ses affaires et se dirigea vers la salle des imprimantes.

Ninth Circle. Qui pourrait l'aider à entrer en contact avec eux ?

*

— À quel point a-t-il l'esprit dérangé ? Pouvons-nous compter sur le fait qu'il dise la vérité lorsqu'il prétend ne se souvenir de rien ?

Jeppe donna un coup de pied dans une motte de terre meuble, sur la pelouse inégale de la cour intérieure de l'hôpital national. L'hiver avait été dur pour l'herbe, ou était-ce le flot d'enfants enjoués qui couraient autour de la structure de jeu en forme de château qui empêchait le développement des jeunes pousses ? Il regarda Mosbæk et Anette, qui scrutaient les quelques bancs de la cour à la recherche de places disponibles, et se demanda si ce serait très mal vu d'allumer une cigarette.

— Esprit dérangé ? Tu as vraiment dit ça ? demanda Mosbæk en enfonçant ses mains dans ses poches, semblant abandonner l'idée des bancs. Je ne crois pas avoir entendu ce terme depuis 1955.

— Comment appelles-tu un garçon qui part en bateau dans une forteresse pour mourir, putain ? *Stressé* ?

Mosbæk sourit à Anette. Il était habitué aux taquineries de ses collègues policiers. En réalité, un profond respect régnait entre les enquêteurs et les psychologues affiliés à la police ; il avait depuis longtemps remplacé la méfiance mutuelle d'autrefois.

— Il pourrait bien avoir une forme de réaction retardée d'amnésie antérograde.

— Comment ça ? dit Anette en plaçant ostensiblement une main derrière son oreille. Est-ce quelque chose qu'on est censé connaître ?

Mosbæk secoua la tête en riant.

— PTSD. Une réaction de choc à retardement suite à une expérience traumatisante avec perte de mémoire ultérieure. À moins qu'il fasse semblant de ne pas s'en souvenir parce qu'il a quelque chose à cacher. J'ai besoin de passer plus de temps avec lui pour en être sûr.

Un petit garçon aux boucles blondes, pansement sur le front et couche sur les fesses, se dandina entre eux et regarda avec confusion leurs jambes d'adultes étrangères. Quand il eut constaté qu'aucun d'eux n'était sa mère, il poursuivit d'un pas chancelant en direction de la structure de jeux. Jeppe regarda l'enfant se diriger vers une femme qui l'attendait, les bras ouverts, pour l'accueillir dans une étreinte rassurante. *Nous sommes vraiment nés pour faire confiance à nos parents.*

Il se retourna vers les autres.

— Est-ce que l'expérience traumatisante serait la mort de Malthe ?

— Le garçon peut bien sûr être sous le choc de la mort de son enseignant, peut-être aussi de son implication dans sa mort. (Mosbæk caressa d'une main sa barbe, qui prit la forme d'une pointe.) Mais il est impossible de trancher tant qu'il ne nous en dira pas davantage. Savez-vous s'ils ont été plus que professeur et élève, l'un pour l'autre ?

Jeppe haussa les épaules.

— Ils semblent avoir été confidents. Mais dans quelle mesure, nous l'ignorons.

— C'est quand même drôlement pratique pour lui de ne rien se rappeler, intervint Anette. Vous aurez du mal à me convaincre qu'un garçon qui a navigué jusqu'à une forteresse, coulé son bateau et avalé deux boîtes de paracétamol préparait autre chose que son suicide.

— Si tant est que personne ne l'ait forcé à les avaler, dit Mosbæk en levant son index. Votre théorie est qu'il a tué son prof et s'est enfui ?

— Oui, répondit Anette.

Jeppe secoua la tête.

Le regard de Mosbæk passa de l'un à l'autre.

— Eh bien, je vois que tout est comme d'habitude. N'oubliez pas le rasoir d'Ockham, chers amis !

Anette soupira.

— C'est maintenant que je dois demander ce que ça veut dire pour que tu puisses nous éblouir avec ton savoir ?

— Exactement, répondit Mosbæk avec un sourire. Le rasoir d'Ockham est un principe épistémologique de base qui indique que la théorie reposant sur le moins d'hypothèses possible est la meilleure. On doit décortiquer le plus possible, jusqu'à l'os, et trouver la théorie la plus simple.

Jeppe leva les yeux vers la petite bande de ciel au-dessus de leurs têtes, encadrée de tous les côtés par le béton gris de l'hôpital. Les nuages blancs étaient figés dans un instantané tandis que les cris joyeux des enfants volaient dans les airs comme ceux de mouettes.

Ou comme le grincement des voies ferrées.

— Désolé, Mosbæk, mais le rasoir a un problème, objecta Jeppe en regardant Anette. Un problème du nom de Lis Christensen.

— Tu es sérieux ? fit-elle en roulant les yeux.

— Au moins, nous devons enquêter dessus !

Mosbæk leva les deux mains en l'air.

— Est-ce que quelqu'un a l'intention de me dire qui est cette Lis ?

Jeppe sortit ses cigarettes.

— Lis a été percutée par un train mardi après-midi à 16 h 30, pendant qu'Oscar était dans la forteresse maritime de Prøvestenen. Si elle a été poussée, il est impossible qu'Oscar ait fait le coup.

— Suis-je censé y comprendre quoi que ce soit ? demanda Mosbæk en croisant les bras sur sa poitrine. Et si tu en allumes une ici, je te donnerai moi-même un coup de boule.

— Désolé, Mosbæk, c'est compliqué à expliquer, dit Jeppe en remettant le paquet dans sa poche. Tu vas faire une nouvelle séance avec Oscar ?

Le psychologue soupira, mais hocha la tête.

— Je doute qu'autre chose lui revienne aujourd'hui. Il est fragile et sa mère ne semble pas être le meilleur soutien, même si elle essaye. Pas pour le moment, en tout cas.

Anette lui tapota le dos.

— Tu es un type bien, Mosbæk !

— Mais toi aussi, répondit-il en souriant malgré lui. Le fait que j'aimerais lui soutirer des informations ne m'empêche pas de me soucier de son bien-être.

— Merci, dit Jeppe. J'appelle l'agent de garde pour voir qui s'occupe de l'affaire du train de banlieue. Peut-être que Lis Christensen a des proches qui voudront bien nous parler.

Tout en téléphonant, Jeppe observa sa partenaire. Elle avait encore minci ces derniers jours et ses pommettes saillaient sur son visage, lui donnant une apparence fatiguée et brute, presque romantique, ce qui était complètement atypique pour Anette Werner.

Si je ne la connaissais pas mieux, pensa-t-il, *je croirais qu'elle est amoureuse.*

*

« Les dernières mesures révèlent que les émissions de CO_2 sont encore en augmentation cette année. Malgré l'Accord de Paris qui devait assurer une diminution ou au moins une stagnation, de nombreux signes indiquent que les émissions mondiales de CO_2 sont en passe d'établir un nouveau record cette année. Si nous ne réduisons pas de manière drastique la pollution par gaz à effet de serre dans les prochaines… »

Kasper Skytte éteignit la radio et reporta son attention sur la valise ouverte sur son lit. Des chaussures de rechange, un pantalon, des T-shirts et des sous-vêtements propres pour une semaine, son ordinateur, les photos de famille les plus importantes, la carte bancaire du compte suisse. *Qu'emporte-t-on quand on ne sait pas si on rentrera un jour ? Quand tout doit pouvoir tenir dans un bagage à main pour ne pas avoir à attendre lors de la descente de l'avion et pouvoir partir en courant à tout moment ?* Pas grand-chose, beaucoup moins que ce qu'on voudrait.

Il but son porto et remplit de nouveau son verre. Le cadeau d'un collègue, certainement. Il ne s'était pas connecté ces quatre derniers jours, mais il buvait plus que jamais. Peut-être une addiction remplaçait-elle l'autre ; il s'occuperait de cela une fois qu'ils seraient en sécurité.

Kasper parcourut mentalement sa liste, les yeux rivés sur sa valise ouverte. Maintenant que la fuite devenait réalité, il se sentait étrangement serein. Pour l'instant, il lui semblait plus sûr d'être en fuite que de rester et d'attendre d'être exposé.

Son unique problème était Iben.

Fuir sans elle n'était pas une option. Elle n'avait que quinze ans et n'était pas capable de se débrouiller toute seule. Et il l'aimait. Mais comment allait-il la persuader de venir avec lui ?

Il ferma la valise et vérifia qu'elle n'était pas trop remplie pour la fermeture Éclair. Alors qu'il la posait, il entendit la clé dans la serrure. Il n'était que 14 heures, elle devait sécher ses derniers cours. Des bruits de pas suivis d'un bruit lointain : Iben était allée directement dans sa chambre. Elle ne pensait sans doute pas qu'il était à la maison, il n'y était pas si tôt, en général. Kasper attendit, l'entendit ouvrir des tiroirs et déplacer des objets. Elle marmonnait toute seule, comme on le fait quand on est contrarié.

Restant là en silence, il écouta les bruits de sa fille comme il l'avait si souvent écoutée jouer quand elle était petite. Il avait tant essayé d'être un bon père célibataire et de lui donner tout ce dont elle avait besoin. Pendant un temps, il avait réussi. Son dévouement avait été total, son amour infini et sans aucun obstacle. Maintenant, il ne lui restait rien d'autre.

Elle jura dans sa barbe. *On devrait enregistrer la voix de ses enfants*, pensa-t-il, *les souvenirs vivent plus dans les sons que dans les images*. Doucement, il se leva et se glissa vers sa chambre. De l'embrasure de la porte, il observa sa grande fille. Ce n'était plus son petit ange aux joues potelées, mais une adolescente anguleuse et longiligne, avec en elle un défi qu'il ne comprenait pas. Peut-être même un petit copain ?

Iben ne le vit pas. Elle était occupée à jeter des vêtements dans son grand sac de sport, soulevant des piles de T-shirts et de jeans de sa commode et les fourrant n'importe comment dans le sac. Kasper ne put s'empêcher de sourire face à l'ironie de la situation. Il avait justement eu l'intention de lui dire de prendre ses affaires dès que possible, quand elle rentrerait de l'école. Toutefois, il sentait qu'elle préparait autre chose que leur fuite commune.

— Tu vas où ?

Elle sursauta au son de sa voix et mit sa main sur son cœur.

— Papa ! Putain, tu m'as fait une de ces peurs ! Je ne savais pas que tu étais à la maison.

Kasper sourit.

— Tu fais tes bagages. Tu vas où ?

Elle baissa les yeux sur ses chaussettes, évitant son regard.

— Laisse-moi deviner : une sortie scolaire dont je n'ai pas entendu parler ? (Il se rendait compte que c'était stupide d'être sarcastique, mais ne pouvait pas s'en empêcher.) Une excursion avec Greenpeace que tu as oublié de mentionner ?

— Papa, arrête !

— À moins que tu ne partes faire un tour avec ton petit copain ? J'ai cru comprendre que tu te lançais déjà dans ce genre de chose…

Elle marcha d'un pas décidé jusqu'à la porte et l'attrapa pour la lui fermer au nez, mais il resta planté là, la maintenant ouverte de la main.

Iben croisa les bras d'un air de défi.

— Mais pourquoi tu veux savoir où je vais ? Tu ne t'y intéresses jamais.

Il faillit rire du désespoir de la situation. *Bizarre comme les moments les plus graves de la vie chatouillent en quelque sorte le mécanisme du rire. Une question de survie, probablement.*

Kasper prit une profonde inspiration. Il posa les mains sur les joues de sa fille et dit d'un air grave :

— Ma petite chérie. Écoute pour une fois ce que j'ai à te dire : dans moins d'une heure, nous allons partir en voiture pour Zurich, où j'ai une course importante à faire demain. De là, nous prendrons l'avion pour Johannesburg. Prends suffisamment de vêtements et emporte tes manuels scolaires, car il se passera un peu de temps avant qu'on rentre à la maison. Tu ne dois dire à personne où nous allons. En aucun cas ! Je t'expliquerai tout plus tard.

Elle se dégagea d'une secousse.

— Putain, de quoi tu parles ? Tu crois sérieusement que je vais m'envoler avec *toi* pour l'Afrique du Sud ? Tu peux oublier !

Elle lui tourna le dos et recommença à jeter ses vêtements dans son sac de sport.

Deux pas, et il l'attrapa.

Ses maigres épaules tressaillirent.

— Lâche-moi, putain, ça fait mal !

Il la secoua. Durant toutes ces années de pleurs nocturnes et de crises d'hystérie, il n'avait jamais, pas une seule fois, levé la main sur sa fille. Maintenant, ses doigts s'enfonçaient dans sa chair et il la secouait d'avant en arrière.

Il n'y avait aucun moyen de faire autrement. Elle devait obéir. Coûte que coûte.

CHAPITRE 27

Il apparut que Lis Christensen, la désormais décédée professeur de mathématique du lycée Zahles, était mariée depuis trente-huit ans au fabricant d'enseignes à la retraite Robert Christensen et domiciliée dans une maison mitoyenne du quartier Galgebakke d'Albertslund. L'agent de garde put dire à Jeppe qu'après l'autopsie sa mort était toujours considérée comme un accident, et lui transmettre les coordonnées de ses proches. Robert était entouré d'enfants et de petits-enfants quand Jeppe appela, mais il accepta de recevoir la visite de la police.

Jeppe et Anette frappèrent à la porte d'entrée bleue, sous une pluie de cris d'enfants joyeux provenant des petites allées entre les maisons du lotissement. *Au cœur de l'idylle de banlieue*, se dit Jeppe en pensant à la vie qu'il aurait pu avoir.

Plus aucun bruit d'enfant ne vint de la maison lorsque Robert ouvrit la porte. C'était un homme grand, aux cheveux clairsemés et aux énormes mains, portant des lunettes à monture d'acier. Sa chemise de flanelle bleue à carreaux était froissée, comme s'il avait dormi avec.

— J'ai renvoyé les enfants à la maison. Ils devaient préparer le dîner, de toute façon. (Il fit un geste en direction de l'aire de jeux voisine.) Nos deux fils vivent avec leurs familles ici, dans le quartier. Cinq petits-enfants au total. C'est agréable d'être si près les uns des autres. Surtout...

Il s'interrompit et leur fit signe d'entrer.

La maison mitoyenne était un bâtiment carré et fonctionnel des années 1980, sur deux niveaux. Le cadre moderne était adouci par des meubles en bois à l'ancienne, des rayonnages pleins de livres, et des photos de famille accrochées au mur. Jeppe parcourut l'une des étagères et reconnut les dos colorés de romans policiers usés par de fréquentes relectures.

— Asseyez-vous.

Robert s'installa dans un canapé brun et leur fit signe de choisir entre un fauteuil assorti, en face de lui, et un fauteuil inclinable en hêtre courbé.

— Merci d'avoir accepté de nous recevoir si vite. Toutes nos condoléances.

Jeppe s'assit.

— Merci, dit Robert en hochant la tête avec dignité. C'est une période difficile.

— Bien sûr. C'est bon de savoir que vous êtes entouré par votre famille.

Il hocha la tête à nouveau.

— Nous sommes ici dans le cadre de l'enquête sur le meurtre du collègue de Lis, Malthe. J'ai justement interrogé votre femme à ce propos hier matin.

— Elle m'avait dit que vous deviez vous voir. Mais elle n'a jamais eu le temps de rentrer à la maison pour m'en parler, dit Robert avant de se racler la gorge. Elle prévoyait de prendre sa retraite cet été, nous l'attendions avec impatience : davantage de temps pour les voyages et les amis. Et les petits-enfants.

— Ce doit être difficile.

— C'est un véritable choc, nous sommes tous bouleversés qu'elle ne soit plus là.

Sa voix vibra de façon incertaine sur les derniers mots.

Jeppe le laissa se reprendre.

— Nous savons que vous avez déjà parlé à nos collègues. Ils nous ont dit que la mort de Lis était traitée comme un accident.

Robert acquiesça.

— Après son opération de la hanche, Lis s'est mise à avoir des difficultés à marcher. Sa jambe était devenue plus courte que l'autre, et avant qu'ils ne s'en rendent compte, elle avait développé des problèmes de dos. Elle refusait de se servir de sa canne, même si je n'arrêtais pas de dire que c'était stupide de prendre des risques. Elle pouvait tomber et se casser les jambes.

Anette se fourra discrètement un chewing-gum dans la bouche et commença à mâcher. Le bruit perturba la concentration de Jeppe. Il lui lança un regard noir, qu'elle ignora, puis se retourna vers Robert.

— D'après ce que m'a dit votre femme, Malthe Sæther et elle avaient une bonne relation professionnelle ?

— Oui, c'est vrai. C'est terrible pour Malthe, complètement incompréhensible. Ça l'a vraiment bouleversée, déclara Robert en souriant avec tristesse. Lis est une personne très attentionnée, pas seulement envers ses proches, mais aussi envers ses élèves et ses collègues.

— Pourtant ils ne se voyaient pas en privé, n'est-ce pas ?

— Non, Lis évitait ce genre de chose. Quand nous étions plus jeunes, nous retrouvions les autres profs après le travail, mais nous avons cessé de le faire il y a de nombreuses années. Trop de ragots, vous comprenez.

Le mâchonnement insistant d'Anette s'insinua dans le conduit auditif de Jeppe et il dut se retenir pour ne pas lui demander de cracher son chewing-gum. Certaines personnes agacent par leurs actes conscients, d'autres par leurs actes inconscients. Il faut juste apprendre à vivre avec cette seconde catégorie.

— Lis m'a raconté que Malthe venait la voir quand il avait des problèmes au travail...

— Plusieurs jeunes enseignants le faisaient. Ma femme a été déléguée du personnel pendant la majeure partie de sa vie professionnelle, affirma Robert avec fierté. Certains de ses collègues du même âge voyaient ça d'un mauvais œil. La jalousie, je suppose.

— Quels étaient les problèmes pour lesquels Malthe avait besoin d'aide ?

Robert hésita.

— Je suis conscient qu'il s'agissait de conversations confidentielles. Mais Malthe a été assassiné, ça pourrait être important, insista Jeppe.

— Ça semble presque déloyal d'en parler. (Il retira ses lunettes, les posa sur sa cuisse et se frotta le visage, un peu dans ses pensées, puis les remit.) Malthe avait des problèmes avec la direction parce qu'il prenait trop au sérieux les relations conflictuelles des élèves. Les adolescents peuvent être émotifs et doivent être autorisés à l'exprimer, mais en tant qu'adulte, on n'a pas à subir toutes leurs humeurs. C'est ce que Lis a essayé d'apprendre à Malthe. On doit les soutenir, mais parfois aussi les laisser se débrouiller seuls.

— Vous parlez des histoires au sujet de Victor Dreyer-Hoff ?

— Ouiii. (Robert tourna ses paumes vers le haut en un geste dédaigneux.) Ça occupait une bonne partie de leurs conversations, mais plus récemment, c'était autre chose qui inquiétait Malthe. Quelque chose de bien plus grave. Pas plus tard que jeudi, Lis et lui ont discuté après les cours parce que Malthe pensait qu'un élève avait été abusé sexuellement par un membre de sa famille. Il ne savait pas comment gérer la situation.

L'estomac de Jeppe fit une galipette.

— Lis vous a-t-elle dit de quel élève il s'agissait ?

— Non. Lis est très discrète. J'ignore d'ailleurs ce qu'elle a conseillé à Malthe, mais elle l'a certainement incité à garder la tête froide. Dans ce genre d'affaires, il faut faire preuve de prudence. Cette histoire la touchait, je l'ai bien vu.

Et maintenant, elle était morte. Jeudi, Malthe avait demandé conseil à Lis, vendredi il était assassiné, et mardi elle tombait sous un train à Nørreport.

Jeppe se leva.

— Nous n'allons pas vous déranger plus longtemps. Merci de nous avoir donné de votre temps. Nous sommes vraiment désolés pour votre femme.

Robert redressa le menton avec courage.

— Nous voulions aller à Malte pendant les vacances d'été, voir La Valette et les palais de l'ordre de Saint-Jean. Mais maintenant, il n'en est plus question, bien sûr.

Il les raccompagna et leur serra la main avant de refermer très doucement la porte bleue derrière eux.

Jeppe et Anette regagnèrent la voiture sans rien dire.

Ce ne fut que lorsqu'ils atteignirent l'autoroute, en direction du centre-ville, qu'Anette rompit le silence :

— Pouh, comme il était triste. Ce pauvre vieil homme ! Ça faisait vraiment mal au cœur… Où veux-tu que je te dépose ?

— À Teglholms Allé. Larsen m'a demandé de venir. Tu m'accompagnes ou tu dois rentrer chez toi ?

Anette accéléra et dépassa une Volvo par la droite.

— Je vais rentrer chez moi, si ça te va, et peut-être d'abord passer par l'appartement de Malthe Sæther. J'aimerais bien le voir moi-même.

— Tu refuses de croire que nos collègues ont bien fait leur travail, fit remarquer Jeppe en riant. Tu n'as pas bientôt fini avec ce chewing-gum ?

— Non ! Et non ! À toi de choisir quelle réponse correspond à quelle question.

Jeppe regarda par la vitre de la voiture. Un élève, une agression sexuelle, Malthe et Lis qui discutent de la meilleure façon de procéder.

— Tu crois vraiment que la mort de Lis était un accident ? Une sorte d'accident qui tombe comme par hasard en même temps que le meurtre de Malthe ?

Anette déboîta sans mettre son clignotant pour doubler un camion, provoquant les coups de klaxon agressifs d'un minibus qui suivait.

— Tu sais combien je déteste les conjectures, Kørner. Mais non, je ne crois pas qu'elle soit morte accidentellement. Je crois qu'elle a été assassinée.

*

La promenade de l'après-midi autour du lac se résuma à une centaine de mètres aller-retour le long de la rive. Doxa était fatiguée et réticente, et il n'y avait aucune raison de la forcer. Esther renonça à traîner le carlin dans l'escalier et la prit dans ses bras. Les petites pattes de la chienne se balancèrent mollement dans son étreinte pendant qu'elle montait jusqu'à l'appartement du troisième. Ses genoux lui faisaient mal, et seule sa fierté lui interdisait de s'asseoir sur un des bancs des paliers pour se reposer. Doxa gémit et Esther la fit taire. Une vieille dame qui porte une autre vieille dame.

En ce moment pourtant, Esther avait l'impression d'être tout sauf une vieille dame. Son livre sur Margrethe Dybris prenait forme dans sa tête – un chapitre sur ses jeunes années à Copenhague, puis ses voyages au Ghana, en Haïti et en Indonésie, les hommes de sa vie et sa décision de ne pas se marier au profit d'une carrière de chercheuse. Les idées pullulaient comme des moustiques dans un camp de nudistes.

Dans l'appartement, Doxa prit la direction de son bol de nourriture, dans la cuisine, et Esther lui parla doucement tout en accrochant sa veste et retirant ses chaussures dans l'entrée.

— J'arrive dans une minute, mon trésor, je dois juste passer un petit coup de fil.

Sara Saidani décrocha aussitôt.

— Bonjour, Sara, c'est Esther de Laurenti. Nous nous sommes rencontrées par l'intermédiaire de…

— Jeppe, l'interrompit Sara. Bonjour, Esther. C'est une surprise.

Elle semblait réservée, mais pas hostile.

— Je vais être brève. J'écris une biographie sur une anthropologue danoise et j'ai besoin d'une photo pour ma couverture. C'est surtout un brouillon, pour l'instant, mais c'est bien pour le processus d'écriture d'avoir la forme dès le début. C'est aussi plus facile pour présenter le livre à un éditeur…

Au silence à l'autre bout du fil, Esther sentit qu'elle divergeait, et se ressaisit vite.

— Quoi qu'il en soit, j'ai trouvé une photo sur Internet dont j'aimerais acheter les droits de reproduction, mais je ne sais pas comment faire. Et comme Jeppe dit toujours que tu es tellement douée avec tout ce qui est en ligne…

Tout à coup, Esther comprit qu'il était peut-être inapproprié d'appeler la petite amie de Jeppe pour lui demander une faveur. Elle était sur le point de faire marche arrière lorsque Sara répondit :

— Je veux bien t'aider, mais je ne crois pas pouvoir le faire par téléphone. Je travaille à la maison, aujourd'hui, ma fille aînée est malade, mais tu peux passer dans la soirée après le dîner ? Vers 21 heures ? On pourra regarder ça ensemble.

Esther, qui en temps normal ne sortait pas la nuit, accepta avec gratitude et raccrocha. L'idée de pouvoir bientôt envoyer un argumentaire avec couverture et titre à une maison d'édition la fit vibrer d'excitation.

Doxa gémit et Esther alla dans la cuisine pour la nourrir. La pièce était plongée dans la pénombre du crépuscule, et ce ne fut qu'une fois devant le frigo qu'elle remarqua la silhouette attablée.

Son cœur bondit dans sa gorge. Elle se jeta sur l'interrupteur et alluma. C'était la chose la plus importante. Voir.

Gregers plissa les yeux avec effroi.

— Gregers, bon sang, tu m'as fait une de ces peurs ! s'exclama Esther durement, rendue furieuse par l'adrénaline. Qu'est-ce que tu fais là ?

— Eh bien, excuse-moi de vivre. J'étais juste en train de m'occuper de moi quand tu es entrée en trombe et que tu as commencé à crier.

Il pinça les lèvres, offensé.

Esther sortit les croquettes, en mesura une portion pour Doxa, y mélangea une cuillerée de pâté de foie et posa le bol par terre. Une fois la chienne servie, elle se calma. En observant son colocataire, elle découvrit qu'il portait sa veste zippée et sa vieille casquette plate.

— Où es-tu allé ? Quelque chose ne va pas ?

Il la regarda avec surprise et baissa les yeux sur lui-même, ayant apparemment oublié qu'il était assis avec son manteau. Devant lui se trouvait un morceau de papier.

— Qu'est-ce que c'est ?

Gregers contempla la note, perdu.

— J'ai juste écrit ce que la médecin m'a dit.

— Je peux voir ?

Esther parcourut les notes. Le résultat de ses tests sanguins. Les mots se détachaient sur le papier, dans l'écriture penchée et incertaine de Gregers.

Examens complémentaires

Groupe à risque

Suspicion accrue
Liquide de contraste

— Eh bien, je suppose qu'ils veulent juste t'examiner de manière approfondie afin de s'assurer que tu n'as rien de vraiment grave.

Il y eut un silence dans la cuisine. Gregers prit sa casquette et la posa sur la table devant lui, comme un musicien de rue qui attend les pièces de monnaie.

— J'ai... (Sa voix tremblait)... tellement peur de mourir.

Esther fut prise d'un embarras aigu face à la peur de Gregers. Pour l'instant, elle se promenait elle-même en jouant avec la mort comme une curiosité, une source d'excitation et d'intérêt.

Elle lui serra la main.

— Comme nous tous. Mais personne ne dit que tu es plus proche de la mort que tu ne l'étais il y a un mois. Ou que je ne le suis, d'ailleurs.

Elle parlait avec une conviction qu'elle ne ressentait pas elle-même, et cela sonnait creux.

Gregers baissa les yeux vers la casquette vide.

— Ce truc à propos de la mort... J'ai toujours pensé que j'allais être en bonne santé et puis, boum, que quelqu'un allait éteindre la lumière. Mais maintenant, je n'en suis plus si sûr. Ça ressemble davantage à une longue descente effrayante. (Gregers ferma les yeux.) Vers les ténèbres.

*

L'heure de pointe du soir se calmait peu à peu quand Anette s'arrêta devant le 19 Vendersgade et se gara sur une place interdite, le long d'un râtelier à vélos plein. Elle avait envoyé un SMS à Svend pour lui demander si elle devait apporter le dîner à la maison, mais il n'avait pas répondu. Pouvait-il lire ses pensées infidèles ? Lorsqu'on vivait avec quelqu'un depuis si longtemps, on ressentait ce genre de choses, on pouvait même le sentir. Ils se connaissaient si bien. Pourtant, Anette avait l'étrange impression qu'ils avaient commencé à moins bien se connaître. Le quotidien avait créé des anneaux de distance autour d'eux qui les repoussaient dans les profondeurs. Ensemble depuis vingt-cinq ans, amoureux depuis l'école – nageaient-ils toujours dans la même direction ?

Elle claqua la portière et se dirigea vers l'entrée de l'immeuble de Malthe Sæther. Elle ouvrit avec la clé portant le petit carton des techniciens puis monta l'escalier en courant jusqu'au quatrième étage, où elle se baissa pour passer sous la rubalise. Les techniciens avaient depuis longtemps emporté tous les équipements technologiques, relevé les empreintes digitales et récupéré les brosses à cheveux et à dents. Jeppe avait lui-même passé l'endroit au peigne fin. Rien n'indiquait qu'Anette serait en mesure de découvrir quoi que ce soit de nouveau. Mais si elle avait été du genre à laisser de telles réserves la freiner, elle n'aurait jamais trouvé Oscar.

Saidani avait fini de parcourir les e-mails, le calendrier et l'historique de recherche de Malthe et avait noté dans POLSAS que rien d'inhabituel n'était apparu. *Mais tout le monde a des secrets*, pensa Anette. Quelque chose avait conduit ce jeune enseignant à se retrouver nu et étranglé dans la griffe d'un incinérateur. Et la réponse *pouvait* se trouver ici, dans son appartement.

Le logement semblait déjà inhabité, le silence entre les murs était palpable, comme s'il s'était installé là pour de bon. Anette se rendit compte qu'elle fredonnait pour remplir le vide tout en allant de pièce en pièce. Il n'y avait rien de frappant ici. Agacée, elle ouvrit des tiroirs et les fouilla à la recherche d'anomalies. Il *devait* y avoir une lettre désagréable, des photos secrètes, un plug anal, putain ! Elle feuilleta les livres de l'étagère, ouvrit le tiroir de lit et passa en revue toute l'armoire de la salle de bains. Rien ! Même ses élastiques de cuisine étaient soigneusement regroupés.

Il avait annulé son rendez-vous du week-end avec Josephine pour aider un élève, voilà ce qu'ils savaient. Il avait parlé avec sa petite amie, fermé son appartement et descendu l'escalier. Et après ?

Anette referma la porte derrière elle. Où était-il allé ensuite ? Avait-il eu un rendez-vous avec quelqu'un ou l'avait-on surpris ? Peu de gens aiment être surpris.

Sur le trottoir, devant l'entrée, elle s'arrêta et regarda le râtelier à vélos à côté duquel elle avait garé sa voiture. Malthe aimait faire du vélo. Où qu'il soit allé vendredi soir, il était donc peu probable que ce fût à pied. Elle savait qu'il n'avait pas de voiture, alors on devait supposer qu'il avait pris soit son vélo, soit les transports en commun.

— Vous venez de chez Malthe ?

Anette se tourna vers la voix et vit une femme en poncho tricoté en train de fumer sur l'escalier du sous-sol, à côté de l'entrée. Les couleurs rasta criardes du poncho donnaient à son teint scandinave un air de carton trempé.

— Vous le connaissiez ?

— Ouais. Je n'habite pas ici moi-même, mais j'ai la boutique en bas, alors je le voyais souvent. Une terrible histoire, incompréhensible. (La femme parlait avec sa cigarette collée au coin de sa bouche.) Vous aussi, vous êtes de la police ? Il y en a eu une tripotée tout le week-end.

Anette acquiesça.

— Enquêtrice à la Crim'.

— Nan ! Je ne savais pas que les femmes pouvaient faire ça ?

La femme aux dreadlocks fit un clin d'œil pour indiquer qu'elle plaisantait.

— Vous n'auriez pas vu le vélo de Malthe, par hasard ? C'est un vélo de course cher, vert pétant.

— Hmm. Il le rangeait dans la cave à vélos, pas dans la rue. (Elle éteignit sa cigarette et posa le mégot dans un pot à confiture, sur une marche.) Mais il est parti avec la dernière fois que je l'ai vu, vendredi soir.

— Vendredi soir ? Ce vendredi soir ? (Anette s'approcha d'un pas.) Quand, exactement ?

— Quand j'ai fermé la boutique. (Elle désigna la vitrine du local en sous-sol, où se trouvait une impressionnante collection d'art africain d'occasion.) Il devait être à peine 19 heures. J'étais en train de rentrer les pots quand il est descendu chercher son vélo.

— Vous pourriez me montrer la cave à vélos, afin que je vérifie s'il y est ?

La femme haussa les épaules et sortit un trousseau de clés. Elle ouvrit une porte à côté de la boutique et conduisit Anette d'abord dans l'arrière-cour, puis dans une pièce en sous-sol au plafond bas, remplie de vélos. Elle regarda autour d'elle.

— Il n'est pas ici.

— OK, merci. Vous lui avez parlé quand vous vous êtes vus, vendredi ?

— On a discuté un peu. Mais il n'était pas aussi bavard que d'habitude.

Elle fouilla dans son poncho et en sortit un paquet de cigarettes bombé. Curieusement, sa vue ne suscita aucune envie de fumer chez Anette.

— Je me souviens de lui avoir demandé s'il ne devrait pas mettre une veste appropriée. Il ne portait qu'un sweat à capuche, et moi je gelais déjà. Mais il m'a dit que ce n'était pas nécessaire. Il n'allait pas plus loin qu'Østerbro.

Le sang d'Anette se glaça.

CHAPITRE 28

La lumière printanière s'estompa sur Sydhavn, remplacée par les tubes fluorescents allumés aux plafonds des rares bureaux occupés le soir dans le quartier industriel. Jeppe observa cette transition en laissant sa main glisser le long du cadre de la fenêtre. Qui avait inventé les fenêtres qui ne s'ouvraient pas ? Dans les trains, les bus et les immeubles de bureaux comme celui-ci. Des pièces scellées, avec vue sur un monde qu'on ne pouvait pas atteindre, de l'air qu'on ne pouvait pas respirer. Le système de climatisation lui soufflait doucement dans le cou, et il eut un spasme de claustrophobie, suivi d'une bouffée d'aversion féroce contre son nouveau lieu de travail.

Son téléphone portable sonna. Il prit l'appel sans quitter des yeux la centrale électrique, au bout de la route.

— Salut, Kørner, cria Anette qui parlait trop fort, comme toujours quand elle était excitée. J'arrive tout juste de l'appartement de Malthe Sæther. Il est parti à vélo pour Østerbro vendredi soir autour de 19 heures. La dame qui tient la boutique du sous-sol l'a croisé dans la rue au moment où il s'en allait.

— OK, ça corrobore les informations du signal de son portable. Tu as trouvé autre chose, sinon, dans l'appartement ? Une tronçonneuse ensanglantée que nous aurions oubliée ?

Anette soupira.

— Va te faire voir et passe une bonne soirée !

— Pareil, Werner. Le bonjour chez toi !

Jeppe se tourna vers Thomas Larsen, assis derrière lui au bureau double, les yeux rivés sur son ordinateur portable.

— Un témoin dit que Malthe Sæther se rendait à Østerbro, vendredi soir. La famille Dreyer-Hoff habite à Østerbro. Est-ce que ça signifie qu'il devait rejoindre Oscar ?

— Peut-être que Malthe comptait retrouver un des autres membres de la famille, suggéra Larsen sans quitter son écran des yeux.

— De qui tu parles ?

— Un instant, je veux juste finir d'acheter ça. (Larsen sortit sa carte de crédit et entra le numéro.) J'ai promis à Mette de commander un porte-bébé dans cette boutique bio. Il y a une remise de vingt-cinq pour cent, aujourd'hui.

Jeppe s'assit en face de Larsen, entrelaça ses doigts sur la table et le fixa jusqu'à ce qu'il range son portefeuille. Un porte-bébé bio ! Encore un collègue sur le point d'être englouti par le train-train narcissique de la vie des tout-petits.

— Ça expliquerait beaucoup de choses, n'est-ce pas ? Si le père était impliqué dans la mort de Malthe Sæther, dit Larsen en écartant les cheveux de ses yeux. Son alibi est aussi troué qu'un tamis, ça pourrait être lui.

— Mais pourquoi ? (Jeppe frotta sa ride du lion avec son pouce. Un son strident retentissait dans son oreille droite.) Supposons que tu aies raison. Henrik raconte à sa femme qu'il a un truc à faire au travail, mais en réalité, il va rejoindre Malthe Sæther quelque part.

— Ils se sont peut-être retrouvés à son bureau ? suggéra Larsen. Il est aussi à Østerbro.

— D'accord, disons ça. Henrik l'étrangle et le jette dans une poubelle. Quel est son mobile ?

Larsen ressemblait à un enfant qui venait de casser une *piñata*.

— Je crois qu'il l'a tué à cause d'une fraude !

— D'une fraude ?

— Exactement, poursuivit Larsen. J'ai une théorie, ou du moins une hypothèse. Dans un premier temps, elle peut paraître un peu compliquée, mais elle est en réalité très simple. Tu es prêt ?

Jeppe hocha la tête.

— J'ai terminé de parcourir les comptes de Nordhjem de ces trois dernières années, commença Larsen. Pour résumer, la famille Dreyer-Hoff est à poil. Depuis le scandale, la maison de vente aux enchères vogue vers la faillite. Henrik collecte de l'argent de toutes les manières possibles et le jette dans le bateau qui coule. Ça, notamment.

Larsen sortit un papier de son sac à monogramme et le plaça devant Jeppe.

La feuille ressemblait à un bon de commande, avec trois lignes d'équipement technique et un prix total à sept chiffres dans la colonne de droite.

— Encore du matériel pour bébé ? Un peu cher, à mon avis.

Larsen ignora la plaisanterie.

— Je suis tombé sur un paiement important à l'une des filiales de Nordhjem que je ne parvenais pas à expliquer, alors j'ai commencé à creuser. Ce que tu vois, c'est l'achat d'électrofiltres pour la séparation des particules. Commandés par l'ARC auprès du fournisseur allemand Mirnhof & Schalcke.

— Où est-ce que j'ai déjà entendu ce nom ?

— C'est l'ancien employeur d'Henrik. Il négocie le contrat entre le fournisseur et l'usine et perçoit une commission sur la vente. Il n'y a rien de mystérieux là-dedans. Le problème, c'est juste que la vente ne semble pas avoir eu lieu.

Jeppe leva les yeux vers lui.

— Comment le sais-tu ?

— Ça a nécessité quelques démarches et appels à leur service comptable. Et en allemand, s'il te plaît ! Mirnhof & Schalcke ignore tout de cette commande, elle n'existe pas du tout dans leur système. Mais Henrik a quand même reçu sa commission.

Le téléphone de Larsen clignota. Il tapa rapidement une réponse et le reposa.

— Désolé. Mette voulait juste savoir si je m'étais souvenu du porte-bébé. Qu'en penses-tu ?

— Du porte-bébé ?

— Allez, Kørner !

Jeppe prit sa tête entre ses mains.

— Mais putain, qu'est-ce que ça a à voir avec Malthe Sæther ?

Larsen pinça les lèvres.

— Ça pourrait être du chantage ? Malthe découvre la fraude d'Henrik, menace de le dénoncer s'il ne reçoit pas d'argent, et Henrik finit par le tuer.

— C'est un peu tordu ! Tout le monde décrit Malthe comme un jeune homme idéaliste.

Jeppe retourna vers la fenêtre qui ne pouvait pas s'ouvrir et l'air qu'on ne pouvait pas respirer.

— Nous n'arriverons jamais à faire parler Henrik là-dessus. Qui, à l'ARC, aurait pu commander cet équipement ?

Larsen marmonna pensivement.

— L'incinérateur est fermé aujourd'hui, donc nous ne pourrons pas appeler pour poser la question avant demain. Mais la secrétaire du Syndicat danois de la valorisation des déchets a été très serviable, avec de bons conseils et de bons contacts. Je vais essayer.

— Maintenant ? s'exclama Jeppe en regardant sa montre, qui affichait presque 20 heures.

— J'ai son numéro de portable.

Larsen appela et se présenta par son prénom. Au ton de sa voix, Jeppe comprit pourquoi la secrétaire lui avait donné son numéro personnel. Larsen pouvait être très charmant quand il le voulait. Il eut une courte conversation, remercia et prit congé chaleureusement.

— Eh bien, voilà qui était intéressant. D'après elle, les commandes d'équipements techniques pour l'incinérateur viennent directement des ingénieurs de *process*.

Jeppe se retourna.

— Kasper Skytte ?

— On dirait. Skytte et son équipe.

Ils se regardèrent.

Jeppe prit sa veste sur le dossier de sa chaise.

— On rend visite à Skytte à l'ARC demain matin à la première heure et on lui demande s'il est au courant de cette commande. J'essayerai de l'appeler avant. Rentrons à la maison pour aujourd'hui.

C'est seulement en fermant la porte du bureau derrière lui qu'il se rendit compte que, pour lui, la maison n'était plus ce qu'elle avait été.

*

Son estomac faisait des galipettes, projetant des spasmes de nausée dans tout son corps. Elle avait déjà vécu des situations difficiles provoquant cet intense sentiment de nervosité, mais rarement, et toujours avec une raison plausible. L'examen de physique au lycée, l'attente des résultats des tests de son père, la première échographie du bébé. Pas comme maintenant, alors qu'elle était assise dans sa voiture et n'osait pas rentrer dans sa propre maison, auprès de son mari et de son enfant.

Anette appuya son front contre le volant. Elle n'avait pas été infidèle, elle devait s'en tenir à ça, il n'y avait quand même pas de quoi se sentir coupable, non ? Les gens baisaient à droite et à gauche quand ils partaient en voyage d'affaires, et elle, elle était prête à vomir parce qu'elle fantasmait sur un autre homme. Ridicule !

Elle descendit de voiture et sortit la clé de la maison. Peut-être serait-il plus simple d'en parler à Svend ? Il fut un temps où ils parlaient de tout, peut-être comprendrait-il ? Après tout, ce n'était que de l'excitation envers une autre personne qui se trouvait être du sexe opposé. Elle avait toujours été curieuse et possédait un certain appétit de vivre. *C'est une des raisons pour lesquelles il m'aime*, se rappela-t-elle en ouvrant la porte.

Une odeur de rôti flotta vers elle. La chaîne stéréo diffusait de la bossa-nova et Svend chantait en chœur dans la cuisine. Anette accrocha sa veste à une patère de l'entrée et pénétra dans la maison avec hésitation. Elle s'était attendue à trouver son mari qui se serait endormi en couchant sa fille et une maison sombre.

Elle ouvrit la porte de la cuisine. Svend, le dos tourné vers elle, hachait des herbes. Sur le feu, des casseroles et des poêles grésillaient et dégageaient un agréable parfum, et un rôti bien doré reposait sur le plan de travail. Il s'était versé du vin et arborait son tablier préféré. Une paire de fesses nues révélait qu'il ne portait rien d'autre.

Anette resta debout sur le seuil. Avant d'avoir un enfant, ils achetaient parfois des produits sortant de l'ordinaire – ailes de raie, cailles, truffes d'été – et, tour à tour, cuisinaient et faisaient l'amour pendant tout un week-end.

Il y avait tant de choses qu'ils ne faisaient plus. Elle observa le dos nu de son mari avec un scepticisme inattendu. Alors qu'elle avait perdu du poids et retrouvé la forme depuis le bébé, Svend n'avait fait que gonfler. La ficelle du tablier lui rentrait dans le dos, formant deux bourrelets.

— Oh ! Salut, ma chérie, je ne t'avais pas du tout entendue.

Il reposa son couteau et s'essuya les mains sur le tablier en se dirigeant vers elle. Il la serra longuement dans ses bras et prit son menton dans ses mains.

— Écoute, je sais que je n'ai pas été de la meilleure des humeurs, ces derniers temps. Je suis tellement fatigué. (Il l'embrassait entre les mots.) Mais maintenant, je sens que mon énergie revient. La lumière du jour qui augmente doit aider, je crois. Et le sexe !

Svend se pressa contre elle.

Elle sourit et se dégagea de son étreinte.

— Eh bien, quel accueil ! Laisse-moi prendre un peu de vin. (Anette alla sortir un verre du placard.) Miam, ça sent super bon. Qu'est-ce qu'on mange ?

— Ris de veau et rumsteck. Les premières asperges de l'année et un gros morceau d'un homme nu.

Il souleva son tablier pour lui montrer ce qu'il avait à offrir.

— Ha ha, tu es vraiment en pleine forme, aujourd'hui, on dirait ! Je peux prendre une douche rapide avant de manger ?

— Si tu te dépêches !

Svend retourna à ses fourneaux et Anette se précipita dans la salle de bains, où elle se déshabilla. Elle fit couler la douche et se laissa inonder d'eau fraîche. Pas froide, juste assez fraîche pour avoir l'impression d'une gifle. Enfin Svend la regardait de nouveau d'un œil amoureux, enfin le désir était de retour. Pourquoi avait-elle le sentiment qu'il était trop tard ?

Quand elle sortit de la douche et commença à se sécher, son téléphone vibra sur le bord du lavabo. C'était un SMS de Mads Teigen.

Je pense à toi.

Elle jeta le téléphone sur le rebord de la fenêtre, s'enroula dans sa serviette et regarda son reflet tout en étouffant un à un les papillons qui voletaient dans son estomac. Elle se précipita vers la cuisine et vers Svend, qui éteignit la cuisinière en la voyant.

Anette accepta son baiser, les yeux fermés et l'image de Mads sur la rétine.

*

Sara Saidani aimait bien Esther de Laurenti. La façon dont elle entra et posa son manteau à carreaux sur une chaise comme si elle était chez elle. La façon dont elle serra Sara dans ses bras avec chaleur et naturel, même si en réalité elles ne s'étaient rencontrées que quelques rares fois.

— Les filles dorment ? Amina et Meriem, c'est ça ?

Sara acquiesça, sincèrement touchée qu'Esther se souvienne de leurs prénoms. Elle savait à quel point Jeppe tenait à la vieille dame, et elle comprenait pourquoi. Elle était charmante. Penser à Jeppe n'était pas charmant, en revanche. Mais elle se ressaisit et fit entrer Esther au salon.

— Une tasse de thé ?

— Volontiers, merci.

Sara fit bouillir de l'eau et mit des sachets de thé dans des tasses pendant qu'Esther s'installait. Pour être honnête, elle aurait bien eu besoin de quelque chose d'un peu plus fort que du thé au miel, ce soir-là. Les conversations de la journée avec une Amina à gueule de bois avaient incrusté en elle le dégoût de l'alcool et en même temps le désir de disparaître dans ses brumes. Il arrivait encore à Sara de s'étonner d'être l'adulte, maintenant, celle qui devait penser rationnellement et prendre pour d'autres des décisions sur un changement d'école, des interdictions de sortie. Elle qui arrivait à peine à gérer sa propre vie.

Esther était assise sur le canapé, les pieds repliés sous elle comme une jeune fille.

— Où est donc Jeppe, ce soir ?

Sara fit demi-tour et retourna vers la cuisine.

— J'ai oublié le miel, un instant.

Elle ouvrit un placard puis emporta le pot de miel au salon. La dernière chose dont elle avait envie était de parler de sa vie amoureuse avec une quasi-inconnue. Malheureusement, Esther ne sembla pas saisir le sous-entendu.

— Tu en veux ?

Sara lui tendit le miel.

— Non merci, répondit Esther en posant sa tasse par terre. Ça fait plaisir de le voir si heureux.

Sara s'assit à côté d'elle, son ordinateur sur les genoux.

— Donc, tu avais une histoire de photo à régler ?

— Ah oui ! Comme je te l'ai dit, je suis en train d'écrire une biographie. Celle d'une anthropologue incroyablement passionnante, qui a parcouru le monde durant plus de trente ans pour enquêter sur les rituels de la mort.

— Fascinant, dit Sara avec plus de conviction qu'elle n'en ressentait.

— Oui, n'est-ce pas ?

Esther rayonnait d'enthousiasme.

— Et donc, tu voudrais utiliser une photo particulière ? demanda Sara.

Son réveil sonnerait à six heures et quart le lendemain matin, elle n'avait pas toute la nuit pour parler à Esther.

— Exactement ! (Esther déplia ses jambes et posa ses pieds au sol.) Je cherchais une photo de couverture appropriée et j'en ai trouvé une, d'une poupée, sur le site Internet *ninthcircle.com.* Mais comme je te l'ai dit, il est verrouillé, il faut un mot de passe.

— Voyons si je peux l'ouvrir.

Elle tapa l'adresse dans le champ de recherche du navigateur.

— Hmm, c'est une page WordPress ordinaire, un portail qui permet à tout le monde de créer son propre site Internet de chez soi.

— Tu crois que tu peux te connecter ?

— Pas sans être membre, apparemment. Il n'y a pas de formulaire de contact, c'est étrange. (Sara agrandit un logo dans le coin de l'écran.) Le site est sécurisé par Bulletproof Security Pro. C'est inhabituel de sécuriser un site maison de manière aussi professionnelle.

— Oh, soupira Esther, déçue.

— Je veux bien essayer, mais ce n'est pas quelque chose que je peux résoudre ici et maintenant. Quelle est la photo que tu aimerais acheter ?

Sara ignora l'invitation insistante à entrer son mot de passe et cliqua sur la galerie de photos. La photo en noir et blanc d'une poupée apparut, mais elle ne faisait que deux centimètres sur deux, et impossible de l'agrandir.

— C'est celle-ci ?

Esther se pencha plus près.

— Je ne crois pas. Essaye de faire défiler !

Sara passa à l'image suivante et elles se penchèrent ensemble encore plus près de l'écran.

— Peut-être que c'est ça ? demanda Esther.

— C'était une poupée sans vêtements ?

Sara continua à cliquer.

— Je ne pense pas qu'elles étaient si petites à la bibliothèque, dit Esther, s'excusant presque.

— Il est possible que j'arrive à contourner la sécurité pour accéder à la page, ça va juste prendre un peu de temps. (Sara cliqua sur une nouvelle photo.) Est-ce celle-ci ? Non, ce n'est pas une poupée.

Les fines rides d'Esther se contractèrent en la regardant.

— Mais, protesta-t-elle. C'est quoi, ça ?

Sara plissa les yeux.

— On dirait un oiseau empaillé.

*

Pendant que Jeppe versait de l'eau bouillante dans son bol de nouilles instantanées, Marilyn Monroe et Jane Russell chantaient le refrain de leur hymne au cœur brisé dans sa tête.

When love goes wrong, nothing goes right[1].

Certaines personnes savent bien s'occuper d'elles-mêmes, s'assurent d'avoir des repas convenables, des chemises repassées et des draps propres, qu'elles soient en couple ou seules, heureuses ou tristes. D'autres mangent des nouilles instantanées pleines d'OGM, debout dans une cuisine défraîchie, en se disant que dès le début, elles savaient que ça allait mal tourner. Comme s'il y avait du réconfort à avoir prédit l'échec de l'amour.

Ce n'était pas facile d'être le petit ami de Sara, et pas seulement à cause des enfants. Elle s'ouvrait difficilement et était prompte à l'exclure, elle était critique, perfectionniste, parfois même pleine de préjugés. Mais elle était aussi sauvage, drôle, belle et avait l'esprit très vif. *Qui tombe amoureux de la* facilité, *merde ? Les personnes que nous désirons peuvent être difficiles et compliquées, il faut juste qu'elles en vaillent la peine. Comme Sara.*

Jeppe reposa ses nouilles et se demanda pour la cent dix-septième fois de la journée s'il y avait un moyen de surmonter ce conflit. On ne pouvait pas partir en courant et se coucher pour mourir chaque fois que la vie montrait les dents. Mais quel que soit le sens dans lequel il retournait la

1. « Quand l'amour ne va pas, rien ne va », extrait de la chanson *When Love Goes Wrong*, « Quand l'amour ne va pas ».

question, il en revenait toujours au même point : entre le lionceau et sa mère.

Était-ce là que Malthe s'était retrouvé ? Dans la ligne de mire entre Henrik Dreyer-Hoff et sa progéniture ? Avait-il mis le père d'Oscar tellement en colère qu'il s'était retrouvé à la décharge, nu et étranglé ?

Jeppe sortit son ordinateur portable de sa sacoche, ouvrit POLSAS et lut le rapport sur la mort de Lis Christensen. Le mardi 16 avril à 16 h 32, le train de banlieue venant de Farum était entré dans la gare souterraine de Nørreport comme prévu. Juste avant que la rame n'atteigne le quai, une personne était tombée sur les rails et le conducteur avait tiré sur les freins et déclenché l'alarme. Il avait essayé de rattraper une tasse de café qui basculait et n'avait donc pas vu l'accident lui-même, juste la silhouette basculant devant le train. Il ne pouvait pas dire s'il y avait eu quelqu'un près de la victime au moment de l'accident. Plusieurs personnes attendaient, mais elles se tenaient plus loin sur le quai, la plupart le nez dans leur téléphone.

— Mais tu es là, toi ? Tu m'as fait peur, je ne pensais pas qu'il y aurait quelqu'un

La voix grave de Johannes brisa le silence, surgissant comme le fait une étreinte inattendue, mais sûre. Il jeta les clés sur le plan de travail.

— Si j'avais su que tu étais là, j'aurais appelé avant. Pourquoi tu n'es pas chez Sara ?

Jeppe haussa les épaules.

Johannes eut l'air de comprendre, du moins n'en demanda-t-il pas plus.

— Je suis allé au ciné et je n'avais pas le courage de rentrer à Snekkersten. Je peux dormir sur le canapé ou tu préfères rester seul ?

— Non, c'est bien que tu sois là.

— Cool. (Johannes retira sa veste et la jeta sur le dossier d'une chaise.) En fait, j'allais me coucher directement, je dois me lever tôt.

— Qu'est-ce que tu dois faire ?

— J'ai un casting pour un long métrage.

Jeppe sourit.

— Super. Je commençais à craindre que tu ne sois complètement à l'arrêt.

— La vie continue. Il y a des limites à la durée pendant laquelle on peut martyriser un cœur brisé. Je vais me brosser les dents.

Johannes avait-il toujours eu cette touche de cynisme en lui ou était-ce venu avec les années ? Jeppe ne s'en souvenait plus, pas plus qu'il ne savait si sa propre dépression avait un jour été plus légère.

— Johannes, tu te rappelles quand on allait à l'école du spectacle ? On devait avoir dix-sept ou dix-huit ans. Il y avait une fille, dans notre groupe.

— Lisa, tu veux dire ? Lisa avec les longues jambes ?

Johannes sortit de la salle de bains en T-shirt et caleçon.

— Oui, c'est ça ! J'étais tellement amoureux d'elle.

Johannes arrangea les draps sur le canapé, s'allongea et remonta la couette jusqu'à son menton.

— Je le sais bien. Tout le monde le savait. Y compris Lisa.

— Quoi ! Mais je ne l'ai jamais dit à personne, même pas à toi.

— Tu es un véritable livre ouvert, Jeppe. Tu l'as toujours été. À vrai dire, on se moquait un peu de toi derrière ton dos. Tu étais si… timide. C'était mignon.

Mignon ? Son cœur se brisait alors chaque jour à la vue de cette fille à qui il osait à peine parler.

— Parfois, j'ai l'impression de n'avoir pas un gramme de sagesse de plus qu'à l'époque.

— Et tu as raison. C'est vrai pour nous tous. (Johannes s'allongea sur le côté, lui tournant le dos.) Mais toi, au moins, tu oses aimer. Tout le monde n'ose pas.

— C'est une qualité en soi ?

— Oui, dit Johannes en bâillant. Soit on peut, soit on ne peut pas. Toi, tu peux. C'est un don. Bonne nuit.

Jeppe sourit au dos de son ami.

— Dors bien !

Il éteignit la lumière et alla à la salle de bains, se brossa les dents avec une nouvelle brosse à dents, toute dure, puis gagna sa chambre pour s'allonger sur un matelas qui n'avait pas encore pris la forme de son corps. D'instinct, il savait que cette nuit, toutes les pensées qu'il avait jamais eues allaient danser la sarabande dans son cerveau.

De son lit, il voyait les toits de la ville comme des ombres indistinctes contre le ciel nocturne. Il ferma les yeux et essaya de dormir.

So take this down in black and white
When love goes wrong, nothing goes right[1].

---

1. « Alors écris-le noir sur blanc / Quand l'amour ne va pas, rien ne va. » *Idem*.

JEUDI 18 AVRIL

CHAPITRE 29

Elle déverrouille son vélo et longe le quai. C'est le petit matin, l'air est mordant, et la fillette regrette de ne pas s'être habillée plus chaudement. Elle porte son cartable sur le dos, mais ce n'est pas en cours qu'elle va. Si tout se passe bien, les autres ne se rendront même pas compte qu'elle a fait l'école buissonnière. Plus tard, ils doivent tous se rendre à l'hôpital. « Dans notre famille, on se serre les coudes, dit toujours papa, quoi qu'il arrive. »

Son petit déjeuner s'agite dans son estomac. Des cornflakes avec du lait et du sucre : quand ils sont seuls à la maison, ils n'avalent en général qu'un bol de céréales, à la hâte. Maintenant, elle regrette d'avoir mangé.

Le vent joue avec ses cheveux, elle n'a pas pris son casque, c'est agréable de les sentir voleter librement. Elle porte son haut préféré et ses nouvelles baskets. Elle chante alors que les pneus bourdonnent contre les pavés du quai et que le soleil se lève sur la ville. Une chanson entendue à la radio, c'est en anglais, donc elle ne connaît pas très bien les paroles, mais ce n'est pas grave. Elle chante pour se calmer.

Au grand carrefour, elle descend et traverse en poussant son vélo. Elle regarde à gauche, puis à droite, puis encore à gauche. Les voitures roulent toujours vite, ici, mais il est tôt et la circulation n'est pas trop dense. Elle n'a presque pas peur.

Les gens pensent forcément qu'elle est la plus délicate parce que c'est elle la plus jeune. Le bébé, la fille, la *mignonne*. Mais ils se trompent. Elle est plus forte qu'ils ne le croient. Au plus profond d'elle-même, elle sait qu'elle est invulnérable. Assez courageuse pour dire les choses à voix haute, assez courageuse pour affronter un assassin.

*

Le merle chantait. Les premiers trilles joyeux de l'année retentissaient sur les toits de Greve Strand lorsque Gudrun se réveilla. Anette se dépêcha de se lever avec elle, avant qu'elle ne tire aussi Svend de son sommeil. Elle l'installa dans la chaise haute avec un bol de yaourt et se prépara un café. Elle appréciait beaucoup ces petits matins où elle était seule à la cuisine avec Gudrun. Elle était toujours si gaie, au réveil, et Anette aimait allumer la radio et l'entendre babiller sur des chansons qu'elle ne connaissait pas encore.

Anette but deux tasses de café l'une après l'autre, mais ne parvint pas à avaler de petit déjeuner. Elle qui se réveillait d'habitude affamée comme un ours sortant d'hibernation commençait à perdre l'appétit.

Gudrun se mit à pleurnicher. Anette la souleva et prit la poussette. La promenade matinale lui faisait du bien, lui donnant le temps de se reposer avant la crèche. Anette enfila sa veste polaire ; elle décida de laisser dans l'entrée son téléphone avec un SMS resté sans réponse, pour être dans l'instant avec sa fille, mais en sortant, elle ne put s'empêcher de le fourrer quand même dans sa poche. Où que son appétit soit parti, il avait emporté sa discipline.

Au bout d'une centaine de mètres, Gudrun s'endormit profondément. Anette continua à faire avancer la poussette le long du labyrinthe de chemins de Greve Strand. Elle avait besoin d'air frais.

Svend avait été adorable, la veille. Chaleureux et passionné, amoureux attentif, et si reconnaissant qu'ils refassent enfin l'amour que les joues d'Anette brûlaient de honte. Si seulement elle pouvait prendre une grosse gomme et effacer Mads de sa conscience !

Mads.

Anette arrêta la poussette et s'assit sur un banc. Son vieux paquet de cigarettes était toujours dans sa poche de poitrine, elle le sortit et en alluma une. La première bouffée lui donna le vertige.

Il était sensible et gentil, mais Svend l'était aussi. Fort et masculin, vraiment têtu. Peut-être était-ce cela qu'elle trouvait si excitant ? Qu'il n'ait besoin de personne, pas même d'elle, sûrement ? Peut-être qu'à l'âge de quarante-six ans, elle avait enfin été rattrapée par ce syndrome du cow-boy solitaire dont elle n'avait jamais souffert auparavant, mais que beaucoup de femmes cultivaient. Quelque chose chez lui la rendait folle.

Elle sortit son téléphone, rédigea une réponse et la supprima pour la vingt-cinquième fois. Elle sentit l'excitation la submerger, jusqu'à ce que même ses orteils en tremblent. Elle tapa encore un message et appuya sur *Envoyer* avant de pouvoir changer d'avis.

On peut se voir ?

Puis elle remit l'appareil dans sa poche et inspira, le cœur battant. Elle écouta le merle, regarda sa fille qui dormait toujours profondément, et éteignit la cigarette avant d'être malade.

Était-ce son côté artistique ? Était-elle vraiment si facile à séduire qu'un homme avec un atelier et quelques oiseaux empaillés lui faisait une telle impression ?

Parce que *mystérieux* ? Parce que *profond* ?

Anette se leva et fit rouler la poussette avec colère. Les premiers joggeurs de la matinée avaient commencé à zigzaguer dans le quartier, haletants, vêtus de couleurs vives. Leur détermination contrastait avec son sentiment d'être en chute libre.

Son téléphone vibra dans sa poche. Elle s'arrêta, prit une profonde inspiration et le sortit.

Je passe te chercher à la jetée dans deux heures. OK ?

Une simple phrase suivie d'une question en deux lettres. Pourtant, elle sentit le désir s'échapper de l'écran comme des ondes radioactives provenant d'un réacteur. Les doigts tremblants, elle écrivit à Jeppe qu'elle serait en retard.

Anette savait qu'elle s'engageait sur un chemin qui menait vers l'abîme. En même temps, elle pressentait qu'elle ne serait plus jamais vraiment heureuse si elle ne l'explorait pas. Que la vie serait pour toujours pauvre et vide si elle ne laissait pas une chance à la passion.

Avant de pouvoir le regretter, elle répondit à Mads :

OK.

*

— On doit vraiment aller *là-dedans* ? demanda Thomas Larsen avant de cracher avec mépris sur le gravier du parking.

— T'inquiète, pour une décharge, c'est étonnamment présentable.

Jeppe contempla la façade métallique brillante de l'ARC, où les prises d'un mur d'escalade montaient jusqu'au ciel bleu. La combinaison de l'incinérateur et du complexe de loisirs lui semblait encore un peu bizarre.

— Kasper n'a toujours pas répondu à mon appel, mais on va tenter notre chance et voir s'il est là.

Ils se dirigèrent vers l'entrée et attendirent que la grande porte coulissante en verre glisse sur le côté. Un réceptionniste se leva lorsqu'ils s'approchèrent du comptoir. Jeppe lui montra son badge.

— Nous sommes ici pour parler à Kasper Skytte. Est-il déjà arrivé ?

— Laissez-moi vérifier, répondit l'homme trapu en regardant sur un écran. Non, ça n'en a pas l'air. Dois-je lui transmettre un message ?

— Et Margit Smith ? demanda Jeppe sans réfléchir.

— La P.-D.G. ? (Le réceptionniste sourit comme si les enquêteurs s'étaient présentés à l'improviste dans un hôtel de luxe pour parler à Madonna.) Elle suit une formation toute la semaine. (Il regarda une nouvelle fois l'écran.) Nos deux autres ingénieurs de *process* sont là, peut-être pourraient-ils vous être utiles ?

— Ceux qui travaillent avec Kasper Skytte ?

— Jim Knudsen et Gitte Mejlhede. Ils sont au cinquième étage, vous voulez que j'appelle pour voir s'ils ont du temps ?

— Ils en auront ! assura Jeppe en souriant au réceptionniste.

Celui-ci décrocha son téléphone et eut un bref échange avant de poser deux badges d'invités sur le comptoir :

— OK. L'ascenseur est là-bas !

— Merci.

Au cinquième étage, les bureaux en *open space* étaient déserts, à l'exception d'un îlot de tables près de la fenêtre où deux personnes étaient assises, immobiles. En les apercevant, l'homme baissa les yeux sur son ordinateur ; la femme les regarda, le cou raide et les joues rouges. Elle semblait avoir commencé sa journée soit par une marche rapide, soit par une dispute.

— Gitte Mejlhede ? Jeppe Kørner, police de Copenhague. Merci d'avoir accepté de nous recevoir à l'improviste.

Elle se leva et leur tendit la main à tour de rôle ; son collègue se contenta d'un signe de tête depuis sa place.

— Aucun de nous n'était au travail lorsque le corps a été trouvé, expliqua-t-elle. Et nous avons déjà tous les deux parlé à un agent.

— Nous aimerions quand même être autorisés à vous poser quelques questions, dit Jeppe avant de désigner deux chaises vides près d'une table voisine. On peut ?

Gitte ne parvint visiblement pas à trouver de raison plausible de refuser, et n'obtint aucune aide de Jim.

— Nous voulions en fait parler à Kasper. Il n'est pas venu au travail ?

Elle secoua la tête.

— Savez-vous où il est ? Il ne répond pas à nos appels.

Un regard entre les deux collègues.

— Non.

— Alors peut-être que vous pouvez nous aider, poursuivit Jeppe avec un sourire désarmant. Nous serons brefs.

Larsen sortit le bon de commande de son sac et le posa sur le bureau.

— Êtes-vous au courant de cette commande ?

Gitte prit le papier et le contempla avec perplexité.

— Je vais vous expliquer, mais vous pourriez avoir la gentillesse de nous dire si vous avez commandé cet équipement ? insista Larsen.

— Eh bien, dit-elle en secouant la tête, nous n'utilisons pas du tout ce type d'ESP, ici, à l'ARC.

Jim se redressa enfin et regarda sa collègue :

— Nous pourrions aussi bien le leur dire.

Gitte ne répondit pas.

— S'il y a quelque chose qui ne va pas, ça finira par se savoir, s'entêta Jim en se penchant sur son clavier.

Elle soupira.

— Tu penses vraiment qu'on a besoin d'un nouveau scandale ? C'est ça ?

— Je n'y peux rien si les chiffres ne correspondent pas…

— De quoi s'agit-il ? interrompit Jeppe en les regardant l'un après l'autre.

Jim ignora sa collègue qui levait les yeux au ciel.

— Depuis lundi, une fois que le corps a été trouvé dans le silo… Kasper s'est comporté de façon bizarre. Pas juste comme on aurait pu s'y attendre après un tel événement, mais étrangement. Il allait et venait à sa guise, a vidé ses tiroirs et déchiqueté de nombreux papiers, ne répondait pas quand on lui parlait. Au début, j'ai cru que c'était juste le choc…

Jim regarda Jeppe d'un air interrogateur, comme pour s'assurer qu'il voulait vraiment l'entendre.

— Mais quelque chose ne va pas. Les relevés de mesure du système de contrôle sont nettement supérieurs à ceux fournis à l'Autorité danoise de l'énergie, et il n'y a que Kasper qui ait pu les modifier. Le calcul du CO_2 est un processus complexe, divisé en plusieurs étapes. Il comprend un enregistrement continu dans le système de contrôle de l'usine et le calcul des valeurs moyennes qui sont envoyées à la base de données de l'usine toutes les heures. Cela peut paraître ingérable si on ne sait pas exactement comment lire les chiffres.

Gitte eut l'air de vouloir protester, puis se résigna avec un autre soupir.

— Nous avons découvert ces écarts tard hier soir et nous ne savons pas quoi en faire. Kasper ne décroche pas son téléphone, et ça semble un peu extrême d'aller voir la direction.

Jeppe les dévisagea avec scepticisme.

— Que gagnerait-il à donner de mauvais chiffres ?

Les deux ingénieurs se regardèrent dans un duel muet pour déterminer qui devait répondre. Gitte finit par s'avouer vaincue.

— Un comptage de CO_2 embelli permet d'économiser de l'argent et d'éviter de la mauvaise publicité.

Larsen intervint.

— Comment cela permet-il de faire économiser de l'argent à l'usine ?

— Lorsqu'on brûle des déchets, on doit mesurer les émissions de CO_2, car elles contribuent au réchauffement climatique. L'achat de quotas de CO_2 coûte cher. Le montant des quotas d'une seule année représente au moins vingt millions de couronnes. Vous me suivez ?

— Je ne suis pas stupide, répondit Larsen, offensé.

Gitte ne sembla pas convaincue.

— La commune de Copenhague aspire à la neutralité en CO_2 et exige que nous respections le niveau d'émissions convenu. En même temps, l'incinérateur importe des déchets pour en brûler davantage et fournir plus d'énergie, ce qui nous rapporte de l'argent. Il y a donc des intérêts contradictoires. Mais si les chiffres des émissions sont réduits, alors l'usine économise de l'argent sur l'achat de quotas de CO_2.

— Est-ce si facile de tricher avec ces chiffres ? demanda Jeppe en secouant la tête. Il doit y avoir des contrôles externes ?

— Bien sûr. Une société extérieure collecte les données et effectue les calculs de ces valeurs lors d'un contrôle dit QAL2, qui est censé détecter les écarts majeurs. Mais un tel contrôle n'est pratiqué que tous les trois ans. (Le rouge monta aux joues de Gitte.) En fait, le prochain QAL2 est prévu dans une semaine. C'est pour ça qu'on vérifie les chiffres.

Jeppe sentit un dégoût soudain pour toute la situation. La fausse commande et le comptage de CO_2. Le fait d'aimer une femme qui le rejetait.

— Kasper a-t-il un ordinateur ici ? demanda-t-il. Pouvez-vous l'ouvrir ?

Personne ne répondit.

— Permettez-moi de vous rappeler que nous sommes dans le cadre d'une enquête pour homicide et qu'obstruer ou retenir des informations pertinentes constitue une infraction pénale, spécifia Jeppe en regardant les ingénieurs à tour de rôle. Nous devons découvrir ce qui se passe.

Jim se leva et se dirigea vers un PC.

— Je tiens à souligner que dans des circonstances normales, je n'aurais JAMAIS l'idée d'allumer l'ordinateur d'un collègue sans son autorisation.

— Vous avez celle de la police, vous n'avez besoin de rien d'autre.

Jeppe approcha une chaise à côté de Jim et entendit Larsen se poster derrière eux.

— Soyez gentil d'ouvrir sa boîte mail ! Il a peut-être acheté un billet d'avion, nous devons vérifier.

Jim accéda à la messagerie interne.

Jeppe se rapprocha de l'écran.

— Revenez lentement en arrière, s'il vous plaît.

Jim fit défiler les e-mails en remontant dans le temps. Des avis de réunions et des comptes rendus glissèrent devant leurs yeux en une soupe d'informations inutiles.

Gitte s'éclaircit la gorge avec hésitation.

— Pensez-vous que ça a quelque chose à voir avec le corps dans le silo ?

Jeppe ne répondit pas, concentré. Ils étaient arrivés à jeudi après-midi lorsqu'un nom d'expéditeur bien connu apparut à l'écran.

Henrik Dreyer-Hoff.

— Ouvrez ce mail !

Jim cliqua, nerveux, et le message s'afficha. Henrik l'avait envoyé le jeudi 11 avril à 16 h 32.

Il sait pour l'argent et menace de tout révéler. Je m'en occupe !

Il n'y avait rien d'autre.

Jeppe sortit son téléphone et appela Henrik. Pas de réponse. Il téléphona à Malin, qui répondit par un « allô » brusque.

— Bonjour, Malin, je cherche à joindre Henrik. Savez-vous où il est ?

Un soupir exaspéré.

— Je n'arrive pas à le joindre non plus. Il devait aller au travail, mais il ne décroche pas. Il est peut-être en réunion.

— Pourriez-vous lui demander de me rappeler quand vous lui aurez parlé ?

— Je suis à l'hôpital, donc il est sans doute préférable que vous le trouviez tout seul.

Elle raccrocha.

Jeppe se tourna et échangea un regard avec Larsen.

Kasper Skytte avait disparu et Henrik Dreyer-Hoff ne répondait pas au téléphone. Que se passait-il ?

CHAPITRE 30

Le papier de soie bruissa entre les doigts de Jenny Kaliban. Elle essuya ses paumes moites sur son pantalon et continua à déballer. Une couche de côté, doucement, puis la suivante. Ses doigts tremblaient tellement qu'elle dut faire une pause. Elle alluma une cigarette et ouvrit la fenêtre de l'atelier donnant sur la cour ; l'adrénaline pulsait dans sa gorge comme un cœur supplémentaire. C'était exagéré de faire ça elle-même. Mais qu'y pouvait-elle ? Jusqu'à ce qu'elle touche le jackpot, il n'y avait pas d'autre moyen de se procurer de l'argent.

La fumée remplit ses poumons, lui brûla la trachée, et les larmes lui montèrent aux yeux. Jenny les laissa couler. Le nœud qui avait fini par s'installer de façon permanente dans son estomac était tout autant le résultat de son inquiétude pour elle que pour Malin. Dire que même maintenant, dans cette situation, elles ne trouvaient pas de réconfort l'une auprès de l'autre.

C'était Henrik qui s'était interposé entre elles. La dernière fois qu'elle l'avait vu, deux ans auparavant, il l'avait traitée de « sangsue » et déclaré qu'elle n'était plus la bienvenue. Et Malin n'avait pas protesté. Depuis, Jenny n'avait revu sa sœur et les enfants qu'en secret. Elle souffla la fumée. Si quelqu'un avait soutenu ces deux-là contre vents et marées, c'était bien elle. Même lorsque le monde entier pointait du doigt leurs escroqueries de ventes aux enchères, elle les avait soutenus. Et maintenant, ils s'étaient tous les deux retournés contre elle.

C'est dans l'adversité qu'on reconnaît ses véritables amis.

Jenny se demandait toujours si elle devait utiliser le moyen de pression qu'elle avait contre Henrik. Elle lui avait déjà fait prendre conscience qu'elle pourrait bénéficier de ses faux pas. Pas sous forme de menace, juste comme un avertissement.

Elle écrasa sa cigarette et rejeta l'idée d'en fumer une autre. Mieux valait les économiser pour plus tard. Elle n'avait plus personne à qui emprunter de l'argent. Même en comptant d'autres sources de revenus, elle vivait avec le strict minimum, et elle serait bientôt forcée de choisir entre les clopes et le dessin. Du moins si ses contacts ne trouvaient pas les bons acheteurs. Le matériel était stocké dans son atelier, en attente d'être vendu, ce qui aggravait sa nervosité chronique. *Mais*, se rappela-t-elle, *si ça réussit, alors je serai sortie de la merde une bonne fois pour toutes.*

Le loyer de son atelier était élevé, ses outils coûtaient cher. Une simple visite à la Droguerie de Copenhague créait une brèche désastreuse dans son modeste budget. Quand elle voyait du papier cartonné épais, des marqueurs dans de petits pots et des feutres, elle ne se contrôlait plus. Et, contrairement à ses collègues artistes, elle s'était toujours abstenue de lécher le cul des membres du conseil d'administration de la fondation des Arts, si bien qu'elle n'avait jamais obtenu la moindre des subventions qu'elle demandait chaque année en janvier.

Son ambition n'avait jamais été de mener une existence confortable. Elle n'était pas intéressée par la sécurité ! Que restait-il dans la vie si elle n'essayait pas de puiser dans le divin ? Des frites et une épargne retraite, rien d'autre.

Je tente de trouver Dieu avant que Dieu ne me trouve.

Elle sourit et retourna à la caisse. Cette fois, elle déplia le papier de soie sans hésitation et souleva le masque. Elle le tint délicatement par le bâton en bois, à l'arrière, et l'inspecta. Elle avait choisi l'un des inconnus, dont elle savait qu'il ne manquerait à personne pour l'instant. Le visage jeune et pur, de sexe indéterminé, semblait être celui d'un adolescent endormi. Elle posa soigneusement le masque mortuaire sur son établi et sortit son vieil Olympus. La documentation photographique devait être en règle, sinon il ne serait pas vendu. Et il fallait un argumentaire de vente fort, évocateur et détaillé.

Jenny fit la mise au point sur les fins cils en plâtre du masque et appuya sur le déclencheur.

Le 6 novembre de l'année précédente, elle avait eu cinquante ans. Depuis, elle avait du mal à rester optimiste. Il ne lui restait que la conviction que sa percée était, sinon imminente, du moins encore possible. Si elle perdait ça, elle n'avait plus qu'à se coucher pour mourir.

*

Parfois, on perd de vue l'état de ses proches, et on ne découvre ce qu'ils ressentent vraiment qu'en les voyant dans une situation inhabituelle. À la table du restaurant *Tårnet* de Christiansborg, entre les murs immenses et l'élégant mobilier design, Gregers eut soudain l'air malade. Un torchon usagé au milieu de damas repassés de frais. Usé et infiniment fragile.

Esther l'avait invité à déjeuner pour lui remonter le moral. C'était censé être une petite sortie agréable, mais rien qu'en traversant les pavés de la cour du château et en montant l'escalier, après l'ascenseur, il apparut très clairement qu'il n'allait pas bien. Il était à bout de souffle et se plaignait de douleurs à la poitrine et à la hanche tous les dix mètres.

Peut-être avait-elle été trop optimiste ? Peut-être s'était-elle tant réjouie de l'idée qu'elle avait eue qu'elle ne s'était pas demandé si elle convenait à Gregers ? Quoi qu'il en soit, ils étaient là, maintenant. Il avait commandé une tartine aux pommes de terre traditionnelle. On lui avait déjà servi de la bière et du snaps, et ses joues reprenaient peu à peu de la couleur. Il leva son verre.

— Eh bien, on ne porte pas de toast ?

Esther fit tinter son verre contre le sien et avala une gorgée.

— Tu te sens mieux ?

— De quoi tu parles ? Je vais bien. Mais je boirais bien un autre snaps quand ma tartine arrivera.

— On va en commander un.

Esther désigna les sculptures de lions de Thorvaldsen qui gardaient la pièce.

— Savais-tu qu'autrefois, ici, c'était un débarras où les vieilles statues du Parlement prenaient la poussière ? Ils l'ont découvert lors de la rénovation du toit de la tour et ont imaginé d'en faire un restaurant. N'est-ce pas une excellente idée ? Pour que tout le monde puisse en profiter.

— Seulement le monde qui peut se le permettre.

Esther soupira.

— Tu as admiré la vue ? Le Carrousel et Tivoli. Le Musée national…

Gregers jeta un coup d'œil en direction de la grande fenêtre à meneaux donnant sur la cour du château, mais perdit tout intérêt pour elle lorsque le serveur passa. Il commanda davantage de snaps. Esther prit note de réserver une table au café du coin la prochaine fois qu'elle voudrait inviter son colocataire au restaurant. Elle contempla les lions et pensa à Thorvaldsen, dont le musée se trouvait juste à côté de Christiansborg.

Une forte sonnerie interrompit ses pensées. Elle regarda autour d'elle. Personne ne réagissait au bruit.

— Dis-moi, Gregers, ce ne serait pas ton téléphone ? Tu ne l'as jamais avec toi, d'habitude.

Il se mit à chercher frénétiquement dans ses poches. Lorsqu'il l'eut enfin en main, il eut du mal à trouver le bouton vert pour répondre.

— Oui ! Allô ? cria-t-il. Ah oui, bonjour !

Il se tut, puis marmonna quelques mots et raccrocha. Il rangea son téléphone et posa les mains à plat sur la table.

— Gregers, est-ce que tout va bien ?

Il la regarda comme quelqu'un qui venait de se réveiller, ou plutôt de s'endormir, et ne comprenait pas son rêve. Le serveur posa devant lui un snaps qu'il avala d'une traite.

— Bon. Ça, c'est fait. (Il reposa le verre et cligna des yeux d'agacement.) Combien de temps ça prend, de préparer une tartine ?

Le cœur d'Esther se serra.

— Qui était-ce ?

— C'était la médecin. Quelque chose qui s'appelle les antigènes du cancer. CA 72-4, a-t-elle dit. Les miens sont si élevés qu'ils veulent m'hospitaliser immédiatement pour faire des examens.

— Immédiatement ? répéta Esther, impuissante.

— Oui, enfin, plus tard dans l'après-midi. Je dois d'abord préparer mon sac.

Esther était sur le point de lui demander ce que cela signifiait, mais s'arrêta. Elle le savait très bien. Un cancer. Très probablement les premiers pas d'un long voyage de souffrances et d'anxiété. Encore une étape sur le chemin de sa vieillesse à elle, de la solitude qui s'ensuit lorsque tous ceux qui vous sont proches disparaissent.

Elle croisa le regard de Gregers.

Ses yeux gris pâle racontaient l'histoire d'une vie vécue, d'un amour qui s'était épanoui puis éteint, d'amitiés, de travail, de trois enfants et d'un divorce. De petits genoux avec des pansements, de repas à préparer pour emporter à l'école, de vacances d'été, de bières entre collègues et de voyages en bateau, d'échecs et de malentendus, de scènes de ménage et de cœurs amputés.

Gregers se racla la gorge avec incertitude.

— Je suis désolé, Esther, mais je crois que j'aimerais bien rentrer à la maison, maintenant.

*

Une mouette glissa devant le phare de Trekroner et se dirigea vers Copenhague, petite tache blanche et brillante au soleil. Anette pencha la tête en arrière et suivit son vol.

— C'est pour ça que j'aime vivre ici. Les oiseaux, la mer. La nature devient une partie de soi quand on est seul avec elle.

Mads Teigen se tenait juste derrière elle, suffisamment proche pour qu'elle puisse sentir son souffle léger sur sa nuque. Si proche qu'il devait voir la chair de poule se propager sur son cou et ses bras. Même si elle lui tournait le dos, elle devinait ses larges épaules et ses mains puissantes qui la faisaient se sentir si inhabituellement féminine.

Que faisait-elle ici ?

Depuis quand avait-elle besoin d'être reconnue pour son apparence ? Elle qui avait toujours détesté les stéréotypes de genre et aimé être remarquée pour son courage, sa ténacité et son talent. Allait-elle désormais faire partie de ces personnes qui se mettent de faux cils, prennent des selfies au coucher du soleil et trompent leur mari ?

— Viens, je voudrais te montrer quelque chose !

Il lui agrippa la main et l'entraîna vers la résidence du commandant. Elle le laissa faire. Ils marchèrent le long du quai, sa paume brûlant la sienne. Eux aussi pourraient être un couple. Il croisa son regard et sourit, elle détourna les yeux et essaya de reprendre le contrôle de sa respiration.

Mads déverrouilla le bâtiment, et elle se dit machinalement que c'était étrange de fermer à clé sa maison quand on habitait sur une île déserte. Mais bien sûr, plein de gens venaient ici tout le temps.

— D'habitude, je ne montre ça à personne, mais je voudrais que tu le voies. J'ai le sentiment que tu comprendras.

Il souffla et ouvrit la porte de l'atelier, s'écarta et lui fit signe d'entrer.

Anette franchit le seuil de la pièce peinte en blanc, avec l'établi au milieu et les rayonnages le long des murs. Il la suivit, referma la porte et la verrouilla. Il resta debout à l'observer.

Elle devina qu'il voulait qu'elle regarde autour d'elle. Qu'elle observe les oiseaux. Elle s'avança vers une des étagères et inspecta les ailes déployées et les plumages gonflés. Elle ne reconnut que des grands et des petits oiseaux. Elle ne savait pas comment réagir, mal à l'aise face à ces yeux morts et perçants qui la suivaient.

— Waouh ! C'est toi qui les as… tous faits ?

— Chacun d'eux. Tous au cours de cette dernière année.

Elle hocha la tête, impressionnée.

— Tu as été occupé. C'est difficile d'empailler ?

À la déception dans son regard, elle comprit qu'elle n'avait pas la réaction qu'il avait espérée. Elle s'approcha timidement d'un oiseau noir à la poitrine blanche, avec une longue queue. Il avait des ailes aux plumes d'un bleu argenté et un petit bec noir.

— On en a des comme ça dans le jardin. Svend les pourchasse toujours…

Il baissa le regard comme si elle l'avait giflé, et elle se rendit compte qu'elle n'avait jamais mentionné le nom de Svend auparavant. C'était clairement une erreur de le faire. Elle tendit la main vers l'oiseau et le fit tomber sans le vouloir.

— Oh, je suis désolée ! Ouf, rien de cassé, on dirait.

Elle le ramassa et le replaça sur l'étagère. Quand elle se retourna, il se tenait juste derrière elle.

— Merde ! (Elle rit nerveusement.) Je n'avais pas vu que tu étais là.

Il la fixait d'un regard intense. Une ride profonde creusait son front entre ses sourcils, il avait l'air déterminé. La bouche d'Anette se dessécha, elle essaya de déglutir, en vain.

Mads lui attrapa la main. Cette fois, il la serra si fort qu'il n'y avait aucun doute sur sa supériorité physique.

CHAPITRE 31

Sara Saidani mit une casserole sur le brûleur, baissa le feu et tourna le minuteur. Elle posa du pain de seigle sur le plan de travail et aligna les assiettes du déjeuner. Jeppe n'avait pas tenté de la contacter depuis mardi soir. Tant mieux. Elle devait se concentrer pour remettre Amina sur pied afin qu'elle retourne à l'école.

Elle s'assit devant son ordinateur portable et tapa *ninthcircle.com*. En réalité, elle n'avait pas le temps, mais elle avait promis à Esther d'essayer. La page d'accueil avec les nombreuses petites photos s'afficha. Sara les étudia de près. L'une d'entre elles ressemblait à un enfant, pas à une poupée. Un enfant sans vêtements. Elle avança et repéra une autre photo d'un corps nu. Cette fois, la frêle silhouette tenait la main d'un adulte, on voyait un bras tatoué sur le bord. La gorge de Sara se serra. Quelque chose clochait.

La page ne donnait accès à aucun contact si l'on n'était pas déjà enregistré. En soi, c'était inhabituel, pour ne pas dire suspect. Pouvait-elle pirater la procédure de connexion ? Les *plug-ins* de Bulletproof Security Pro étaient réputés pour être complexes, et il était peut-être un peu extrême d'envisager une *brute force attack* pour craquer les mots de passe cryptés des utilisateurs. Avec un peu de chance, le site web était exploité à partir d'un serveur qui n'avait pas été mis à jour depuis un certain temps et serait donc vulnérable aux tentatives d'accès non autorisées.

Elle se décida pour une *social engineering attack*, tapa le nom de l'hébergeur et ouvrit une conversation avec son service client en se faisant passer pour le propriétaire du site. Elle sacrifia l'un de ses comptes G-mail anonymes et prétexta avoir une erreur 500 lors de l'accès au serveur interne et un problème avec le fichier de configuration *.htaccess*. Un message automatisé l'informa qu'elle recevrait une réponse dans moins de deux minutes.

Elle s'appuya contre le dossier inconfortable de la chaise et regarda sa fille aînée. En ce moment, elle lisait l'exemplaire de *De l'autre côté du miroir* que la mère de Jeppe avait insisté pour leur prêter. Sara contemplait sa fille qui grandissait trop vite avec un double coup de couteau au cœur, un pour le temps qui s'écoulait et l'autre pour l'amour difficile.

Le *ping* de l'ordinateur ramena son attention sur l'écran. Elle lut la réponse de « Bill », qui se trouvait probablement dans un centre d'appels quelque part au Pakistan, très loin de ressembler à ce qu'il prétendait être. Rien qu'à son premier message, elle constata qu'elle en savait plus que lui. Après quatre nouveaux messages, elle lui demanda de réinitialiser le mot de passe afin qu'elle puisse en créer un nouveau.

Elle était entrée.

Le fond noir de la page d'accueil était décoré d'un masque grimaçant appuyé contre un chandelier allumé. Là, elle trouva quelques informations concrètes. Le forum comptait un peu plus de dix mille utilisateurs, tous apparaissant sous des pseudonymes tels que *Piedpiper* et *Jupiterseagle*. Les utilisateurs étaient actifs sur le site, à la fois par des publications et des commentaires. Il y avait des achats, des ventes, des discussions sur des photos et des artefacts étranges, des masques ou des oiseaux empaillés. À première vue, cela ressemblait à un forum d'art de style gothique, presque morbide.

Elle pouvait maintenant agrandir les photos sans problème. Elle hésita un instant, le doigt sur le pavé tactile, puis ouvrit la première. Un masque blanc. Sous la photo, un encadré indiquant qu'il était *À vendre*, accompagné d'un texte plus long et d'un lien. Suffisamment inoffensif.

La suivante était tout sauf anodine. Ce qu'Esther prenait pour une poupée se révéla être un enfant de sept ou huit ans allongé sur un tapis de velours rouge. Une petite fille au visage maquillé de blanc, avec du rouge sur les joues. Elle était nue. Plusieurs photos du même genre suivaient.

Esther de Laurenti était tombée par hasard sur un réseau de pédophiles.

Sara prit une profonde inspiration. Elle avait déjà rencontré ce genre de choses auparavant, mais n'était pas encore immunisée contre ce type de dépravation humaine. Et elle savait combien ces réseaux étaient difficiles à démanteler. Elle devait vite en informer ses collègues du centre de lutte contre la cybercriminalité.

Elle parcourut les archives et vit davantage de photos similaires, des artefacts et des enfants nus. Une photo la fit s'arrêter, elle zooma. Encore un visage très jeune, peut-être huit ou neuf ans. Une couche de poudre blanche accentuait ses cheveux noirs, donnant un bel effet Blanche-Neige.

Sara zooma un peu plus et sentit un frisson remonter le long de sa colonne vertébrale. Tout à coup, elle souhaita qu'Amina parte loin, à l'abri de ce mal que l'ordinateur diffusait dans la pièce. Il avait plusieurs années de moins que maintenant, mais il n'y avait aucun doute. Elle avait sous les yeux Oscar Dreyer-Hoff.

*

À deux heures et quart de l'après-midi, une jeune fille se présenta à l'accueil du poste de police de la gare centrale et demanda à parler à Sara Saidani de la Crim'. Lorsqu'il s'avéra que Saidani était chez elle avec un enfant malade, elle accepta de voir Jeppe Kørner, qui promit de son côté d'arriver dans la demi-heure. La jeune fille fut installée dans un fauteuil confortable de la salle d'attente. On lui donna un Coca, qu'elle laissa de côté, et un sandwich, dont elle retira le jambon avant de le manger par petites bouchées. Elle semblait calme et posée, à part un détail : elle ne portait pas de chaussures.

C'est là que Jeppe la trouva lorsqu'il franchit la porte, vingt minutes plus tard.

— Iben ?

Elle hocha la tête, distante.

— Jeppe Kørner. Ma partenaire et moi sommes venus chez toi il y a quelques jours. Samedi.

Iben Skytte posa sur la table ce qui restait de son sandwich.

— Je ne suis pas sénile, je me souviens bien de toi. Vous cherchiez Oscar.

Il s'assit sur la seule autre chaise de la salle d'attente.

— Maintenant, c'est ton père que nous recherchons.

Elle croisa les bras sur sa poitrine de manière protectrice, mais son T-shirt ne parvenait pas à couvrir les marques rouges et les ecchymoses sur ses minces avant-bras.

— Comment pouvons-nous contacter ta mère ? Elle vit en Espagne, si j'ai bien compris ? Nous voulons lui demander de venir au Danemark pour que tu ne sois pas seule en ce moment.

Elle secoua la tête.

— Tu peux oublier ! Ma mère a une nouvelle famille, elle ne bougera pas. J'aurais juste besoin qu'on me dépose, avec un peu d'argent pour payer un serrurier, afin que je puisse rentrer à la maison.

— Je vais m'en occuper, mais comme tu n'as que quinze ans, tu ne peux pas rester toute seule chez toi. Je vais demander aux agents d'ici de t'aider quand nous aurons fini de parler. Sais-tu où est ton père ?

Les coins de sa bouche se soulevèrent en un léger sourire inattendu, qui fut immédiatement remplacé par une expression de dégoût.

— En route à travers l'Europe, une bouteille de snaps sur le siège passager.

— Sans toi ?

— Je ne voulais pas y aller.

Elle rassembla des miettes du sandwich en un petit tas.

— Je me suis enfuie quand on s'est arrêtés pour faire le plein. Pendant qu'il était parti payer, je n'ai même pas pris le temps de mettre mes chaussures. J'ai fait du stop. J'ai dormi dans les toilettes pour handicapés d'une cafétéria à Vordingborg, j'ai fait du stop jusqu'à Høje Taastrup, puis j'ai pris le train de banlieue jusqu'à Copenhague.

Ce n'était pas le moment de la chapitrer sur les dangers de faire du stop seule, même si Jeppe frissonna à cette pensée.

— Ironique, non ? Mon père part en Suisse pour récupérer de l'argent. Mon père, qui m'a appris à baisser le chauffage et à participer aux manifestations pour le climat, est en route pour Zurich pour vider son compte d'évadé fiscal. (Elle secoua la tête.) *Mon père* a triché sur les chiffres du CO_2.

Jeppe sortit son carnet. Il écrivit le nom de Kasper tout en haut d'une page.

— Sais-tu s'il a agi seul ?

— Il l'a fait avec Henrik, et probablement avec d'autres qui ont intérêt à escroquer pour ne pas avoir à payer. La P.-D.G., je pense. (Elle ouvrit les mains.) C'est Oscar qui l'a découvert. Il a trouvé les notes de son père, a compris et m'a appelée. Ils ne se sont pas donné beaucoup de mal pour dissimuler leurs traces.

— Avez-vous parlé à vos pères de votre découverte ?

Elle se pencha pour attraper le soda, puis sembla se souvenir que le Coca n'était pas autorisé à une adolescente idéaliste et retira sa main.

— Oscar l'a fait. Il a dit à son père que nous voulions les dénoncer à la police s'ils n'avouaient pas.

— Est-ce pour cela qu'Oscar s'est enfui ?

Elle le regarda comme si la réponse était évidente.

— Il a peur de son père.

Quelque part à l'arrière de la tête de Jeppe, une veine battait en rythme, menaçant de devenir une boucle musicale indésirable en toile de fond.

— Iben, ton père était-il à la maison vendredi soir ?

— Oui, on y était tous les deux. Je ne pouvais pas prendre le risque de me tirer alors que j'avais promis à Oscar de faire semblant qu'il était chez moi.

Jeppe leva les yeux de son carnet.

— Alors tu as couvert Oscar ! Que devait-il faire ?

— Il ne me l'a pas dit, et ce ne sont pas mes affaires. Oscar et moi, nous nous soutenons, quoi qu'il arrive.

— Et tu es sûre que ton père n'est allé nulle part ce soir-là ?

— À cent pour cent ! J'étais dans ma chambre, il était assis devant son ordinateur dans le salon. Il y était encore quand je me suis couchée, vers 1 h 30.

Jeppe raya le nom de Kasper.

— Sais-tu si Oscar a parlé à Malthe de la fraude ?

Elle eut l'air confuse.

— Pourquoi aurait-il fait ça ? Nous avions imaginé d'aller voir la police, mais qu'est-ce que ça nous aurait apporté de le dire à notre prof ?

Jeppe n'avait pas de réponse à cela. Iben n'était du genre à avoir besoin de l'aide d'un adulte pour mener à bien ses projets.

Elle fronça les sourcils.

— C'est vrai que Lis a été heurtée par un train à Nørreport ? Tout le monde dit qu'elle a sauté.

— Personne ne sait exactement ce qui s'est passé. Mais oui, elle a été renversée par un train mardi après-midi.

— Merde !

Iben posa les mains sur ses yeux. Quand elle les écarta, ils étaient brillants et bordés de rouge.

— Lis est ma prof préférée. Elle est têtue, une féministe de la vieille école qui n'a jamais fait de compromis sur ses idéaux. Tu sais, pas comme tous ceux qui s'adoucissent avec l'âge. Merde alors !

— Je suis désolé.

Elle secoua la tête.

— Moi aussi, putain !

Jeppe hésita.

— Iben, je suis obligé de te poser une question sur autre chose… de désagréable.

Elle haussa les sourcils.

— Quand on a une pièce inconnue dans une enquête, ça peut gêner l'explication. Mais si ça n'a aucun rapport avec l'affaire, je te promets que ce que tu me diras restera entre nous. (Jeppe voyait bien qu'elle savait parfaitement à quoi il faisait allusion.) Victor. Que s'est-il passé ?

Elle cligna des yeux avec inquiétude et se mordit la lèvre.

— Vic et moi étions ensemble à la fête. Dans une des toilettes. Un des terminales nous a filmés. Il voulait l'envoyer à toute l'école pour que tout le monde apprécie combien j'étais douée pour…

Jeppe détourna le regard.

— Victor l'a arrêté avant qu'il n'aille trop loin, poursuivit Iben en essuyant ses joues d'un rapide mouvement de l'index. C'est rien de plus que ça. Mais la vidéo existe encore. Et pour toujours.

Jeppe regarda le nom barré et la page blanche en dessous. Le battement de sa veine s'intensifia. Il ferma les yeux et essaya de réfléchir. Il entendit Iben lui demander quelque chose, mais sa voix se noya dans la pulsation et le bruit des pièces du puzzle qui commençaient à s'assembler pour former un nouveau motif devant lui.

*

La route de campagne flottait dangereusement au bord de son champ de vision, faisait des embardées sans prévenir, pour le moins capricieuse et peu fiable. Kasper Skytte serra le volant plus fort et força ses yeux à rester ouverts.

Il n'était pas allé plus loin que Hanovre. La veille, très fatigué, il avait dû abandonner son projet de rouler toute la nuit. Il avait donc pris une chambre dans un motel bon marché près de l'autoroute. C'était la pression émotionnelle qui sapait ses forces plus que toute autre chose. Iben, la peur d'être découvert, l'anxiété de ce que Henrik pouvait avoir l'idée de faire – les pensées se bousculaient dans sa tête, le privant de ses compétences les plus basiques, si bien que même la conduite automobile devenait un défi insurmontable.

Aujourd'hui, il s'était forcé à rester dans le lit du motel jusqu'à 9 heures, même s'il n'avait pour ainsi dire pas fermé l'œil de la nuit. Il était mort de fatigue. Une douche froide et le triste buffet du petit déjeuner n'y avaient rien changé. La panique revenait et menaçait constamment de l'engloutir ; la tenir à distance lui prenait toutes ses forces. Ses yeux n'arrêtaient pas de se fermer. Il n'alla pas plus loin que Heidelberg. Continuer à rouler à cent soixante à l'heure devint irresponsable, et il dut quitter l'autoroute.

Dans une station-service, il acheta deux tablettes de chocolat et une bouteille de Schinkenhäger dans une boîte cadeau poussiéreuse. Ce qui l'aida un peu, surtout le schnaps.

Il s'assit derrière le volant et rinça le chocolat aux cacahuètes à grandes gorgées d'alcool, ce qui lui éclaircit la gorge et lui picota le front. Les voitures entraient et sortaient des places de parking autour de lui dans un flux harmonieux, régulier comme une respiration. Une respiration dont il ne pouvait plus faire partie. Les larmes revinrent de façon inattendue, telle une contraction profonde de son diaphragme, et firent trembler ses épaules de manière incontrôlable.

Iben s'était enfuie. Sa propre fille avait peur d'être avec lui. Cette pensée lui était insupportable.

Kasper s'essuya le nez sur sa manche et but à la bouteille. Il ne lui restait qu'à prendre une heure à la fois et avancer pas à pas vers un avenir incertain. Il ne pouvait ni résoudre les problèmes maintenant ni essayer de les ignorer. Mais il valait probablement mieux s'en tenir aux routes secondaires, dorénavant.

Il redémarra et continua vers le sud, passa Bruchsal et Brette, traversa Pforzheim, toujours plus au sud, le long de routes sinueuses. Devant des champs verts et des zones industrielles ternes, au-dessus des rivières, devant des églises crépies surmontées de hautes flèches et des parcelles lumineuses de forêt de hêtres. Tous les cinq kilomètres, il buvait une gorgée à la bouteille. Lorsqu'il atteignit la frontière suisse, il était complètement calme. Il alluma la radio et laissa la musique pop emplir la voiture.

Maintenant, il allait récupérer l'argent et s'envoler pour l'Afrique du Sud, comme prévu. Trouver un bel hôtel à Cape Town et faire venir Iben. Quand elle serait calmée, elle reviendrait à la raison, il en était sûr.

Il ne vit pas l'oiseau avant qu'il ne soit trop tard.

Il y eut un grand bruit. Le pare-brise se fracassa.

Kasper, aveuglé et sous le choc, pila. La voiture glissa sur la chaussée, tressauta. Il cria et fut projeté contre le volant.

Du sang sur le pare-brise cassé. Il respirait difficilement. La radio hurlait toujours, c'était insupportable. Il se toucha le visage pour vérifier qu'il était entier. Du sang sur ses doigts. Ses mains tremblaient si fort qu'il lui fallut une éternité pour détacher sa ceinture de sécurité et sortir de la voiture.

La chaussée était déserte. Il se redressa, sentant le choc s'infiltrer dans le sol sous lui, si bien que ses genoux cédèrent. Les traces de freinage dessinaient des lignes noires sur l'asphalte jusqu'au tronc qui avait finalement arrêté sa course. Dans l'air, la vapeur sifflait sur le capot. À part ça, tout était calme entre les arbres.

L'oiseau gisait sur la route, semblable à un oreiller vidé de plumes et de tripes. Kasper s'approcha et s'accroupit. Dans le bec jaune, un ver de terre se tordait toujours et essayait de s'échapper. L'oiseau lui-même avait fini de fuir.

Il assista à l'agonie du ver de terre. Sur l'asphalte, sous sa tête, une petite flaque de sang et de larmes se forma lentement.

CHAPITRE 32

Une belle femme avec de grosses lunettes et un élégant costume clair leva les yeux avec surprise lorsque Jeppe entra. Elle animait une réunion sur les canapés roses de Nordhjem.

— Vous êtes là pour récupérer les colis ? Ils sont prêts, dans la cour, dit-elle.

Elle adressa un signe de tête d'excuse aux autres participants à la réunion et vint à sa rencontre.

Jeppe lui montra son badge.

— Je dois parler à Henrik Dreyer-Hoff.

— Malheureusement, il n'est pas là.

Comme Jeppe ne bougeait pas, elle poursuivit :

— Avez-vous rendez-vous ?

— Non.

Elle était sur le point de protester, mais quelque chose dans le regard qu'il lui lança sembla la convaincre.

— Attendez ici !

Elle planta Jeppe sur le parquet à chevrons ; il se retrouva à admirer le lustre en cristal tout en ignorant les regards curieux qui venaient des canapés pendant qu'elle discutait avec son patron. Au bout d'une longue minute, la femme revint et lui indiqua la direction du bureau d'Henrik. Elle n'avait pas l'air heureuse.

Henrik non plus.

Quand Jeppe entra, il était en train de fermer une pièce voisine. Il regarda le policier avec colère, comme s'il interrompait quelque chose d'important. Il verrouilla la porte derrière lui et s'installa à un bureau laqué noir, les yeux plissés de désapprobation.

— N'avons-nous pas assez souffert ? Cette dernière semaine a été un enfer, notre fils est toujours à l'hôpital. Quand aurons-nous le droit d'avoir un peu la paix ?

Jeppe tira une chaise en velours capitonnée et s'assit.

— Je vais essayer de faire court.

Un téléphone portable s'éclaira sur le bureau laqué, le nom de Malin apparut sur l'écran. Henrik regarda rapidement Jeppe et répondit :

— Oui, chérie… Non, je n'ai pas de nouvelles d'elle.

Il se détourna et baissa la voix.

— Elle a dû aller faire un tour à vélo après l'école, tu sais comment elle est. Arrête de supposer le pire, chérie. La police est ici, je dois te laisser.

Il reposa le téléphone.

— Qu'est-ce qui ne va pas ?

Henrik secoua la tête.

— Essie est en retard. Dans la confusion, ma femme a sûrement oublié qu'elle devait aller jouer chez une copine, ce n'est rien.

— A-t-elle un téléphone portable ?

— Non, nous trouvons qu'elle est encore trop petite. (Henrik prit un stylo-bille sur le bureau et l'enfonça dans le talon d'une de ses bottines pour se gratter.) Votre question ?

— Où étiez-vous vendredi soir ?

Henrik laissa échapper un son résigné.

— J'étais à la maison avec ma famille, je vous l'ai dit mille fois. Je sais que vous ne faites que votre travail et que vous enquêtez sur une mort tragique. Mais en ce moment, j'ai honnêtement d'autres chats à fouetter. Et la mort de ce pauvre professeur n'a rien à voir avec mon fils ou mon entreprise.

— C'est là que nous ne sommes pas d'accord. Puis-je vous dire ce que je pense ?

Henrik eut un geste d'impatience.

Jeppe sourit.

— Les collègues de Kasper Skytte sont en train de préparer une plainte. Vous aurez sans doute très bientôt des nouvelles de la police chargée de la criminalité financière internationale.

Henrik soutint son regard sans ciller.

— *Jeudi* après-midi, vous avez envoyé un mail à Kasper indiquant que vous étiez sur le point d'être dénoncé par quelqu'un que vous nommiez « il ». Vous avez écrit que vous alliez vous en « occuper ».

Pendant que Jeppe parlait, Henrik se leva et se dirigea vers une table basse en laiton avec une coupelle remplie de fruits.

— Une pomme ?

Jeppe secoua la tête. Henrik attrapa une pomme rouge et la frotta sur sa manche.

— La question est : qui voulait vous dénoncer ?

Henrik prit une bouchée et mâcha bruyamment.

— Était-ce Malthe ? L'avez-vous appelé pour lui donner rendez-vous vendredi soir ?

La quinte de toux fut si violente que de petits morceaux de fruit volèrent sur le bureau. Henrik s'essuya la bouche, déglutit et toussa encore. Cette fois, sa toux se termina par un rire.

— Ah bon, c'est de ça qu'il s'agit ? Je n'ai tué personne. Et qu'est-ce qu'un prof de lycée aurait à se mêler de mes affaires ? C'est tout simplement ridicule.

— Peut-être qu'il éprouvait le même ressentiment naturel que vos enfants envers vos magouilles avec l'environnement ? Ou qu'il vous faisait chanter ?

La demi-pomme luisait dans la main d'Henrik. Il la regarda puis la jeta dans la corbeille.

— Je ne vais même pas m'abaisser à commenter ça. Mais maintenant que vous avez eu un aperçu de ma correspondance privée, je suppose que je vais devoir clarifier les choses. Même si je n'en ai pas envie. (Il se frotta les tempes.) Kasper a toujours eu un petit problème. Il joue au poker en ligne, ça lui a coûté cher, notamment son mariage. Et il a accumulé une dette de jeu considérable, deux cent cinquante mille couronnes, pour être précis. Il y a quelque temps, il est venu me voir pour me demander de l'aide.

— Et qu'avez-vous fait ?

— Je lui ai prêté de l'argent. (Henrik haussa les épaules comme si c'était la chose la plus évidente du monde.) Mais Oscar l'a découvert et ça l'a… indigné. Il voulait le raconter à Iben. J'ai promis à Kasper que j'allais le convaincre de ne pas le faire. Mais mon fils n'est pas rentré vendredi soir, et le lendemain, il avait disparu.

— Et Malthe Sæther ?

Henrik le regarda droit dans les yeux.

— Je n'ai jamais parlé à cet homme en dehors des réunions de parents d'élèves. Je n'avais rien contre lui et je suis désolé de sa mort. Et je peux vous assurer que ni moi ni mes fils n'en sommes responsables.

Jeppe regarda l'homme aux larges épaules qui trônait derrière l'antique bureau laqué et sut qu'il n'irait pas plus loin sans preuve concrète. Il avait les mains liées, et vit dans les yeux d'Henrik que celui-ci en était conscient.

Jeppe se leva.

— Le bureau est-il sous vidéosurveillance ? Si c'est le cas, nous aimerions consulter les enregistrements à partir de vendredi soir.

Henrik soupira, agacé.

— Je vais vérifier auprès de notre service de sécurité. Autre chose ?

Jeppe resta debout et regarda Henrik. Sa robuste stature, ses lourdes épaules et ses yeux sombres qui le fixaient ouvertement.

— Ce sera tout, merci.

Il quitta la pièce et fit un signe de tête à la belle femme en tailleur pantalon, désormais seule sous le lustre en cristal. Alors qu'il se dirigeait vers la porte, le dessin au-dessus de la console attira son attention. Le portrait d'Oscar.

La femme suivit son regard.

— Une fantastique œuvre d'art, n'est-ce pas ? On y ressent tant d'amour.

Jeppe acquiesça. Les yeux détournés, la lumière dans les zones sombres, c'était vraiment un beau dessin.

— C'est la sœur de Malin, Jenny, qui l'a dessiné. Une paire talentueuse, il faut l'admettre.

Une pensée prit forme comme une bulle silencieuse. Sans comprendre pourquoi, Jeppe sentit d'instinct qu'il ne devrait pas quitter les lieux.

On y ressent tant d'amour.

*

— Il y a quelque chose que tu dois savoir sur moi.

Mads sortit une photographie de sa poche arrière de sa main libre, l'autre tenant toujours Anette d'une poigne de fer. La photo montrait une fillette souriante aux joues rondes, avec de petites nattes et de grands yeux.

— Ce n'est pas facile pour moi. Je n'en ai jamais parlé à personne avant…

— Qui était-elle ?

Anette tâtonna discrètement vers la gauche, jusqu'à ce que ses doigts heurtent un imposant cygne.

— Olga. Elle s'appelait Olga. Elle n'avait que quatre ans.

Elle referma sa main sur le cygne. Son bras gauche n'était pas aussi fort que le droit, mais suffisamment.

— Elle est morte il y a 268 jours aujourd'hui. Nous avons enterré son urne sous un pommier, dans la ferme de mes parents.

Mads relâcha Anette et posa la photo sur l'étagère.

— Ma fille, Olga Marie Teigen. Parfois, j'aimerais être mort avec elle.

— Que s'est-il passé ?

Il répondit, les yeux fixés sur la photo :

— Leucémie, c'est allé vite. Heureusement, disent certains.

Anette relâcha le cygne et frotta la paume de sa main contre la jambe de son pantalon. Son cœur battait toujours la chamade et elle se sentait étourdie.

— On ne l'a pas découvert à temps. On croyait que c'étaient des douleurs de croissance et on a attendu bien trop longtemps pour l'emmener chez le médecin... Quand Olga est enfin arrivée à l'hôpital national, les choses sont allées très vite. Elle a été diagnostiquée en quelques jours et immédiatement traitée par chimiothérapie à haute dose. Mais c'était trop tard. Peut-être que si on l'avait découvert plus tôt...

Anette posa une main sur son épaule.

— Je suis vraiment désolée.

Qu'y avait-il à dire de plus ? Elle connaissait la peur de perdre son enfant, celle qui habite chaque parent. Mads l'avait vécue.

Il la regarda.

— Je te raconte ça parce que... parce que je t'aime bien, Anette. Et je sens que tu m'aimes bien aussi. (Il sourit.) Mais s'il doit y avoir quelque chose entre nous, alors tu dois connaître l'existence d'Olga. Même si c'est toujours presque impossible pour moi de parler d'elle.

Anette regarda l'homme qui, depuis une semaine, lui avait fait traverser tout le spectre émotionnel et l'avait fait douter de son mariage. Elle vit un bel homme, viril et chaleureux, terre à terre et gentil. Une personne en grande souffrance.

Et il ne restait plus l'ombre d'une attirance. Tout ce qui l'avait fait fantasmer sous la douche était maintenant remplacé par une pitié écrasante, rien d'autre.

— Mads, j'aimerais pouvoir te réconforter et soulager ta douleur, mais je crois que personne ne peut le faire. Pas encore, en tout cas.

Il hocha la tête. Posa sa main sur la sienne et la serra.

— Laisse-moi te raccompagner.

— Merci, ce serait mieux. J'ai une affaire à résoudre.

*

La fille soulève la figurine en bois et la regarde. Elle fait bouger sa petite tête autour de son axe comme elle l'a si souvent fait. Elle la repose à sa place sur l'étagère et s'assoit dans le fauteuil. Elle a un Coca, qu'elle boit à grandes gorgées, et elle a le hoquet. Elle n'a rien mangé depuis ce matin et elle a la tête qui tourne. Le soda n'aide pas.

La conversation ne se déroule pas comme elle l'avait espéré.

Ça a pourtant bien commencé, même si elle était nerveuse. Elle s'est rapidement détendue et a raconté tout ce qu'elle sait, sans avoir peur. Leur relation est pleine d'amour, après tout. Et on lui a toujours dit que l'amour est plus fort que tout. Mais à présent, il y a une mauvaise ambiance. Elle a fait quelque chose de mal.

La fille se sent stupide et ne parvient pas à se rappeler comment elle espérait que cela se passerait. Elle a peur. Elle veut se lever et partir, mais elle est toute bizarre. Comme la fois où ils ont navigué vers Bornholm et où le ferry tanguait tellement que tout le monde a vomi. Elle a du mal à appuyer la tête contre les oreillettes du fauteuil, et glisse jusqu'à se retrouver allongée par terre.

La pièce tourne.

La silhouette revient vers elle, ses contours flous dans la lumière vive. Elle cligne des yeux, puis elle les ferme.

CHAPITRE 33

Jeppe descendait l'escalier du bureau de Nordhjem quand Sara l'appela. Le son de sa voix le frappa, lui faisant oublier un instant leur nouvelle réalité. La froideur de son ton lui rappela qu'en ce moment, ils n'étaient rien d'autre que des collègues.

— J'ai trouvé quelque chose. Des photos d'Oscar sur un site qui ressemble à un réseau de pédophiles.

— De pédophiles ?

Il s'arrêta, la main sur la poignée de la porte.

— J'ai averti CP et je suis en train d'essayer de découvrir qui se cache derrière ça. Mais comme tu le sais, ce genre de choses est compliqué. Il ne faut jamais longtemps avant qu'ils commencent à effacer leurs traces, alors il y a du boulot. Je t'envoie des captures d'écran dès qu'on aura raccroché.

Jeppe resta un moment paralysé. La combinaison de la froideur de Sara et de leur échange sur la pédophilie l'empêchait de trouver ses mots.

— D'accord ?

— D'accord.

Elle inspira comme pour ajouter quelque chose, mais rien ne vint.

— Sara ?

— Les photos sont en route. On se parle plus tard !

Elle raccrocha. Jeppe resta un instant dans l'écho de leur conversation. Polie, sans nuance audible : leur amour était sur pause.

Il traversa la rue en direction d'Østre Anlæg. Le crépuscule tombait sur le parc et les contours des arbres se fondaient en formes étranges, des bras de trolls et des fosses sans fond. Un doux parfum mélancolique de fleurs du soir flottait dans l'air.

Son téléphone vibra. Jeppe ouvrit les messages de Sara, dix captures d'écran au total avec le logo Ninth Circle dans le coin supérieur. *Le cercle des traîtres dans l'enfer de Dante.*

Les photos étaient difficiles à regarder. Ce n'était pas de la pornographie, mais la mise en scène d'enfants déshabillés, aux joues poudrées de blanc et aux lèvres rouges, ne laissait aucun doute sur l'intention sous-jacente. Elles étaient explicitement sexuelles tout en possédant un style distinct, sombre, presque gothique, qui les rendait encore plus perverses. Les photos d'Oscar étaient prises devant un fond de studio photo blanc ; sur le sol, un tapis noir sans caractéristique particulière. Assis, debout, allongé, nu. Posant puérilement, comme si quelqu'un lui avait demandé d'avoir l'air innocent. Le maquillage mettait en valeur ses traits enfantins, il ressemblait presque à une poupée.

Oscar photographié nu, Malthe assassiné, Henrik impliqué jusqu'au cou dans une histoire de fraude. Plus Essie qui n'était pas encore rentrée de l'école.

Jeppe appela Malin Dreyer-Hoff, mais la sonnerie résonna sans fin à son oreille. Il raccrocha et composa aussitôt un autre numéro. À l'heure actuelle, il n'y avait qu'une seule personne au monde qui pouvait l'aider.

Elle décrocha aussitôt.

— Putain, Kørner, tu es toujours au boulot ? Il n'y a pas un concours de pâtisserie à la télé que tu pourrais regarder chez toi ?

— Werner, où es-tu ?

Au ton de sa voix, elle redevint immédiatement sérieuse.

— En route pour chez moi.

— Tu peux me retrouver devant l'ambassade américaine ? Je dois discuter de quelque chose d'important avec toi.

Elle n'hésita pas une seconde, ne demanda même pas pourquoi.

— J'y serai dans dix minutes !

Jeppe sortit une cigarette et l'alluma sans quitter son téléphone des yeux. *Quand on a affaire au diable, il faut avoir le feu à la bouche*, disait un vieil adage. Ou peut-être était-ce juste une invention de son père pour justifier son paquet quotidien de Lucky Strikes.

Il souffla la fumée contre les troncs bleus du parc et fit défiler les photos jusqu'à celle où Oscar était assis sur un fauteuil de velours rouge, regardant droit vers l'appareil avec une expression difficile à déchiffrer. Confiante ? Provocante ?

Jeppe reconnaissait ce fauteuil. Il s'était assis dessus lui-même.

*

C'étaient les soirs comme ceux-ci que le vin rouge était nécessaire. Quand la journée avait été pleine d'agitation, sa fin devait atterrir en douceur dans un bourdonnement chaleureux, un peu décalé dans le temps. *Je n'en ai pas envie, mais j'en ai besoin*, se persuada Esther en faisant la grimace et en se versant un autre verre. Peut-être était-elle trop vieille pour se débarrasser de ses mauvaises habitudes. Oh, ce goût du fer et d'aigreur dans sa gorge !

Si Dieu n'avait pas voulu que l'homme boive, il lui aurait rendu la vie un peu moins dure, pensa Esther en s'asseyant à son bureau. Ici, dans son petit cocon de lumière douce, de Chopin et d'ivresse, elle pouvait s'imaginer que le monde était amical et bon. Elle ouvrit son ordinateur avec une certaine méfiance. L'écran avait une façon de lui rappeler les nombreux côtés sombres de l'existence.

Le document qui devait devenir un livre s'afficha, vide. L'optimisme d'Esther s'évanouit. La route qui s'ouvrait devant elle lui sembla d'un coup interminable, la pensée que quelqu'un puisse s'intéresser à ses mots, absurde. Ses doigts cherchèrent les touches à l'aveuglette, mais ne trouvèrent aucune raison de les enfoncer : rien ne lui venait à l'esprit. Une peur soudaine du vide hantait les confins de sa conscience. La peur de n'avoir rien dans l'âme.

Sara Saidani ne l'avait pas recontactée, peut-être n'était-elle pas parvenue à obtenir les droits de la photo de la poupée. Esther ne pouvait pas encore se permettre de la rappeler, la policière avait autre chose à faire que d'aider une vieille dame aux ambitions d'écrivaine. Elle accéda à la page web de *ninthcircle.com* pour retrouver la photo en question ; peut-être ne convenait-elle pas du tout pour une illustration de couverture.

À sa grande surprise, le site s'ouvrit sans demander de mot de passe et les photos s'affichèrent avec une netteté remarquable, en taille réelle. Quelqu'un avait dû le débloquer, peut-être Sara avait-elle réussi, finalement.

Une nouvelle photo apparut et lança un diaporama automatique. Un masque blanc, ressemblant à s'y méprendre à l'un de ceux qu'elle avait vus au musée Thorvaldsen. *À vendre*, indiquait un texte sous la photo. Ça ne pouvait donc pas être un artefact du musée, elle avait dû se tromper. La photo s'estompa et laissa place à une autre. Cette fois, le relief en bois sculpté d'un cortège funèbre, également à vendre. Des enfants en pleurs et un squelette parmi les personnes en deuil. La photo suivante était sa poupée.

Esther poussa un cri et bondit sur ses pieds. Qu'est-ce que c'était que ça ? Sara avait-elle vu ces enfants nus ?

Elle alla à la fenêtre, confuse et choquée. Une pensée se détacha du fond de son cerveau et commença à flotter dans les limbes de sa conscience. Au bord du lac, devant son immeuble, les lampadaires éclairaient l'air en bleu, les canards descendaient des berges en cancanant et un couple rieur passa à vélo en se tenant par la main. À proximité, à l'hôpital national, Gregers jeûnait dans son lit avant son examen du lendemain.

Beauté et douleur dans le même cadre.

Où avait-elle déjà vu ce relief en bois ?

Elle essaya de penser rationnellement et entreprit à contrecœur un exercice de respiration. D'un coup, elle revit dans son esprit l'annonce de vente avec la photo du relief du cortège funèbre sculpté.

Elle retourna à son ordinateur et ouvrit le site web *nordhjem.com*. L'enchère avait expiré, mais l'annonce était toujours là. Identique à celle de *ninthcircle.com*. Le même article en vente à la fois sur le site d'une belle maison de vente aux enchères et sur un forum de pervers.

Elle craignait que la coïncidence ne cache quelque chose d'important. Quelque chose qui n'allait pas. L'association de l'art et de la perversion fait toujours des victimes.

Elle tapa deux noms dans le champ de recherche. Une photo apparut en haut de la page, la photographie d'un vernissage à la galerie Asbæk en 1990. La jeune et belle Jenny Kaliban se tenait à côté d'Henrik, tous deux en jean décontracté et arborant un grand sourire. Ils ne se touchaient pas, pourtant on sentait un lien. Le mari de Malin Dreyer-Hoff s'était-il d'abord intéressé à sa sœur ?

La tête d'Esther nageait dans le vin et les pensées confuses. Du recel d'objets d'art sur Internet, sur le site d'une maison de vente aux enchères reconnue ? Henrik et Jenny travaillant ensemble pour voler et vendre leur butin ?

Le professeur de littérature qui avait été le mentor d'Esther avait toujours dit à ses élèves que l'art est sans limites et qu'il ne doit jamais être entravé par des considérations sentimentales. *Nous n'aurions pas la chapelle Sixtine sans la famille Médicis, notoirement diabolique. Les pyramides de Gizeh n'auraient jamais été construites sans la souffrance de centaines de milliers d'esclaves.*

Elle regarda ses mains douces, qui n'avaient jamais fait de mal à personne. Mais avaient-elles créé quelque chose de durable ?

Esther pencha sa tête en arrière et vida son verre de vin. Puis elle ouvrit sa boîte mail et écrivit à Jeppe Kørner.

*

Essoufflée, Anette retrouva Jeppe sur Dag Hammarskjölds Allé, devant l'affreux bâtiment de l'ambassade. Ses cheveux étaient ébouriffés par le vent. Elle l'appela en criant si fort que les gardes se retournèrent pour les regarder.

— Qu'est-ce qu'il y a ?

— Je suis content de te voir ! dit Jeppe en lui tendant son téléphone. Saidani a trouvé des photos d'Oscar sur un site de pédophiles. Et je sais où elles ont été prises.

Le visage d'Anette fit une grimace de dégoût.

— Putain de merde ! Tu crois que ça a un rapport avec la mort de Malthe ?

Jeppe remit son téléphone dans sa poche.

— J'en suis sûr. Et avec celle de Lis aussi, d'ailleurs.

Anette se pencha en avant et s'appuya sur ses genoux le temps de reprendre son souffle.

— Dis-moi, tu es certaine que ça va ?

Elle se redressa et sembla se demander à quel point elle voulait l'impliquer. L'espace d'un instant, sa partenaire d'habitude si forte lui parut toute douce, sensible, les yeux écarquillés dans le noir. Mais juste au moment où il crut qu'elle allait lui révéler ses pensées, elle serra le poing et le frappa violemment sur le haut du bras.

Jeppe se mit à marcher.

— Essie n'est pas rentrée de l'école aujourd'hui, ses parents ne savent pas où elle est. Je suis inquiet.

Anette fronça les sourcils et demanda :

— Tu as ton pistolet de service sur toi ?

Il souleva sa veste et lui montra son Heckler & Koch.

— Tu n'as pas le tien ?

Elle émit un son indéterminé, sans doute un « non ». Jeppe secoua la tête. Elle ne lui avait toujours pas dit où elle avait passé la journée, mais cela pouvait attendre.

Il tendit le doigt.

— Viens, c'est par là.

Ils marchèrent en silence dans le soir de printemps, côte à côte. À chaque pas, la tension augmentait comme un arc bandé et prêt à tirer. Un arc dont l'archer ne pouvait évidemment pas voir sa cible, dans le noir. Quelques minutes plus tard, ils étaient arrivés à leur destination.

— On sonne et on demande la permission de jeter un coup d'œil. OK ?

Jeppe appuya sur la sonnette. Pas de réponse. Il frappa sur la porte, fort, et entendit les coups résonner dans l'entrée. Attendit. Attrapa la poignée et la secoua. La porte céda un peu, sans s'ouvrir. Il regarda Anette qui hocha faiblement la tête. Deux pas en arrière, un coup de pied bien placé, et la porte s'envola dans la sombre cage d'escalier.

Ils entrèrent et posèrent le pied sur la première marche, hésitants. Une faible musique les accueillit. Jeppe sortit son pistolet de son étui et monta l'escalier, Anette sur les talons. Sur le palier du premier étage, la porte était entrouverte, une lumière vive et des notes de piano sourdes s'en échappaient. Jeppe se mit sur le côté et frappa, le bras tendu.

Aucune réaction.

Il frappa encore et attendit. Pour finir, il poussa la porte et la regarda s'ouvrir avec un long grincement. Puis il se pencha et jeta un coup d'œil à l'intérieur.

— Il n'y a personne, chuchota-t-il par-dessus son épaule.

Il braqua son pistolet devant lui et continua à avancer à pas mesurés.

La pièce était éclairée par plusieurs lampes puissantes. La musique provenait d'un vieux magnétophone dans un coin, discordante et sombre, comme du Tom Waits. Une sorte d'écran blanc était suspendu au sommet d'une étagère, si violemment éclairé par deux lampadaires qu'il en était éblouissant. Devant, sur le sol, un tapis molletonné noir roulé en un gros paquet. De l'autre côté de la pièce, le fauteuil rouge sur lequel Oscar avait été immortalisé, devant un appareil photo.

— C'est quoi, ça ? chuchota Anette avec une pointe d'urgence dans la voix en s'agenouillant près de l'appareil. Merde ! Regarde !

Jeppe s'agenouilla à côté d'elle et vit la tache sur le sol. Dix centimètres de diamètre, un cercle presque parfait de sang frais. Il porta la main à son oreille. Le tintement familier de son acouphène s'enfonçait dans son cortex cérébral.

Ils étaient arrivés trop tard.

— Y a-t-il d'autres issues que celle par laquelle nous sommes entrés ? demanda Anette en lui attrapant l'épaule.

— Je ne sais pas.

Ils se relevèrent et poursuivirent lentement à travers la pièce. Il était difficile de s'orienter à cause de la lumière des puissantes lampes. Leurs corps lançaient de longues ombres, un portemanteau perroquet prenait forme humaine.

— Regarde ici, Kørner !

Anette était penchée sur un tiroir ouvert. Jeppe la rejoignit et s'inclina par-dessus son épaule. Sur le dessus se trouvait une photo imprimée au format A4, celle d'un jeune homme. Il était nu, sa tête reposait de façon étrange contre le dossier du fauteuil, son visage était pâle et ses cheveux lissés en arrière comme s'ils étaient mouillés. Il avait presque l'air mort.

Jeppe entendit un faible gémissement se mêler à la voix rauque de la chanson. Il se redressa et regarda derrière lui.

C'est là qu'il vit les pieds qui sortaient du tissu noir, par terre. Des baskets. Il saisit le bras d'Anette et tendit le doigt.

Jeppe souleva doucement le tapis molletonné. Jenny Kaliban était étendue dessous et gémissait faiblement, le côté gauche du visage couvert de sang.

CHAPITRE 34

Oscar Dreyer-Hoff, allongé sur son lit d'hôpital, regardait le plafond. Pendant la journée, il y avait eu un défilé constant de membres de sa famille, de médecins et d'infirmières dans sa chambre, des tensiomètres et des doigts froids. Son corps était en voie de guérison, mais ne lui appartenait plus. En revanche, il était le maître de ses pensées. Seulement la nuit, toutefois. Tant qu'il était entouré, il devait être prudent pour ne pas paraître trop lucide et ne pas trop en dire. Sinon, on commencerait vraiment à lui poser des questions et à exiger des réponses.

Sa mère lui avait souhaité bonne nuit et était partie depuis longtemps, elle ne lui manquait pas. Pas besoin d'être très malin pour comprendre que son maternage excessif était une tentative de compenser sa mauvaise conscience. Elle avait enfin compris qu'elle l'avait laissé tomber. Mais à quoi lui servirait la honte de sa mère ? Il avait bien assez de la sienne.

Cette honte avait tellement rempli sa vie, ces dernières années, qu'elle était devenue une partie intégrante de lui, une force indépendante circulant comme son sang dans ses veines. Il avait failli le dire à Iben plusieurs fois, mais l'idée que cela changerait à jamais la vision qu'elle avait de lui l'avait chaque fois arrêté.

Il ne parvenait plus à se souvenir quand et comment cela avait commencé. Il avait été attiré par un supplément d'argent de poche et surtout par une attention supplémentaire : on lui répétait qu'il était beau et unique. Il ne devait pas avoir plus de sept ou huit ans, et était plein d'admiration et de respect. Peut-être avait-il aussi éprouvé une petite pointe d'amour enfantin. Quand ils étaient seuls ensemble, il y avait de la place pour les idées, la musique d'adultes, de vraies conversations et autant de sodas qu'il pouvait en boire. Il recevait des éloges et de l'argent de temps en temps. Mais ce n'était pas le plus important. Le plus important, c'était ce qu'il ressentait quand ils étaient ensemble. Ce sentiment d'être capable de faire quelque chose, d'être quelque chose, de signifier quelque chose.

On le voyait.

Ce n'avait été qu'en grandissant qu'il avait commencé à se sentir mal. En réalité, il l'avait toujours su, mais ce n'était que lorsqu'il était tombé amoureux d'Iben qu'il avait compris que les photos représentaient un problème. Il avait alors demandé qu'elles soient supprimées, mais cela n'avait abouti qu'à des menaces de les montrer à l'école, au monde entier, pour qu'on puisse saisir à quel point il était fourbe. On lui avait dit qu'il allait détruire sa famille s'il ne gardait pas leur secret, et il savait que c'était vrai.

Avec le temps, il s'était mis à se détester.

Malthe avait vu que quelque chose n'allait pas. C'était le seul adulte qui avait compris : il avait regardé les dessins d'Oscar et demandé comment cela se passait *vraiment* à la maison. Quand Malthe l'avait fait rester au lycée après les cours et lui avait posé la question directement, il avait été choqué. Oscar avait été paralysé par la peur, mais cette attention inattendue avait percé l'abcès et, sans réfléchir, il avait partagé son secret.

Malthe avait été horrifié.

Je ne peux pas garder pour moi ce genre d'atrocités, Oscar. Je ne veux pas ! Tu as été abusé, il faut le signaler à la police.

Au début, Oscar avait ressenti du soulagement. Mais au fil des jours, il avait regretté sa faiblesse et souhaité pouvoir retirer sa confidence. C'était déjà assez grave que sa petite sœur ait entendu une conversation et deviné ce que cela signifiait ; elle, il pouvait la contrôler. Mais pas Malthe. Et il y avait beaucoup à perdre. La famille serait coupée en deux si les autres l'apprenaient. Le regret s'était transformé en désespoir. Malthe était catégorique.

C'est alors qu'Oscar était arrivé au bout du rouleau.

*

— Son pouls est stable et la plaie a arrêté de saigner. Je crois qu'elle va s'en tirer. (Jeppe relâcha la gorge de Jenny Kaliban.) Tu appelles une ambulance ? Et les renforts ?

Anette sortit son téléphone et se dirigea vers le magnétophone pour éteindre la musique. Jeppe se leva et se retourna lentement, laissant son regard s'attarder sur les toiles et les pots de peinture, les pinceaux et les piles de livres. La sœur de Malin Dreyer-Hoff avait posé des objets sur la moindre surface horizontale de son atelier. Il entendait Anette aboyer des ordres au standard, et essaya de faire abstraction de sa voix.

— Essie, nous sommes de la police, Jeppe et Anette, tu te souviens de nous ? Tu peux sortir, maintenant. (Il ferma les yeux. Il savait d'instinct que la petite sœur d'Oscar était là.) Tu n'as rien fait de mal, tu entends ! Il ne t'arrivera rien, ajouta-t-il.

Puis il attendit.

Il resta complètement immobile.

Le gémissement, aussi faible que celui d'un chaton nouveau-né, provenait de la bibliothèque, derrière l'écran blanc. Jeppe le décrocha. Sur l'étagère du bas se cachait la petite sœur d'Oscar, les bras enroulés autour de ses genoux.

Il s'accroupit et lui tendit la main. Essie la prit avec hésitation et le laissa l'aider à sortir. Elle tremblait.

— Werner, apporte une couverture !

Anette posa le tissu molletonné noir sur les épaules de la fillette et lui expliqua :

— Les secours arrivent. Nous allons aussi appeler tes parents. (Jeppe entendit à sa voix crispée qu'elle était autant en colère que lui.) Essie, est-ce que ça va ?

La petite fille essuya sa joue sur la couverture.

— J'ai dit à tante Jenny qu'elle devait raconter à la police ce qu'elle avait fait. Pour l'amour d'Oscar. Je lui ai expliqué que vous croyiez qu'*il* l'avait fait, et qu'il risquait d'aller en prison. (La fillette resserra la couverture autour d'elle pour se protéger.) Elle a dit que j'avais raison et qu'elle avait déjà pensé la même chose. Nous devions trouver une solution ensemble. Et puis elle m'a demandé si je voulais un Coca.

Ses yeux cherchèrent la silhouette sur le sol.

— Que s'est-il passé, Essie ? demanda Jeppe doucement.

— J'ai eu tellement sommeil. Quand je me suis réveillée, tante Jenny était au-dessus de moi et avait l'air tellement bizarre. Je… je l'ai frappée avec la lampe chauffante. Elle est morte ?

— Non, elle a juste une grosse bosse, la rassura Jeppe avec un sourire. Ne t'inquiète pas. Reste assise et réchauffe-toi, ta maman va bientôt arriver.

Essie se mit à sangloter.

— Il ne faut pas lui parler des photos. Oscar sera tellement en colère contre moi !

Son plaidoyer était rempli de désespoir enfantin.

Jeppe regarda la silhouette de Jenny Kaliban affalée sur le sol. *Le cercle le plus bas des enfers n'est pas pour les traîtres*, pensa-t-il. *Il est pour les gens qui font du mal aux enfants.*

VENDREDI 19 AVRIL

CHAPITRE 35

— Merci de m'avoir laissé venir. Je me rends bien compte qu'il est tôt. (Jeppe, sur le pas de la porte de l'appartement de Sara, ne savait pas s'il devait entrer ou rester là.) Je n'arrivais pas à dormir.

— Est-ce que la petite fille va bien ?

Il hocha la tête.

— Elle passe la nuit à l'hôpital, en observation. Elle a été droguée, mais elle va s'en sortir.

— Est-ce que tu vas bien ?

Il réfléchit.

— Non.

— Entre !

Il s'exécuta et referma la porte. Sara ne fit pas mine de l'inviter plus loin dans l'appartement, alors ils restèrent debout entre les nombreux manteaux et chaussures.

— Les filles dorment encore.

— Je voulais juste te voir. (Jeppe enfonça ses mains dans ses poches pour ne pas les tendre vers elle.) L'affaire est bouclée, le meurtrier, ou plutôt la meurtrière, a avoué. Jenny Kaliban est accusée du meurtre de Malthe Sæther. Il l'a menacée d'aller raconter à la police qu'elle vendait des photos de son neveu nu.

Sara le regarda, horrifiée.

— C'est elle qui a pris les photos d'Oscar ? Sa propre tante ?

— Oui. Je me demande comment ça en est arrivé là.

Elle secoua la tête.

— Les réseaux pédophiles surveillent souvent les sites d'art, tout ce qui contient des dessins et des photographies d'enfants. Au début, ils proposent de l'argent pour des photos innocentes, puis ça se développe peu à peu.

— Le réseau pédophile conditionne l'artiste et l'artiste conditionne l'enfant ?

— Une pente glissante. Elle a sûrement donné de l'argent à Oscar et l'a félicité pour ses efforts, alors il s'est senti complice, et puis elle l'a menacé quand il a voulu arrêter.

— Qui a besoin d'ennemis quand on a une famille ? dit Jeppe en soupirant. Nous avons aussi trouvé une photo de Malthe Sæther dans l'atelier de Jenny. Nu et maquillé, comme celles d'Oscar, et sur le même fauteuil. Nous pensons qu'il était mort au moment où elle a été prise.

Sara eut un haut-le-cœur.

— Ce genre de choses peut être vendu à ceux qui sont excités par la nécrophilie et les *snuff movies*. Ça vaut potentiellement beaucoup d'argent.

— La poule aux œufs d'or pour une artiste pauvre.

Elle hocha la tête, l'air amer.

— La société Ninth Circle a déjà supprimé son site Internet et toutes leurs traces. Ce ne sera pas facile de retrouver les cerveaux qui se cachaient derrière…

Jeppe l'arrêta.

— Je ne suis pas venu parler boulot. Sara, je suis désolé. J'ai pris une décision et c'était la mauvaise. J'en suis vraiment désolé.

— Ce n'est pas ça, Jeppe. Il n'y a pas *que* ça.

Elle plissa un peu les yeux. Il connaissait ce regard.

— Qu'est-ce que tu essayes de me dire ? Que c'est fini entre nous ?

Elle laissa retomber la tête avant de la relever aussitôt. Déterminée.

— Je vois bien que tu fais des efforts. Mais peut-être que ce n'est tout simplement pas ce que tu veux vraiment ? C'est difficile pour les filles aussi. Pour l'instant, ça ne marche pas.

Le silence résonna dans l'entrée. Jeppe aurait aimé pouvoir sortir les mains de ses poches et les tendre vers elle, et il savait qu'elle l'espérait peut-être un peu. Mais il savait également que, quoi qu'ils veuillent tous les deux, et qu'elle ait raison ou tort, il ne servait à rien de discuter. On ne doit jamais s'interposer entre une lionne et sa progéniture.

— Prends soin de toi.

Qu'y avait-il d'autre à dire ?

Jeppe se retourna et ouvrit la porte. Il descendit l'escalier et laissa grandir la distance entre eux. À partir de maintenant, chaque pas les éloignerait davantage et ferait mal. Mal quand il penserait à elle, tout aussi mal quand il n'y penserait pas.

Il sortit dans Burmeistersgade. Dorénavant, elle n'était plus pour lui que Saidani, une collègue. Elle n'était plus sa Sara.

*

C'était un matin de printemps qui donnait envie de retirer sa veste pour la jeter par-dessus son épaule. Anette ralentit et sourit au soleil. L'air était doux, et l'anticipation de l'arrivée de l'été presque encore plus magique que l'été lui-même.

Gudrun, d'excellente humeur, l'avait embrassée joyeusement pour lui dire au revoir dans le bac à sable de la crèche, si bien qu'Anette put partir sans la culpabilité parentale qui peut gâcher n'importe quelle journée. Elle rentra chez elle à pied à travers le quartier résidentiel de Greve Strand avec un sentiment de gratitude. Sa banlieue n'était ni à la mode ni chic, mais Svend et elle possédaient leur belle maison et pouvaient créer un foyer sûr pour leur fille.

L'enquête sur le meurtre de Malthe Sæther était bouclée et la coupable placée en garde à vue. Elle était toujours à l'hôpital, en observation pour une commotion cérébrale, mais dès qu'elle se rétablirait suffisamment, elle serait inculpée et convoquée pour un interrogatoire préliminaire.

Il ne semblait pas que la question de la culpabilité poserait problème. La veille déjà, à l'hôpital, Jenny Kaliban avait expliqué comment Malthe lui avait rendu visite à son atelier le vendredi soir et s'était comporté de façon menaçante. Il l'avait accusée d'avoir agressé Oscar sexuellement. Cela s'était terminé en bagarre, elle avait dû se défendre, mais elle ne se souvenait pas des détails de sa mort et n'avait aucun commentaire sur ce qu'il s'était passé ensuite. Elle avait paniqué. Il serait intéressant d'entendre comment elle expliquerait le besoin qu'elle avait eu de maquiller le corps et de le photographier.

Anette traversa et tourna vers Holmeås. Devant une poubelle, elle s'arrêta, sortit le vieux paquet de cigarettes de la poche de sa veste et le jeta. Elle n'en aurait plus besoin.

Alors qu'elle remontait l'allée menant au numéro 14, elle vit Svend dans le jardin en train de déterrer la vieille souche qu'ils parlaient d'enlever depuis des lustres. Ses bras nus brillaient de sueur et il chantait en chœur une chanson qui retentissait à la radio posée sur le rebord de la fenêtre. Anette resta là à le regarder jusqu'à ce qu'il l'aperçoive. Il y avait des hommes plus minces, plus secrets, et avec des yeux tristes, mais c'était Svend qu'elle aimait. Inlassablement.

Elle le rejoignit et planta un long baiser sur ses lèvres.

— Attention, je suis tout en sueur.

— Et je m'en fiche. (Elle l'embrassa encore, savourant le goût du sel et le sentiment d'espoir.) C'est difficile ?

Svend sourit.

— Tout est difficile si on choisit de le voir de cette façon. J'évite donc de le faire. Tu sais, c'est comme dans les dessins animés. La gravité ne fonctionne que lorsqu'on regarde vers le bas.

— Alors, l'astuce, c'est de ne pas baisser les yeux ?

Il s'appuya sur sa pelle et la contempla longtemps.

— Au moins, on peut choisir soi-même si on veut céder ou résister.

Svend la connaissait par cœur, il voyait toutes ses faiblesses et percevait ses doutes. Pourtant, il l'aimait.

Il lui fit un clin d'œil plein d'amour.

— Va chercher une pelle et aide-moi à creuser !

*

— Chérie, tu rêves encore. C'est le matin.

Sara posa sa main sur Amina et la rassura. Sa fille aînée avait passé les trois dernières nuits dans le lit double, à côté d'elle.

Amina cligna des yeux et tendit les bras vers elle. Sara s'avoua qu'elle savourait le besoin que son enfant avait de nouveau d'elle.

— Tu faisais un cauchemar, ma puce ?

Sa fille marmonna quelque chose d'à moitié intelligible contre l'épaule de Sara.

— C'était comme avec le miroir, on pouvait le traverser, mais c'était différent. J'étais devenue complètement vieille et j'avais les joues tombantes.

— Qu'est-ce que tu racontes, grosse bête ? Quel miroir ?

Elle caressait le bras d'Amina en parlant. Sa fille se blottit contre elle.

— Celui du livre ! *De l'autre côté du miroir*. Alice traverse le miroir et alors tout est inversé, et super effrayant, et elle ne parvient pas à revenir à elle-même. J'ai rêvé que c'était moi.

Le livre de Jeppe. Sara le prit comme la confirmation douloureuse qu'il avait un effet déstabilisateur sur leur famille.

— Tu vois tellement de choses horribles sur YouTube, des monstres et des histoires d'horreur. Comment peux-tu avoir peur d'un vieux roman ?

Amina gémit. Elle n'avait que la peau sur les os et n'était encore qu'une enfant, même si parfois elle essayait d'avoir l'air plus âgée.

— Heureusement que ce n'était qu'un rêve ! (Sara embrassa sa fille sur le front et sortit du lit.) Je vais préparer le petit déjeuner. Meriem a le droit de rester à la maison, aujourd'hui, on va prendre une avance sur le week-end. Mais lundi, fini l'école buissonnière, je dois retourner au travail.

Sara alla dans la petite cuisine, sortit des légumes et des œufs, alluma le four et ouvrit un paquet des bons pains pitas de l'épicier du coin. Aujourd'hui, comme elle n'avait pas envie de flocons d'avoine, ce serait de la *shakshuka*. Des œufs pochés dans une sauce tomate épicée, le petit déjeuner traditionnel que sa mère servait toujours quand elle voulait que ce soit meilleur que d'habitude.

Pendant que la sauce mijotait, elle alluma son ordinateur et écrivit à CP qu'elle prenait une dernière journée pour enfant malade et qu'elle serait de retour lundi. Elle consulta rapidement POLSAS et lut que, tard la veille au soir, Kasper Skytte s'était rendu au poste de police de Stuttgart et avait avoué avoir produit des faux. Ses aveux seraient transmis et examinés par le procureur d'État chargé de la criminalité financière internationale.

Sara éteignit son ordinateur et mit les pitas au four. Kasper Skytte ferait certainement tomber ses complices avec lui, ses aveux auraient des conséquences pour d'autres que lui-même. Notamment pour sa fille. Pauvre Iben. Elle était déjà en marge de la vie, la fraude de son père ne l'aiderait pas à accepter l'existence.

Elle retourna dans sa chambre. Entre-temps, Meriem s'était glissée dans le lit avec sa grande sœur et les deux filles, allongées l'une contre l'autre, chuchotaient d'un air complice.

Sara les regarda et sut que rien d'autre au monde n'avait vraiment d'importance.

— Allez, c'est l'heure du petit déjeuner, bande de voleuses de lit !

Elle tira sur la couette et chatouilla les orteils qu'elle put atteindre avant d'aller commencer à mettre la table.

Elle ramassa un livre par terre. *De l'autre côté du miroir.* Elle l'ouvrit à la page de titre où Jeppe avait autrefois écrit son nom d'une écriture enfantine. Elle fit glisser son doigt sur l'encre, comme si cela pouvait créer un lien avec celui qui avait tracé ces lettres. Tout arranger. Mais quels que soient ses efforts pour que cela fonctionne, elle n'y parvenait pas. Elle était un *package*, et lui ne semblait pas être du genre à vouloir l'ensemble du *package*.

Sara referma le livre d'un claquement sec. La bénédiction des enfants était qu'ils passaient toujours en premier. Elle emporta *De l'autre côté du miroir* dans la cuisine, souleva le couvercle de la poubelle et le jeta.

*

Le soleil jouait à la surface de la mer et envoyait des taches de lumière dorée dans le salon de la vieille maison de Snekkersten. Jeppe ferma les yeux et le laisser scintiller agréablement sur ses paupières. Derrière lui, Johannes était en train de trier sa garde-robe, il l'entendait secouer des affaires et ouvrir et refermer des tiroirs d'un coup sec.

— Dis-moi si tu veux que je m'en aille.

— Non, non, ça va. Tu ne dois pas aller bosser, aujourd'hui

Jeppe hésita.

— Juste si c'est absolument nécessaire. Si on doit procéder à une autre arrestation.

— Une de plus ? Que veux-tu dire ? Je croyais que l'affaire était close.

— Pas tout à fait, dit Jeppe en ouvrant les yeux et en regardant la mer par les fenêtres. Il s'avère qu'Henrik Dreyer-Hoff a aidé Jenny Kaliban à vendre des artefacts volés sur Internet.

Johannes fit claquer un tiroir derrière lui.

— Tu veux dire à ces dégoûtants pédophiles ?

— Entre autres, dit Jeppe en se retournant. Il semblerait que durant de nombreuses années, Jenny aurait volé des œuvres d'art mineures pour les vendre à des collectionneurs, avec l'aide de son beau-frère. Sur la page de la maison de vente aux enchères en ligne, et par ses contacts à lui. Il lui aurait même écrit des argumentaires de vente.

— Mais c'est de la fraude, pourquoi aurait-il fait ça ? protesta Johannes. C'est plutôt risqué, pour un homme dans sa position, non ?

— Pour aider sa belle-sœur, une alternative au prêt d'argent. Au fil du temps, il y a sûrement trouvé une incitation financière. Larsen est en train d'évaluer l'ampleur de tout cela et son degré de responsabilité.

— Et en guise de remerciement, elle a pris des photos de son fils nu et les a vendues dans son dos !

Jeppe prit une profonde inspiration et essaya de libérer en soufflant une partie de la lourdeur qui lui écrasait la poitrine.

— Henrik devait le savoir, je ne vois pas comment il aurait pu ne pas s'en rendre compte. Nous avons trouvé d'importants virements de devises étrangères sur le compte de Jenny et une série de montants qu'elle a transférés à Henrik. À première vue, il semble qu'ils aient rompu leur collaboration il y a deux ans. Je pense que c'est quand il a découvert que Jenny vendait des photos d'Oscar.

— Sans le dire à personne ?! (Johannes s'arrêta, une pile de vêtements dans les bras, bouche bée.) Sans le signaler à la police ?

— Il ne pouvait pas risquer que Malin l'apprenne. La famille ne pouvait pas supporter d'autres scandales, externes ou internes. Il voulait protéger à la fois son entreprise et sa femme. Et le mal était fait, alors autant rompre le contact avec elle et aller de l'avant. À sa manière, il a probablement tenté de sauver sa famille.

— Mais… et le garçon ?

Jeppe soupira.

— Oscar a essayé de se suicider. Il avait écrit une lettre d'adieu à ses parents, mais ils ne l'ont pas comprise.

— C'est terrible. Je ne sais vraiment pas quoi dire.

Johannes laissa tomber ses vêtements par terre et s'assit sur l'accoudoir du canapé.

— Oui, c'est déprimant ce que les gens sont capables de faire pour de l'argent.

Jeppe regarda par la fenêtre. Il savait que si l'histoire était rendue publique, ce serait Oscar qui en serait le plus blessé.

— J'ai demandé un congé.

— Tu as fait *quoi* ?

— J'ai écrit à CP et je lui ai demandé un congé d'une durée indéterminée.

— Mais pourquoi ? s'exclama Johannes en secouant la tête. Est-ce à cause de Sara ?

Jeppe haussa les épaules.

— Peut-être. Pour l'instant, je ne vois pas comment nous pouvons travailler ensemble. Mais ce sont aussi les nouveaux bureaux et… je ne sais pas. J'ai juste besoin d'une pause.

— Une pause ? (Johannes se leva.) Désolé, mais je suis très surpris. Qu'est-ce que tu vas faire, alors ?

— Je ne le sais pas encore. Voyager, peut-être ? Il me reste un peu d'argent après la vente de la maison, peut-être que c'est maintenant que je dois aller découvrir le monde. Avant qu'il ne soit trop tard.

— Comment ça, trop tard ?

Johannes prit une pile de papiers sur la table basse.

— On n'a que cette seule petite vie. Il s'agit juste de la presser jusqu'à la dernière goutte. N'est-ce pas ce que tu as l'habitude de dire ?

— Mais Sara, alors ?

Jeppe sourit tristement.

— Tu ne peux quand même pas abandonner comme ça !

— Johannes, je ne peux pas lui donner ce dont elle a besoin. Des enfants sont impliqués, je ne peux pas lui demander d'attendre pendant que j'essaye de comprendre ce que je veux.

Johannes le regarda avec résignation, comme s'il parlait coréen.

— Si ça ne te dérange pas, je vais faire un saut dans l'eau avant de partir.

— Fais comme chez toi !

Johannes disparut dans la cuisine.

Jeppe enfila son maillot de bain, trouva une serviette et les tongs trop petites. Il traversa la route et longea le quai jusqu'au ponton de baignade. La petite marina était déserte, les mâts argentés brillaient dans la lumière du soleil, lieux de repos attrayants pour les mouettes de passage. Il s'appuya à la rambarde du ponton de baignade et renifla l'odeur de la mer. L'air avait une morsure fraîche, supportable tant qu'on restait au soleil.

Les mains de Jenny avaient-elles tremblé quand elle avait pris ces photos ? Quand elles avaient étranglé Malthe et poussé Lis sous le train ? Ou avait-elle juste fait ce qu'elle pensait que n'importe qui d'autre aurait fait dans sa situation ? Forcée par les circonstances.

Son cœur se serra à la pensée de Lis, qui avait seulement aidé son collègue. Selon toute vraisemblance, la visite de Jeppe à l'atelier avait fait comprendre à Jenny à quel point il était dangereux de laisser Lis dans la nature, que celle-ci finirait par mesurer l'importance de ce qu'elle savait et irait se confier à la police. Peut-être que Jenny l'avait saisi quand Jeppe avait quitté son atelier et était allée l'attendre devant le lycée. Une petite poussée et le problème était résolu.

Tout cela pour de l'argent. Pour pouvoir garder son atelier et s'accrocher à son art et à ses rêves. Le premier faux pas avait entraîné le suivant dans une pente glissante d'erreurs aux conséquences fatales. *Quand on est passionné par quelque chose, on devient sans scrupule. Quand on aime, on fait mal. Même dans les meilleures familles, il y a de la cupidité et de la tromperie, et même dans les plus grands amours, il y a des barbelés et du chagrin.*

Jeppe devait serrer les dents et passer à autre chose. Il avait déjà vécu cela et savait que cela finirait par le rendre plus fort. Ou plus endurci. Que cela ne le tuerait pas, même si c'était l'impression qu'il en avait maintenant.

Il posa sa serviette sur la balustrade et retira ses tongs, alla jusqu'au bout du ponton et sauta dans l'eau.

MERCI !

Je croyais naïvement qu'il deviendrait plus facile de publier des livres avec le temps, que l'angoisse de la performance diminuerait à chaque parution. J'avais tort, cela ne fait qu'empirer. C'est pour cela que le soutien massif que je reçois de vous, lecteurs, est de plus en plus précieux. Merci pour vos messages, merci de me lire, merci à vous !

Merci à Dorthe Vejsig du parquet de Copenhague, à Klaus Bo de Dead and Alive Projects, au musée Thorvaldsen et à Ernst Jonas Bencard, au professeur du département de médecine légale Hans Petter Hougen, à Claus Vils et au gardien du fort de Trekroner Hans Poul Petersen, à Peter Cummings, à Jens Borregaard de l'Administration technique et environnementale et à Cathrine Raben Davidsen.

Un grand merci à l'ARC qui a volontiers répondu aux questions et m'a fait visiter l'usine. Merci en particulier à l'ingénieur de *process* Jørgen Bøgild Johnsen. J'espère que vous me pardonnerez mon traitement fantaisiste du processus d'incinération, et j'assume l'entière responsabilité de toutes mes exagérations et inventions meurtrières.

Merci à tous ceux qui sont dans mon coin du ring : mon agence, Salomonsson Agency, en particulier mon talentueux agent Federico Ambrosini, et toutes les personnes formidables de ma maison d'édition, People's Press.

Merci également du fond du cœur à Sysse Engberg, Anne Mette Hancock et Sara Dybris McQuaid pour leurs différentes lectures, leurs commentaires et leur soutien indispensable. Un merci tout particulier au clan Dybris pour l'emprunt de votre nom et celui de vos grands-parents.

Le plus grand remerciement à mon éditrice, rédactrice et amie Birgitte Franch. Sans toi, pas de livre, c'est aussi simple que ça.

Et enfin et surtout : Timm et Cassius, quand il s'agit de vous, aucun remerciement n'est assez grand. Vous êtes tout pour moi.

RÉFÉRENCES

Les citations des pages 34, 63, 64 et 127 sont extraites de l'ouvrage *Le Portrait de Dorian Gray*, d'Oscar Wilde (*The Picture of Dorian Gray*, 1891), traduction de l'anglais d'Anatole Tomczak, Grasset, 2016, p. 214.

La citation de la page 59 est extraite de la chanson *Into My Arms*, texte et musique de Nick Cave, interprétée par Nick Cave & the Bad Seeds, 1997.

La citation de la page 261 est extraite de la chanson *Lock All The Gates*, texte, musique et interprétation d'Al Jarreau, 1975.

Les citations des pages 325 et 328 sont extraites de la chanson *When Love Goes Wrong*, texte et musique de Harold Adamson, Hoagy Carmichael, interprétée par Marilyn Monroe et Jane Russell, 1953.

Composition par Facompo, Rouen

CET OUVRAGE
A ÉTÉ ACHEVÉ D'IMPRIMER
SUR ROTO-PAGE
PAR L'IMPRIMERIE FLOCH
À MAYENNE EN AOÛT 2023

#lisez! engagé
www.lisez.com
Pour plus d'information :
Imprimé sur du papier issu de forêts gérées durablement.

N° d'impression : 102931
R15503/01
Imprimé en France